千寻
文化
Qianxun-Culture
—图书·影视—

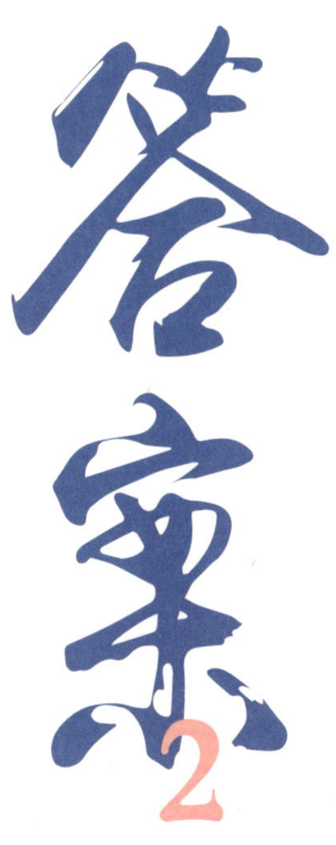

答案 2

T H E

A N S W E R

I G I V E T O

Y O U

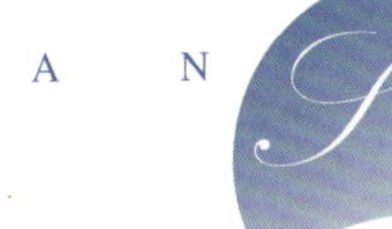

巫哲

WU ZHE

WORKS

著

江苏凤凰文艺出版社

JIANGSU PHOENIX LITERATURE AND ART PUBLISHING

目录 Contents

众神死亡的草
原上野花一片
远在远方的风
比远方更远。
好好活吧，

“你说，我要现在给你磕仨响头，你会出来饶我不死吗？”

等你好点儿，我陪你去，咱不看樱花，专看西府海棠。

好。

关于相守，关于忘却，关于铭记，

在短暂而又漫长的岁月里，

是石上寂静的玫瑰，是日复一日的寻常。

巫哲

001

第一章 · 离别

1

付一杰拿到卢春晓的电话号码之后，并没有什么行动，付坤老觉得这小子是不是忘了之前要人家电话号码的事儿了。

过了快半个月，他才开始感觉到了付一杰的变化。

电话打了，不过次数并不多，卢春晓偶尔也会打电话过来，老妈接的，还当新闻给老爸和他说了，说：“哎哟，居然也会有女生打电话到家来找二宝贝儿了。”

付一杰的变化并不算大，有时下午放学了会去附中转转，周末也不全天泡在摊位上陪付坤了，一星期会有一两次打电话的时间超过二十分钟。

这种事要搁付坤自己身上，他觉得没什么特别的，可换成了从小到大似乎脑袋里只有学习和看书的付一杰，这就有点儿不一样了。

特别是放寒假之后，付一杰三天两头往外跑，家里人都感觉到了他跟以前不同了。

“小狗，”老妈终于在付一杰连着三天都出门玩之后，把付坤拉到了厨房里，“你弟是不是有情况了？”

“我哪知道。”付坤抓了抓头发。

老妈在他背上拍了一下：“这么明显你看不出来？”

“你都看出来了还问我？”付坤小声说。

“你知道是谁吗？是同学吗？”老妈抓着他问，“哎哟，你弟弟居然也开窍了！”

付坤看着一脸开心的老妈，觉得有点儿不可思议：“您挺高兴？”

“不能高兴啊？”老妈瞪着他。

“不是，我是说……你不担心？”

“你弟多稳，我不担心。”老妈笑眯眯地说，“再说了，你不是小学就跟那个张可欣还是谁的？”

“能不说我吗？”付坤压着声音，他一听到张可欣的名字就觉得胳膊肩膀一块儿疼。

“行了不说你，说你弟。”老妈搓搓手，“你说，要不要让他把小姑娘带家来玩玩？”

“妈！”付坤突然有点儿说不上来的感觉，“你说你是不是有点儿太那什么了？”

“太什么？啊，是呢，他哥还没着落呢。”老妈啧了一声，“你快二十了，还是你先吧。”

“我没时间。”付坤叹了口气，转身出了厨房。

付坤回到卧室，付一杰正趴桌上写寒假作业。

老妈说得没错，付一杰是稳，无论他是出去玩还是学跆拳道，该做的事都没耽误过，作业该写写，考试该拿第一还拿第一。

他拿了张椅子坐到付一杰身边，把腿搭到书桌上。

“拿下去。”付一杰用笔戳了戳他的腿。

“腿酸。”付坤有气无力地说。

付一杰没说话，一边写着，一边伸手在他腿上一下下捏着，过了一会儿才说：“你请个店员吧，太辛苦了。”

“不至于，等哪天我盘了个店，就请。”付坤笑笑。

“过年去姥姥家过吗？”付一杰唰唰地写着。

“不知道。”

“我以为刚妈跟你在厨房半天是说这事儿呢。”

"没，是在说……"付坤活动了一下胳膊，目光落在了付一杰放在一边的书包上，书包上挂着个笑脸娃娃，他愣了愣，"这你买的？"

"嗯？"付一杰扭头看了一眼，"春晓送的。"

春晓？不是卢春晓？

付坤指着书包的手轻轻抖了一下，还来真的了？

"一截儿，"他把搭在桌上的腿放了下来，拉着椅子挨着付一杰，"你跟卢春晓，你俩好了？"

"送个娃娃就好了？"付一杰放下笔。

"好没好啊？"

"就那样吧，我不知道，没经验。"付一杰往后把脑袋靠在付坤肩上，"哥，你有没有真的喜欢过一个人？"

付坤愣了半天："没。"

"所以你不知道真的喜欢一个人是什么感觉？"付一杰又问。

"……不知道。"付坤认真想了想，自己虽然没事儿就看看漫画，看看碟，但的确是没对哪个姑娘动过"真的喜欢"这个念头。

付一杰没再说话，继续写寒假作业了。

付坤抽了本漫画随手翻着，有些感慨，他突然觉得，自己一直担心付一杰似乎有些多余，或者说，担心错了方向。

也许他更应该担心的，是付一杰这个认真劲儿，他一直觉得上学的时候男生女生之间你喜欢我我喜欢你的就是闹着玩，有意思的时候就一块闹，没意思了就分开，别的没什么所谓。

但付一杰似乎很认真……

这些付坤没跟付一杰说，他怕付一杰觉得他烦人，这种事谁也不愿意别人多嘴。

这要是换了别人，付坤问都懒得多问，只是付一杰不是别人，是他弟弟，从来没跟姑娘有过什么交集的人，猛地挺认真地跟人相处起来，这让他相当不放心。

特别付一杰经常接个电话就立马出门，让他觉得这个弟弟在这方面就是个白痴，让你出去就出去？

当付一杰第三次在晚上放了电话就说出门的时候，付坤终于忍不住了，追到卧室里问："你干吗去？"

"出去一趟，很快就回来。"付一杰回答。

"知道你要出去，就问你干吗去呢。"付坤反手把卧室门关上了。

"春晓下晚自习了，让我陪她吃点儿东西。"

"付一截儿，"付坤有点无语，"你能出息点儿吗？"

"怎么了？"付一杰看着他，觉得莫名其妙。

"这都第几回了？"付坤瞪着他，"大冷天儿的，她让你出去你就出去啊，让你陪着吃东西就陪啊？"

"这有什么问题吗？"付一杰靠着沙袋看他。

"当然有问题，"付坤挺着急，付一杰这种什么也不明白的状态让他很上火，"你就这么召之即来，挥之即去？"

"那她一个小姑娘等着我，我不去不是不太好吗？"

"她怎么就这么能折腾呢？"付坤压着火，"我就没见过这么不懂事儿的姑娘！"

付一杰没说话，看了他一眼，拿了外套穿上就出门了。

付坤跑到客厅灌了两杯凉水。

付一杰是跑下楼的，外边很冷，他连蹦带跑地出了宿舍区，看到街边缩着脖子一直在跺脚的人之后，他喊了一声："冬瓜。"

这人叫刘向东，是一中校篮球队的队长，高二的，付一杰在校篮球队里关系最好的就是他了。

"哎，冻死我了。"刘向东回头冲他这边跑了过来，"去哪儿？"

"瞎转。"付一杰看了看四周，这种天还出来瞎溜达的估计就他俩了。

"我发现你真的有病。"刘向东拉了拉头上的帽子，"要不是看在卢春晓的面子上，我才不见天儿陪你抽风。"

2

年前生意很好，付坤每天忙得手忙脚乱，不过这种忙碌他还是很愿意的，数钱的时候就会觉得多忙都没问题了。

付一杰有时候会来帮忙，但自打那天他说了付一杰缺心眼儿之后，付一杰来的次数明显少了，不知道是不是跟他赌气。

他折腾了俩晚上把这事儿想了想，觉得大概的确是自己不对，吃得挺少还尽干吃撑了的事。

付坤早上趁着人少的时候跑到旁边的百货大楼里给付一杰买了一支派克笔，打算晚上回去给付一杰，缓和一下关系。

付坤写字爱用钢笔，虽然不方便，但用着舒服。付一杰倒是对笔没什么要求，什么圆珠笔、签字笔的都行，付坤一直觉得他的字写得跟蜘蛛抽风的时候滚出来的差不多，没准儿就是因为笔不行……

快到中午的时候，有一阵人会比较少，付一杰说了中午不过来送饭，付坤一会儿得自己吃盒饭。

付坤看了看时间，把摊位上被翻乱的衣服裤子一件件整理好挂整齐。

有人走到了他的摊位前，没等他回头，脖子被人从后面勒住了，接着腰也被人用东西顶了一下。

“打劫。”身后勒着他的人压低声音说了一句。

付坤愣了愣，忍着笑：“今儿还没开张呢，没钱啊大爷。”

“胡说八道，盯你好一阵儿了，光外套都卖了五六件，蒙谁呢！把钱拿出来！”身后的人勒着他脖子的手收了收。

“哎哎哎，手下留情啊！”付坤笑着说，“剩爷！好歹一块儿待了六年，留条活路呗！”

“算了，”一个女声突然响起，“留条命押回寨子里洗干净了拴着吧！拉个磨犁个地什么的。”

“哎哟！”付坤挣开了脖子上的胳膊，回头喊了一声，“你俩什么时候回来的？”

“刚回来，”苟盛笑着拍拍他的肩，上上下下打量着他，“付老板你真是……越来越帅了啊！”

“一般一般，也不敢太帅了，刺激了别人多不好。”付坤把两张椅子放到他俩面前，自己抽了一摞衣服坐下了，“你俩回来也不给我打个电话。”

“给你个惊喜嘛！”陈莉坐下笑着说，“我们不耽误你生意吧？”

“没事儿，这会儿人少，再说了你俩来了，我收摊也得陪着啊。”付坤心情很好，这俩人上大学之后他就没太联系，“大学生活怎么样？”

“不怎么样。”陈莉啧了一声，她上了某个名牌大学的国贸专业，不过听这意思，似乎并不满意。

“我觉得还成吧，”苟盛笑笑，“你别问她，她现在琢磨要退学呢。”

“什么？”付坤愣了愣，扭头看着陈莉，“你这是什么症状？”

“没劲呗，拼命上了个大学，但最后发现一切都不是自己想要的，”陈莉说得很轻松，“不过还在跟家里抗争。”

“不是，你不念了干吗去啊？”付坤觉得有点儿不能理解，要说像他这样念不下去书的人也就算了，陈莉成绩一直很好，学得也轻松，上的又是好大学，居然不想上了？

“干什么不行啊？”陈莉挥挥手，“我有我的梦想。”

“等等，”付坤盯着她，“你的梦想？你的梦想不会还是顶着一脸沙子在老北风里流浪吧？”

“还真是！”苟盛拍拍付坤，“不过你别劝了，没用，中邪了。”

付坤瞪着陈莉好半天才说了一句：“去流浪的时候别忘了给我和剩儿带点土特产……”

“放心！”陈莉笑得很开心。

中午吃饭的时候付坤打算把摊子扔给对面的大姐帮看一会儿，好请陈莉和苟盛去吃饭，结果他俩都不肯，说跟着一块吃盒饭，要体验一把看摊生活。

“有病。”付坤指着他俩骂了一句，“那等着吧，现在卖盒饭的都人性化了，一会儿会推车过来送，最贵的十块。”

“比学校食堂强。”苟盛搓搓手，“坤子，你这一待待一天，不冷吗？”

虽说现在付坤的摊儿是固定摊位，市场给统一搭的小棚子，但不保温，风从各个方向钻进来，大家一般都是在怀里揣个“小太阳”什么的。

“还行，忙起来就没感觉，有时候碰上挑来挑去没完的能急出你一身汗。”付坤把正在充电的“小太阳”拔下来放到了陈莉手上，“反正过年我不出来，这批货卖完了就回家待着了。”

没过多大一会儿，卖盒饭的大叔就拎着几大兜盒饭过来了，付坤买了三盒，几个人坐在摊子上边吃边聊。

其实算算他们几个也没分开多长时间，只是从高三开始，各种复习补课，就一直没机会好好聊聊了，现在这么坐一块儿聊着，感觉特别舒服。

苟盛聊激动了还呛了好几口，咳了半天突然想起来什么似的一拍腿：“对了，那事儿你还不知道吧？”

“什么事？”付坤问。

苟盛看看陈莉，陈莉撇了撇嘴：“也不是什么大事，就许佳美，不是跟剩儿一个学校吗？”

“哦，怎么了？”付坤应了一声，他对许佳美还真没什么兴趣。

“她跟我不同系，上回我们系老乡聚会，她来了，大概是喝多了，拉着我一通抒情……”苟盛皱着眉。

“然后你把她带酒店去了。”付坤笑着说。

“放屁，我看不上，”苟盛放下筷子，“就那谁问你借钱的事，是她告诉汪志强的。”

付坤愣了愣，想起来那天许佳美好像是在他和张可欣说话的时候从旁边走过。

“算了，都过去那么久了，”付坤笑笑，“汪志强也没再找过我麻烦，我现在都不知道他人在哪儿了。”

“许佳美说他和他跟班儿差点被人打死，鼻子是毁了，现在都是歪的，大概不敢出来混了吧。”苟盛一脸嫌弃，想想又说，“你说这女的是不是有病？”

“女人心哪。”陈莉拖长声音说。

“你懂什么女人心，”付坤乐了，“你那是爷们儿黄沙心。”

“付坤你就是欠收拾。”陈莉踢了他一脚。

“我就等着谁来收拾我呢！”付坤把筷子咬嘴里，打了个响指，口齿不清地喊了一声，“老天爷快赐个美人儿来收拾我吧！”

声音还没落，有人走到了他摊位前，他正想站起来说随便看，一抬头却看到了付一杰正站在那儿。

“一截儿？”付坤蹦了起来，“怎么来了？吃了没？”

“吃了。”付一杰看到了苟盛和陈莉，有些吃惊，“剩哥，陈莉姐？”

“哎哟上苍，”陈莉也跳了起来，笑着一巴掌拍在付一杰胳膊上，“小白白你真是男大就不变啊，还这么漂亮！”

付坤正要问付一杰怎么跑来了，一眼扫到了站在摊子边上低着头的卢春晓，再一眼扫到了付一杰手上拎着的大包小包，他愣了愣，说了一句：“你俩逛街呢？”

“嗯。”付一杰点点头，“她想上青青姐那儿买点东西。”

“……哦。”付坤突然有点儿不是滋味，就跟自己一直带在身边的什么宝贝被人抢了似的浑身不自在，心里空得很。

“哥哥忙呢？”卢春晓往前走了一步，站在付一杰身边冲他笑了笑。

“啊，不忙。”付坤一只手捧着饭盒，一只手拿着筷子，有点儿尴尬，这种感觉让他觉得别扭，他还从来没在哪个姑娘面前这样过，于是赶紧挥挥筷子，“你俩逛去吧。”

付一杰和卢春晓走了之后，付坤坐回衣服垛子上，闷头扒了几口饭。

“哎，”苟盛碰了碰他，“那是你弟的同学？”

“是吧。”付坤含混不清地回答。

“不错啊，”苟盛看看陈莉，“是不是？”

“看着挺清纯的。”陈莉托着腮，“俩人站一块还真挺养眼的……”

“养眼个屁。”付坤说。

“嘿！付坤，”陈莉瞪着他，“我表扬你弟长得好看呢，你这生哪门子气啊？”

付坤也觉得自己有点儿莫名其妙，好半天才憋了一句：“她自己没手吗？什么都让付一杰拎着。”

“坤子，”苟盛也迷茫了，很小心地说，“帮女生拎东西不是很正常吗？”

“是吗？正常吗？”付坤看着他问。

“啊，”苟盛被他反问得更迷茫了，“你不也经常帮女生拎东西……”

“那不一样，”付坤把几个人吃完的饭盒塞进塑料袋里，声音闷闷的，“我弟没这样过，我俩上街，东西都是我拎的，从来没让他拎过，还这么多！”

陈莉在一边啧了好几声：“付坤，你这过了啊。你疼你弟是一回事，他心疼女生是另一回事。你弟那一米八大个儿要真让小姑娘拎一手东西在街上溜达，你看着不别扭啊？”

付坤张了张嘴，没说出话来，要付一杰真是这样，他肯定觉得这小子不是个男人，可是看到付一杰拎着一堆东西跟在卢春晓身后，他又跟被揍了似的哪儿哪儿都不舒服。

“他没一米八。”付坤咬半天牙说了一句。

“跑题高手啊你。”陈莉斜了他一眼。

“就是，”苟盛补了一句，“我见过不少有弟弟妹妹的，也没谁像你这样，跟老妈子似的操这么多闲心，不累啊你？”

“我……”付坤被他俩说得不知道该怎么回答了，只得闭了嘴。

付一杰陪着卢春晓在程青青那买了两条裤子，然后离开了市场。

“谢谢你啊。”卢春晓戴好手套，“我拿点儿吧，挺重的。”

“没事儿，”付一杰抬手看了看表，“时间差不多了，去我们学校吗？”

“嗯。”卢春晓笑笑，又有点儿不好意思地低了低头，“我自己过去就行，你回去吧。”

“顺路的，你要一个人过去，刘向东肯定瞪我。”付一杰跟她一块往公交车站走。

这几天刘向东被老师抓着给校篮球队高一的新队员训练，卢春晓明天就要回老家，本来说好今天刘向东陪她去买点东西，结果没脱开身，只好让付一杰陪着。

付一杰无所谓，这段时间刘向东帮了他不少忙，他给卢春晓拎拎东西不算什么。

当初卢春晓到学校找付一杰玩，付一杰挺发愁的，带着她去看校篮球队训练的时候并没多想，不过刘向东对卢春晓一见钟情表现得太明显，他不顺水推这条舟简直是太对不起没事瞎折腾的付坤了。

看着付坤对他和女生一起逛街怎么都不顺眼的状态，他一开始有过惊喜，时间长了，又觉得挺失落。能让付坤这么紧张不爽的原因，大概是习惯。

只是因为习惯。

习惯了一直在一起，习惯只有两个人，身边的同学、朋友、哥们儿都无所谓，但一旦出现了另一个有着“亲近关系”的人，这种平衡就会被打破。

看着付坤的样子，付一杰有时候会想，如果有一天，付坤身边也有了一个这样的人，自己会是什么样？

入冬之后晚上没什么人出来逛街了，付坤每天回来得都挺早，付一杰躺在榻榻米上听着付坤跟老妈在客厅说了几句话就进了屋。

“回来啦。”付一杰坐了起来。

“嗯，其他人都收了，我也就收了，”付坤把外套都脱了，穿着件T恤在屋里站了一会儿，从包里拿了小盒子出来，坐到了他身边，“送你个东西。”

“什么？”付一杰拿过小盒子打开了，“钢笔？”

“嗯，喜欢吗？”付坤看着他。

付一杰笑了：“喜欢，是想让我练字吗？”

付坤看着付一杰的笑容，打小时候起，他就特别愿意看付一杰笑，对方一笑，他心里就舒坦。

“你那字练不练也就那样了，凑合能看懂写的是什么就行。”付坤躺下，“今天逛了一天？”

“没，谁能逛街逛一天啊，铁腿都该磨成墩儿了。”

“也是，还拎那么些东西。”付坤捏捏他胳膊，“我说，一截儿啊，你拿东西没错，但好歹也让她自己拿点儿啊。”

“嗯？没事儿，我能拿就拿了。”付一杰无所谓地甩甩手。

“真是的，”付坤很不爽地嘟囔了一声，翻个身冲着墙，“这种娇气的女生都是你自己惯出来的。”

“这跟她娇不娇气有什么关系？”

“我说，”付坤回过头，“你俩关系是有多好，你就这么帮着她说话了？”

“我没帮着她说话，我就说这事儿不挺正常的吗，你干吗老盯着我挑个没完？”付一杰低头看着自己的手，虽说付坤被他瞒着，但老这么挑毛病挑不到点儿上也让他挺无奈。

“谁挑你了！你要不老跟我逆着毛，我才懒得说你！”付坤翻身继续冲着墙。

“那我问你，顺着你的毛该怎么说？”

“……鬼知道。”

“你看我像鬼吗？”付一杰顺嘴接了一句。

付坤本来就对自己老这么神经病似的犯病挺心烦的，再被付一杰一句顶一句地几个来回，顿时一把火没压住，猛地坐了起来。

“干吗？”付一杰还是稳稳地坐着。

付坤瞪着他，最终还是没压住脱口而出的那句话：“你俩要不别见面了。”

“什么？”付一杰愣了。

付坤也没想到自己会说出这么一句来，跟他一块儿愣了，但又不知道这话该怎么收回去。

“我的意思就是吧，”付坤咽了咽唾沫，“就是，就是吧……你说我俩为什么为了个小姑娘成天吵架呢？”

“问我？”

“好吧，问我。”付坤叹了口气，倒回枕头上，“每次都是我挑刺儿来着。”

付一杰没出声。

“我也不知道为什么。你知道吗？这就好比你养了丢丢好多年，它是你生活的一部分，你对它特别在意，特心疼。它呢，每天都跟你后边儿摇尾巴，跟着你跑来跑去。你给它点儿吃的，它能舔你手舔一晚上。”付坤放轻了声音，“突然有一天，来了一个你不认识的人，丢丢突然就不理你了，跟人家屁股后头转着，你平时舍不得让它累着饿着，结果它扭头跟人家那儿又是帮着叼东西又是找食儿的……”

“我没不理你。”付一杰抱着腿，把下巴搁在膝盖上。

“你是没不理我，你是……”付坤还想说的时候突然发现付一杰的声音有点儿不对，他赶紧翻身坐了起来，“你哭了？”

“没。”付一杰抬手撑着额头，用手挡着眼睛。

“你在我跟前儿哭了好几年，你出个气儿我就知道你哭没哭！”付坤拉开他的手，扳着他下巴，“你哭什么啊？”

“说得这么感人，得对得起你啊。”付一杰笑了笑，闭上眼睛，虽然没有晶莹的泪珠无声地从眼角滑落这种矫情场面出现，不过他知道自己是想哭了。

“哎……怎么这也哭。”付坤搂着他的肩，不知道该说什么了。

付坤当然不知道付一杰为什么想哭，付一杰其实也不知道。

对于付坤来说，付一杰是重要的弟弟，不能被人抢走的弟弟，很在意的弟弟……

而付一杰想要的却不仅仅是这么简单，心底被强压着拼命想要忽略的那种奢望突然落空的感觉，让他鼻子有些发酸。

晚上睡觉的时候，付坤没像平时那样闭眼就睡着，听着付一杰轻轻搓着他裤子的声音居然一直没睡意。

“哥，”付一杰边搓边小声说，“我跟春晓不会再见了。”

“为什么？我就一着急胡乱那么一说，你别当真。”

“不是因为你。”

“那因为什么？”

“感觉没什么意思呗。”付一杰也懒得再想什么借口了。

“我就说嘛！”付坤拍了他一巴掌，“卢春晓其实没什么毛病，这还是人不合适。”

“嗯。”

“你反正也不用着急，才高一呢！”

“嗯。”

“要不你给哥说说你喜欢什么样的？哪种的比较合适？我给你物色一下。”付坤在黑暗中扬了扬手。

没完了是吧！

付一杰忍不住咬了咬牙：“我能自己找吗？”

“好！”付坤又扬了扬手，“到时哥帮你出主意！”

“成。”

3

付一杰跟卢春晓“绝交”之后，付坤顿时觉得自己浑身上下都舒坦了，提前几天收摊给自己放了假。

过年的时候他给家里买了一堆东西，之前搬家过来的时候没换的电器他都换了，老妈挺心疼的，冰箱被收破烂儿的拖走的时候，她站在阳台上看着绿色的雪花冰箱依依惜别。

“还好好的呢。”老妈说，“你说你也没赚出个暴发户的底子来，做派还挺豪放。”

“晚上它一启动跟发电机一个动静，楼下都快能听见了，一截儿都好几次半夜起来拔它插头了。”付坤搂着老妈的肩膀，塞了张银行卡到她手里，“妈，这钱你拿着，该还钱还钱，咱争取今年把外债都清了。”

“你自己留着就行，这么高级的卡我还不会用呢。”老妈拍拍他的手，“你赚点钱也不容易，攒着吧，你不还想着扩大经营吗？”

“你别管了，我也没全给你。”付坤笑笑。

今年收成还不错，不过因为年后市场要大调整，所有原来临街的摊位都要摆进市场大楼里，租金、管理费、卫生费什么的一下多了不少，过完年还要进货，所以除去给家里和悄悄给付一杰存的钱之外，付坤还留出了一部分。

付坤跟付一杰闲着的时候去市场看了看，四层的楼已经装修好了，大大的招牌也立上了——“大通服装城”。

现在正是过年，人来人往的，很热闹。

“怎么叫这么个名儿？”付一杰抬头看了看招牌，捂着肚子，“还大通呢，看着就想拉肚子……”

“先憋着，”付坤往里走，“原来叫万福，比这也好不了多少，我一听就想给人行礼。”

他俩进去看了看之前挑的摊位，位置是付一杰定的，靠近入口，但不在最当面儿的地方，八平方米的一个小门脸。

“这人流量挺大啊，大好的赚钱时光，你就这么空着？”付一杰看看四周，很多摊位都已经摆上了。

“没事儿，很久没闲着了，你假期也差不多没了，再陪你玩几天吧。”付坤靠在墙边，“现在看着人是多，但这一片片都分好类了，这片儿全是男装，不像以前那么好做，竞争挺激烈，进货得看准了。”

“带我去一日游吗？”付一杰问。

“带，就怕你觉得累。”付坤笑笑，心情不错。

“不会，我当玩了。”付一杰很快地回答，跟付坤一块干什么都不可能觉得累。

付坤和付一杰正在摊位上拿着皮尺边量边琢磨货架怎么放能宽敞点儿的时候，有人在外面叫了一声：“付坤！”

付一杰回过头，看到一个扎着马尾的女孩儿，年纪不大，看她拿着的小包，应该也是这里的摊主。

“孔慧啊。”付坤收起皮尺，孔慧原来的摊子跟程青青的挺近，隔了几个摊位，付坤跟她谈不上多熟，不过她跟程青青关系挺好，“你在哪儿摆呢？”

“里边，C307，”孔慧往里指了指，“我这两天都摆上了，你这儿还没弄好？”

“过完年吧，不差这会儿了。”付坤踢了踢木板墙，准备走人。

“我这两天都在这儿，你有什么要帮忙的给我打电话，千万别客气啊。”孔慧看着付坤，脸上一直带着笑。

付一杰已经走出了摊位，顺着路往外慢慢走，付坤叫了这女孩儿名字之后，他有了点印象，可能是见过。

他走了几步，付坤追了上来：“跑这么快。”

“这谁啊？”付一杰回头看了一眼，孔慧还站在原地，正往这边瞅，看到他回头，赶紧转身小跑着走了。

“孔慧，青青的小姐妹，你应该见过吧？”付坤想了想，“不还来过我摊儿上好几回吗，就上次……”

“没印象。”付一杰打断了他的话。

“挺热……”付坤没介意付一杰的态度，继续说，不过“热情”俩字儿还没说全，就又被付一杰打断了。

“在追你吧？”付一杰眯着眼笑。

“大概。”付坤也乐了，虽然他对姑娘一直不是太上心，但谁对他有意思，他还是能感觉出来的，“追你哥的人多了。”

“你有兴趣吗？”

“暂时没有。”

付一杰把手插到兜里：“最好别有。”

“为什么？”付坤不太理解。

“因为如果你陪她出去吃饭，陪她逛街，给她拎东西，我都会不高兴。”付一杰笑着说，“缺心眼儿不是吗？召之即来，挥之即去不是吗？没出息不是吗……”

“停！”付坤往他后背上拍了一巴掌，“付一截儿你报复是吧！”

“要不你试试，我绝对念叨到你俩绝交为止。”

过完年开学之前，付一杰跟着付坤去进货一日游。

进货的大巴上都是去进货的人，这趟车是罗哥给付坤介绍的，说这车的俩司机都是以前混的，带着现金坐这车安全。

车上都是连铺，俩人一个铺，挤着睡，被子同样是脏兮兮的，付坤是没什么感觉，之前的车也这德行，付一杰有点儿受不了，把被子团起来塞到了脚边的架子下。

“塞这么好干吗？晚上冻死你。”付坤嘿嘿乐了半天。

“臭的。”付一杰皱着眉。

“等回家的时候你就不用闻我了，闻你自己，”付坤靠着床架，“就是这个味儿！”

“没完了是吧？”付一杰斜眼儿瞅着他。

“完了。”

晚上的确是冷，不盖被子是有点够呛，虽然车窗关得很严，但付一杰还是能就着各种臭脚丫子味儿感觉到不断灌进来的冷风。

他拉了拉外套，床很窄，付坤和他个子都不小，基本已经挤成一团了，但还是冷。

“冷吧？”付坤小声问他。

“嗯。”

“盖上？”

“臭，丢丢十天不洗澡也臭不出这个味儿。”付一杰有点儿郁闷，他发现付坤比他抗冻，这会儿付坤陪着他也没盖被子，但付坤的手是暖的。

付坤压着声音笑了，拉过小臭被子盖在了俩人腿上，然后翻了个身，往他身边贴了贴：“盖腿吧。”

付一杰没说话，也翻了个身，后背贴着付坤胸口，他以前没觉得，现在才感觉到，付坤进一次货虽说就一天两夜的时间，但的确挺遭罪。

他本来还觉得俩人一块儿去进货，一块儿挤在铺位上，肯定很愉快，现在这状态，什么心情都没了，就觉得难受。

当他跟着付坤进了一天货之后，这种感受更深了。

早上六点，车到了地方，车上的人都还在睡，批发市场的店主基本八点半才全开门，他们在车上待到八点下了车。付坤领着付一杰在汽车站的厕所里洗了个脸，在街边的早点摊上随便吃了几口，然后拎了个大编织袋和一个小行李拖车进了批发市场。

付一杰跟着付坤在几个批发市场之间来回转，楼上楼下地跑，看货、比较、挑选，然后将货扔进袋子里，用车拖着走，跟逃难似的，午饭都没顾得上吃。

等到下午把货都进齐了，付一杰觉得脚都已经不是自己的了。

晚饭是在车站旁边的小饭店解决的，店里有不少进货的人，都是简单地要个盖浇饭之类的。

付一杰一口气吃了两份红烧肉盖浇饭，还把付坤没吃完的那份包圆了。

晚上坐车往回赶的时候，他已经没那么多讲究了，拉过小臭被子直接盖在了身上。

"不嫌臭了？"付坤拿着进货单看着，问了一句。

"哥，"付一杰叹了口气，"你太辛苦了。"

"这算什么啊！"付坤笑了笑，"我真没觉得辛苦，特别是数钱的时候。做什么都得赶早，我要再早两年开始做，钱比现在更好赚。"

付一杰沉默着没再说话。

"怎么了？累了？"付坤收好进货单问了一句。

"没，"付一杰偏过头看着窗外，"你还记得我以前说过的话吗？"

"没做笔记，记不全，哪句话啊？"

"我说过会保护你什么的，"付一杰说，突然觉得这话有点儿傻，"记得吗？"

"记着呢。"付坤笑了。

"以后我会让你享福的，不用这么辛苦。"

"嗯，我等着，到时我天天在家帮你数钱就行了。"

过完年之后，付坤又重新开始每天忙碌，虽说还是没有真正的店面，但从万福搬进大通之后，每天的客流量的确是多了不少。

做男装的少，付坤的货比较有特点，他很注意流行的东西，在很多流行元素刚一冒头的时候就下手，再加上他一直保持让自己货的档次比别人家的低端水平高端一点，价格不差太多，收入已经是以前摆摊的时候不能比的了。

程青青已经把工作辞了，也全力扑在自己的小摊位上，她还是做小姑娘的衣服，在付坤楼下，现在想到付坤这儿来聊聊天都没时间，一般是小成成放学了先去她那儿跟她一块儿吃饭，再跑上来找付坤待着。

付一杰依然跟之前一样，每天中午和晚上都会送饭过来，陪着付坤吃完了再走。

冬天的时候还好，天慢慢转暖之后，大通全封闭式的结构就让人觉得闷，逛街的人待的时间短还没什么感觉，一整天待在这里面就有些难受。

付坤这段时间老有点儿咳嗽，付一杰跟着电视上学着泡了点清肺去火之类的茶，每天也带过来给他喝。

“这地方待久了，智商都会闷低了。”付一杰叹了口气。

“没这么夸张。”付坤喝了口茶，皱了皱眉，也不知道付一杰泡的是什么茶，苦得他一哆嗦，“等明后年钱够了就弄个店，青青也琢磨这事儿呢，一直在留意有没有转让的铺面。”

“难喝？”付一杰注意到了付坤痛苦的表情。

“没，挺好喝的。”付坤怕打击他，赶紧又喝了一大口，憋了半天还是没忍住，“说实话，真难喝，这什么玩意儿啊？”

“不知道，各种东西我都扔一块儿泡了，你忍着吧。”付一杰笑了笑。

“你自己尝没尝？”

“……不敢。”

付一杰高二下学期的时候，付坤跟老爸、老妈合伙把家里之前借的钱基本都还干净了，还出钱让老爸、老妈“十一”的时候出去旅游了一趟。

至于付坤手头还剩多少钱，他没跟家里说，老爸、老妈也没问。

付一杰也没多问，他只知道付坤把大通的摊位买了下来，计划以后盘了店可以把这个摊位再租出去收租金。

有时候他想想会有点着急，付坤钱挣得还算顺利，但太辛苦，一年三百六十五天，基本不休息，偶尔想歇一天，关了门还会有老顾客打电话来要买东西。

付一杰总希望自己有一天能让付坤不再这么辛苦，能让付坤觉得他不光是个被宠着的弟弟，也是个能撑起事的弟弟。

但想到自己还有一年才高考，还要念完大学……

“啊……”付一杰在榻榻米上翻个身趴着，把脸埋在付坤的枕头里，心想还要这么久！

客厅里的电话在响，付一杰趴着没动，过了一会儿才想起来今天家里没人，老爸、老妈都去喝喜酒了。

他很不情愿地爬起来跑出去接了电话。

“一截儿啊，”付坤的声音带着嘈杂的背景音传了出来，“你一会儿别给我送晚饭了，我答应了小成成一会儿带他去吃儿童套餐，他要收集史努比。”

“嗯，那我自己吃了。”

“你还想吃什么，我晚上给你带回去，鸡翅？”付坤说完没等他回答，又冲着旁边说，“蓝色的那种没大码了，你要不试试咖啡色那款，那个好配裤子……”

“就鸡翅吧。”

付一杰挂了电话之后进了厨房，把老妈准备给付坤的晚饭拿出来跟丢丢分着吃了。

周末家里如果没人，付一杰就会觉得很无聊，而且会特别想见到付坤。他抱着丢丢看电视，半天都没看明白电视里演的是什么。

丢丢没小时候那么活泼了，年纪大了就不爱动，趴在付一杰的腿上一直在打瞌睡。

“你睡吧。”付一杰拍拍沙发。

丢丢从他腿上跳到沙发上，蜷在一角开始呼呼大睡。

“还是你这样好，什么也不用想。”付一杰捏了捏丢丢的耳朵，又瞪着电视心不在焉地看了一会儿，他站起来进了屋，打算看看书。

站在书架前好几分钟了，他都没决定好要看哪本，最后目光落在了放在书架中间那层的小电视上。

这小电视和旁边的袖珍 DVD 机使用率不高，唯一的使用人是付坤。

付坤之前偶尔会用来看偷偷租回来的那些碟，不过进了大通之后他就没什么时间再看了，每天回来洗个澡就趴床上翻翻漫画。

付一杰盯着小电视，付坤以前每次要看的时候都会问他看不看，他一直都是直接去客厅待着。

付坤在屋里是什么样的情形，他不知道，但总会忍不住想象。

他把目光移开，顺着一排书名看过去，看了两个来回之后，目光还是再一次停留在了小电视上。

他知道付坤的那些碟都放在哪儿，老爸、老妈从来不进他俩的屋，所以付坤的碟都光明正大地放在书桌最下面的抽屉里。

付一杰拉开抽屉的时候，几张碟让人视线都不好意思多停留的封面就露了出来。他皱皱眉，这种画面还是会让他觉得不舒服，说不上来是恶心还是别的什么感觉。

他关上了抽屉。

在椅子上坐着发了一会儿愣之后，他还是弯腰又拉开了抽屉，随便拿了一张出来，把碟片反过来瞪着。

看不看?

付一杰看了看时间，站起来把小电视和 DVD 机从书架上拿了下来。花了几分钟决定在哪里看，最后他选择了榻榻米。把小电视打开，接上 DVD，再放进碟子，每个动作他都像是在做贼，手都有些发抖，放进去的是张什么碟他也没留意。

他过去按了快进，一路跳着往下看，片子没有多长，二十多分钟就结束了，然后下一个故事开始了……

付坤是什么时候回家的他都没有听见，直到卧室门被推开的时候，他才猛地回过神来。

“哎哟，”付坤很吃惊地看着他，“我说怎么叫你两声，你都没听见呢。”

4

门被付坤推开的时候，付一杰正盘腿坐在小电视前，眼睛盯着屏幕，脑子里的画面却并不跟屏幕同步。

抬头看到付坤时，那些画面瞬间有了实体一般的感觉让他顿时僵住了，但很快，做贼被当场抓住的羞愧感吞没了他，就好像自己脑子里的那些乱七八糟的内容已经全被付坤看见了一样。

他有些慌乱地对着小电视一脚踹了过去。小电视在榻榻米上打了几个滚，最后荧幕朝上停在了付坤脚边。

声音还在继续，付一杰之前并没对这声音太留意，现在猛地回过神来，这声音简直如雷贯耳！

“哎哎哎，”付坤笑着弯腰把小电视捡起来放好，按了DVD机上的暂停键，“你这是干吗呢？”

付一杰没说话，盯着付坤，付坤看上去很自然，没有什么特别的反应，把小电视放好以后就开始脱衣服，跟平时一样。

是啊，这没有什么奇怪的……

自己弟弟躲屋里看个片儿而已，有什么大惊小怪的？

付一杰心里松了一口气，低下了头，又很快地拉过旁边的毛巾被盖在了自己腿上。

“还挡个屁，”付坤把衣服裤子脱下来胡乱一扔，“都给吓回去了吧。”

没错，什么感觉都吓没了，反应当然也都回家待着去了。

付一杰垂头丧气地把毛巾被扔到一边，盯着自己的运动裤。

“给你带鸡翅了，”付坤拿了个纸袋递过来，“吃吗？”

“嗯。”付一杰赶紧一把抓过袋子，拿了个鸡翅出来埋头啃。

“我洗个澡。”付坤坐了起来，从他身上跨过去，拿了换洗衣服，很快就走出了卧室。

付一杰躺着没动也没出声。

付坤进了浴室，刚想关门洗澡的时候，又觉得口渴，嗓子眼儿发干。他又转身走到客厅，正要倒水的时候，他扔在沙发上的手机响了。

手机铃声不大，平时他经常听不见，但这会儿却像一道雷劈下来，吓得他差点儿把手里的杯子扔出去。

他放下杯子拿过手机，来电显示是个陌生的手机号，他接了起来。

“喂，你嗷。”付坤开口的时候觉得自己嗓子有点儿发紧。

那边似乎愣了一下才说了一句：“嗷嗷。”

“嗷你大爷啊。”付坤听出了是孙玮的声音。

“你一接电话就来一句你嗷，”孙玮乐了，“我哪知道是不是什么时髦的问候语啊。”

“你买手机了啊？”付坤问，孙玮一直没买手机，说是普通手机不够档次，要攒攒钱直接买个划时代的。

“V70！”孙玮喊了一嗓子，“怎么样？”

“钱多烧的。”付坤笑笑，没什么心情跟孙玮逗，“有什么事儿快说，我洗澡呢。”

“明天出来聚聚，”孙玮的声音突然变得有些惆怅，“我要去南方了，明天出来了跟你细聊。”

“有谱吗？”付坤愣了愣，“跟谁去啊？去干吗？”

“这会儿说不清，我妈跟我依依不舍交代三天了，现在还在交代。明天我去大通找你，你早点收，晚上通宵陪我，别回去了。”孙玮说。

“……行。”

付坤进屋的时候，付一杰还躺着没动，姿势都没有任何变化，他感觉自己后背都已经麻了，但还是不愿意动。刚才付坤的突然出现带给付一杰的冲击太大，以至于他的情绪半天都没缓和下来。

付坤把东西收拾好，最后走到付一杰的身边站着，低头看着他：“去洗洗。”

“嗯。”付一杰应了一声，却没有动。

“快去。”付坤踢了踢他。

“哥，”付一杰有些困难地把视线移向付坤，“我……”

“先洗吧。”付坤随手拿了本漫画，转身坐到了椅子上。

付一杰站在喷头下，热水哗哗地从头到脚浇着。

他已经一动不动地冲了好几分钟了，平时他很喜欢热水冲在身上时那种暖暖包裹着的感觉，今天却完全没体会到。

现在他冲这么久的原因很简单，就是不想动，每一个动作似乎都会让发闷的身体用尽全力。

他的手撑着墙，全身都是静止的，唯一还在活动的大概只有脑子了，也动得不是很利索，因为他现在要面对的有些超出了他的预计。

付一杰透过水珠盯着自己的脚，尴尬从脚底窜到了头顶。

老爸、老妈什么时候回来的付一杰都没听见，他想估计今天自己是失聪了！付一杰从浴室出来的时候，发现老爸、老妈和付坤都坐在客厅里，他吓了一跳，差点想扭头冲回浴室。

“快吃几颗喜糖。”老妈一看他就笑着喊，“有大白兔，你不爱吃这个吗？”

“嗯。”付一杰看了看茶几上放的一堆糖，想过去拿的时候却犹豫了，付坤就坐在茶几旁边的沙发上。

在他犹豫的几秒钟里，付坤伸手拿了颗大白兔扔给了他。

他赶紧伸手接住了。

低头把糖纸剥了将糖放进嘴里之后，付一杰试探着往付坤那边看了一眼，发现付坤没在看他，盯着电视，看得似乎还挺入迷，丢丢都走到腿边了也没发现。

“丢……”付一杰刚想叫丢丢过来的时候，丢丢在付坤脚上舔了一下。

付坤愣了愣，低下头看到是丢丢，吓得整个人都蹦了起来，缩着腿蹲到了沙发上，号了一声：“啊——”

“哎呀烦死了！”老妈从旁边沙发上够着过来往他胳膊上甩了一巴掌，“真想把你扔到狗窝里待一天！”

“丢丢舌头带倒刺儿呢，”付坤笑了笑，“对了，我明天晚上不回来。”

听到这话，抱着丢丢正要往走廊上过去的付一杰手抖了抖。

“干吗去？”老妈问。

“跟孙玮一块儿待着，”付坤拿了颗糖吃着，“他刚打电话来说要去南方了，过几天走。”

“他一个人去？”老爸插了一句，“他在那个汽车美容店不是干得挺好的吗？”

“钱少呗，”付坤靠在沙发上，“他每个月那点钱都不够他买烟的，现在还有个女朋友，不够花了。”

“他女朋友是上回我在街上碰见的那个吗？头发挺长的，眼睛大大的，挺漂亮的小姑娘。”

“嗯，就那个，好了挺长时间了，”付坤点点头，“都带回家见了家长了。”

“你什么时候带一个回来让我跟你妈看看？”老爸喝了口茶问他。

“急什么，”付坤笑笑，“我没时间。”

付一杰把丢丢放进窝里，老爸、老妈还在跟付坤讨论女朋友的事情，他不想听，直接回了屋。

付一杰有些心烦意乱地拿出张化学卷子，戴上耳机，找了首节奏慢的曲子听着，强迫自己静下心来做题。

做题看书到十一点，平时这个时间应该是他睡觉的时间了，但今天他完全没有睡意，付坤还在客厅陪老爸、老妈看电视。

付一杰收拾好东西，洗漱完了回屋的时候，付坤说了一句：“睡了？”

“嗯。”他点点头。

“你也早点睡了，每天这么忙，”老妈推了付坤一把，“明天晚上肯定又跟孙玮聊一晚上不睡……”

“睡睡睡。”付坤站起来活动了一下胳膊，进了浴室。

付一杰回到屋里迅速躺下，闭上眼睛，他想在付坤进来之前睡着。

但越是着急就越是清醒，本来就没睡意，这一折腾更清醒了，付坤进屋的时候他脑子里的睡意依然没影子。

付坤关了灯，在他身边躺下了。

要平时，付一杰这会儿就应该伸手过去搓他裤衩了，但今天愣是手指头都不敢动一下。

付坤也没睡，手一直东挠挠、西抓抓的。

屋里的钟过了十二点的时候日历翻过去咔地响了一声，付坤翻了个身，面向付一杰躺着，突然说了一句："你没睡吧？"

"嗯。"付一杰跟被点了穴似的一动不动。

付坤似乎还想说什么，但沉默了老半天之后只说了句："睡吧，明天上课呢。"

付一杰没出声，闭着眼睛听着付坤翻了个身，冲着墙。

一夜没做梦，醒的时候付一杰觉得自己好像就睡了几分钟。他看了看付坤，付坤还没醒，一只手搭在眼睛上。

付一杰没像平时那样盯着他看，很快地换了运动服，带着丢丢出门了。

丢丢现在不太爱动，而且很跩，带着它跑步，它愿意跑的时候就跟着跑，要不愿意跑的时候，付一杰绕着马路转一圈回来，它还在原地东闻闻、西刨刨的。

付一杰怕它太胖对身体不好，每天跑完步都得在楼下变着花样地逗它，让它多动动。

付坤站在阳台上，看着在楼下扔石头让丢丢来回跑着去叼的付一杰愣神。

"坤子，"老妈在客厅里准备早饭，"你弟这个暑假要开始补课了吧？"

"嗯，一中的传统嘛。"付坤拿了个包子吃着。

"我就想啊，你弟这太累了，要不就别让他去给你送饭了？大热天儿的，每天来回跑好几趟的。"老妈问。

付坤愣了愣，把包子咽下去之后点点头："行吧，大通现在的盒饭比以前的强多了。"

付一杰带着丢丢回来了，老妈一边喝粥一边说："回来啦，快吃早点，还有啊，以后你就别给你哥送饭了，太累了。"

付一杰明显愣住了，猛地抬头看着付坤，眼里一闪而过的迷茫让付坤顿时有点儿不好受，他嘟囔了一句："不是我不让你送……"

"哎哟，给你哥送饭又不是什么美差，妈怕你中暑，你们又要补课什么的，太累了，"老妈啧了一声，"快吃。"

"哦。"付一杰坐到桌边，低头开始吃早饭。

中午付一杰果然没来大通送午饭，付坤过了一点才想起来自己还没吃饭，之前人家送盒饭的人路过他眼前，他都没反应过来。

"陈姐，"付坤走到隔壁摊位，"你帮我……"

"付坤！"身后传来孔慧的声音，打断了付坤的话。

付坤回过头，看到孔慧一脸笑容，拿着个袋子站在他身后。

"你挺闲啊？"

"我表妹来了，她帮我看着呢。"孔慧从袋子里拿出两串葡萄递给他和旁边的陈姐，"尝尝，我表妹家里种的，都洗干净了。"

付坤拿了一串，放在了自己的大玻璃杯里："我一会儿吃，还没吃饭。"

"一点多了还没吃啊？"孔慧跟在他身后，"今天你弟没给你送饭？"

"嗯，他马上高三了，太忙。"付坤转身想出去跟陈姐说让她帮忙看着点儿，他去买盒饭。

"那你去买盒饭？"孔慧问。

"嗯，陈姐你帮我……"

"我帮你守着吧，"孔慧在他摊位上的小凳子上坐下了，"反正我有空，你去买吧。"

付坤有点儿犹豫，孔慧对他的心思他有感觉，他对孔慧印象不错，但没多余的想法，他不想跟她处得太近了。

"快去吧，"陈姐笑了，"有美女帮你守着，你还想什么呢？"

"我十分钟就回。"付坤看了孔慧一眼，拿了钱出去了。

最近的卖盒饭的那家已经收摊了，付坤不得不跑到路口那家买。

付坤回来的时候，摊位上有人，孔慧正一边跟人说着什么一边收钱，看到他回来，笑着指了指那人："坤子你看，这大哥穿这色儿是不是特合适？"

付坤扫了一眼，点点头："嗯，挺精神。"

"我就说嘛，大哥，这价你买这衣服绝对划算，你个儿高，穿这个特有派。"孔慧上上下下打量着那人，嘴里一直在表扬。

那人拿了衣服往外走，冲付坤笑笑："你媳妇儿真厉害，太会说了。"

付坤张了张嘴，人都走出去好几步了他才说了一句："穿得好再来。"

"给你钱。"孔慧把收来的钱塞到他口袋里，笑得很甜。

"谢谢。"付坤坐下开始吃盒饭，"你快回去吧，你表妹也跟你似的这么能说吗？"

"行啦，我走了。"孔慧拍拍手，转身往外走，走了两步又说了一句，"我明天给你带一份饭吧，省得你跑了。"

"别，不……"付坤呛了一口，一边咳一边追了出去，孔慧已经一路小跑着往里去了，"不用……哎。"

"干吗不用啊？"陈姐坐在摊口跟几个别的摊主聊着天，看他这样子笑了起来，"多好的小姑娘给你带饭，你还不要。"

"又不是买不到饭。"付坤有点儿无奈。

"哎，装傻呢这小子！"旁边的黄姐笑得很起劲，"要不我给你带吧，你看得上我不？"

"谢了，我不想被你老公拦腰一刀。"付坤笑笑，黄姐的老公是个包工头，五大三粗，口头禅就是"老子拦腰一刀给你剁了"。

付坤没再跟她们几个扯，捧着饭盒回去坐好继续吃，有点担心孔慧以后真天天给他带饭。

下午孔慧又跑过来跟付坤聊了一会儿天，他一边跟她东拉西扯，一边做生意，还在心里盼着她表妹快走，以后也别来了，要不她天天这么没事儿就过来待一会儿，他真有点吃不消。

直到下午四点多，孙玮过来了，他才松了口气，见了孙玮跟见了亲人似的。

“收拾收拾走吧，请你吃烤鸭。”孙玮一件件翻着他摊上的衣服，“给我推荐条裤子，再给我个吉利价，别白给，我穿着出发。”

付坤给他挑了条休闲裤：“八十八。”

“好！”孙玮很满意地拍拍他的肩。

“什么时候走？”付坤问他。

“后天，票已经买好了。”

孙玮拉着付坤去吃烤鸭，这是他的挚爱，让他一星期七天都吃烤鸭，吃一个月他都不带腻的。

吃完了烤鸭又去吃烧烤，边聊边吃，几罐啤酒下肚，孙玮话越来越多，说起他俩从小到大的事，眼泪都在眼眶里闪着了。

“坤子，”孙玮一个劲儿往付坤肩上拍着，有时候拍爽了还捏儿把，“千万别想我，我会给你打电话的！”

“嗯。”付坤很配合地点头，孙玮一喝酒就这德行，他都习惯了，以前喝多了还抱着他的腿管他叫三大爷。

“要不是那边好发展，我也不想去的，咱这儿多好，朋友多、人头熟。”孙玮拿着啤酒罐子往付坤手上磕了磕，“但你说老板点名要带着我过去，这机会多好，干得好以后分店归我管，我真是没法放着不去。”

“是，去是对的。”付坤点头，拿起啤酒喝了一口，“不过你留点心眼儿，有什么事你多问问人，商量着点儿。”

“坤子，”孙玮突然狠狠在他肩上捏了一把，带着哭腔，“你帮我照应着点春雨，我把你电话号码留给她了，她有什么事你帮着点，我太远了……”

“放心，这个你不用交代。”付坤让他捏得差点儿跟着他一块儿哭出来了，“让她有什么事只管说。”

“好铁子！”孙玮用力拍了拍他的背，“干了。”

付坤忍着咳嗽仰头把啤酒全喝了，看着孙玮手有点抖地开啤酒罐子的时候，他突然有点儿惆怅。

从小一块儿长大的朋友几天之后就要去那么远的地方，他虽然不像孙玮把难受都放在明面儿上，但心里的确很舍不得，几次都想开口说“要不咱不去得了”。

长这么大，他还没这样跟朋友依依道别过。

又喝了几罐啤酒之后，他突然想起了付一杰，这小子如果考上了外地的大学，一走就是一个学期，自己会是什么感觉？

他摇摇头，喝了一大口啤酒，把这个想法压了下去。

对于付一杰，以前他从来没有想过太多，哪怕是苟盛和陈莉都说他对这个弟弟好过头了的时候，他也从来没多想。

可现在，他一边觉得自己应该多认识点其他人，跟付一杰拉开点距离，毕竟他们从小都腻在一块儿，但一边又担心自己突然有什么改变会影响付一杰的心情，毕竟付一杰过了暑假就高三了。

怎么办？

5

付坤跟孙玮俩人喝酒喝到半夜，孙玮走路都要挂在他脖子上了，还嚷嚷着要去唱歌。

“你都这德行了，舌头在哪儿你知道吗？”付坤架着他，俩人在街上摇摇晃晃地走着，偶尔有个把人经过看到他俩，离得老远就绕开了。

“这儿呢！”孙玮转脸把舌头伸得老长让他看，“你看，看到没？”

“看到了看到了。”付坤赶紧推开他的脸，怕他会顺便在自己脸上舔一舌头，“要不咱们找个地儿先醒醒酒？”

“好，澡堂子！”孙玮大着舌头喊。

“我怕你淹澡堂子里了，”付坤拖着他往路边的花坛旁的凳子走过去，让他坐下了，“先在这儿待会儿。”

付坤跟孙玮在路边的石凳子上坐了一晚上，孙玮先是吐，吐完了说胡话，说完了胡话要水喝，喝完水以后酒劲过去不少，往椅子上靠就睡着了。

付坤叫不醒他，也打不着车，出租车一看到孙玮那样都是踩了油门就跑，他只得跟孙玮俩像无家可归的流浪汉在街边迷糊了一晚上。

等到早上孙玮醒了，他俩才各自回家。

付坤回家的时候，在楼下碰上了带着丢丢出来跑步的付一杰。

“回来了？”付一杰看到他愣了愣，“没睡啊？脸色有点儿差。”

“别提了，在路边猫了一宿，困死了。”付坤习惯性地想要抬手搂搂付一杰抓抓头发什么的，手都抬起来了，又突然觉得也许不该这样，想收回来又觉得不太妥。

付坤正举着手不知道该怎么办的时候，付一杰笑了笑：“那你上去补瞌睡吧，我跑步去了。”

付一杰带着丢丢很快跑开了，付坤收回手，慢慢上了楼。

付一杰跑得很快，跟逃跑似的，跑了一大段路，丢丢跟不上他在后面拼命叫的时候，他才回过神来，蹲下等着丢丢跑过来，摸了摸它的头：“丢丢啊，你有没有感觉到……我哥……”

丢丢舔舔他的手，扭头从路边花圃里咬了根草嚼着。

付一杰叹了口气，站了起来：“我跑圈啦，你还跑吗？”

丢丢跳进了草丛里趴下了，付一杰笑笑：“那你在这儿等我。”

付一杰平时跑步一般是三个大圈，今天跑了两圈半就有点儿累了，不知道为什么。

他还有点儿烦躁，就像是这圈永远跑不完了，来回一圈圈地转，同样的路线，同样的景色……

他对着路边的一块石头踢了一脚。

之后的日子似乎又恢复了平静，付坤每天按部就班地去大通，付一杰每天上课、下课、晚自习。

从暑假到再次开学，付一杰觉得付坤的变化很明显，但又说不出到底是哪里变了，仅仅是不再跟他搂来搂去也似乎算不上什么变化，他俩以前也不总是这样。

付坤还是经常会在晚上回来的时候给他带夜宵，他复习的时候，付坤都不会睡，一直在旁边画画或者看漫画陪着他，等他复习完了收拾的时候，付坤才会躺下。

这一切都跟以前没有什么变化，但付一杰还是感觉到了……疏远。

是的，在一切如常的表面下，是付坤不动声色的疏远。

付坤保持着跟以前一样的习惯，努力地维持着他们看上去没有变化的亲密关系，但最重要的那层感觉消失了。

希望弟弟永远跟在自己身边的那种感觉，不知道从什么时候开始，消失了。

付一杰趴在桌子上，听着旁边付坤的笔在纸上划过时的唰唰轻响。

这种安静地各做各的事，平静安心的状态，是他以前最大的享受，现在却只让他觉得没着落，心里无论如何都不踏实。

付一杰讨厌这种感觉，是没有安全感，四面不着边的感觉。

他不愿意被动地陷在这种让人飘着的状态里，他不愿意就这样耗下去，不知道什么时候才会有所改变。

无论做什么，总要有点变化。

要打破这种让人窒息的尴尬与伪装的平静。

“哥。”付一杰合上书，转头看着付坤。

付坤正在画兔女郎，放下笔也看着他：“怎么？”

“我想住校。”付一杰说。

付坤愣了愣，笔在兔女郎脸上戳了一下，给人家嘴边加了颗好吃痣。

“住校？”他看着付一杰，不知道这小子突然说出这么一句是什么意思。

“嗯，”付一杰用牙咬着笔，一下下地晃着，“这学期我们全班的同学差不多都住校了，晚自习有老师上课，复习比较方便。”

“哦……”付坤盯着他的笔，沉默了挺长时间才问了一句，“你跟爸妈说了吗？”

“还没有，明天说吧。”付一杰低下头继续做题，“最后一年了，我想使使劲。”

“你挺使劲的了。”付坤看着他的下巴，一个暑假过完，他瘦了不少。以前夏天他也会瘦，但没这么明显，一眼就能看出来。

“我们班那几个晚上不到两点都不睡了，”付一杰笑笑，“再说我说过……”

他没有再说下去，收起了笑容，唰唰在卷子上写着。

他说过的那些话，付坤应该还记得，但他已经不确定付坤还会不会像以前那样笑着回答“我记着呢”，也不确定付坤是否还需要这种在其眼里也许透着幼稚的承诺。

“学校的伙食能行吗？老妈现在每天换着花样给你补，你还瘦这么多。”付坤想想又说了一句。

“别人能行我就能行，没事儿。”

付一杰跟老爸、老妈提了住校的事，老妈跟班主任打了个电话，班主任也很支持，班上成绩好的同学差不多都住校了，都是为了方便复习。

老爸、老妈也没反对，就是跟付坤一样，担心付一杰吃不好。

“那你周末必须回家。”老妈盘算着，“周五回来，妈给你做两天好吃的，周日你再带点去学校，好不好？钱也别省着，想吃什么就买。”

“嗯。”付一杰点点头，偷偷瞅了瞅付坤，付坤看上去很平静，这让他多少有点儿失望。

“坤子。”老妈扭头看着付坤。

“哎，知道。”付坤马上拿出钱包，把里面的大票都抽了出来递给付一杰，“你先花着，不够给我打电话……”

“你有病啊！”老妈喊了一声，“谁让你给他这么多了，让人偷了抢了怎么办？！给几百拿着就行，一星期回一次家呢。”

付坤犹豫了一下，还是把钱放到了付一杰手里：“少了我不放心……偷就偷了吧，抢估计没戏，一截儿跆拳道不是白练的，随便甩我一拳我疼半天呢。”

“哎……”老妈也没再说什么，“二宝贝儿啊，钱收好，别让人看见。”

“嗯。”付一杰把钱放进了书包里，按老习惯塞在了最下边儿，他藏钱一直很认真。

付坤给他的钱，别说一星期，估计俩月他也用不完，但他没拒绝，只因为付坤那句“我不放心”，让他觉得这钱不光只是钱，虽然这有点儿自作多情的嫌疑。

一中的宿舍条件还不错，四人间，付一杰住的这间在四楼的最里头，加他一共三个人，都是平时关系还成的同班同学。

付一杰连续三天晚上都失眠，他第一次跟别人睡一个屋，尽管这两个同学睡觉都很安静，有人睡觉之后大家动作都很轻，付一杰却还是用了快一个星期来适应。

不过以前的习惯还是没变，他每天早上会起来跑步，在学校操场上转圈跑，唯一不同的是没带着丢丢了。

早上遛丢丢的任务落在了付坤身上。

付坤没有早起的习惯，现在每天带丢丢出门的时间比以前晚了一个多小时，丢丢还算配合，没有嫌弃他。

跟付一杰的跑步比起来，丢丢大概更喜欢付坤这种半死不活、还没睡醒状态下的溜达。

付坤只是带着丢丢顺着付一杰跑步的路线走，比平时走得快一些而已。

这种晚起快步走的活动进行了一个多月之后，他最初觉得丢丢会看他不顺眼，没事就咬一口的紧张心情才慢慢缓解了。

“丢丢，”付坤跟丢丢一直保持着两米距离，丢丢也不太搭理他，边走边在路边闻来闻去，“丢丢。”

付坤叫了好几声之后，丢丢才会抬头看他一眼，他又接着说：“你要不要跑一下？你是不是要跑一阵才拉屎？”

丢丢低头继续闻。

"你二哥是怎么让你拉屎的？你这每天拉屎看心情不行啊，今天都半小时了你还不拉……"

丢丢扭头钻进了旁边的草丛里，只能看到一条尾巴，定了一会儿之后又蹦出来了。

"真……听话。"付坤拿出张报纸，很费劲地蹲过去，把丢丢的屎包着扔进了旁边的垃圾箱，"回吗？"

丢丢一扬头，前面带路似的往家小跑着走了。

自从付一杰住校，付坤和他见面从每天变成了每周。一开始，付坤有点儿不习惯，特别是看到丢丢的时候他总会想起付一杰在楼下扔石头让丢丢跑步的样子，晚上睡觉还凑合，反正现在付一杰也不再搓他裤子了。

这种时不时会想起付一杰，而且心里立马就会很不踏实的感觉让他害怕。

他不知道该怎么做，只能尽量让自己忙起来，他给付一杰存大学费用的目标已经完成了，现在可以开始琢磨盘店的事。

他跟程青青商量过，他俩都觉得铺面要盘下来的话，以一个人的资金有点吃力，如果他俩合伙，就能轻松不少，店里一半男装一半女装，也可以。

只是说是这么说，要想找个合适的铺面并不容易。

付坤脑子里每天除了这事，基本就没什么别的了，偶尔想起付一杰，就会有一种想去学校找他看看他过得怎么样的冲动，但很快会被付坤强行压下去。

以前付坤不太爱跟旁边的老板们聊天，大姐大哥们聊的内容挺无聊的，但现在他也会拿张椅子坐在一边听着，也算是分散注意力。

孔慧还是会有空就往他摊位上跑，边上熟点的人全都看出她的心思了，没事儿老开玩笑把他跟孔慧往一块儿凑。

付坤一直没任何表示，孔慧挺秀气，性格也不错，热心肠还勤快，光大通里就有不少人追，付坤却始终对她没什么想法。

"付坤，发什么呆呢？"孔慧的声音在付坤耳边响起。

付坤不知道她什么时候坐到自己身边，回过神来的时候吓了一跳："你怎么又……”

“又来了？”孔慧笑了，有点不好意思，“打扰你了？”

“没，”付坤赶紧说，“顺嘴一说。”

“我找你有事儿呢。”孔慧说，说完这句，她突然就脸红了，低头半天才又说了一句，“你明天晚上有空吗？”

“有，怎么了？”付坤说，他现在八点多收了摊就回家，也没什么别的事。

“我有个朋友给了我几张优惠券，”孔慧从口袋里掏了几张优惠券出来，“是个新开的西餐厅的，双人套餐的优惠……你有空吗？”

“吃西餐啊？”付坤愣了愣。

“嗯，”孔慧点点头笑了，“我没吃过呢，想去体验体验，一块儿去吧？要不我点个双人套餐也吃不完啊。”

孔慧的借口找得太随意，付坤再傻也能看出来她什么意思了，他犹豫了一下改口说明天不知道有没有事，孔慧也没多说什么，只说明天下午再来找他确定一下有没有时间。

话说到这份上，付坤也不好再说别的。

晚上付坤回到家的时候，老妈正在打电话，付坤听了几句，是跟付一杰的班主任，付一杰连着两个星期没回家了，老妈大概是想了解一下他的情况。

“说你弟挺好的，摸底考成绩又往前蹿了。”老妈放下电话挺开心，但很快又一脸忧伤，蹲到丢丢旁边摸着它的头，“哎，怎么说我都很想你弟啊，这都多久了，我还没适应过来。你说要是他以后去外地上大学了，怎么办？”

“你这是老母鸡心态。”付坤说，拿起杯子喝了口水。

“你才老母鸡！我怎么老了！”老妈瞪着他喊。

“你这人……”老爸在一边叹了口气，“那你是小母鸡吗？要不中母鸡？”

“你才母鸡！”

“对嘛，重点在这里。”

“重点是我不老！”

付坤笑着进了屋，关上门往榻榻米上一扑。

他说老妈是老母鸡心态，其实自己大概也差不多？

老妈不提还好，一提付一杰的事，他就一阵郁闷。他不知道付一杰适不适应现在这样的生活，他一直想强迫自己相信自己很适应，但老妈提起付一杰时，他会猛地希望这小子就在自己身边，自己可以伸手抓到对方的头发，可以往对方的脑门儿上弹一下……

老公鸡心态？小公鸡？青年公鸡？

付坤被自己瞎琢磨逗乐了，一个人冲着天花板乐了半天。笑了一阵儿之后他却笑不出来了。

孙玮虽然老跟孙潇吵架，但他知道孙玮很疼自己妹妹。不过孙潇高中住校三年，孙玮从来没像他这么抓心挠肺过。

还有谁对自己弟弟会像他这样的！

付坤有点儿烦，爬起来坐到桌子前拿了张纸打算画画。对于他来说，画画是唯一能让他心静的方式。

不知道为什么，他坐下的时候，没坐在平时自己总坐的那边，而是坐在了付一杰的椅子上。

发现的时候，他有点儿懒得动了，拿了笔随意地在纸上勾画着。无意识地勾了半天，他才发现自己画的是付一杰。

付坤很恼火地把纸揉成一团，扔到了旁边的纸篓里。

瞪着空空的书桌愣了不知道多久，他站起来走到了书架旁边，目光向上看过去。

付一杰的那几本书就放在最上面一层，上回被他发现之后，付一杰似乎没再动过这些书。

付坤盯着书，感觉自己目光如炬，像激光一样，简直能穿透书的封面了。

不过盯了一会儿，他既没能如炬地看透，也没能如炬地让书着起来，于是他抬手随便拿了一本下来。

付坤很久没看有这么多字的书了，自打高中毕业，他就再也没碰过这么多字的东西。

看了几行序言，他就有点儿扛不住，眼皮开始打架。

他只好翻了翻目录，开始直接看书里记录的那些个案。等他合上书的时候，桌上的小钟显示的时间是夜里一点半。

付坤看书很慢，而这些一个个简单的故事带给他的强烈震撼让他看得更慢了。他盯着钟上的指针，心里还在不停地翻涌着，他甚至能听到自己脑子里那些纷乱的呐喊。他不得不闭上眼睛深深吸了好几口气，努力地让自己平静下来。

发现这些书的时候，他并没有这样看过，只是翻了几下，看了看标题而已。

但今天，他把这本书里所有的案例都看完之后，内心的滋味简直没法形容，除了震惊，更多的是害怕和不安。

他无法想象付一杰在几年前拿到这些书开始看的时候是什么感受，合上书的那一瞬间，心疼、迷茫、恐惧，让他手都有点发抖。

他几乎不需要再去猜测，不需要再打太极似的跟付一杰推来挡去，付一杰是怎么回事，他基本已经没有疑问。

付坤站起来，轻手轻脚地去洗了个澡，回到屋里把书放好，倒在榻榻米上，疲惫地闭上了眼睛。

他本来以为自己会没办法入睡，会一整晚失眠，他甚至拿了两片老妈偶尔失眠会吃的安定放在枕边，准备睡不着就吃，但他躺下没几分钟就睡着了。

只是早上醒来的时候，他感觉睡得并不愉快。

他做了一整夜的梦。

梦里全是付一杰。

他睡觉爱做梦，算是个做梦熟练工，但这一夜无论他怎么打断自己的梦，强迫自己重新开始一个故事，主角始终是付一杰。

他站在镜子前看着自己，发现明明睡了一夜，黑眼圈却都出来了。

带着丢丢出去溜达完回到家，他翻了盒参片出来含了一片，他觉得很累，怕自己这状态今天会撑不住。

6

今天生意还可以，摊位上一直有人，来回看的、问的、砍价的……付坤应付得很辛苦，几次都差点儿想跟人发火。

下午孔慧又过来了，付坤很想问她，就这么没事，老扔着自己生意不做，还想不想赚钱了，但他没开口，坐在一边看着孔慧帮他招呼客人。

“给，”孔慧把收来的钱给他，“今天气色不怎么样啊。”

“没睡好。”付坤闷着声音回答。

“没感冒吧？今天有点儿凉了。”

“没事儿，哪那么容易感冒。”付坤笑笑。

“那……今天晚上能一块儿去吃那个套餐吗？”孔慧问他。

付坤沉默了一会儿，挥了挥手：“去就去吧。”

“太好了！”孔慧很开心地蹦了一下，“那我晚上收了摊过来找你。”

“嗯。”

付坤估计老妈中午下班到家之后，给家里打了个电话，跟她说晚上晚点回，跟人吃饭。

老妈追着问是跟谁吃，付坤犹豫了一下，告诉了老妈是孔慧。老妈再追着问这个姑娘怎么样的时候，付坤把电话给挂掉了。

一下午，付坤有一半时间在发呆。孔慧收了摊过来找他的时候，他还在对着手机出神。

他站起来，把放在摊位外面的架子搬进来，收拾好自己的东西，跟着孔慧出了大通。

孔慧心情不错，吃东西的时候一直在笑，话也很多。

眼前的气氛挺好，餐厅里的客人不多，光线配合着隐隐约约的音乐暗得恰到好处。

不过跟孔慧相比，付坤心情一般，也没什么食欲，看着放在面前的一大块肉，莫名其妙地就想着，这要是付一杰在，三盘都不够他吃的。

“你吃得好少啊，”孔慧说，“还没我吃得多。”

付坤这才回过神来，切了块牛肉放进嘴里：“你长身体吧。”

“喂，你是在嘲笑我还没发育好吗？”孔慧笑了起来。

付坤扫了她一眼，欲言又止，怕她误会什么。

孔慧给他说以前刚练摊儿时候碰到的各种事，一边说一边自己乐个不停。付坤本来不想笑，看她一个劲儿傻笑的样子没忍住，也跟着乐了。

“是不是很逗？”孔慧笑着问他。

“是，以前没发现你笑起来这么可乐呢……”付坤说。

“付坤！”孔慧脸都红了，指着他正想说什么的时候，他的手机突然响了。

“我接个电话，你继续笑。”付坤笑着掏出手机看了看，显示的是家里的号，他接了起来，“妈？”

“你还有多久回？”老妈在那边问。

“快了，怎么了？”

“下雨了，冷死了，你没感觉吗？”老妈啧了一声，“你还记得上星期你弟拿去的是薄被子还是厚点的那个？”

“下雨了？”付坤他们坐在餐厅靠里的位置，看不到外面的情况，餐厅里有空调，他也没感觉到冷。

“嗯！变天儿了，冻死了！”

“他拿的是薄被。”付坤看了看手机上的时间，“我现在回去。”

“要不你明天给他送床厚被子过去？现在来不及了吧？他也不傻，跟同学借床被子或者挤挤……”

“来得及，我马上回去。”付坤挂了电话。

“怎么了？家里有事？”孔慧问。

“我弟没带厚被子去学校，我去他们学校，你……”付坤站起来就往外走，走了两步又回过头犹豫了几秒钟，“你自己回去吧。”

付一杰刚下晚自习，顶着突如其来的北风往宿舍边蹦边走。这天儿说变就变，下午只是有点儿凉，晚上就冷成这样了。

一进宿舍楼，舍管大爷就叫住了他：“付一杰，正好，你妈妈的电话。”

“谢谢大爷。”付一杰跑过去接了电话，“妈？”

“哎哟，二宝贝儿你冻坏了吧？”老妈在那边喊。

“没事儿，不冷。”付一杰边蹦边说。

“你在你们宿舍楼下等一会儿吧，你哥已经给你送被子过去了。”

“这都几点了，还让我哥往外跑啊？”付一杰看了看外面，皱了皱眉。

“我说让你今天跟同学挤挤，你哥非要这会儿就送过去，外面吃着饭，半道就跑回来拿被子了……”

“吃饭？”

“嗯，说是也在大通的朋友，什么慧，记不清姓什么了，洞啊还是眼儿的，你知道是谁吗？”

“不知道。”付一杰回答。

孔慧？

付坤骑着老爸的摩托车，带着老妈用巨大的电视机塑料袋套好的被子去了一中。

出门的时候老妈让他穿件雨衣，他看着雨也不大，嫌麻烦就没穿，结果骑着车刚过两条街，他身上的外套就全湿了，看着特别惨。

在一中宿舍楼下的停车棚锁好摩托车之后，他扛着大被子往宿舍跑过去。刚跑了没两步，他就看到付一杰从宿舍楼一楼跑了出来。

他俩迎面朝彼此跑的样子，让付坤觉得特像扛大包的老乡跟城里弟弟久别重逢，就差冲上去握着付一杰的手说：“弟弟！你过得还好吗？”

“怎么淋着雨就过来了？”付一杰显然没他这体会，皱着眉过来把他扛着的被子一把拎了过去，“家里那么多雨衣，都能出去摆摊卖了，你都不知道穿一件？”

“费劲。”付坤笑笑，跟在付一杰身后跑进了宿舍楼，“我出门儿的时候，这雨看着一点儿也不瓢泼。”

“要感冒了呢。”付一杰跑到舍管的小屋门口，“宋大爷，我哥来了，我领他去宿舍，一会儿就走。”

“行行。”宋大爷伸头看了看付坤，“这付坤几年没见变样了啊。”

付坤乐了，宋大爷之前一直在一中门卫室，不知道什么时候到宿舍这边儿来待着了，他凑到宋大爷面前：“大爷您这是转行了啊？眼神儿还不错，还能看出我越来越帅了。”

“这小子。”宋大爷笑了，挥挥手，“赶紧上去吧，这一脑袋水。”

付坤跟着付一杰往楼上走，俩人都没说话，他突然觉得有点儿尴尬，老想找点儿话说，但半天一个字都没找出来。

看到付一杰身上穿的是件单衣的时候，他才总算找着一句：“怎么穿这么少，不冷吗？”

“冷。”付一杰拐进走廊，一边掏钥匙一边说，“以为你没多大会儿就到了，我就没上来穿衣服。”

“你等我快到了给你打电……”付坤说了一半儿才想起来付一杰没手机，宿舍电话一般不帮叫人，只帮传达，他犹豫了一下，“一截儿，我给你买个手机吧？”

付一杰愣了愣：“干吗？”

“联系方便啊，宿舍就那一部座机，还总有人用，有个什么事儿也不方便。”付坤抓抓头发。

“全校也没谁带着手机的，我就不用了吧，”付一杰进了宿舍，把被子拿出来放到了床上，又拿了自己的毛巾扔给付坤，“擦擦吧。”

付坤拿着毛巾往头上胡乱擦着：“谁说没人拿的，我高一的时候你还记得吗？许佳美不就拿了个大哥大来学校吗，绕操场转了好几圈显摆。”

“我是许佳美吗？”付一杰转头看着他。

“嗨，我不是那个意思。”付坤抓着毛巾，这会儿提许佳美干吗呢，别说付一杰一直对她没好印象，自己提起她来也挺硌硬，“我的意思是……”

“不用买了，你哪天换新手机的时候把旧的给我就行。”付一杰在床边坐下笑了笑。

“嗯。”付坤点点头，在宿舍里看了一圈，付一杰的床在靠门这边的下铺，收拾得很干净，靠墙的那边码着一摞摞的书，他原地转了一圈之后看付一杰没再说话，只得又没话找话地说了一句，“你们宿舍的人呢？”

“还在教室呢，熄灯前才会回来。”

“哦，那……”付坤又原地转了一圈，“那我走了。”

“淋着回去？”

“没事儿，反正也就这么来的。”

“那你换件外套吧。”付一杰站起来打开了自己的柜子，“你换件我的……哎？我外套呢？”

付坤愣了愣：“你哪件外套？”

“就你给我买的那件黑的啊……”付一杰挺迷茫地在柜子里翻着。

“在家挂着呢，你什么时候拿学校来了啊？”付坤有点儿无奈。

“啊。”付一杰站在柜子前没动，脑袋都塞到柜子里去了，付坤平静而随意地说出来的这句话让他鼻子猛地一酸。

这种以前在他俩之间再平常不过的自然而亲密的语气，他已经很久没有听到过了，付坤也许并没有感觉，他却有点儿扛不住。

“你没拿外套到学校来吧？”付坤问。

“嗯，好像是没拿。”付一杰还是把脑袋放在柜子里。

“那你明天穿什么？冻死你！”付坤急了，“妈给你打电话的时候你怎么不说没带外套？”

“我哪知道没拿啊，我一直以为拿了那件黑的啊。”付一杰把下巴搁在柜沿上。

“别闻了，闻也闻不出一件外套来。”付坤拉着他胳膊把他脑袋从柜子里拽了出来，“你穿我这件吧，挂一晚上，明天肯定干了，我明天给你拿点衣服过来。”

“那你就这么回去？”付一杰跟他面对面站着。

“没事儿。”付坤笑了笑，又盯着他看，然后低头看了看他的鞋，“哎，我怎么觉得……你跟我一样高了？”

“不知道，很久没量了，没准儿已经比你高了。”付一杰这才发现他跟付坤面对面站着的时候，是平视着对方的眼睛了，大概是长高了？

不知道付坤还记不记得以前说过的话，付一杰没有勇气问，再说他现在也根本不知道需要付坤答应他什么了。

宿舍的两个同学回来了，马上要熄灯，付坤一边不想走，一边又不知道还有什么可说的。

他感觉自己有不少话想跟付一杰说，但现在付一杰看上去挺稳定，他心里塞着的那些没理顺条理的话，那些乱七八糟想要问的问题，他实在不想在付一杰埋头复习要高考之前说出来，现在任何会影响付一杰高考的话他都不能说。

“我走了。”付坤说了一句，把身上的外套脱下来放在付一杰床上，扭头走出了宿舍。

付一杰想说自己可以借同学的衣服，但想想还是没出声，跟着他走了出去。

“还送啊？回去吧。”付坤回头笑笑。

“又不送多远，送你到楼梯口。”付一杰也笑笑，一直忍着没说的话到底还是没能忍住，“你跟人吃饭吃一半跑过来给我送被子，怎么也得表示一下。”

付坤愣了愣，转过身：“妈跟你说的？”

“是孔慧？”付一杰问。

“嗯，把她一个人扔西餐厅了。”付坤叹了口气，“改天再请她吃个饭算赔礼吧。”

付一杰回到宿舍没多久，宿舍就熄灯了，同屋的俩人开了节能灯继续看书。他平时也会再看看书才睡，但今天不太有心情，直接钻进了被子。

第二天付一杰穿着付坤的外套去上课，中午吃完饭回到宿舍的时候，宋大爷叫住了他，递给了他一个大包：“你哥让我把这个给你。”

“我哥来了？”付一杰扭头就想往外追。

“走了，第四节课的时候来的。”宋大爷叫住他，“还等了你一会儿，说是时间来不及就先走了。”

“哦。”付一杰抱着大包，有些失落地上了楼。

付一杰你没事儿吃什么饭？回了宿舍再出去吃饭不行吗？能饿死吗？

包里装的是他的几件外套和厚牛仔裤，他把衣服一件件放进柜子里。

包的下面还有两包一斤装的牛肉干，是他最爱吃的麻辣味的，平时没事他不用一小时就能吃光一包。

把牛肉干拿出来之后，付一杰惊讶地发现，下面还有个手机盒子。

他打开盒子，看到里面是付坤的旧手机，充电器什么的都齐全，他开了机，发现卡也已经装好了。

“你什么意思啊？”付一杰拨通了付坤的号。

“我换手机了。”付坤大概是在吃饭，含混不清地说，“你不说我换了手机，你要我这个旧的吗？就给你了，电话费你甭管，我每月一块儿交了。”

“我是说你该换的时候……”

“早该换了，你先用着吧。你考上大学了，哥再送你个新的。”付坤笑着说，“牛肉干省点吃，你还好几天才回家呢。”

“嗯。”

“有什么事就给我打电话，赶紧睡会儿吧，我这儿要忙了。”

“挂了。”付一杰挂掉电话后，拿着手机愣了很长时间。

这个手机付一杰拿到手两天，基本没用，宿舍同学一人借用一次给家里打了个电话。

直到周五下午放了学，他才拿了手机出来。晚上数学老师给上晚自习的人讲卷子，他本来不想去听了，但宿舍同学都去，他就想去听一节再回家。

付一杰犹豫了半天是打给付坤还是打给老妈，最后还是拨了家里的号码。

跟老妈打完电话之后，他躺在床上，又有点儿后悔没给付坤打电话，现在打过去连个理由都找不出来了。

付一杰狠狠地往床板上捶了一下，现在这到底是怎么了？为什么他给付坤打个电话都需要事先想好理由？

没理由就不能打电话了吗？

哥，我想吃牛肉干儿了。

哥，我没别的事，就是想跟你聊会儿。

哥，你在干吗呢？

哥……

这么简单的事，到了自己这里，为什么就会变成这样？

他翻了个身，上铺去食堂打饭，叫他一块儿，他有气无力地表示不想吃饭了。宿舍的人走了之后，他盯着一块脱落的墙皮继续郁闷着。

七点多晚自习快开始的时候，老妈打了个电话过来问他吃了没，让他饿了先垫垫，家里做了红烧肉等他回家了吃。

“我吃饱了也能再吃一顿的。”付一杰一听红烧肉就馋得不行，“让我哥帮我买瓶饮料吧，我回家想喝。”

“让你爸去买。”老妈笑着说，“你哥不定几点回呢。”

付一杰愣了愣：“他干吗去了？”

“请那个慧吃饭啊，上回吃一半把人扔餐厅就跑了，今天人家有空，就请人姑娘一顿算补回来呗。”

付一杰挂掉电话的时候差点把手机砸到地上。

上回付坤说要请孔慧再吃一顿算赔礼，合着不是顺嘴一说啊？你请我一顿，我请你一顿，你再一顿，我再一顿。

付一杰往旁边的椅子上踢了一脚，这就没个完了！

虽然他也知道付坤这事按正常情况处理根本就没什么不对，但还是莫名其妙地想发火。

吃！

吃！

我让你吃！

付一杰咬着牙。

7

付一杰喝了一口凉水，在嘴里含了含吐掉了，把宿舍的窗户打开，北风一下灌了进来。他张着嘴，先是对着风一通干咳，使劲咳得气儿都喘不上来了之后，又对着风开始哈气。

吸气，哈气，吸气，哈气……

折腾了能有十来分钟之后，他觉得嗓子开始有点发干发紧，舌头也有点儿粘嘴里不灵活了，这才拿起手机拨通了付坤的电话。

他一边继续吸气哈气，一边等着电话接通。

“一截儿？”那边传来了付坤的声音，还能听到些背景音乐声。

付一杰吸了一口气，放缓声音：“哥，你在外边儿啊？”

这声音超出了付一杰的预想，沙哑中居然还控制不住地跑了调，听上去透着一股子快不行了的凄惨劲儿。

付一杰都有点儿不好意思了。

“你怎么了？”付坤马上听出了他声音不对。

“没……”付一杰忍着强烈的想清清嗓子的欲望，这要一清了嗓子，声音立马就会回到正常状态了，“你吃吧。”

说完没等付坤再说话，他就把电话给挂了，清了清嗓子，长长舒出一口气，躺到了床上。

这招是付一杰读小学的时候跟蒋松学的，蒋松每次装病不想上学的时候，都会这样吸气哈气，把嗓子弄得发哑以后就跟他妈说“我嗓子疼”。

蒋松还教过他技巧，嘴里完全干涩之后，还得配合着放松声带，但又要提着点声音才出得来这个效果，不过他不太愿意这么弄，因为弄完之后，嗓子真的会疼……

他躺下还没把自己嗓子眼弄顺呢，手机就响了，付坤的电话打了过来。付一杰坐起来，捏着嗓子冲着地一通干咳之后才接了电话。

“你病了？”付坤劈头就问。

“没。”付一杰嗓子已经没有之前那种跑调的音了，但被咳得还是有点哑。

“感冒了？”付坤又问。

“没。”

“胡说八道！你声音都不对了！”付坤喊了一声，“感冒了是不是？有没有发烧？”

“啊？”付一杰顺手往自己脑门儿上摸了摸，“可能……”

“你在宿舍吗？”付坤紧接着又问。

“嗯……”

“我过去带你上医院。”付坤说完就挂了电话。

付一杰愣了，盯着手机半天没回过神来。他只是想让付坤吃饭不踏实而已，没想让对方过来。

还发烧？去医院？

他猛地从床上坐了起来，付坤要来了宿舍，自己这生龙活虎、吃嘛嘛香的状态怎么蒙得过去！

“付一杰你就作吧。”他从床上跳了下来。

宿舍里有四个热水袋，他全都拿了，跑到水房去都灌上了开水又拿回了宿舍，再把另两张床上的被子都堆到自己床上，把热水袋塞到了被子里。

接着他开始在宿舍里上蹿下跳、连蹦带跑地折腾，蛙跳、憋着气深蹲、军体拳……十来分钟之后他开始出汗。又再接再厉地来了几组蛙跳之后，他跳上床钻进了被子，把几个热水袋都贴在自己身上搂着。还有一个热水袋被他放在了枕头上，来回把脸贴上去。

“烫死了。”他嘟囔了一句，汗爬了一脑门儿，后背也有点湿。

他继续在被子里蹬腿弓背地让自己出汗。

直到听到走廊里传来了脚步声，他才迅速地把几个热水袋都踢到了脚下，把脸埋到被子里焐着保持温度。

他听得出付坤的脚步声，这声音他听了十来年，太熟悉。

“一截儿？”付坤推开宿舍门冲了进来。

付一杰慢慢从被子里把自己的脸露了出来，看到了一脸焦急的付坤。

付坤看到他通红的脸时吓了一跳，伸手往他脑门儿上摸了一把：“起来，咱得去医院。”

“不去了，真没事儿。”付一杰小声说。

付坤没理他，把他从被子里拽了出来，拿过外套往他身上套，摸到他滚烫的手时，付坤忍不住弯腰搂了搂他，心疼得不行：“怎么搞的啊？你从来不生病，怎么烧成这样？”

“不知道。”付一杰被付坤这一抱，顿时忘了自己正在装病，靠在他肩上就不动了。

"我背你下去。"付坤把他外套的拉链拉好，"一会儿打个车去医院就行。"

付一杰趴到付坤背上，突然觉得鼻子有点儿发酸。

多久了？这种趴在付坤背上的感觉他已经不记得有多久没有感受到了。

付坤背着付一杰跑下了楼，又跑出了校门。站在路边等出租车的时候，付一杰在付坤耳边轻声说："哥，放我下来。"

"背得动你，你别摔了。"付坤背着他没动。

"发个烧而已，又不是被捅了一刀。"付一杰推了推付坤的胳膊，从他背上滑了下来。

"难受吗？"付坤皱着眉回头问他。

"不。"付一杰站在付坤身后，怕付坤看到他已经完全恢复正常的脸色，赶紧低头把脸贴在了付坤肩膀上。

"哎，你说你怎么就发烧了呢？"付坤叹了口气，"要有辆车就好了，不用费劲这么干等着。"

付一杰搂住付坤的肩，眼泪忍不住涌了出来。

小时候为了达到各种目的，为了让人同情，付一杰能熟练地运用哭泣这个手段，不想哭的时候也可以轻松地在最短的时间里满眼含泪。他知道自己哭起来的样子招人疼，能让很多人心软。

长大之后，他不再需要这种方式来保护自己，却变得怎么也忍不住泪水了。

他越是害怕让付坤看到自己的眼泪，越是觉得丢人极力想要停下，越是控制不住。

付一杰把眼睛按在付坤肩头，能感觉到不断涌出来的眼泪在付坤外套上一点点漫延开来。

付坤似乎没注意到他的行为，盯着街上的车。好不容易过来了辆出租车，付坤招了招手，把付一杰拽上了车。付一杰趁他跟司机说话的时候擦了擦眼泪。

这时间的医院特别冷清，付一杰很无奈地被付坤拖进了急诊室。

“我弟突然发烧了，都烫手。”付坤跟值班医生说。

值班的女医生抬头看了看付一杰，拿出个体温计递给付坤：“先坐那儿量量体温吧，是感冒了吗？”

“我觉得没事儿了。”付一杰看着体温计，下意识地往后躲了躲。

“先量量。”付坤搓了搓手，拉开付一杰的领口，把体温计塞了进去，顺手在他脑门儿上又摸了摸，“这么烫……好像……不烫了？”

“都说了没事儿。”付一杰夹着体温计，低着头嘟囔。

“刚才在你宿舍还滚烫的呢，”付坤有点儿想不通，“就这一会儿让风吹凉了？”

“这能吹凉吗？”女医生说了一句，“先看看多少度。”

36.5℃，非常标准的正常体温。

“没烧。”女医生看了看体温计，又看看付一杰，“你有哪儿难受吗？头痛吗？别的地方有没有不舒服？”

“没。”付一杰说。

“那就没事。”她笑了笑，拿着听诊器给付一杰听了听，“这么看是没什么问题，也没哪儿不舒服，那就先回去歇着吧。”

“可是刚才……”付坤迷茫得不行，盯着付一杰好一会儿，突然指着他对医生说，“您看他眼睛都烧红了，鼻子也红，真没事儿？”

“唉。”付一杰不知道该怎么办了，叹了口气。

“我看看。”医生看了看付一杰的眼睛，“正常呢，你要哭了也红，要不你出去对着风吹两分钟，没准儿比他还红。”

付坤愣了愣，医生挥了挥手：“没事儿，回吧，你俩大冷天儿没事儿跑医院逗医生玩呢？”

付一杰赶紧站起来说了声“谢谢”，扭头就走出了急诊室。

付坤犹豫了一下，跟在他身后走了出去。

付一杰在前边埋头走，付坤看着他的背影，抬手往自己肩膀上之前被他靠过的地方摸了摸，感觉有点湿润。

“回家吧。”出了医院大门，付坤说了一句。

“嗯。”付一杰很老实地跟他并排站在路边，“坐公交车吧。”

“打车得了，风挺大的。”付坤缩缩脖子，冲着地打了个喷嚏，“你小子到底发没发烧啊？”

“退了呗。”付一杰双手插到裤兜里，左右看着。

“什么烧烧那么烫，二十分钟到医院就退了啊？”付坤盯着他，盯了没两秒，冲着地又打了个喷嚏。

“你别是感冒了吧？”付一杰顿时紧张起来。

“我没那么容易感冒，”付坤揉揉鼻子，“现在说你呢。”

“说我什么？”付一杰看了他一眼，也不想再找借口了，“就是退烧了，怎么着，不让我身体好啊？”

“……让，”付坤笑了笑，看到有车过来，招了招手，“能不让吗？你多牛啊。”

“那还问。”付一杰小声说。

到家一进门，付一杰就闻到了红烧肉的香味，肚子里一阵咕噜响。

“回来啦？”老妈在客厅里喊。

“回了，有我的份儿吗？”付坤站门口喊。

“哟。”老妈跑了过来，看到付坤的时候愣了愣，“你怎么回来了？你不是请人吃饭的吗？”

“没吃成，”付坤看了一眼蹲在走廊里逗丢丢的付一杰，“我就顺道过去接他一块儿回了。”

“还好我今天菜做得多，”老妈拍拍手，“那开饭吧。”

丢丢懒洋洋地躺在地上，翻出肚皮让付一杰轻轻挠着，眯着眼睛，露出一副享受的样子。

“舒服吧？等我考试完了，回来天天给你抓肚皮。”付一杰说，又挠了几下才进了厨房洗手。

付坤在客厅里又打了两个喷嚏，付一杰出来的时候从家里药柜翻出一盒感冒药扔在付坤面前："预防一下吧。"

"感冒了？"老爸问。

"没。"付坤吸吸鼻子，"大概是鼻子里进了丢丢毛。"

"快吃药！"老妈端着红烧肉出来了，"别你第一回来，你就把感冒过给他了。他现在每天埋头复习，也没以前活动得多，体质肯定下降，容易被传染……"

"啊啊，"付坤拿过药塞了两颗到嘴里，"知道了。"

"二宝贝儿啊，"老妈往付一杰碗里夹了一堆肉，"你也别太使劲了，悠着点儿，妈就看你一天天瘦，眼看比你哥都要瘦了，急死了。"

"那你先操心让我哥胖点儿呗。"付一杰笑了，低头塞了两块肉到嘴里，相当满足地嚼着。

"从小到大都没胖过，这人没救了。"老妈看了一眼付坤，"我都懒得看他吃饭那个不痛快的样子，胖子看他吃饭都能看瘦了，就没吃饭的命，跟人出去吃个饭都能吃黄了的……"

付一杰一听这话，赶紧低下头。

付坤嘿嘿乐了两声，没说话。

晚上睡觉的时候，付坤没再问付一杰今天发烧的事，就打了个电话给孔慧，在阳台上打的。付一杰听不清他说什么，大概是道歉。

付一杰叹了口气，搓着枕巾闭上眼，最近总觉得累，因为身边每个人拼出一条小命沉浸在高考复习中的氛围，也因为自己这么久以来像是被闷在罐头里喘不上气来的压抑感觉。

付坤躺他身边没多久就睡着了。

付一杰搓枕巾搓到手指头酸了也没完全睡着，一直半睡半醒的，不太踏实。

半夜不知道几点，他听到付坤又打了几个喷嚏，接着就听到对方起身轻手轻脚地走出了卧室。

付一杰等了很久也没见付坤进来，也悄悄爬了起来，把门开了条缝往客厅里看，发现他睡在客厅沙发上。

付坤虽然有点儿瘦，但体质一直很好，不爱感冒，这回感冒折腾了快一星期。

他每天在摊位上半死不活地坐着，脑袋晕乎乎的，来了客人得先冲人家打个喷嚏才能开口说话。

老妈让他在家休息两天，他没答应，少干一天就少一天的钱，反正他在摊位上也就是坐着。

孔慧这几天来他这儿的次数明显少了，这让他松了口气。

不过虽说他对孔慧没什么想法，但两次吃饭，一次把人姑娘扔餐厅里，一次干脆餐厅都没进，直接把人扔大街上了，这事怎么想，他都还是有点儿过意不去。

付坤没问付一杰那天为什么会骗他，大概是因为看不顺眼，反正他以前身边的姑娘，除了陈莉，付一杰似乎没看谁顺眼的。快高考了，无论付一杰想干什么，他都会顺着，只要能让付一杰踏实考完了就行。

虽然老爸、老妈基本没给付一杰什么压力，但他知道付一杰高考对他们来说是什么样的意义，他也知道付一杰心里对自己的要求是什么。

直到年前，付一杰都很安稳地在学校待着，付坤偶尔会给他打电话，问他想吃什么，给他送。不过付一杰只让他送过一次烤串，给宿舍几个同学一块儿过过瘾。

高三的寒假就放了不到一星期，据说去年一中的录取率比附中低，所以今年寒假的补习一中加了码。

付一杰在家没待两天就回了学校，开始了新一轮昏天黑地的生活。

付坤觉得自己的日子比付一杰更难熬，每天看着日历，倒数着付一杰高考的日子，一边希望这见鬼的莫名其妙的状态能快点过去，一边又希望时间再长点，让付一杰复习得更好些……

“给，尝尝我做的沙拉。”孔慧拿着个小饭盒跑来找付坤，“水果的。”

“谢谢。”付坤接过饭盒，孔慧偶尔还会过来聊聊，有时拿点儿吃的，但没再有进一步的表示。

“没我们的啊？”陈姐在旁边说了一句，“眼睛就只看到付坤。”

“上回我拿来，你们不都不爱吃嘛，说有怪味儿。”孔慧笑了笑，“下回弄点三明治带给你们吃吧。”

“那你得先问问付坤爱不爱吃三明治。”陈姐笑着看她。

“陈姐你可别这么说了，”孔慧甩了甩头发，“我对付坤可一点儿想法都没了。”

“哟，不能吧？”陈姐挺吃惊。

付坤都没忍住，抬头看了孔慧一眼。

“真没有了。”孔慧在付坤旁边坐下，“别人都说，有妹妹的男人不能找，谁也没他妹妹重要，要我说，有弟弟的男人也一样。”

“是吗？”付坤拿牙签在水果沙拉上戳着，有点儿不好意思。

“陈姐你不知道，”孔慧叹了口气，“我连叫付坤去吃个烤串儿都不敢了，就怕再让他哐唧一下扔路边傻站着。”

“还带响呢？”付坤乐了，“一会儿收摊了你别走，我请你吃烤串儿。”

“真的？”孔慧转头盯着他。

“这有什么假的，请你吃烤串儿又不是人参果，大通外边就有，五十块钱吃到你哭着喊着说‘付哥哥我吃不下了……’”

孔慧笑了起来：“付哥哥，要不别等收摊了，我心里可不踏实呢，你现在请我吃吧，正好我中午吃太少了，饿了。”

“行。”付坤放下饭盒站了起来，“陈姐帮我看一下摊儿吧，想吃什么我给你带一份回来。”

“行。”陈姐想了想，“烤板筋，羊腰子！”

“等着。”付坤一挥手，带着孔慧往楼下走。

“付坤，”孔慧挺开心地跟着他往外边蹦边走，“你唱歌唱得好吗？”

“我啊？不怎么样。”付坤想了想，“我小时候一唱歌，我弟就会特严肃地求我别唱了，那表情，我看着都觉得我要再唱下去，简直没有人性。”

孔慧笑了半天："哪天唱几句听听嘛，青青姐约我两次了，说新世纪新开了个量贩式的 KTV，咱们叫上陈姐他们几个去玩玩吧？"

"行啊。"付坤点点头，如果是大家一块儿，他倒是不介意出去玩玩，"是不是上回黄姐老公说的那家？"

"就是就是，就他说量'板'式的那家。"

"那行吧，去量量板，让他带上尺子……"付坤笑着往路边看了看，味道最好的那家烤串店这会儿人不多，他正想跟孔慧说"你放开了吃"的时候，他手机响了。

"哎哟。"孔慧喊了一声。

"我妈。"付坤看了看手机，孔慧紧张的样子让他想乐，他接起电话，"喂，妈？"

"坤子！"老妈几乎是喊着的声音传了出来，透着焦急，"你快回来！快回家！"

"怎么了？"付坤顿时紧张了，背一下绷直了，"出什么事了？"

"丢丢！"老妈说着就哭了起来，"丢丢啊！丢丢不行了！怎么办啊！"

8

付坤往回赶的时候特别后悔自己上回说要买车但一直也没买，现在坐在出租车上就想把司机从窗口推出去，自己过去把油门踩到底。

丢丢从过年前开始就不太爱动了，每天带着出去的时候都是走一小段就往路边草丛里钻，进去就趴着打瞌睡，就连付一杰带它出去的时候它也没什么劲头，走几步就坐下。

家里人都知道丢丢年纪大了，可也觉得这阵大概是天儿冷，所以才不爱动，老妈还给丢丢做了件小外套穿着。

没想到这就不行了！

付坤急得身上一阵阵冒汗，手脚却冷得像冰。今天星期五，晚上付一杰就会回家，如果丢丢真有什么事，他都不敢想象付一杰会怎么样。

付坤几乎是连滚带爬冲上七楼的，心里一直在默念，老妈搞错了，一定是老妈搞错了……

还没等付坤拿钥匙开门，家里的门就打开了，老妈冲了出来，眼眶都是红的，一边急得跳一边喊着："快点！你看看怎么办啊！早上还好好的，就是有点儿懒，我刚才回来拿账本就看它不能动了，怎么办啊？"

付坤冲进屋里，一眼就看到了侧躺在窝里、半闭着眼的丢丢。丢丢平时也爱这么侧躺，但现在这个样子，一看就跟平时不同，整个身体像是没了力量一样软软地趴着。

"丢丢，"付坤扑过去跪到它身边，趴到了地上，平时他根本不敢靠近它，现在却什么也顾不上了，"丢丢宝贝儿，你怎么了？"

丢丢的尾巴很轻地抬起来又放下了，付坤知道它是想摇尾巴，赶紧伸手摸了摸它的脑袋："别摇了，你是不是难受啊？没事儿的啊……"

"妈，"付坤已经能确定丢丢是不行了，他回过头看着老妈，"你陪着丢丢，我去学校接一截儿回来，爸的摩托车没开走吧？"

"在楼下停着呢。"老妈也跪下来趴到了地上，轻轻摸着丢丢，"这事是不是不能让你弟知道啊？他要知道了，得难受成什么样啊！"

"要现在没让他回来，他晚上回来知道了不得撕了我。"付坤捏了捏丢丢的耳朵，"我去把你的天神一截儿哥哥叫回来，你乖乖地等他。"

下午第二节自习课的时候，付一杰就已经听到自己肚子在叫了，同桌都忍不住说了一句："付一杰你中午吃的四两饭都吃哪儿去了啊？"

"谁知道呢，"付一杰咬着笔头挺郁闷，"吃八两也到点儿就响，跟闹钟一样。"

不过想到还有一节课就能回家吃到老妈的一大桌菜，付一杰又很开心，还能见着付坤。无论他跟付坤现在是什么样的状态，只要能看到付坤，他就很开心。

第二节自习课还没下课，付一杰放在抽屉里的手机轻轻振动了一下。

他拿出手机看了一眼，居然是付坤的短信。

"马上到校门口来。"

付一杰愣了愣，这个时间？出校门？

他觉得有些奇怪，但还是马上站了起来，跟班长说了一声就往校门口跑了过去。

付一杰老远就看到了跨着老爸的摩托车等在门口的付坤，这种架势顿时让付一杰有点儿腿软，冲过去隔着大门就喊上了："怎么了？"

"出来，"付坤冲他招招手，"我跟门卫大叔说了。"

付一杰跑出去："怎么了？你怎么这时候来了？是家里出事了吗？"

付坤看到付一杰一脸焦急，赶紧拍拍他的脸："没事儿，都没事儿，你别瞎喊，上来，先跟我回去。"

"那是怎么了？"付一杰愣了愣，突然一把抓住了付坤的胳膊，"……是丢丢？"

"嗯，"付坤应了一声，"就突然有点儿虚弱，可能……反正咱先回去。"

付一杰脑子突然晕得有点儿转不过来，上了车还在发愣。

"坐好，"付坤发动车之后反手拉了拉他，"没事儿呢。"

付一杰顺着付坤的劲儿靠到他背上，紧紧搂住了他的腰。

"哥，"付一杰顶着风凑到付坤耳边，"你告诉我，丢丢没死吧？"

"没呢，要不我这么着急过来找你干吗？"付坤拍拍他的手，"你别着急。"

"我心里不踏实。"付一杰说。

"你咬我一口就踏实了。"

付坤跟付一杰俩人冲回家的时候，老妈还趴在丢丢身边摸着它，看到他俩回来了，赶紧招手："丢丢啊，你看看，付一杰同学回来了。"

丢丢睁开眼睛，鼻子里发出很轻的呼呼声，一边用力摇尾巴一边挣扎着想要站起来，付一杰赶紧走到丢丢身边，趴下去把脸贴在了它肚子上："丢丢乖，不动。"

丢丢够着脑袋在他鼻尖上舔了一下就躺着不动了，只是不停地喘着气。

付一杰没再说话，也没有动，就那么安静地趴着贴着丢丢，手握着它的前爪一下下轻轻捏着。

老妈站起来，轻轻退到付坤身边。

付坤盯着丢丢不停喘息起伏着的身体，希望能出现奇迹，让丢丢挺过去，虽然他知道这不可能出现，但还是一直在心里祈祷着。

对于付一杰来说，这不仅仅是他养了十几年的宠物狗，这是他来到这个家最初那段最迷茫不安的时光里的感情寄托，是跟他命运相同的朋友。

不知道过了多长时间，丢丢的身体突然不再颤动，一直轻轻抽动着的爪子也静止了。

付坤心里猛地抽了一下，往前走了一步，想要过去安慰一下付一杰。但付一杰就像没感觉到丢丢已经没了，还是贴在它身上。

付坤站了一会儿，走过去蹲下了，这时他才看到付一杰脸上已经全是泪水。

付坤把付一杰从地上搂起来的时候，付一杰没有挣扎，有些发软地靠在他身上。

老妈跑去屋里找了条新的小毛毯出来，把丢丢很小心地用毯子包了起来，再用根红绳子扎了个蝴蝶结在上边。

“一杰啊，别难受了啊。”老妈过来搂住付一杰，用力在他背上揉着，“丢丢都多大年纪了啊，在咱家过得多好啊，对不对？”

“嗯。”付一杰点点头。

“晚上你爸回来了，咱们商量一下，明天带它出去找个好地方埋了，好不好？”

“嗯。”

老妈冲付坤使了个眼色，付坤过来搂着付一杰的肩：“咱回屋待会儿。”

付一杰进了屋，在屋里愣着站了好一会儿，才扑到了榻榻米上，把脸埋进了枕头里。

付坤关上卧室门，虽说他怕狗，平时也不跟丢丢玩，但丢丢毕竟在家里待了这么多年，每天跟着人跑来跑去的，猛然就这么没了，他心里也很难受。

他正犹豫着是让付一杰自己待一会儿还是像小时候那样过去拍拍背安慰一下的时候，付一杰埋在枕头里发出了一声嘶吼。

付坤吓了一跳，盯着他。

付一杰的第二声嘶吼从枕头里传了出来，腿还用力地蹬了几下，手也狠狠地在榻榻米上捶了几下。

这吼声虽说被枕头闷着，但付坤还是能听出他嗓子都吼破了。

“一截儿，”付坤赶紧爬上榻榻米，在付一杰背上用力地摸了好几下，“一截儿……”

付坤叫了两声又不知道该说什么，付一杰又猛地蹬了两下腿，像是想要发泄，却又找不到一个出口，全身都在使劲。

“一截儿，别难受，”付坤在他肩上一下下捏着，想让他放松，“丢丢在咱家这么多年多幸……”

“你没让它好好锻炼身体！”付一杰突然一下坐了起来，脑袋差点撞上付坤的下巴，他抓住了付坤的胳膊，瞪着付坤，“你带它出去都不跑！”

付坤看着他满脸的泪水和发红的眼睛，一阵心疼，搂着他，在他脑袋上来回揉着：“是是是，我没照顾好它……”

“都怪你！”付一杰咬着牙，声音带着浓浓的鼻音。

“怪我怪我，”付坤拼命点头，“我太懒了，没让它多跑跑，对不起啊。”

“就怪你……”付一杰趴在他肩上哭出了声音。

“是，都怪我。”付坤轻声说。

付一杰小时候爱哭，但在付坤的印象里，付一杰永远都是沉默地流泪，除了很多年前，他叫出妈妈的那天是哭喊着的，付坤就再也没有听过他哭的时候有声音。

而现在，付一杰就在他肩头伤心得全身都发抖地哭泣，这种哭泣的声音就像是受伤的动物失去了同伴一样，听得付坤心里堵得不行，鼻子跟着也酸了。

“不怪你……”付一杰搂着他的肩，“对不起，哥，对不起……”

“别难过了。”付坤在他背上轻轻拍着，能感觉到他背上绷紧的肌肉，“它是不爱动了，我带它出去，它总钻草丛里趴着，我逗它，它也懒得理我。这小东西一直都不爱搭理我，我学你那样扔石头，它看都不看……”

付一杰哭得更厉害了："哥，对不起，我没怪你，不关你的事。"

"我知道我知道，"付坤两只手一块儿在他胳膊上背上使劲地搓着，"你就是真怪我也没事儿。"

"我要不去住校就好了……我要不赌气去住校就好了……"

付一杰不想哭，却怎么也控制不住自己的眼泪。

丢丢是他心里很重要的朋友，他一直觉得他跟丢丢一样，都是被捡回这个家，过着幸福而顺心的生活，现在丢丢没了，他就像失去了心里重要的寄托。

付一杰心里所有的情绪都失去控制地向外喷涌着。

他想要停下，却怎么也停不下来。付坤越是温柔地安慰着他，他就越是无法停止，想要狠狠地发泄出来，把心里那些快被压成压缩饼干的情绪都发泄出来。

"住校挺好的，"付坤抱着他，一个劲儿在他背上拍着，"要冲刺复习啊，住校是应该的，别瞎想了啊……"

"你懂什么！"付一杰声音带着颤抖，眼泪把付坤肩上的衬衣浸湿了一大片，他重复着，"你不懂，你不懂……你懂什么啊……"

"是，我不懂，"付坤顺着他说了一句，虽然不知道他到底在说什么，但又觉得这么说有点不对，于是又改口，"我懂的，懂。"

"你不懂……"

"真的懂，我懂。"付坤叹了口气，付一杰真哭起来的时候不太好哄，又不能像小时候那样，随便拿点儿吃的给他，就能让他立马笑得眼睛都找不着了。

"那你懂什么？"付一杰松开了一直搂着付坤的胳膊，往后坐在了榻榻米上，跟他面对面地待着。

付坤第一次看到付一杰哭成这样，脸上全是乱七八糟的泪水，头发也乱了，眼睛发红，肿得挺厉害，他轻轻摸了摸付一杰的脸："你想让我懂什么啊？"

"我不喜欢姑娘。"付一杰说。

付坤的手轻轻抖了一下，虽然他之前就已经猜到了这样的可能性，但付一杰在这个时候突然说出这么一句来，他是一点儿心理准备都没有。

话题怎么就从丢丢跑到这事上来了？

"啊！"付坤应了一声。

付坤没想到付一杰在这么短的时间里会有这样的变化，他没办法再胡乱应付着说下去，只好在沉默了老半天之后，说了一句："我知道。"

这个回答让付一杰愣住了，之后他很长时间没有说话，只是盯着付坤的脸。

付坤看着付一杰眼角的一颗泪珠很慢地顺着脸颊滑到下巴上，挂在那里好一阵儿也没滴下去。

他抬手轻轻地用手指在付一杰下巴上弹了一下，泪珠滴在了他掌心里。

"你知道？"付一杰问。

"嗯，也不能说知道吧，"付坤想了想，"大概猜到一点儿……就，我看了你那些书，看了一本，我觉得……这真不是好奇就说得过去的……"

"你为什么看？"付一杰又问。

"啊……"付坤有点儿尴尬，回道，"就觉得有点儿奇怪。"

付一杰一直紧绷着的身体慢慢放松了下去，看上去像是之前哭大发了，现在累了，他低头看了看自己的手："我从来就没喜欢过女孩儿。"

付坤没出声，付一杰又抬起头看着他："哥，你会不会觉得我……"

"不！"付坤没等他说完就打断了他，很肯定地说，"不会，绝对不会。"

付一杰笑了笑，抬手胡乱揉了揉眼睛，叹了口气，没再说话，只是看着付坤的脸。

"一截儿，"付坤想了想，伸手轻轻抹着他脸上的泪痕，"这事儿吧……"

付坤温柔的动作和放低了的声音，让付一杰觉得心里像是有一片羽毛飘过，轻柔而温暖的感觉顿时包围住了他。

他偏过头，把脸贴在付坤的掌心里蹭了蹭，付坤的手很暖，从小他就喜欢付坤手心的温度，能让人心里踏实。

"这段时间咱什么也不想，无论是什么事，都先放一边，没什么……"付坤不太会安慰人，更不会鼓励人，这几句话说得他脑门儿上都快出汗了，自己听着都觉得特别没劲，要有人这么跟自己说，自己估计早不耐烦了。

但付一杰没有什么不耐烦的样子，只是一直看着他。

“反正吧，哎，怎么说呢……”付坤皱着眉，搜肠刮肚地找词儿。

付一杰突然凑到他眼前的时候，他刚乱七八糟地想到一颗红心两手抓，不，两手准备，没等他弄明白付一杰要干吗，付一杰已经按着他的肩扑了上来。

他猛地往后仰头想躲开，但付一杰比他更快地靠了上来，不管不顾地几乎整个人都扑在了他身上，他不得不用胳膊往后撑在榻榻米上，支撑着没让自己被压倒下去。

付坤的胳膊支撑不住两个人完全倾斜着向下压的重量，最终没能撑住，俩人倒在了榻榻米上。

倒下来的时候，付一杰终于松开了他。付坤吃力地问了一句：“你干吗呢？”

付一杰没理他，低头埋到了他肩上，在他肩上狠狠地咬了一口，他的手狠狠往上推了付一杰一把：“疯了你！”

付一杰依旧没理他，也没出声。

“付一杰！”付坤压着声音喊了一声，手被压着抬不起来，他只能使劲把腿狠狠地往上一抬，对着付一杰的屁股撞了一下。

付一杰被他撞得晃了一下，手撑在地上才没往前扑出去。

付坤趁着这一下把手抽了出来，在付一杰肋骨下用指关节一戳。

“啊！”付一杰猛地直起身，手在肋骨上来回揉着。

付坤爬了起来，想走到椅子边坐下。

他刚迈了一步，脚被榻榻米上的毛巾被勾住了，本来就折腾了半天没什么劲儿，再被这么一勾，他直接摔了下去，临到最后，他努力地抱住椅背想挣扎一把，但没能成功，摔了个大马趴，椅子扣在了他身上。

随着椅子砸在地上的声音，付一杰猛地回过了神，被自己吓出了一身冷汗。

“哥你没事吧！”他连扑带蹦地过去把椅子拿开，把付坤从地上拽了起来。

“没事儿，”付坤活动了一下胳膊，坐到了椅子上，坐了两秒钟，他又跳了起来，一把抓住付一杰的衣领，“你到底怎么回事？疯了吗？”

付一杰也觉得刚才自己有点儿太疯狂，他低着头没出声。

“付坤，”付一杰叹了口气，转身盯着柜门上的镜子，镜子里面自己又红又肿的眼睛和大了一号的红鼻子看上去惨不忍睹，“我说你不懂，你其实还真不懂。”

“是吗？”付坤靠在椅子上，看着付一杰的背影，的确，他有不少事是不懂，他不懂付一杰到底在想什么，也不懂自己是怎么了，“那你说明白了让我懂呗。”

“我不敢。”付一杰吸了口气，揉揉脸，转身往卧室门口走。

“一杰，”付坤叫住他，“我大概是真不懂，但我就想说，不管你有什么事，哥都会站在你这边。”

“真的？”付一杰回过头看着他，嘴角勾了勾，露出一丝看不明白意义的笑容。

付坤突然觉得这笑容里有种他似乎不理解却又没有深奥的内容，一使劲就呼之欲出的东西，他皱了皱眉，还是很郑重地点了点头。

付一杰拉开门：“我也一样的，虽然我不知道你有什么事需要我这样……”

老爸连夜给丢丢做了一个小木箱，把它喜欢的玩具和它吃饭的碗，还有老妈给它做的几件衣服一块放了进去。

第二天一早，全家一块把木箱带到了付坤读小学的时候经常带着付一杰去玩的那条河边，找到个背水安静的土坡，把丢丢埋了。

付一杰一个人在土坡上坐了挺长时间，这一夜似乎发生了很多事，丢丢，他和付坤之间，就好像一夜醒来，生活开始有了不同。

这样的不同让他痛苦，却也让他享受。比起那些沉默压抑的日子，他宁可享受被撕裂开来，哪怕只有一瞬间透进他身体里的新鲜空气。

第二章 · 惊喜

1

有差不多一个星期，付一杰有些失眠，上课偶尔会走神，但很快就恢复了之前的平静。他没有多少时间了，他希望让老爸、老妈觉得安心幸福，也希望自己依然是付坤的骄傲，这一步必须要走得稳稳的。

付坤开始琢磨买车的事，他手头的钱买车没什么问题，但好车他舍不得，之后还想盘店，钱都得花在有用的地方。

最后商量了半天，老爸、老妈的意见一样，买辆电动三轮得了。

付坤想象着自己开着一辆电动三轮，后边斗里摆着三张小板凳，坐着老爸、老妈和付一杰……

“你想想，那场面是不是特像去赶集的老乡？”付坤给付一杰打电话的时候一说这事就郁闷，“我就不该问他们，你说，哥买什么车合适？”

付一杰正在吃鸡腿，听了这话笑了：“是，全家还就只有我最靠谱了。付坤，你有本儿吗？你就买车啊！你连摩托车都是无证驾驶吧？”

“哎，还真是。”付坤愣了愣，“你不说，我都没想起来，不过我会开……”

“这车就先别琢磨了，等你什么时候把本儿考了再说吧，或者你等我。”付一杰咬着鸡骨头，咔咔的，“你要愿意，我给你开车，开一辈子。”

“快得了吧，你不还让我在家给你数钱吗，你给我开车，我再给你开工资，然后你把我给你的钱再给我，我再在家里数我给你的钱……”付坤说一半就乐了，“缺心眼儿二人组。”

到底买什么车和什么时候买车以及自己究竟拿什么时间去学车考本儿，付坤都快愁死了，程成有时候上他摊儿上待着，他都能跟人说半天，程成都让他天天念叨折腾烦了。

“叔，你真是烦死了，你等一杰叔考完试了放暑假了，让他过来帮你守着，你去学本儿不就行了？”程成皱着眉说。

付坤一拍腿：“是啊，我怎么没想到呢！”

但想想他又摇了摇头：“不行，他冷着个脸往这一杵，一个月能卖掉一件都得是碰上傻子了……”

“要不这么着吧，”小成成想了想，“你雇个童工。”

“比如你？”付坤乐了。

“嗯，童工便宜嘛。”

“那问问你妈，她同意，我就请你来。”付坤笑着说，要说让小成成在这儿帮他看着，他还真挺放心，这小家伙从小跟着他妈卖东西，嘴特别甜，还特会说。

“她肯定同意，她还让我这个暑假出去摆个冰棍摊儿呢。”

高考前最后半个月，付一杰从学校回了家，没再每天没日没夜地复习，晚上十点就准时上床睡觉了。

付坤觉得他看上去挺轻松，老妈每天抱着本营养学的书研究，换着花样做吃的，付一杰有些消瘦的脸也胖了一些。

考试前一天，付坤紧张得睡不着觉：“一截儿，我怎么这么紧张？”

“不知道，”付一杰躺得挺舒坦，“你是不是想去帮我考啊？”

“你想上农学院啊？”付坤乐了，“我那张通知书还在抽屉里呢。”

“那你紧张什么，我肯定能考好，你放心吧。”

高考那几天，付坤没去大通，把付一杰送到考场之后，他就在考场外边守着。付一杰出来了，他立马就捧着一堆吃的喝的过去。

付一杰发挥得不错，每次考完出来都带着微笑，最后一科结束的时候，他一边吃冰棍一边说："付坤，快来崇拜我。"

付坤立马拿出手机给家里打了个电话："妈，我偶像考完了，肯定不错，正美呢，把我给他准备的礼物拿出来备着。"

付坤送给付一杰的高考礼物是一台笔记本电脑，他提前一个多月就悄悄买了，一直放在老爸、老妈屋里藏着。

付一杰抱着笔记本电脑在沙发上乐得眼睛都找不着了，付坤站一边看着，他都记不清有多久没见着付一杰这样的笑容了，心里一阵感慨。

付一杰等成绩的几天，付坤去驾校报了名，准备在请了小成成之后就去学车。

报完名回家的路上他又顺道去看了车，他虽说不能忍受电动三轮，但心里盘算着要买的车也不是什么好车，他就想弄辆小面包车，拉货拉人都方便。

他拿了几张宣传资料，准备回家跟大家商量一下。

还有些事，在付一杰已经没有了高考压力之后，他觉得可以好好跟付一杰聊聊了。

到家的时候，他看到楼下停着辆三菱越野，忍不住啧啧了两声，正想着这是谁家亲戚朋友的车，楼道里一前一后走出来两个人。

付坤站在车旁边，看着吕衍秋从楼道里走出来的时候愣了愣，再看到她身后的付一杰的时候，脸上都不知道该上哪套表情了。

吕衍秋看到他的时候也愣了一下，过了几秒钟才犹豫着说了一句："这是付……付……"

"付坤，"付坤冲她点点头，"阿姨好。"

"哎好好，"吕衍秋笑了，有些尴尬，"太久没见了，差点都没认出来，上回见面的时候还在上学呢。"

"付一杰您认出来了没？"付坤笑着问，回过神儿来之后，他心里开始有点儿不踏实。

吕衍秋被他这么一问，好一会儿没说出话来，他又笑了笑："不过应该还能认出来，十来年没见都能认出来呢。”

“那个……”吕衍秋回头看了看付一杰，“我带一杰出去吃个饭，吃完就送他回来。”

“哦。”付坤从她身边走了过去，路过付一杰身边的时候小声问了一句，“怎么回事儿？”

“回来跟你细说，”付一杰挨着他也小声说，又伸手到他口袋里摸了块巧克力出来，一边剥一边继续小声说，“别担心。”

付坤进了楼道，听着三菱越野在他身后发动了，他很快地往上跑了两层，站在楼道拐角，看着车慢慢顺着路开了出去。

他心里说不上来什么滋味儿，如果是小时候，他估计直接就能拦着付一杰不让走，但现在这事儿他干不出来，那是付一杰亲妈，要说烦人吧，挺烦人，但这么多年，她也没做什么过分的事儿……

他跑上七楼，掏钥匙掏了半天也没掏出来，正想骂呢，老妈把门打开了：“你抖钥匙玩呢？”

“怎么回事儿啊？我楼下碰见一截儿和他那个妈了。”付坤皱着眉进了屋，把鞋踢掉。

“你弟考完了，她来看看，请你弟吃个饭。”老妈把他踢飞的鞋又踢回鞋架边上，“之前她也经常会打电话来问问情况，但一直没让我告诉你弟，怕他觉得不舒服。”

付坤愣了愣，那个女人经常跟老妈打电话？

“你也没跟我说过啊，”付坤倒了杯水拿着，“她不是出国了吗？”

“去年就回来了，开了个医疗器械的公司，”老妈站在电扇前边吹着，哆嗦着声音说，“挺……发……财……的……”

“那她来找一截儿就只是聊聊？”付坤喝了口水，站到老妈身边也对着电扇，“没说现在有钱了，要让一截儿去过……好……日……子？”

“没……说……”老妈啧了一声，“她原来也挺有钱的。”

“说，你……嫉……妒……了……没？”付坤笑了笑。

“我才不嫉妒，”老妈撇撇嘴，“没那么多钱，不也把你弟养得好好的吗？品学兼优，一表人才。”

“妈，”付坤搂着老妈的肩，“你不担心你二宝贝儿会有什么想法吗？”

“不担心，他比你靠谱，别看他没多大年纪，稳着呢，”老妈很得意地扬扬头，“从小就有主意。”

吕衍秋买了不少礼物过来，有给家里的，有给付一杰的，除了个 PSP，都不算贵重，主要是烟酒和食物。

付坤心想：不过付一杰对 PSP 估计没什么兴趣，这小子从小就不爱玩游戏，果然她还是不够了解啊。

老爸回来的时候，对于吕衍秋过来并没有什么吃惊的表现，挺平静的：“毕竟也是她儿子，关心一下也正常。”

付坤没怎么说话，老琢磨着吕衍秋会带付一杰去吃什么，付一杰考完了以后他还想着要带付一杰出去吃顿好的，没承想被吕衍秋抢先了。

“要是分够了去了医科大，会不会吃不惯人家那儿的东西啊？”老妈自打付一杰填完志愿以后就一直放心不下付一杰吃东西的事。

“离咱这儿又没多远，开车几个小时就到的地方，能有多不习惯啊，别担心了。”付坤扒拉着碗里的饭粒儿，“再说了，他有什么是不吃的啊？小时候嘴馋了，咳嗽糖浆都当饮料喝的人，你还担心他吃饭问题呢。”

“也是，又不是你，要是你，估计就饿死了。”老妈白了他一眼。

付一杰是九点多回来的，付坤一直站在阳台上盯着楼下看，看到那辆三菱越野的时候他立马跑进了客厅：“回来了。”他又跑到门后站着，一听到付一杰跑上楼的脚步声，他就把门打开了。

“就知道你得给我开门，”付一杰笑着进了门，用肩往他肩膀上撞了一下，“是不是在阳台上看到了？”

“嗯，”付坤点点头，“我一看到车，差点儿就想顺着下水管子滑下去迎接你了。”

“还有吃的吗？”付一杰笑得挺开心，摸着肚子问。

“哎哟，没吃饱吗？”老妈在客厅里喊，跳起来跑进了厨房，“还有点儿菜，妈给你煮碗面条吧？”

“我自己煮吧。”付一杰跟着想进厨房。

“你让你妈煮，她就差想以后跟到你们学校去给你做饭了，你让她过过瘾。”老爸在客厅里笑着说。

“不是，你出去吃个饭回来，怎么还带加餐的啊？你吃饭的时候干吗去了？”付坤拉着他问，“上哪儿吃的？”

“必胜客，”付一杰从桌上拿了块威化饼，“我一直端着呢，没好意思多吃，要不就那些东西，我吃两份也不够啊。我怕她觉得我吃白食，不吃白不吃……”

“明天哥带你去吃！”付坤拍了他屁股一下，“让你吃个够，想吃几份吃几份。”

“嗯。”付一杰很快地也往付坤屁股上甩了一巴掌。

这是吕衍秋找到付一杰之后，两人第一次单独相处，但她并没说太多别的，只是打听了他报的学校和专业，顺便问了问他有没有毕业之后的想法。

过去的事谁都没提。

“挺累的，”付一杰趴在榻榻米上抱着枕头，“这顿饭吃得我累死了。”

“你告诉她你报的医科大了？”付坤躺在他旁边问。

“嗯，”付一杰点点头，“她还说口腔医学不错，牙医好就业什么的……”

付坤想起来老妈说吕衍秋在做医疗器械，这算是专业意见了？

“说没说让你毕业以后跟着她干？”付坤问。

“没说，”付一杰看了他一眼，笑了笑，“说了我应该也不会同意，我想自己干，要不我也不会填这个专业。”

“付医生，”付坤拍拍他，“要不你先给我看看，我这两天牙疼。”

“等着，”付一杰突然爬了起来，拉开门出去了，“这个好办。”

“哟，还真行？”付坤挺吃惊。

没两分钟，付一杰又回来了，回来的时候手里拿着个东西，往付坤眼前一晃：“张嘴。”

付坤刚想配合着张开嘴，猛地发现付一杰手里拿着的是老爸的鹤嘴钳，他眼睛都瞪圆了：“你干吗？”

“牙疼就拔了吧！”付一杰一脸严肃地看着他。

“付一杰你个神经病！”付坤忍不住乐了，“你眼里的牙医就干这个啊？”

“不啊，”付一杰指了指客厅，“我还有电钻……”

“滚蛋！”付坤往他胳膊上甩了一巴掌。

“哥，你要相信我。”付一杰又晃了晃手里的钳子。

“边儿去！”付坤伸手往付一杰腰上轻轻戳了一下。

付一杰立马捂着腰倒在了榻榻米上开始笑，付坤又伸脚过去在他肚子上碰了碰，他捂着肚子缩成一团，边笑边躲：“别，痒痒。”

“我给你按摩呢。”付坤已经很久没看到付一杰这样笑了，这么长时间以来，付一杰脸上的笑容很少，大多时候他看到的付一杰都是沉默着一脸冷淡，现在这样的付一杰让他心里莫名其妙很舒坦，于是他又凑到付一杰身边戳了几下，“舒服吗？”

付一杰笑着滚到墙边，半天都没说出话来。

付坤停了手，听着付一杰连笑带喘的，半天才缓过劲儿来，他枕着胳膊看着付一杰：“一截儿，哥问你个事。”

“嗯。”付一杰擦擦鼻尖上的小汗珠。

“就是，你现在有喜欢的人吗？”付坤咬咬嘴唇问道。

“哎，”付一杰叹了口气，这回更不知道该说什么了，“算是吧。”

“谁啊？”付坤立刻问了一句。

“你甭管了。”付一杰闷着声音说，这怎么回答？谁啊？

付一杰的反应让付坤有点儿郁闷：“怎么了？还有不能跟你哥说的事了？”

“不是，”付一杰翻了个身，蹭到枕头上躺着，“这事儿没法说，也没必要说，你知道不知道不都那样吗？”

“你这不是让我瞎琢磨吗？”付坤急了，“这……你那些书里说的事儿，多乱啊，你这样我能放心吗？”

“说了也一样，别问了。”付一杰冲着墙说。

“你现在还真是……长大了啊，”付坤叹了口气，估计再问也问不出个所以然来，付一杰犟劲儿上来了，没准儿能沉默一整夜。

他闭着眼躺着，自己琢磨了半天，越想越不是味儿，有点儿无名火起的意思，于是猛地坐了起来，一脚蹬在了付一杰屁股上：“你这人现在怎么这样了？！你以为这是小事儿吗？你憋能憋出花来还是怎么着啊？！”

付一杰正想着这事到底该怎么办，被付坤这一脚吓了一跳，也蹦了起来：“我说不说又能怎么样？！我说，我喜欢张三、李四、王二麻子，你能怎么着啊？你是鼓掌呢还是去拆啊？！”

“我什么也不想！我是你哥！”付坤火了，跳起来一巴掌把屋里的灯拍亮了，压着声音吼，“我就想知道你喜欢的是谁！是个什么样的人！要换了别人，你看我管不管，爱谁谁，我吃撑了啊，我管那个闲事儿！我长这么大还没吃撑过呢！”

“付坤，”付一杰压着自己心里的冲动，盯着付坤的脸，“我要敢说，我早说了。”

“我就不明白了，为什么？”付坤心里还窜着火，“你跟我还有什么可藏着掖着的？！”

付一杰笑了笑，但笑容很快就从嘴角消失了：“别逼我，我要真说了，你未必还能这么舒舒坦坦地跟我躺一块儿睡觉。”

付坤没说话，他突然从付一杰这话里听出了点别的东西，但是什么他却没法确定。

“是啊，我跟你还有什么可藏着掖着的？”付一杰站了起来，逼到了付坤眼前，眼睛里闪着小小的亮光，“我为什么非要对你藏着掖着？”

“我就是……”付坤有些艰难地咽了咽唾沫，“我担心你。”

“哥，我自己有数，”付一杰轻轻靠到了付坤身上，下巴搁到他肩膀上，

“我要哪天想说了，我会说的。”

这一夜付一杰睡得很沉，枕巾都没搓，没五分钟就睡着了，还在翻身的时候很不老实地把腿猛地搭到了付坤的肚子上。

付坤被付一杰这一下砸得差点上不来气儿，轻手轻脚地想慢慢把他的腿往下推到自己腿上。不料付坤刚把他的腿推到小腹上的时候，他嘟囔了一声，把腿又抬起来放回了他肚子上。

“唉……”付坤很无奈地躺着，也不再推了，反正睡不着。

付一杰今天说的话太奇怪，搅得他睡意全无，脑子里全是那句“我为什么非要对你藏着掖着”，是啊，为什么？

付坤不笨，他觉得自己隐隐能想到点儿什么，但又觉得自己想的有点儿太离谱，他无法想象，也不敢想象，更没法接受自己这种猜测。

付坤希望自己是猜错了，但再问下去，以付一杰的性子，他不会说。

付坤轻轻叹了口气，这叫什么事儿！还不如不问呢，现在什么也没问出来，还给自己招来了心烦心乱！

付坤你就是个傻子。

2

付坤学车的教练是孙玮介绍的，以前是他们学校的老师。他报名了没两天就被安排开始练车了，所以他暂时把别的事都扔到了一边，打算好好练车，先把本儿拿了。

付一杰这段时间心情不错，付坤已经很久没见过对方这种状态了。付一杰现在面对他时的那种坦然和平静，让他实在不想破坏这种久违了的放松又亲近的气氛。

付坤去练车，小成成就正式上岗了。付坤把进货单给了小成成，让他自己看着卖。程青青打了个电话给付坤汇报，据说小成成干得很起劲，给人介绍、讨价还价都很认真。

付坤其实根本没担心过程成能不能干好，这小不点儿从小跟着程青青一块卖东西，这些事门儿清，比他临时去请个人来都放心。

学车的人不多，就是大热天儿的闷在破车里有点儿难受。每次付坤从车里练完了下来换人的时候，身上都湿透了。

“被骂了没？”付一杰给他打电话问他，不知道在吃什么，声音含含糊糊的。

“没，我什么水平，能随便被骂吗？教练挑毛病都挑不出来，perfect（完美）极了！”付坤笑着说，“怎么样？这发音！”

他之前就会开车，所以被骂得少，加上他没事儿就跟教练凑一块儿瞎聊，再塞两条好烟，教练看他比较顺眼。

“发音简直 perfect（完美）极了！”付一杰笑笑，“妈今天做西瓜刨冰了，你练完就早点回吧，要不我都吃没了。”

付坤跟付一杰瞎扯了没几句，又轮到他上车了，他挂了电话跳上了车。

“接女朋友电话呢？”教练问了一句。

“没，”付坤有点儿不好意思，“我弟弟。”

“兄弟感情不错啊，练车还打电话聊呢，我看你笑得跟开花了似的，姹紫嫣红啊！”教练指了指前面，“上那边儿练坡起去。”

付坤被他这话呛了一下，这什么破形容。

付坤本来想拿到本儿后再买车，但练车练了一阵，跟教练处熟了之后，教练说有个朋友卖车，就付坤想要的长安之星，他朋友能给点儿优惠。

付坤本来就有点儿急，人家开着三菱越野来带付一杰吃饭，自己不能总开着老爸的破摩托带付一杰出去吧，好歹弄个长安之星也算四轮儿的了。

于是他跟教练约了个时间，利索地过去把车给买了。

交钱提车的时候付坤倍儿有成就感，以前看这车，老觉得四个小轮子特像四楼刘姨家腊肠的小短腿儿，现在看着就觉得一个字，美！

他一路把车开到家里楼下的时候，手机响了。拿出手机看到屏幕上显示的是付一杰的号码，他接起来就喊："你在家吗？"

"刚回来！"付一杰也喊，听声音心情很好。

"爸妈在家吗？"付坤继续喊。

"没下班呢！"付一杰特别配合地跟着他喊。

"那就你吧！下楼！给你个惊喜！"付坤打开门跳下车，抬着头往七楼自己家阳台上瞅，"要不你到阳台上先惊喜一下！"

"行！什么惊喜啊，你捡金条了？"付一杰笑着说，"我也有惊喜给你呢。"

"别废话，快去阳台！"付坤仰着头喊。

几秒钟之后，付一杰的脑袋从阳台边上探了出来，先是愣了愣，接着付坤就从电话和上方同时听到了付一杰带着笑的喊声："付坤你发神经了？怎么突然就买车了啊？"

付坤嘿嘿乐着："快下来看看！我跟你说，因为你哥要开车送你去学校报到！"

付一杰挂掉了电话，付坤靠着车门等他下来。付一杰每下一层楼都会从走廊探着脑袋往下瞅一眼，最后带着风从楼道里冲了出来，冲他大喊一声："疯了你！"

"上去感受一下。"付坤拉开了副驾驶的门。

付一杰跳上去，在车座上坐着来回蹦。

"怎么样？"付坤坐到了驾驶座上，问，"有没有点儿遮风避雨特安全的感觉？"

"爸妈回来看见肯定得吓一跳，昨天他俩还商量你买哪种电三轮儿合适呢！"付一杰笑着说，"你这属于冲动消费吧？"

"算个惊喜吧，带你在院儿里转两圈过过瘾。"付坤拍拍方向盘，打着车又问了一句，"你刚说你也有惊喜？"

"嗯，"付一杰把手里一直拿着的一个信封扔到了他面前，"你算算路程吧，送我过去要开多久？"

付坤一眼就扫到了信封上一个医字，没看全就吼了起来："通知书到了？"

"嗯！"付一杰点点头。

“一截儿，我就知道你肯定能行！”付坤把信封里的通知书抽出来盯着看了半天，虽说所有人都觉得付一杰考上没问题，但通知书真正拿在手上时，付坤还是感觉到了控制不住的惊喜。

付坤忍不住一把拽着付一杰的胳膊把他拉过来，用力地抱了他一下：“我弟就是牛！”

付坤的长安之星和付一杰的通知书，让下班回来之后的老妈一整晚都处于提高声音说话的状态。

“哎呀，我放没放盐呢？尝一口吧！”老妈在厨房里做菜，自言自语的声音在客厅都能听得清清楚楚。

付坤和付一杰瘫在沙发上看电视，付一杰手里拿着吕衍秋买来的PSP，弄了半天，最后往付坤身上一扔：“你玩吧。”

“不带去学校？”付坤拿过PSP按着，“解闷儿嘛。”

“不是有笔记本电脑了吗，我也不爱玩这些，”付一杰拿过遥控器对着电视一通按，“你拿着在大通无聊的时候玩吧。”

付坤笑笑，放下PSP，进屋把自己的钱包拿了出来，抽了张卡放在付一杰手上：“这个你拿着。”

“这是什么？”付一杰看着手里的卡。

“你的学费生活费什么的，”付坤坐到他身边，“就不用让爸妈拿钱了，我说过你上大学的费用我包了。”

付一杰低头没说话，心里软软的暖意里夹杂着复杂的情绪，这是几年前付坤的承诺，现在实现了。

付坤用事实向家里人一点点证明着他当初的决定是正确的。

“这几天你就在家收拾收拾，必需的东西带着就行，别的要是还差什么就直接买。”付坤把腿伸长，滑到沙发上躺着，“我算了一下路程，大概开车走高速七个小时，加上咱们在休息站休息的时间……”

“你到时一个拿临时本儿的新手就敢开车上高速？”付一杰把卡放到自己

口袋里，“我坐火车大巴什么的过去就行了，别送了。”

“别把你哥当新手，你哥会开车的时候你还每天哭鼻子呢。”付坤嘿嘿乐了两声，“放心吧，我改走国道，多费点儿时间而已。”

付一杰没多少东西，随便带了几本书，一个大箱子里放的基本都是衣服，差不多每一件都是付坤给他挑的。

他对衣服什么的一向不上心，感觉穿什么都差不多，但付坤不同，付坤最受不了的就是他随便扯件衣服也不搭配一下就出门的行为，所以给他买衣服也都是配好了买来的，哪件衣服配哪条裤子都给他配好了。

付一杰把行李都收拾得差不多之后，拉开了付坤的衣服抽屉，翻出了一条付坤的裤子。

付坤进屋的时候，付一杰正把裤子往箱子里塞。

“那是我的吧？”付坤问了一句，他的裤子都净色，付一杰的都是条纹的，很好分。

“嗯，”付一杰点点头，“我带着小摸用。”

“你……”付坤挺无奈地走过来，“你说你在家搓搓就算了，去宿舍就搓枕巾得了呗，大小伙子天天晚上搂着他哥的裤子搓小摸，让你同学知道了下巴掉地上都能扫出来一堆。”

“谁知道那是我哥的，我在一中住校的时候也搓来着，谁还管这个。”付一杰把付坤的裤子塞好，关上了箱子。

“搓自己的也……”

“你闲着没事儿去把上回孙潇让你叫青青姐帮带的衣服给人拿过去呗，别老盯着我了。”

“啊对，你不说我还真忘了。”付坤拿了手机出去给孙潇打电话，小姑娘现在在中心幼儿园当老师，她和同事要买衣服经常找付坤。

“卢春雨不是还让你帮打听租房的事儿吗？你打听了没？”付一杰继续说，“你屁股后头一堆事儿呢。”

“哎，打听了，定金我都替她先交了，”付坤抓抓头，“孙玮这女朋友直接过给我得了……”

付一杰出发去学校的前一天睡得很晚，一直陪老爸、老妈在客厅里坐着聊天，付坤早早就去睡了，说是第二天要开车怕困。

虽说老妈大概是全家睡得最晚的一个，但早上是第一个起来的，付一杰跟着起了床，站在厨房门口看着老妈做早饭。

老爸今天早班，拿了俩包子准备出门，经过付一杰身边的时候拍了拍他的肩：“儿子啊……”

“爸。”付一杰看着他。

老爸停了一会儿，似乎是不知道该说什么了，过了一会儿才又拍了拍他的肩说：“好好的，没事儿往家打个电话，省得你妈念叨。”

“嗯，放心。”付一杰笑笑。

“我说要一块儿去，你哥不让，”老妈在厨房里说，“真烦人，那么大的车还塞不下一个我吗？”

付坤顶着一脑袋乱七八糟的头发从屋里走出来的时候正好听到老妈这句话，他叹了口气：“又不是出国，就出个省。”

“要这么说，你让你弟自己坐车去不就行了吗，你还非得急着买辆车开着给送过去干吗？”老妈斜他一眼，“还说别人。”

“那我不说了，你赶紧上班去吧，不要弄得太正式送别什么的，我怕你哭。”付坤笑笑，进了厕所。

老妈这话倒是没说错，付坤明面儿上没说，但心里的确是挺舍不得付一杰，他之所以想开车把付一杰送到学校，一是觉得自己跟着去看看才放心，二是觉得送去还能在一块儿多待一天。

“我昨儿晚上已经哭过了！哭完了！”老妈喊。

付坤洗漱完了回到客厅的时候，看到老妈正搂着付一杰，一直在交代他去了学校该怎么怎么样，付一杰“嗯嗯”地答应着。

“好了，我上班去了！”老妈在付一杰脸上用力搓了搓，“到地方就给家里打电话，让你哥赶紧帮你办好当地的手机卡。”

“嗯。”付一杰把老妈送出门，本来想一块下楼，但被老妈推回了屋里。

吃完早饭，俩人把行李拎下楼扔到车里，付坤拍拍车顶说了声：“出发。”

付一杰站着没动，本来他一直被通知书带来的愉快心情和要去一个新环境的兴奋感包围着，现在突然感觉到这是要离开家了，不是一天两天，也不是去一中住校那么近的距离，猛地有点儿不想走了。

付坤没催他，等他仰头盯着七楼家里的阳台看够了上车坐好了才发动了车：“走了啊，别等我开出去了再让我开回来说要继续看。”

付一杰笑笑：“我现在就盼着寒假回家了。”

“傻瓜，”付坤踩了油门，车慢慢开了出去，“到学校了认识那么多人，活动也多，你没时间盼寒假的。”

“哥，”付一杰想了想，“你买台电脑放家里吧，弄个网。”

“嗯，我也琢磨这事儿呢，等回来了我就弄。”

“哥……”

“嗯？”

“……算了，不知道要说什么。”

“你要实在想家，周末买张机票飞回来，钱你直接从卡里取。”

付一杰笑了：“不至于。”

一路上付一杰都盯着付坤的脸，盯得付坤都有点儿不自在了：“我开车你放心，不用这么盯着我。”

付一杰笑笑，闭上眼睛，过了一会儿又睁开眼继续盯着。

路上付坤停了三次，吃饭，休息。付一杰破天荒地吃饭没吃双份的，说是没胃口。

“你居然有没胃口的时候，听着怎么这么不可信呢。”付坤挺惊讶，不放心地又买了一堆零食放车上。

进市区的时候，零食全都让付一杰吃光了。

付坤对着地图在城里转了半天，越过半个城，又开到了市郊，他皱着眉：

“这个新的分校区地理位置比较悲伤啊，估计想进城赶个集得折腾一天。”

“有公交车，”付一杰趴在窗口往外看，“不过好像就一趟，也无所谓，我也不爱逛街。”

“学校旁边会有店的，这么好的赚钱机会谁会放着。”付坤习惯性地琢磨着，“新校区刚弄好，赶早过来开个店，卖吃的和衣服最赚了，起步也低……不过高端点儿的都没法做，小屁孩儿都没钱……”

付一杰咬着牙才没让自己一句“那你过来开个店得了”脱口而出，付坤在大通的生意做得很好，在找到合适的店面之前，他知道付坤不打算挪窝，只想在大通里再顶俩摊位下来做着。

在经过了两个大学的前门后门之后，付坤指着前面的一个新校门喊了一声：“到了！是前面那儿了吧？”

“是,我看到字了。”付一杰把脑袋探出车窗看了看,校门口拉着大大的“欢迎新生”的横幅。

门口有不少新生，还有些迎新的高年级学生。

付坤把车在校门口停下了，付一杰下车问了问宿舍在哪又跳上了车：“直走到头左转，挨着后山那边，路上还有指示牌。”

新校区的宿舍都是新建的，条件还凑合，新生都是六人间，带浴室厕所，屋里就三张上下铺的床，空出来的地方放着桌椅柜子，还挺宽敞。

付一杰是第二个到的，第一个到的是个小个子男生，挺黑，戴副眼镜，看到付一杰立马就伸出手：“我叫刘伟。”

“付一杰。”付一杰跟他握了握手，摸到一手茧子，他看到旁边还站着个黑瘦的男人，穿得还算干净，但是衣服很旧，“这是你爸爸？”

刘伟回头看了一眼，犹豫了一下点点头。

“叔叔好。”付一杰问了个好。

“哎，好好好。”那男人赶紧笑着说。

“行了没事了，你走吧。”刘伟拉了拉他爸的衣服，两个人走出了宿舍。

付坤靠着床架啧了一声：“你这同学不怎么样。”

“看出来了。”付一杰笑笑，犹豫了半天，决定睡上铺，“帮我把衣服弄出来吧。”

“嗯。”付坤帮着他一块儿把衣服都拿出来，放进了柜子里，“你的钱和卡都收好，别放柜子里，这破锁我拿牙签都能打开。”

“笔记本电脑也得放柜子啊，要不我去换个锁得了。”付一杰抱着付坤给他买的笔记本电脑。

等都收拾好了，宿舍里又来了俩男生。

一个叫伍平山，瘦高个儿，看上去风一吹拴根绳子就能飘出窗外去，说话也慢悠悠的，后半句没说完，前半句已经随风远去了，他是本地人，全家差不多都出动了，挤了宿舍一屋子。

另一个叫许豪，胖墩儿，跟伍平山站一块儿尤其显胖，有一种他进宿舍门得挤挤才能进来的错觉，这人是自己一个人来的，行李往地上一放，坐床上喘了有五分钟才说了一句“大家好”。

等伍平山一大家子人都走了之后，宿舍一下变空了，伍平山有点儿不好意思地说：“对不住啊，我家里人来太多了……”

“嗨，没事儿。”许豪挥挥手，笑着说，“你老幺吧，家里宝贝疙瘩能不都出动吗？”

付坤看了看时间，快到饭点儿了，他拍拍付一杰：“出去吃饭吧，跟你同学一块儿。”

“好！”许豪立马回应，“谢谢哥。”

“让大哥破费多不合适。”伍平山慢吞吞地说。

“破不了多少费。”付坤笑笑，又看看门外，“还有个呢？”

正说着，刘伟走了进来，付一杰冲他招招手：“刘伟，一块儿吃个饭去吧。”

“不了，”刘伟看了看屋里的人，走到自己下铺坐下了，推了推眼镜，“你们去吃吧，我吃食堂。”

“想吃食堂，以后多的是机会，”许豪笑着站起来，“今天是咱们几个头回见面……”

“不了。”刘伟有些生硬地回答。

“你这……”

许豪有点儿尴尬地还想说什么，付一杰转身就往门外走：“走，不去就不去吧。”

3

吃完饭，付坤带着几个人又在学校四周转了转，熟悉了一下环境，给付一杰办了张本地手机卡，然后找了个旅店住下了。他本来想要个单间，但都住满了送孩子来的家长，还能有个标间就不错了。

付一杰有些失望，本来付坤说要单间的时候，他琢磨着晚上就不回宿舍了，明天一早付坤走了他再回宿舍，现在没法待了。

“那我明天一早过来吧。”他无奈地看了看另一张床上躺着的大叔，冲付坤说了一句。

“嗯，早点睡，今天折腾一天了。”付坤搂搂他的肩。

付一杰出了旅店，又在旅店门口站了一会儿才慢吞吞地走回了宿舍。

再过两天就要开始军训了，宿舍里的人已经来了不少，都是新生，到了新环境，都说个没完。

付一杰回宿舍就跟许豪能聊几句，许豪性格开朗，也爱笑，伍平山倒是也挺爱说，就是说话太慢，付一杰听他说完一句话感觉自己气儿都快上不来了。

只有刘伟一直沉默着，付一杰懒得理他，就冲这人对自己爹的态度，他就看不上。许豪还没话找话地跟刘伟说两句，但几句下来刘伟都不吭声，跟没听到似的，他也就不说了。

这一晚付一杰没睡好，许豪打呼噜打得跟屠宰场似的，再加上他心里挺乱，兴奋、期待、不舍、不安，各种莫名其妙的情绪一块儿翻腾着，他躺着跟付坤发了会儿短信，发一半的时候付坤那边没动静了，估计是白天开车太累睡着了。

于是他只能瞪着床顶发呆，差不多是睁着眼到天亮的。

天刚蒙蒙亮，付一杰就起了床，宿舍的人都还在睡，他轻手轻脚地洗漱完了跑出了宿舍，在学校门口买了两屉小笼包，到旅店付坤房间的时候，付坤已经起床了。

“那人呢？”付一杰盯着旁边已经空了的床，把小笼包放在了桌上。

“谁？那大叔啊，半夜走的，说是买的三点的票，”付坤洗了洗脸，拿了个包子塞进嘴里，“真够辛苦的。”

“没你辛苦，这来回两趟开十几个小时的车，”屋里没人了，付一杰也就放松了，“你要不中午再走，妈不是让你别太赶吗？”

“也不算早了，中午走的话到家得晚上了，我还没开过夜车，没底。”付坤笑着伸过手在他背上拍了拍，“你要不要一会儿上车跟我回去？”

“我看行。”付一杰笑着点点头。

吃完早点，付坤准备出发，坐在车上愣了半天也没发动车子，付一杰靠在车门上，也没出声催他。

“我还有什么没交代你的吗？”付坤皱着眉。

“应该没有，想起来了打电话继续交代吧。”付一杰冲他笑了笑。

“我看你们宿舍，除了那个刘伟，都还成，还俩没来的不知道怎么样，反正吧，你别跟以前似的，不爱跟同学来往，”付坤手指在方向盘上敲着，“改改你那个性子……不过……”

付一杰等着付坤继续说，但半天没见他再开口，只好问了一句：“不过什么？”

“不过……”付坤咬咬牙，“交朋友还是要注意，你懂我意思吧？”

“我要交了不合适的，你给我折腾散了不就行了吗？卢春晓不就散了吗？”付一杰趴车窗上，眼睛笑成了一条缝，“这个你有经验啊。”

“我折腾得着吗？这么远，”付坤说，但很快又反应过来了，“我什么时候把你和卢春晓折腾散了！你自己要分的！”

“哦。”付一杰继续笑。

“你笑个屁！”付坤叹口气，“你本来也没喜欢人家吧，卢春晓又不是……哎，不说这事儿了，我走了。”

“给你个东西。”付一杰笑着在自己裤兜里掏着。

“什么？”付坤看他。

付一杰从兜里掏出了一张小小的纸片，两根手指夹着将纸片递到了付坤眼前：“你答应过我的事，别忘了。”

“什……”付坤盯着纸片看了一眼，愣住了，小声吼了一句，“什么时候量的？”

“就上个星期。”付一杰把纸片放到他手里，“收好，这是证据。”

付坤瞪着纸上的“181.2”，有点儿不真实的感觉：“我没觉得你比我高啊，我还没量过呢，没准儿我也长了呢？”

“那你回去量量，”付一杰笑笑，“我就问你，你话算数吗？”

“算数，你别整我就行。”付坤把纸片塞到了遮阳板后边。

“不会整你，我想好了就告诉你，”付一杰拍拍车门，退后了一步，“走吧，开车小心点儿。”

“嗯，你回宿舍吧，有事儿打电话，钱别省着，该花就花。”付坤发动了车，慢慢往前开了出去，伸手出来挥了挥。

“知道了。”付一杰也挥挥手。

站在原地看着付坤的车消失在路尽头了，他才有些失落地转身慢慢往学校里走。

身边时不时会有报到的新生拖着行李箱经过，付一杰一路闲逛着，看着这个自己要待五年的地方。

新校区很大，从旁边的山脚下一直延伸到校门口，是一个巨大的斜坡，从宿舍骑自行车出去很美妙，不用蹬，一路滑着就行，回去就有点儿遭罪了。

付一杰顺着路在校园里大致转了一圈，快到吃午饭的时候他才回到了宿舍。进宿舍的时候，他看到自己下铺前站着个人，正背对着门弯着腰铺床。

这人个子大概跟付一杰差不多，身上穿条很合身的牛仔裤，一件黑色T恤，弯腰时能看到他挺长的两条腿，让付一杰顿时想到了付坤。

身材不错。

听到有人进来，那人回过头看了一眼，接着迅速直起了身，有些吃惊地盯着他："付一杰？"

"真是你啊？"那人走到付一杰面前，笑了笑，"认不出我了？"

"你是……"付一杰看着眼前这人，觉得有种很熟悉的感觉，看到他的笑容时，付一杰才猛地从记忆深处把他给翻了出来，非常惊讶地瞪着他，"蒋松？"

"是。"蒋松笑得很开心，"真是……没想到啊。"

付一杰看着蒋松，心里有种无法形容的感受。

这是他整个小学阶段关系最好的朋友，他们一起放学回家，一起从街这头吃到那头，一起聊天，一起做值日……

这是曾经让他大惊失色，也曾经让他觉得内疚的人。

蒋松转学之后，付一杰直到高中，都没再有过这样的朋友。

他以为这辈子都没机会再见到蒋松了，没想到居然会就这么在宿舍里碰上了。

"去吃饭吗？"蒋松把床铺好了之后问了一句，"我来的时候宿舍里的人正好都去吃饭了。"

"嗯，吃食堂？"付一杰问。

"别啊，"蒋松笑了，"食堂多没劲，去外面吧，我请你。"

"行吧。"付一杰跟在蒋松身后走出宿舍，蒋松的话让他有种回到小学时代的感觉，那时蒋松放学了总会说"我请你吃东西"。

"你昨天来的？"蒋松放慢脚步跟他并排走着。

"嗯，昨天下午，宿舍里的人差不多都是昨天到的，"付一杰用余光打量了一下蒋松，"我还琢磨没到的人是什么样的呢，没想到会是你。"

"我刚看到你的时候都想掐自己了，太巧了，"蒋松笑着说，"不过我可是一眼就认出你来了，还是那么漂亮。"

付一杰愣了愣，没出声。

"谁送你来的？你哥？"蒋松很快地转移了话题。

"嗯，你呢？"

"自己来的，家里人都……忙，你哥还那样吗？"

“哪样？”

“跩了吧唧的，我那会儿就怕他，看见他我就想躲，他眼睛一瞪我就想跪下叫老大饶命。”蒋松抓抓头发。

付一杰乐了：“至于吗？”

俩人一路聊着出了校门，付一杰带着蒋松去了昨天找到的一家还算挺干净的川菜馆子。

“我记得你能吃辣吧？”他问蒋松。

“什么都能吃，”蒋松拿过菜单，“我做主了啊。”

“嗯。”

蒋松点了四个菜加一个汤，还点了主食。上菜的时候付一杰忍不住说了一句：“是不是太多了？”

“我记得你比我还能吃啊，”蒋松看着他，“你现在不是无底洞了？我刚还担心不够呢。”

“好吧。”付一杰笑了，以前他俩吃一条街下来几毛钱一份的东西能吃掉十来块，“那我就放开吃了。”

虽然俩人这么多年没见，但吃饭的时候也没什么尴尬的感觉。他俩吃东西都不爱说话，埋头吃。

付一杰吃到差不多饱的时候，蒋松放下了筷子，靠在椅背上很舒服地舒了口气，从口袋里掏出烟拿了一根点上了。

“要吗？”蒋松把烟盒递给付一杰。

“不会，”付一杰摇摇头，“你还学会抽烟了？”

“这玩意儿不用学。”蒋松笑笑。

付一杰印象里蒋松还是当年那个小朋友，能被人一巴掌扒拉到地上，一直喊着“我最怕你哥了”的小朋友，眼前叼着烟的蒋松让他有些对不上号。

“一杰，”蒋松抽了两口烟，在烟雾那边看着他，“有句话我一直想说……就我转学之前那个事……”

“啊？”付一杰应了一声。

“对不起啊，”蒋松轻声说，有些不好意思地笑了笑，“吓着你了吧。”

付一杰想起了自己当年一巴掌把蒋松推倒在地上的情形，他还记得自己那时的心情，大概……也许吧，被吓着了？

但现在想想，被吓到的原因也许不仅仅是蒋松莽撞的话吧。

“为什么道歉？”付一杰笑笑，“你也没错。”

“我就是……算了，”蒋松啧了一声，“大概那是第一次跟人说那样的话，印象太深了。”

付一杰夹了一块回锅肉，放嘴里慢慢嚼着，半天才咽下去：“你转学的事也没跟我说，突然就不来了，我也一直没机会告诉你，我没怪你，也没……”

“哎，”蒋松挺专注地盯着他，听他说到这里的时候，突然笑了，“我以为你要说没机会告诉我你接受了呢。”

付一杰愣住了，不知道该怎么接下去了，过了一会儿才说：“你以前不这样啊。”

“哪样？”

“就这样，挺不要脸的。”

“脸皮也是跟着年龄一块儿长的嘛。”蒋松掐了烟，招手叫了服务员过来结账，“去学校里转转？”

“行。”

付一杰之前已经在学校里转过一圈，不过现在还是陪着蒋松又继续边聊边转，当消食了，刚才一不留神就吃撑了。

付一杰跟蒋松聊天很轻松，也愿意说话，大概是因为小时候就很熟，现在也没有太多陌生感，也许还因为……

蒋松的手突然从眼前晃过，付一杰吓了一跳：“干吗？”

“你不是吧，这么聊着都能走神儿，”蒋松看着他，“想什么呢？”

“没。”付一杰很简短地回答。

他这时才发现，他们已经走到了山边，学校这边的围墙还没修好，有条不知道被什么人踩出来的小路一直通向山上。

“没？没你还走神儿？”蒋松笑了。

付一杰没吭声。

“这点你还真是一点儿没变啊，”蒋松看着前面的小路感叹道。

“回吧，”付一杰转身往宿舍走，“困了。”

“嗯。”

回到宿舍的时候，其他几个人都已经吃完饭回来了，都躺在床上。

看到他俩进来，许豪打了个招呼，说是下午发军训的服装：“黑T恤迷彩裤，看着跟特种兵似的，挺牛，不过我就担心没我的号。”

付一杰笑着爬到上铺躺下：“不会，顶多就把宽松的穿成紧身的。”

“别担心，”伍平山慢吞吞地安慰许豪，“哪届没几个胖点的啊，肯定有号。”

“那可不一定。”一直躺在床上看书的刘伟突然说了一句。

付一杰看了他一眼，没说话。

“现在胖的人不少……”伍平山还是慢悠悠地说。

刘伟抬起头，推了推眼镜：“没有胖成这样的，这是特型了。”

“你这人……”伍平山被他噎得不知道该说什么，干脆闭了嘴。

许豪有些尴尬地笑了笑，摸了摸自己的肚子：“我小时候太能吃。”

“能吃不一定胖成这样，你大概是有病。”刘伟继续说，一脸严肃。

付一杰拿出CD机打算听听音乐，他就没见过这样说话的人。

“啊，是吗？”许豪脸上的表情僵了僵。

正在柜子前整理自己衣服的蒋松突然把柜门“砰”的一声关上了，说了一句：“你不会说话就别说！”

“你说谁？”刘伟放下书看着他。

“你猜？”蒋松转身走到自己床边，脱了鞋蹦上去躺着了。

“哎，”许豪一看这情形，赶紧拍了拍床，“都睡会儿吧，好好休息，明天就开始军训了，听说咱们学校军训特变态，累着呢。”

“你说谁？”刘伟没理会他，继续盯着蒋松。

付一杰叹了口气，侧躺着往下看着刘伟：“他不是让你猜吗？”

“我为什么要猜？！”刘伟提高了声音。

“为什么啊……”付一杰笑了笑，“你猜？”

伍平山本来已经躺下闭上眼睛准备睡觉了，听了这话没忍住乐出了声。

“无聊！”刘伟说，回身拿起自己的枕头狠狠往床上甩了两下，“无耻！”

没人接他的茬，几个人都躺在床上跟睡着了似的，刘伟砸了几下枕头，也躺到了床上。

付一杰把耳塞塞好，随机播放了一首歌，闭上了眼睛，他昨天晚上没睡好，中午又吃得太多，现在是困了。

下午一直睡到有人拍他的腿，他才猛地醒过来，一下坐了起来，迷迷瞪瞪地看到许豪站在他床脚。

“起这么猛也不怕闪腰。你的衣服，”许豪把手里拿着的一套衣服放到了他床上，“我们去的时候你还没醒，就没叫你了，蒋松帮你领的，应该合身。”

“谢谢。”付一杰拿过衣服看了看，这种宽松衣服大小没什么所谓，他也不像付坤那么讲究，“你领了吗？合适吗？”

“有特大号的，”许豪笑了起来，“我正好能塞进去。”

“蒋松呢？”付一杰下了床，发现蒋松没在宿舍。

“跟高中同学出去了，”许豪说，“他同学就在咱旁边那个建筑学院。”

晚饭的时候蒋松也没回宿舍，付一杰跟着伍平山和许豪去食堂吃，刚打好饭坐下，刘伟端了盘子也坐到了他们这桌。

吃饭的时候他们没叫刘伟，现在谁也不愿意跟这人说话，觉得他这人太不好处，现在他这么一坐下，几个人顿时话都不说了，全都低头吃。

付一杰尽管中午吃了不少，但睡了一觉起来，肚子又空了，吃到一半他又去打了一份肉饼和二两饭。

“看不出来啊一杰，”许豪看着他的餐盘，“你挺瘦的，吃得不比我少啊。”

付一杰笑笑：“我要放开了还能再吃这么多。”

“你怎么这么能吃？吃这么多？”刘伟也看了看他的餐盘，一脸不可思议的表情。

“嗯。”付一杰应了一声，刘伟这表情让他不舒服，就好像对方面前放着一头牛似的。

“吃得也太多了。”刘伟又说。

付一杰放下筷子，从口袋里掏出了自己的饭卡，举到他面前：“知道这是什么吗？”

“饭卡。”

“谁的？”

“你的啊。”

“不是你的？”

“不是。”

付一杰点点头，把饭卡放回了口袋里：“那我吃多少关你屁事？”

蒋松是快十二点才回的宿舍，宿舍里的人都已经睡了。

付一杰跟付坤打了快半小时电话，感觉话费估计得吃不消了才挂了电话，蒋松站在床边脱衣服的时候，付一杰还冲着墙发短信。

“还没睡呢？”蒋松小声问。

“嗯，”付一杰翻了个身趴到床边，“你喝多少酒啊，这酒味儿都直冲云霄了。”

“没少喝，我都晕了。”蒋松低头换鞋的时候没站稳晃了晃，他抬手想往上铺床栏杆上扶，一把抓在了付一杰手上。

付一杰下意识地想抽手，但没等他动，蒋松已经迅速地松开了手，顺着劲倒在了床上，闷声说了句：“晚安。”

“晚安。”

4

军训开始之后的两天，付一杰都没能把班上同学认全了，除了同宿舍这几个人，他看谁都长一个样。

又过了几天，同宿舍的人他也快不认识了，都晒成了统一的色儿，黑成一片，他只能大致从体形上认出许豪。

付坤打电话来说在家里装好网线了，给老妈申请了个 QQ 号，让他找个地方上网，视频聊聊。

拉练完了之后，付一杰顾不上累得半死，晚上跟蒋松在学校后门一个小杂货店的二楼找到个网吧，地方挺破旧，窗帘都脏得看不出原色儿了，机子也都惨不忍睹，但外部设备还挺高端，都配了摄像头和耳机。

两个人进去的时候发现屋子里坐满了人，全在玩魔兽争霸，喊成一团，只剩一个位置了。

“你上。”蒋松拿了张凳子坐在付一杰旁边。

付一杰有个 QQ 号，还是在以前电信的网吧二十块上一个小时网的时候申请的，那会儿还叫 OICQ，他觉得好玩就申请了，还傻乎乎地在昵称那栏填了“付一杰”，不过之后一直没用过。

好在密码他还记得，是付坤的生日。

费了半天劲上了 QQ 之后，付一杰查了付坤给他的号，看到了老妈这个号的名字：花仙子露露。

“你妈自己起的？”蒋松在旁边看乐了。

“大概是，”付一杰笑着点点头，“要我哥给起名字肯定叫长安之星……”

付一杰戴上耳机，点了视频聊天。

画面卡了能有一两分钟才突然出现了付坤皱着眉的脸。脸出来没到一秒钟，就又定着不动了。

付坤的脸像照片一样定格在视频框里，付一杰试着“喂”了几声，就听耳机里噼里啪啦地响，夹杂着付坤忽远忽近的喂喂声。

“打字吧，”蒋松看得都着急了，“这破速度。”

付一杰：听不清，打字吧。

花仙子露露：你旁边的是谁？怎么长得有点像蒋松？

付坤认人很厉害，去他店里买过一次衣服的人，过几个月再去，他都能认出来，但付一杰没想到他居然能一眼认出十年没见的蒋松。

“你哥神人啊！”蒋松也吃惊了。

付一杰：你牛啊，是蒋松，他在我下铺。

花仙子露露：我这边你俩的脸定着没动，特别傻。

没等付一杰把字打完，他手机响了，拿出来看到是付坤打过来的。

“怎么视频着还打电话啊？”付一杰接起来问。

“费劲死了，”付坤啧了一声，“我俩手指头杵半天才出来一个字儿，不如打电话呢，主要是妈想看看你。”

“我还没去问宿舍里能不能装上网线呢，我们这里就一个电信的营业厅。”付一杰笑笑。

视频上定格着的付坤的脸终于动了一下，变成了老妈瞪大了眼睛的脸。

“我看到妈了，”付一杰笑着说，“以前没发现老妈眼睛这么大呢。”

“二宝贝儿！”电话里传出了老妈的声音，“你怎么黑了这么多！”

“晒的，军训都在太阳底下，我还算好的，我们宿舍有人黑得就剩牙和眼白了。”

“累吗？宿舍同学怎么样？你哥哥说刚刚你旁边的那个是你小学那个好朋友？”

“嗯，是不是很巧？”付一杰笑着说，扭头看蒋松的时候却发现蒋松不知道什么时候已经走开了，叼着烟站在网吧的窗户旁边。

“多好，有个认识的同学！”老妈声音很大，“好了我不跟你说了，你爸和我都挺好的……”

“等等等等！”付一杰一听就知道老妈又得突然挂电话了，赶紧一连串地喊，“电话给我哥给我哥。”

“在呢，”付坤笑着说，“我先抢过来了。”

“……其实我也没什么说的了。”付一杰憋了半天也不知道自己让付坤接了电话是想干吗。

“知道了，回去吧，这阵儿军训累吧？还有几天？”

“没几天了，我倒没觉得累。”付一杰冲着摄像头笑笑，也不知道付坤能不能看到。

“反正你自己注意点儿，一个人在外边，”付坤的声音带着担心，“没事儿也别跟同学出去瞎玩……”

付一杰靠在椅子上，看着视频里付坤卡着一帧帧跳出来的画面，心里的想念一点点变得强烈，一想到这才刚开始军训，他就一阵难受，一直强压着的话还是没能压住。

“哥，”他皱着眉，用很低的声音说，“我想你了。”

那边付坤顿了顿，过了一会儿才开口：“知道。”

“我回宿舍休息了，挂了。”付一杰突然有一丝慌乱，飞快地合上了手机。

付一杰站起来转身想叫蒋松的时候，发现蒋松已经抽完了烟，就站在他身后。

付一杰的心一阵疯狂地乱跳，他不知道自己冲着电话说的最后一句话声音够不够小，站在他身后的蒋松是什么时候过来的，有没有听到？听到了会不会有什么联想？

按说跟自己哥说“想你了”应该不是什么奇怪的事，可他已经记不清自己到底是什么样的语气了……

如果是别人，听到这样的话也许不会有什么多余的想法，但这人是蒋松。

“聊完了？”蒋松问他。

“嗯。”付一杰应了一声，没说别的，他老觉得就现在自己心跳的力度，一张嘴，心脏就能蹦出来砸在蒋松的脸上。

“吃东西吗？”蒋松摸摸肚子，“今天折腾一天，感觉自己都瘦了。”

“我请你。”付一杰想了想，“去吃烤串吧，顺便带点儿回宿舍。”

学校门口的烤串实在不怎么样，比起付坤总给他买的大通的那家差得太远了。

“不好吃，”付一杰说是说着不好吃，但转眼工夫还是已经四五串下肚了，

“这哥们儿的胡子是粘上去的吧。”

蒋松拿着串羊肉笑着说：“我觉得我粘撇胡子也能来这烤了，我弹舌头肯定比他弹得好。”

“弹一个听听。”付一杰笑笑，他这会儿已经放松了不少，蒋松看上去没什么异常，就算听到了估计也没多想。

蒋松吸了口气，清了清嗓子，开始弹着舌头说话：“付……”

一句话还没说全，嘴里的一块羊肉被弹了出来，掉在了地上，他愣了愣：“这技术活啊。”

“你这舌头技术不错，还带发射暗器的。”付一杰乐了半天，差点儿呛着。

“流氓了啊。”蒋松说，嘴角带着笑。

“什么？”付一杰愣了愣。

“真的假的？”蒋松凑近了看他，还是笑着，“四年级就看《废都》的人居然这么纯洁？”

付一杰反应过来了，啧了一声：“那是，哪能跟四年级就嫌《废都》‘此处省略四十五字’没劲的人比啊。”

“哎！”蒋松一下没找到话顶回去，只好喊了一声，转身又要了二十串羊肉，准备带回去给宿舍的人吃。

“喊什么，”付一杰笑笑，“你说说你是怎么历练了十年把自己培养成了个流氓的啊。”

“保密，”蒋松一脸夸张的严肃表情，“等你长大了就告诉你。”

付一杰没再说什么，他觉得蒋松的话并不仅仅是一个玩笑那么简单，从蒋松转学前开始，或者在那之前，蒋松的生活就已经注定会跟别人不同。

他对蒋松的了解停留在四年级，他不知道那之后的蒋松会有什么样的经历，跟自己一样，还是不一样。

十年的时间，足够改变一个人，比如他自己。

味儿不怎么样的烤串在宿舍几个已经被军训折磨得每天就想躺在床上哼哼的人面前还是相当受欢迎的。

伍平山挺斯文，拿了两串边吃边感叹，等他感叹完一串，许豪已经吃完了三串。

刘伟抱着本书靠在床上看着，对这边的几个人始终没看过一眼。

付一杰本来不想理他，但毕竟是一个宿舍的，付坤也交代了让他跟同学要好好相处，他还是拿了两串走到刘伟床边："尝尝，味儿一般，不过比食堂的菜还……"

"不好吃你们还买回来请客？"刘伟合上书，打断了他的话。

"好吃还真轮不上你，"蒋松过来从付一杰手上拿走了烤串，递给伍平山和许豪，"烤串往你跟前一站全都哭了。"

刘伟冷笑了一声没说话，低头继续盯着书。

付一杰没说什么，坐在了蒋松的下铺上。付坤大概没想过宿舍如果有这么个不知道是不会说话还是脑子灌了洁厕灵的主该怎么办。他不像蒋松，情绪都挂在脸上，也懒得再开口，要换了付坤，这人早不知道被损成什么样了。

"哎，这军训都过去一半了，"许豪拍了拍自己床还空着的上铺，"这位怎么还没来呢？"

"大概是有事吧，"伍平山一边擦嘴一边说，"希望来个爱下棋的。"

伍平山爱下围棋，但宿舍里几个人对此项高端技能的熟练度都是负数，看到围棋的时候统一的反应都是五子棋，所以他一直找不到棋友，只能每天对着棋盘自己摆着玩。

"来个安静点儿的就行。"刘伟在一边说了一句。

"豪豪！"蒋松指着许豪，"就你最聒噪！"

"我有罪！"许豪立马立正冲他敬了个礼，然后跟做贼似的缩手缩脚端了盆儿往浴室走，"我这就不聒噪地去洗个澡。"

付一杰洗完澡爬到了上铺，这会儿才觉得身上有点发酸，他把腿搭到床架上，拿出手机给付坤发了条短信。

"宿舍里有个特烦人的，好像每天都气不顺，开口就冲人。"

付坤的短信很快回了过来：抽他。

没等付一杰回复，付坤又发过来一条：买个萝卜送他，通通气。

付一杰抱着手机躺床上傻笑了好一会。

“一杰，”许豪在对面下铺小声叫了他一声，“手机能借我用用吗？我话费没了……”

“给家里打电话啊？”付一杰翻个身趴在床上把手机递过去。

“嗯，跟我妈说好了隔一天打一个的，今天忘去交费了，”许豪接过手机看了看，“T618 啊，真不错，漂亮。”

付一杰笑了笑没说话，这手机是付坤刚给他买的，他对手机没什么要求，能打电话就行，黑白屏、蓝屏、小灵通都可以，以前付坤那个也没坏，但付坤还是直接去买了个彩屏的，说是看着舒服。

宿舍几个人就他拿的是彩屏，刘伟从来没在宿舍打过电话，也不知道有没有，所以平时付一杰很少把手机拿出来。

许豪刚拨了个号把手机放到耳边正等着，下铺蒋松的手机就响了。

“你拨蒋松的号啊？”付一杰够着脑袋往下看，蒋松在洗澡，手机扔在枕头上。

“没啊，”许豪看了看手机，又冲厕所喊了一声，“蒋松你手机响了！”

蒋松穿了条内裤从厕所里跑出来，身上还挂着没擦干的水珠。拿起手机的时候，他愣了愣，电话又响了几声他才接了。

“干吗？”蒋松问了一句，停了几秒钟又皱着眉说，“你没事儿往我家打电话干吗，有病就去治……换号码了？不知道……换号这种事我怎么会知道，去年搬家我都不知道……”

蒋松套了条大裤衩拿着手机走出了宿舍。

付一杰趴在上铺看着蒋松的背影，愣了一会儿才躺回了枕头上。

自打付一杰去了学校，付坤每天回到家都觉得挺没意思，感觉生活好像缺了一块儿，怎么都缓不过来。

以前他就想过，如果付一杰不在家待着了，自己估计要挺长时间才能适应过来，但没想到会像现在这么难受。

这都一个月了，他每天推开卧室门的时候都习惯性地往书桌那儿看，第一眼没看到人还会再往榻榻米上扫一眼，然后才能反应过来，付一杰已经没在家里了。

“唉。”付坤坐到沙发上的时候叹了口气。

“唉。”老妈在他旁边同时一声叹气。

“想你家二宝贝儿了吧。”付坤搂搂老妈的肩。

“能不想吗，在家养了十来年，突然就这么长时间看不着，”老妈靠在他身上，悄悄指了指在一边泡茶的老爸，压低声音，“昨儿你爸睡觉说梦话还叫一杰呢。”

“明天我带你们出去玩玩吧，明天周末，爸是不是也正好轮休？”付坤拍了拍自己的腿，“带你们看个电影吃顿豪华的，日本菜，坐榻榻米，一圈小姑娘跪着给上菜……”

“你别开个小面包就当自己是老板了，成天乱花钱，”老妈拍了他一巴掌，“你那钱也是没日没夜熬出来的，就算是捡来的也要先捂捂吧。”

“捡来的该还吧？”老爸说。

“你别烦人！”老妈白了他一眼，“你儿子要吃榻榻米！我打个比方呢！”

“我没想吃榻榻米……”付坤脑袋往后靠在沙发上，“唉……”

“不就跪榻榻米上吃饭吗，”老爸拿着小茶壶，“我明天出去买个炕桌，摆你屋那个榻榻米上，咱仨跪着吃一顿不就得了，还花钱出去跪给别人看。”

“啊！你俩干吗呢？”付坤喊了一声，“就这么定了，明天我订餐，你俩爱去不去，我不就想让你俩放松一下吗？”

“跪着怎么放松？”老爸喝了口茶。

“爸你就故意气我吧，”付坤挥挥手，“这事儿我做主了，定了。”

付坤第二天下午给自己放了半天假，带着老爸、老妈去看电影，又带着他们去吃了日本菜。说是给老爸、老妈放松一下，实际也是让自己的心情缓一缓。

虽说作用不太明显，但至少回家的时候，老爸、老妈没再一直念叨付一杰，而是改念叨这顿花了多少钱，那几片放在冰上的鱼肉生吃了会不会拉肚子之类的……

付坤坐在屋里，铺了张白纸打算画画玩。还没想好画什么，手机响了，是孙玮打来的。

“孙总，”付坤接了电话，“今儿这么有空给我打电话？”

“付老板！”孙玮声音很大，透着股子兴奋劲，“你猜！”

“我猜？”付坤拿着铅笔在纸上随意地勾着，“我猜你今儿没少喝。”

“没劲！”孙玮打了个嗝，“兄弟！哥们儿！你孙玮哥哥今天终于熬出头了！”

付坤立马反应过来了，停了笔：“分店归你了？”

“嗯！”孙玮笑了起来，声音大得把付坤耳朵都震痒痒了，“明天开始，三分店我全权负责！怎么样？”

“棒！叫了这么久孙总，总算是实至名归了！”付坤也喊了一声，“恭喜孙总啊，牛啊！”

“坤子，你知道吗，我真是高兴！”孙玮换了个深沉的调子，“虽然这店不是我的，我也就是提成提得比以前多，但毕竟迈了一步了是不是？”

“好好干，把握住机会。”付坤知道孙玮去了之后的确挺辛苦，每天起早贪黑地全泡店里了，没事儿还得跟老板出去吃喝打牌，特别累心。

“放心，过年回家咱俩好好聚聚，”孙玮笑得挺开心，“行了先不跟你说了，我还要赶个牌局，今儿晚上又没得睡了。”

“那行，你挂吧孙总。”付坤笑着说。

5

挂了电话之后，付坤继续画画，本来想画个忧郁的美女，但情绪被孙玮带偏了，他决定临时改成张嘴大笑的孙玮。

孙玮辛苦了这两年，总算是有了回报，付坤都忍不住跟着老想笑，这也总算没让卢春雨白等他。

画完草图的时候已经快十一点了，付坤拿出手机看了看，发现一晚上付一杰居然没有打电话过来，也没发短信。

平时哪怕没有电话，也至少会有一条晚安短信。

话费没了？付坤拨了付一杰的号码。

电话通了，付坤皱皱眉，心想没停机啊。

电话响了很长时间，那边才接了电话，在一片嘈杂声中付坤听到有个声音“喂”了一声。

付坤愣了愣，这不是付一杰的声音，他把手机拿到眼前看了看，没拨错号啊，于是问了一句：“你谁？”

“你找谁啊！”那边的人有点儿懒洋洋地问，但很快又换了语气，“坤哥？”

“是。”付坤应了一声，估计这是蒋松。

付一杰的电话怎么会在蒋松那儿？而且这环境一听就不在宿舍，背景声里似乎有人嘶吼着唱歌。

“我蒋松啊，哥，”蒋松懒洋洋的声音收了起来，很恭敬地说，“一杰去厕所了。”

“你们在哪儿呢？怎么这个点还在外边儿？”付坤皱着眉问。

“唱歌，周末了班上几个人出来玩。”

“挺会享受啊。”付坤说。

“也没，就是……”蒋松突然提高了声音，“哎，哥，一杰回来了，你跟他说吧……”

“哥？”付一杰的声音传了过来，背景音乐声也小了下去，听着像是走出了房间。

“你在哪儿呢？”

“在饭店包厢，吃完饭正好包厢能唱歌，就唱了。”付一杰回答，声音有点儿不稳。

“这都几点了，你们宿舍不关门啊？”付坤压着心里的无名火，他发现付一杰喝了酒。

付一杰似乎愣了愣，声音低了下去：“没注意时间。”

“你赶紧给我回宿舍！”付坤的火没压住，吼了出来，“玩得挺愉快啊，喝了几斤啊？舌头都伸不直了吧！”

“……知道了，”付一杰说，“马上回去，到宿舍给你打电话。”

“不用了！”付坤吼。

付一杰那边没了声音。

付坤吼完了又觉得自己有点儿过了，几个同学周末出去吃饭唱歌好像也挺正常的，自己没事儿也会跟同学朋友出去玩，一晚上不回家都有过，男生喝点儿酒似乎也没什么可说的，自己小学就跟着老爸蹭酒喝了……

但是付一杰跟自己不同!

付一杰从小就乖，放了学就回家，放假也多半是待在家里看书，这样出去吃饭喝酒带唱歌在付坤记忆里还是头一回。

“一截儿，”付坤放轻了声音，“我不是骂你，我就……就是担心你，你从小乖宝宝似的，猛然这么放出去了，我怕你学不着好……”

“知道了，我这就回去了。”付一杰声音很低。

“嗯，到宿舍就别打电话了。”付坤听着他声音又觉得心疼，“早点睡，我也没想要监视你。”

付一杰挂了电话，看到蒋松从包厢里探了脑袋出来，他有点儿郁闷地看着蒋松：“干吗非帮我接一下电话？”

蒋松愣了愣：“电话一直响，我就没多想……对不起啊。”

“不不，对不起。”付一杰说完又觉得自己冲蒋松抱怨得挺没理的，“我急了就老这样，胡乱找人撒气儿呢。”

“你哥说你了？”蒋松也跟着郁闷了，他之前听付坤的语气就知道没好事，“早知道我不接了，我真没想那么多。”

“也没什么，就担心我了，我以前没这么玩过。”付一杰往包厢里走，感觉自己舌头真有点打弯了，“我先回宿舍，我有点儿喝多了。”

付一杰推门的时候晃了晃，蒋松赶紧过去在他胳膊上扶了一下：“都回了，这也就是刚开学没多久，估计以后这个点儿我们都进不了宿舍。”

一屋子七八个人都喝得不少，出了饭店往学校走的时候都有点踩着舞步的意思。

付一杰和蒋松走在最后，蒋松还行，没太晃，付一杰觉得脚底下有点儿软："我头回喝这么多酒。"

"你没喝多少，我看着呢，顶天儿了就三两，"蒋松拽着他胳膊，"你大概是从来不喝酒吧。"

"嗯，"付一杰在屋里的时候还没感觉，出来这么一动，头有点晕，"我就舔过我爸杯底儿。"

蒋松笑了："我要早知道你这样，就不给你倒酒了。"

"别啊，"付一杰也笑了笑，"大家都喝，就我不喝多没劲，我……不想跟别人不一样。"

"是吗？"蒋松拽着他慢慢顺着往宿舍去的小路走，"要真不一样了也没什么，哪样不都是自己吗？"

快到宿舍的时候，付一杰踢到路边一块翘起来的青砖，一个踉跄往旁边的草丛里扑了过去。

蒋松吓了一跳，赶紧一把搂着付一杰的腰想拉住他，但被带得跟着往前好几步，付一杰靠到了路灯柱子上才总算没一块儿摔下去。

"唉，难受。"付一杰靠着柱子，皱着眉，腿有点儿发软，老想往下蹲。

"先缓缓。"蒋松站在他面前。

付一杰觉得眼前的东西有点儿晃，胃里也不舒服，他实在想不明白，付坤为什么从小就爱跟着老爸喝酒。

蒋松酒量还不错，这会儿看着一点事儿都没有，站在身边静静地等着他。

付一杰虽然有点晕，但还是感觉到了蒋松一直停留在他脸上的目光。

大概是因为喝了酒，付一杰觉得自己不太受控制，他偏过头看着蒋松笑了笑："蒋松。"

"嗯？"

"你是不是有什么想法？"

蒋松大概没想到他会这么问，愣了一下，但很快又恢复了平静，也笑了笑："你心里有别人呢。"

蒋松这句话一说出来，付一杰本来还有点儿晕的脑袋顿时清醒了。

"什么？"他盯着蒋松。

"没什么，"蒋松笑了，"随便说说，好点儿没？再晚点儿回，刘伟又该说咱宿舍是个不上进的宿舍了。"

"走吧。"付一杰看了他一眼，往宿舍慢慢走过去。

他在心里拼命回想着跟蒋松待一块儿的时间里自己到底有什么地方会表现出"心里有别人"这样的信息，可想了半天，也没觉得哪儿有破绽。

让蒋松这一惊，他现在头不晕了，腿不软了，走路也不晃了，一口气上一楼不费劲，真实惠。

回到宿舍的时候，许豪和伍平山刚进门，刘伟坐在自己床上，脸色很阴沉，屋里也没人说话，付一杰一脚迈进宿舍就感觉到了低气压。

"你们以后能不能不要搞到这么晚？"刘伟看着蒋松。

大概是因为蒋松说话一直很直，噎刘伟每回都是他开口，所以刘伟现在一般都把他作为主要目标。

"不好意思啊，"蒋松今天很难得地没有呛他，拿了毛巾准备去冲个澡，"有人着急洗吗？没人的话我先了？"

"你先吧，"伍平山拿着瓶水慢慢喝着，"我得先缓缓。"

"也不知道你们是来学习的还是来喝酒的，"刘伟很不爽地躺回床上，捧着书一脸不屑，"以后毕业了，这样子还敢给人看病？"

"那我洗了。"蒋松进了厕所。

刘伟继续说："别以为有钱就怎么样都行，花钱进了这学校，就这样，以后还……"

付一杰本来坐在蒋松的铺上，突然跳了起来，跟着蒋松冲进了厕所，把他一把推了出去："我先吐。"

蒋松笑了笑，退出厕所，拿着毛巾走到刘伟面前：“伟哥，别总活在自己想象里，这屋里没谁是花钱进来的，咱这届的最高分正跟厕所里吐着呢。”

刘伟冷笑了一声，往厕所那边看了看，没再说话，把书扔到桌上，翻了个身冲着墙闭上了眼睛。

付一杰从厕所里出来的时候，吐得眼睛都红了，感觉眼前一片水雾，靠在门框上一通倒气儿：“唉，晕死我了。”

“一杰酒量不行啊，”许豪笑着说，他们几个都喝得有点儿高，但只有付一杰吐了，“吐完好点儿没？”

“嗯。”付一杰拍拍蒋松，走到自己柜子前，“我先洗吧，我顶不住了，我要睡觉。”

“那你先，”蒋松躺回自己床上，“要不要先发条短信给你哥？告诉他你回来了。”

“不发了，我现在看不清东西。”付一杰随便扯了两件衣服晃着进了厕所，“哐”的一声把门关上了。

关门的声音有点儿大，刘伟很不耐烦地捶了一下床板。

蒋松往他那边看了一眼没出声，今天是他们几个喝酒回来晚了，所以他不好多说什么，但以后宿舍里有这么一个人，估计他们出去玩都玩得不痛快。

付一杰蹲在喷头下边，热水洒在身上，让他舒服不少。

头还是晕，本来之前感觉都清醒了，现在劲儿又上来了，但他心里还是清醒的，隐隐有些不安。

他是打算给付坤发条短信的，但被蒋松一问，他又不打算发了。也许是他太敏感，现在蒋松说的每句话，他都觉得不只是面儿上那一层意思。

“唉。”他伸手胡乱在自己头发上抓了两下。

他有种想要把蒋松叫出去好好聊聊的冲动，这么久以来，蒋松大概是他唯一觉得可以把在自己心里憋了这么久的事说出来的人。

但是……

也许正是因为憋了这么久，他不知道是不是已经习惯了这种压抑，这种冲动冒头的瞬间就迅速被他压了下去。

他觉得别扭，他没有把自己这样的内心向谁打开的勇气，别说是这样的事，就算从小到大，他心里真正想的是什么，连付坤也未必全部了解。

他已经习惯了把自己包裹起来，展现在别人眼前的，必须是那个优秀的、稳重的，不让人操心的付一杰。

他慢慢站起来，撑着墙，深深地吸了一口气，还没吸完的时候被呛了一下，咳了老半天。

等他冲完澡出来的时候，许豪和伍平山已经躺床上睡着了，衣服都没换，只有蒋松还躺床上玩手机。

“都睡了？”付一杰小声问。

“嗯，你完事了？”

“舒服多了，你去洗吧，我睡了。”付一杰爬到了上铺，拿过手机抓在手里，犹豫着要不要给付坤发短信。

直到蒋松进了厕所关上门之后，付一杰才迅速地发了条短信过去：我已经躺下了。

还没把手机放下，付坤的短信已经回了过来：晚安。

付一杰把手机塞到枕头下边儿，又顺手把放在枕头下面的裤子扯了出来，捏在手里轻轻搓着。

还好他发了条短信，付坤嘴上说不用发短信了，但估计没睡一直在等。

大一的课不多，也没有专业课，看到课表的时候，不少同学挺失望，什么基础化学、医学细胞生物学、医学物理学、英语，计算机的，感觉就还在上高中。

不过对于不少人来说，大一跟关了十几年出狱了似的，就疯玩。宿舍里每天会抱着书看的，就只有刘伟和付一杰。

刘伟在看什么，没人知道，他的书都包着书皮，看完了就码枕头底下，平时也没人会动他东西，就上星期伍平山拿起他的眼镜看了一眼，被他念叨了一整天，现在伍平山看到他的东西就保持三步以上的距离。

付一杰在看的都是专业书，平时没课的时候，他会去大二蹭蹭课，学校大一可以考四级，他还打算大一把四级过了。

“你这点还真是没变，”蒋松很感慨地看着付一杰，“还这么用功。”

蒋松不缺课，上课也挺认真，但平时不会给自己加料，没课的时候他几乎都不在学校里待着，打工、网吧、聚会，有时候一整晚都不在宿舍。

“反正也没事儿。”付一杰笑笑，他心里有很清楚的目标，小学的时候就给自己定下过的目标。

“下午打会儿球吗？”蒋松临出门的时候问他。

“打。”付一杰点点头。

“我去网吧待会儿，你给我打电话叫我吧。”

“行。”

付一杰中午在图书馆待了几小时，出来的时候正好碰上班上几个要去打球的。他给蒋松打电话，占线。打了几次都占线。他叹了口气，打算去网吧找蒋松，正好有点饿，决定干脆先一块儿吃点东西得了。

上了二楼网吧，付一杰看到蒋松正站在网吧门口楼梯拐角的窗户旁边打电话，看到他上来，蒋松扔了块巧克力过来，又指了指网吧里面：“12号，我刷卡了，你先上会儿网，我打个电话。”

付一杰点点头，拿着巧克力进了网吧。

小破网吧最近新装修了，机子换了批新的，分两排摆得挺整齐，机子前全都坐着人，还有不少满屋转着等空机的。

12号机在尽里头靠墙那边，付一杰从一堆大喊大叫玩CS的人中间挤了过去。

“付一杰，”有人叫了他一声，“居然能在网吧看到你啊。”

付一杰扭头，看到是自己班上的同学，但名字半天都没想起来，这都快一学期了，班上还有一半的人他愣是叫不上名字。

“啊，我等蒋松。”他笑笑。

“你俩什么时候走？下机了叫我，我正等机器呢。”

“一会儿叫你。”

付一杰在各种异味中坐到了12号机前，左边角落里是个占着机子睡觉的，大概是通宵完了一直没走，右边是过道，还算好，要是一边一个挤着，付一杰真有点儿受不了。

屏幕上开着网页，付一杰拿着鼠标，正琢磨着上网干什么的时候，看到了网页上的标题，他愣了愣。

他的心跳节奏猛地变得有些不规则，尽管没来得及看内容，但他已经敏感地猜到了这是什么网站。

全身一阵发麻，指尖都是麻的，拿着鼠标对着右上角最小化的那个键点了五六下才点准了，但随着这一个页面最小化，它下面的页面又出现在了付一杰面前，聊天室。

付一杰无法形容自己的感觉，拿着鼠标对着右上角最小化的地方噼里啪啦一通点，直到蓝色的桌面出现了，他还点了好几下才停下。

对着桌面愣了好一会儿，付一杰才想起来看了看四周，左边的人还在睡觉，身边也没人，都在CS那儿观战。

他猛地松了口气，靠在椅子上看着屏幕下方的一排最小化的窗口，心跳还是有些乱，手都有点抖。

蒋松疯了吗！在这么多人的网吧里看这些东西！

身边的人全是他们学校的学生，付一杰实在想不通蒋松是怎么想的。

几分钟之后，他拿着鼠标轻轻从这些窗口上掠过。

他不玩游戏，也很少上网，对于他来说，这些事的来源都是书，夏飞的书，他自己买的书，图书馆里偶尔也能看到。

他从来没想过在网上会看到这些东西，也没想过会有这样的网站，还有聊天室。

他心里强烈的震动和好奇让他点开了聊天室的页面。

屏幕的那一边，都是什么样的人？

他们什么年纪？什么样？

他们在想什么，有什么样的烦恼……

6

蒋松进的这个聊天室人不多，是个自建聊天室，名字起得很随意，就叫“来聊聊”，里边十来个人，聊天区显示着几个人的聊天内容。

聊天内容很平常，看得出这里面的人都很熟，正在聊什么手机信号好。

付一杰看了一会儿，正想把这个页面最小化的时候，有人打出几个字：蒋松怎么半天没说话了？睡着了？

付一杰看了看蒋松在聊天室的名字——Satan，但看来这些人知道他真名？

他脑袋里乱糟糟的，把页面最小化了，对着屏幕发呆。

蒋松打完电话进来的时候，他还在发呆。

“玩什么呢？”蒋松问了一句，弯腰往屏幕上看。

“没玩。”付一杰猛地回过神来，站了起来，“你走吗？”

“走啊，说好了打球的，”蒋松点开了聊天室的窗口，“等我一秒钟。”

“嗯。”付一杰本来不想看，却还是没忍住。

Satan：闪了。

之前找他的人发出来一句：别走，再聊聊，我想你了。

蒋松飞快地敲了几下键盘，关掉了页面。

Satan：排队慢慢想。

走出网吧的时候，付一杰猛地觉得阳光有些刺眼，抬手遮了一下。

“吃点儿东西再去？”蒋松问他。

“嗯。”付一杰点点头。

“酸辣粉？”蒋松转身就往四川小吃那边走。

“天天酸辣粉啊？”

“那吃什么？”

付一杰看着旁边的树想了半天，脑子里全是刚才的网站和聊天室，想吃的东西一样也没想出来，他叹了口气：“……酸辣粉吧。”

付一杰平时挺爱吃酸辣粉，特别是天儿冷了以后，吃完了全身暖乎乎的很舒服，但今天一碗粉吃下去之后，他连味儿都没尝出来。

跟蒋松往学校走的时候，他一句话都没说。

进了学校，快走到篮球场了他终于开了口：“别打球了。”

“嗯？”蒋松停下了脚步看着他，“怎么了？”

“聊聊吧。”付一杰说。

“行啊，上哪儿聊？”

付一杰没说话，往宿舍那边走，绕过宿舍楼走到了后面那条上山的小路跟前，下午山上基本没人，天冷了之后更是没人会过来。

“你上过山吗？”付一杰顺着小路往山上走。

“没，没事儿谁上这儿来，大白天儿都挺瘆人的，”蒋松跟在他身后，“不是说以前自杀的几个都是在山上吗，晚上还能听到他们哭呢……”

付一杰身上顿时起了一层鸡皮疙瘩：“说点儿别的成吗？”

“下学期咱们有解剖课了。”蒋松笑了起来。

“我听大二的说，就上学期，有人跳楼，就死咱们宿舍窗户下边儿，都摔成片儿了。”付一杰突然说。

“真的？”蒋松愣住了，“我怎么没听说。”

“昨天晚上，”付一杰停下，转过身盯着蒋松，“我半夜想去厕所……起来的时候看到窗口……”

“喂！”蒋松喊了一声，他的下铺正好就在窗边，顿时吓得眼睛都瞪圆了，“真的假的啊！你别吓我！”

付一杰盯着他，一直盯到蒋松脸色全变了，他才说：“我以为你不怕呢，刚不还说得挺来劲的吗？”

“付一杰！你什么时候学得这么损了！”蒋松推了他一把，又原地跳了两下，“吓死我了，说得跟真的似的。”

“就是真的，”付一杰脸上一丝表情也没有，看着他，“我看到窗户外面有个……”

“付一杰！”蒋松喊了一声。

“走。”付一杰笑了笑，转身继续往山上走。

这座山不高，说实在的，也没什么风景可看，回过头能看到半个校区，没什么意思。不过山腰上居然修了座小亭子，倒是有点儿让人意外。

付一杰走过去，在亭子里的石椅上坐下了，山上风挺大，他把外套的拉锁拉到头，看着蒋松在他对面坐下了，想要开口说话，却突然找不到词了。

沉默了不知道多长时间，蒋松终于沉默不下去了，清了清嗓子：“你是要跟我聊那个网站吗？”

付一杰看了他一眼没说话，过了一会儿才说了一句：“吓我一跳。”

“那个网站我待好几年了，从它还是个个人网站的时候起，我就在那儿泡着了。”蒋松想了想，“你就为这个要跟我聊聊？”

“几年？”付一杰看了蒋松一眼，几年前他连网都还没上过，“那时你才多大啊？”

“初中，那会儿我家里……”蒋松犹豫了一下，前面的话没说下去，“我那阵就住我姑家了，我表姐在国外，我姑弄了个拨号上网，跟她天天在ICQ上聊。”

付一杰再次沉默了，他突然有很多话想要问蒋松，可是又不知道该怎么问出口，胸口一下被堵得发闷，整个人像是被厚厚的绷带缠成了一团。

蒋松看他没有说话的意思，靠在石椅上叹了口气：“当时看到这个网站的时候，我真挺惊讶的，网上居然有这样的东西，我还特别吃惊那些人怎么那么大胆，照片都有……你知道吗？那会儿我觉得自己特见不得人，虽然我姑说这没什么，我也努力告诉自己这真没什么，但还是觉得自己特别奇怪……”

付一杰心里猛地抽成了一团，这种曾经相同的感受哪怕是到现在，还会像一道勒在他心里的钢索，只要想起来就会一阵疼。

“我那时只要有空，差不多都泡那上头，”蒋松笑笑，“聊天，跟人发邮件，看看别人写的东西，知道那么多人都跟我一样，也不只是我一个有那么多心烦的事……我突然就不害怕了……”

蒋松语速放得很慢，边回忆边慢慢地说着。

付一杰静静地听，蒋松的话让他一次又一次被冲击着，他以前对这些事和自己的认知被一点点地刷新，破碎，重建。

那些他不知道的人和事，他从来没听过的新名词。

除去好奇和震惊，被拨去的迷茫之后依然是另一种迷茫。

蒋松是什么时候没再说话的付一杰都没注意到，他不知道自己是在思考还是仅仅是被震得走神了。

“咱学校也不少，”蒋松说，“我之前在同城聊天室里还碰到过。”

“你在那聊天室交过朋友吗？”付一杰问。

“交过啊，”蒋松摸了根烟点上了，“不过……也没什么意思，挺乱的，你觉得自己挺认真的，但别人觉得你这小孩儿挺傻的。”

“啊。”付一杰顿时有点儿尴尬，拉起衣领遮住了自己半张脸，只露出眼睛看着蒋松。

“一杰，”蒋松把烟头扔在地上踩灭了，“之前呢，我就觉得你心里肯定有喜欢的人，但没多想别的，不过……一般人就算不反感这些，随便问几句也就完事儿了，像你这么刨着问的……”

付一杰没说话，依然用衣领遮着半张脸，只露出眼睛看着蒋松。

他找蒋松来聊天的本意，只是想知道这家伙为什么会这么不在意自己的秘密，在网吧那种人来人往的地方还泡聊天室里聊天儿……他只是想知道蒋松究竟是怎么想的，没想过把自己的事说出来，但蒋松却很随意地就问出了这句话。

他顶着北风都觉得自己身上有点儿冒汗。

“当你默认了啊。”蒋松等了一会儿，看他一直不出声，笑了笑，“那我之前觉得你有喜欢的人，对吧？”

付一杰听到蒋松这么说，突然松了口气，被当作默认比亲口承认要轻松得多，何况话已经说到这份上。

蒋松没有隐瞒地说了自己的事，也许在蒋松眼里，这并不是需要隐瞒的事，但在付一杰看来，说出这些需要的勇气和信任，自己没有。

“不想说啊？没事儿，”蒋松站起来伸了个懒腰，“去打球？要不就回宿舍睡一觉吧。”

蒋松走出了小亭子，准备顺着路下山。

付一杰看着他的背影，突然心里有些发慌，就像是在大海上漂着的人看到了一艘小船，尽管同样只是在漂，却会让人觉得至少有个同伴，错过了，就又会变成一个人孤独地待着。

“是。”付一杰声音很低，捂在衣领里说的这个字也不知道蒋松能不能听见，可他艰难地说出这个答案，已经用尽了全力。

“啊，”蒋松停下了，扭头看了他一眼，笑着说，“我会保密的。”

心里那个人是谁，蒋松没有再问，也许是知道付一杰的极限在哪里。在亭子里的那些话题，蒋松也没再提起，他俩的生活继续着之前的节奏。

付一杰依旧每天上课蹭课，泡图书馆，偶尔去打打篮球。快期末考试的时候，宿舍里的懒散的几个人才开始突击复习，蒋松也没再在晚上出去，不过打工还是没停。

蒋松打工挺卖力，不止一份，付一杰也想过去打工，不为挣多少钱，算是体验一下生活，增加点儿社会经验。

但付坤一听说他要去打工，而且是想跟蒋松一块儿去咖啡厅打工，差点儿从手机里钻过来。

“不行，你别折腾了，你就算要打工，也得找个跟你以后工作有关系的，你去咖啡厅伺候人，能对你以后有什么帮助？”付坤说得一点儿商量的余地都没有，“你要想不明白，我过去一趟跟你聊明白了。”

“不不不，”付一杰赶紧说，“我想明白了，想得特明白，你别跑了。”

其实他挺想说“真不明白，你过来跟我说吧”，但现在这段时间付坤生意特别忙，前几天还听说他已经跟旁边一个不想做了的老板谈妥了，准备把那人的摊位兑过来做，这阵连进货带弄俩摊位忙得够呛。

“实在要想打工，下学期吧，这都马上要放假了，你安心考完试赶紧回家过年，还打什么工啊。”付坤又补充说明。

“知道了。”付一杰特别诚恳地说。

挂了电话之后，他躺在床上拖长声音又叹了口气。

“你哥不同意吧？”蒋松在下铺收拾东西准备去上班，“我都说你别折腾了，你又不缺钱。”

“我就是不想老用我哥的钱，都好几年了……你缺钱？”付一杰趴在床上往下看，蒋松看着不像缺钱的样子，穿的用的都跟自己差不多，宿舍里就他俩有笔记本电脑。

“缺啊，我姑给我出一半学费，”蒋松换好衣服冲他笑笑，“还一半学费外加生活费什么的都得自己弄。”

“一半？”付一杰愣了，还有这样的？

“嗯，”蒋松拿了颗巧克力放进嘴里，“我姑说都成年人了，总不能什么都让别人帮，她又不是我妈。”

“那你打工的钱够吗？”付一杰没想到会是这样的情况，蒋松每次说请客吃东西，他都一点儿没多想地跟着去吃了，现在想起来觉得特别过意不去。

“够，走了。”蒋松拍拍他的肩，往门口走了两步又停下了，“你要想挣钱，我有个不让你哥担心的办法，你脑子弄这个肯定没问题。”

“什么？”

“晚上买点儿烤串等我回的时候请我吃，吃完我告诉你。”

晚上蒋松打工回来，一边吃烤翅一边扔给付一杰俩字儿——炒股。

“我问了，咱新校区这边得明后年才能安排装网线，”付一杰听了挺心动，虽然他不太了解炒股是怎么回事，“怎么炒？”

“网吧呗，你又不炒得多惊天地泣鬼神，每天抽点时间去看看就行，”蒋松小声说，“你脑子好用，大钱咱不说，赚生活费肯定没问题，我姑什么也不懂，就看涨了就卖，跌了就买，就这样今天赚明天赔的，一个月还能弄点儿呢。”

“当心别赔本了，”一直躺在床上跟睡着了似的刘伟突然说了一句，“前几年尽听说赔光了跳楼的。”

“我觉得吧，”伍平山在摆棋子玩，“如果是一杰的话可能真可以，他脑子灵活，思维还特严谨……”

“咱宿舍没来的那个不也说很聪明吗，还不是跳楼，没死成而已。”刘伟打断了伍平山的话。

“哎，”许豪忍不住开了口，“刘伟你这么说是不是不太合适？”

“我就是提醒一下，”刘伟看了付一杰一眼，“虽然我没觉得付一杰有多聪明，但你们都这么说，那就当他聪明吧，提醒一下而已。”

蒋松把手里的烤串签子往门口的小垃圾桶里弹过去：“刘伟，你是怎么长这么大的？你从小到大没少挨揍吧？”

“什么意思？！”刘伟看着他。

“没什么意思，什么事儿有了你还能有意思？”蒋松笑笑，拿了衣服去洗澡。

刘伟盯着已经关上的厕所门看了半天，又转头往付一杰这边看，说：“付一杰……”

“我要跳的时候一定通知你，”付一杰冲他点点头，“不收你门票。”

付一杰觉得自己上大学之后脾气变得挺不错，全宿舍对刘伟的忍耐都快到极限了，他还觉得可以把刘伟当成空气，哪怕是刘伟一直有事没事就针对他说几句，也不知道是真不会说话还是有意的。

第一科考试的早上，大家都起得挺早，伍平山还抽空瞄了几眼书。

“现在看还记得住吗？”付一杰拍了伍平山一下，笑着问。

“自我安慰一下，”伍平山笑了，把书哗哗地翻了一下，“要有记忆面包就好了。”

“一杰，”刘伟抱着书准备去考场，“对自己这么有信心？”

付一杰看了他一眼没说话，他停了停又说了一句：“我拭目以待。”

“有劳了。”付一杰冲他笑笑。

“我真想抽他，”蒋松跟付一杰一块儿去考试，看到走在前边的刘伟，“这小子脑子灌的都是尿碱吧。”

“你真恶心，”付一杰斜眼儿瞅着蒋松，“我觉得我都闻到味儿了。”

“那说明我没说错，”蒋松嘿嘿笑了两声，“这人就是嫉妒，有点儿自卑但又特别自负，看不得谁比他强，他唯一拿手的就是学习，现在就等着跟你比呢。”

付一杰勾了勾嘴角：“他不是对手。”

考试对于付一杰来说，从小到大都没有压力，他唯一感觉到累的，只有高考。

这一个学期，他并没有太放松，按部就班该听课听课，该看书看书，没有不少人那种从高考中释放了疯狂玩一把再惊觉期末了，然后怎么也调整不过来状态的感觉。

考试周付一杰没什么感觉就过去了，相比别人担心挂科，他从考试前开始就在琢磨回家的事了。

他回家比别人要容易，虽然出了省，但离得不算远，火车票和汽车票都好买，他也没跟着学校订票，直接提前两天去买了大巴的票，然后打电话给老妈说了时间。

“哎呀，为什么还要等两天！不是上星期就考完试了吗？”老妈喊着，“快说你想吃什么，妈要提前买菜准备了！”

“我现在想吃肉，有肉就行，不管什么。”付一杰笑着说，大概是天冷了，这段时间他特别想吃肉。

“我二宝贝儿可怜死了，平时没肉吃啊？”老妈很心疼地说。

“有肉吃，就是不过瘾，回家吃一大锅酱肘子才能让我缓过来。”付一杰想到酱肘子就立马听到自己肚子叫了一声，“我哥呢？”

“没回呢，这几天都晚，不是俩摊位刚弄上嘛，请了个小姑娘帮忙，这两天正熟悉业务呢。”

小姑娘？付一杰心里顿时一阵不舒服：“知道了。”

7

付一杰在宿舍里收拾行李的时候几次都有冲动去汽车站把后天的票退了，改成明天，不，改成今天。

他一想到付坤每天跟个小姑娘一块儿在摊位上忙活就觉得特别不爽。

宿舍里的人都这两天走，大家都挺兴奋，除了付一杰不爽，大概还有个人不爽的。

刘伟这两天看付一杰的眼神一直很复杂，说不上来的让付一杰不舒服。成绩还没出来，但付一杰每科都提前出考场的行为大概被刘伟看成了某种挑衅。

“你故意的吧？”蒋松问他。

“为他我不至于，我该怎么考怎么考，再说他的确挺牛的，我哪敢放松了。”付一杰说的是实话，刘伟别的他看不上，但学习特别有狠劲这点人人都知道。

“付一杰同学，”刘伟拿着本书走到付一杰床前，“我有个问题想跟你请教一下。”

“请教太客气了，共同探讨还凑合，不过真不好意思，我现在没什么心情，这儿正烦着呢。”付一杰很诚恳地看着刘伟，刘伟那表情就不是来“请教”的，他本来心情就挺不美好，马上要回家的喜悦和琢磨着付坤跟小姑娘一块儿劳动的场面纠结在一块儿让他很烦躁，没耐心跟刘伟在这儿假客套。

刘伟看了他一眼，把书扔回了桌上，声音很大。

第二天付一杰拉着蒋松陪他上街给家里买点东西，蒋松回家的票订得很晚，还得在学校待一个多星期，这几天尽陪人买东西，要不就给人送站了。

付一杰给家里买东西的钱没从付坤给他的卡里取，他给自己严格定下了每月的花费，买东西的钱都是从定额里省出来的，虽说还是付坤的钱，但他心里会舒服一些。

这是他上大学之后第二次逛街，第一次逛街是跟宿舍里的人出来瞎转，感觉没什么意思，之后就没再出来了。

蒋松因为每天打工和没事就出来聚会，对市区很熟，带着付一杰跑了一圈，把东西买齐了。

“累死了。”付一杰拎着一堆东西跟蒋松挤在回学校的那唯一的一班公交车上，旁边一个女生的头发静电严重，扎起来的马尾差不多全糊在他脸上，说话的时候吃了好几根头发。

“明天你就能回家吃大餐了，”蒋松笑了笑，腾出一只手戳了戳那女生的肩，“美女。”

“干吗？”女生回过头。

“能把我脸上的面纱归置一下吗？”付一杰转脸看着她。

“不好意思。”女生赶紧抬手把自己的头发抓在了手里，又看了他好几眼。

上车下车，人换了几拨，这女生一直在他身边站着，时不时会抬头看付一杰，虽然她看得很隐蔽，但他还是好几次都感觉到了她的目光，忍不住问了一句：“有事啊？”

“没啊。”那女生一脸无辜地回答，迅速挤到一边去了。

蒋松把脸遮在衣领后边笑了半天，下车的时候才笑着说：“一杰，你这人怎么这样。”

“哪样？”付一杰莫名其妙地看他一眼。

“人小姑娘偷看你，你就让人看得了，还问。”

“问一下有什么，看得我难受，我要不问她还盯着看呢。”付一杰啧了一声。

“我以为你不懂人为什么看你呢。”蒋松偏过脸看着他。

“我又不傻。”付一杰笑笑。

“你是看到姑娘就不舒服？”蒋松快走了两步，回身退着走，看着他的眼睛问。

“不至于不舒服，就没兴趣啊。”付一杰说。

“那就是看我这样的帅哥才有兴趣。”蒋松笑了。

“要点儿脸行吗？你换个帽子吧，”付一杰也乐了，“脸这么大，都快兜不住了。”

快进校门的时候，付一杰的手机响了，他费了半天劲把东西都倒到左手，掏出了手机，发现是付坤打来的。

“哥？”付一杰接了电话有点奇怪，现在五点多，正是付坤忙的时候，“怎么这会儿打电话来？”

“在干吗呢？”付坤问，身边挺安静，不像平时在大通打电话的时候旁边总能听到嘈杂的人声。

“买东西刚回学校，”付一杰说，“你在哪儿呢？这么安静，回家了？”

付坤笑了笑，没回答他的问题：“跟你说多少回了，你这件短大衣不能配牛仔裤，看着特像老乡。”

付一杰猛地停下了脚步，低头看了看自己身上的衣服，接着就喊了起来：“你在哪儿？”

旁边的蒋松被吓了一跳，手里拿着的纸袋都掉地上了：“干吗呢？”

“这头发是你们学校对面那个只要五块钱的店理的吧，太差了……”付坤接着说。

“付坤你在哪儿？”付一杰又吼了一声，控制不住自己的喜悦，在原地转圈往四处看，又踢了蒋松一脚，“快帮我找找！我哥来了！”

“啊？”蒋松愣了愣，赶紧也跟着他一块转圈看。

“别找了，”付坤嘿嘿乐了半天，“看大门这边儿！”

付一杰往学校大门看了过去，从校门口的大石狮子后面走出来一个人，他瞄了一眼就看出了这是付坤。

付坤穿着件短款羽绒服，搭配黑色的休闲裤和短靴，看上去干净利索。

这是付一杰熟悉的感觉，付坤身上那种让他永远都觉得特别的气质，像橘子味儿童牙膏一样，是付坤在他心里特有的印记。

从心里涌出来的激动和开心顿时像潮水一样淹没了他，他把电话一挂就冲了过去。

付坤笑着张开胳膊，他直接连人带手上拎着的东西一块砸到了付坤身上。

“哎，”付坤被他撞得退了两步，“你打架呢？”

“你怎么来了？”付一杰顾不上旁边还有同学，紧紧抱着付坤，“你怎么来了？也不提前告诉我一声儿！”

“告诉你多没劲，就想看看你现在这个傻样。”付坤拍拍他的背，“行了，撒手，勒死你哥了。”

“你怎么来的？什么时候到的？”付一杰松了手，还有点儿喘，脸都红了，“妈不说你这阵特别忙吗？”

“刚到，打电话给你的时候正好看到你俩走过来。”付坤往他身后看了看。

付一杰这才想起来蒋松还在，他回过头，看到蒋松拎着东西在后边看着他乐。

“我哥，”付一杰有些不好意思地笑笑，“不用介绍了吧？”

“哥哥好。”蒋松特别有礼貌地笑着跟付坤打了个招呼。

“怎么还跟小时候一样啊，见我就这仨字儿。”付坤笑着说。

“他怕你。”付一杰盯着付坤的脸，他老觉得付坤突然出现在眼前这事儿特别不真实，没准儿一眨眼付坤就不见了，“你开车来的？”

“废话，我坐大巴来然后再跟你一块儿坐大巴回去啊？”付坤看了看他俩手上拎着的大包小包，“都是要带回家的？”

“没想买这么多，看到合适的就一直买……”

“先放车上吧，”付坤指了指停在没多远路边的车，“我带你俩去吃个饭。”

“我们怎么回去？我票都买了。”付一杰拎着东西跟在付坤身后问。

“作废呗，你要不想坐我车，我就开着车跟大巴后边儿也行。”付坤笑笑。

放好了东西，付坤带着他俩找了个小馆子吃了顿饭。蒋松回宿舍之后，付坤和付一杰到上回那个旅店要了个标间。

“明天一早咱们往回开，”付坤进了浴室洗了个脸，“妈说想你快想秃顶了，让咱回去的时候给她买顶假发。”

付一杰站在浴室门口看着付坤，现在屋里只有他们俩，付坤转身出来的时候，他过去搂着付坤就不撒手了：“那你呢？”

“我什么？”付坤被他推得靠在了墙上，笑着问。

“你想我吗？”付一杰问。

“想啊，”付坤在他背上轻轻拍了两下，“要不我能过来接你吗？”

付一杰从小到大，第一次跟付坤分开这么长时间，现在付坤真真切切就在自己眼前，摸得到，看得着，听得见……这一个学期积攒着的思念一下全都爆发了。

付坤感觉自己有点儿犯困才发现天色已经不早，他拿出手机看了一眼时间，问付一杰：“你是回宿舍还是在这儿睡？”

付一杰愣了愣，他已经准备好了付坤赶他回宿舍，听到付坤这么问，他很小心地问：“我在这儿吧？”

“那你去把行李拿过来吧，明儿一早直接开车走了。”付坤说，拿了条毛巾在头发上胡乱擦着。

“嗯。”付一杰从地上跳了起来，急急忙忙地往门外走。

付一杰一路小跑着出了旅店，天已经黑了，通往宿舍的路灯都已经亮了起来。

这会儿学校里已经没几个人，都走得差不多了，他低头顶着北风顺着小路走，风吹得挺冷，他想加快脚步，但身上不知道为什么有点懒，腿也不肯配合。

付一杰感觉走了老半天，身上都开始冒汗了才看到了没亮着几盏灯了的宿舍楼，他看了看他们宿舍，亮着灯，现在宿舍里就剩了他，蒋松和刘伟，他明天一走，就蒋松跟刘伟俩人待着，他突然有点为蒋松感到忧伤。

付一杰一进走廊就看到了站在走廊窗户旁边的蒋松，对方正叼着根烟低头看手机。

“看什么呢？”付一杰过去拍了他一下。

“哟，”蒋松回过头看到是他，笑了，“怎么回来了，以为你直接就睡你哥房间了呢。”

“过来拿行李，还得跟你道个别啊。”付一杰笑笑。

“嘁。”蒋松把手机放回兜里，“我转学的时候你都没跟我道别。”

“怪我吗？你自己一声不吭就跑了，我还去跟老师打听你怎么没来学校。”

蒋松笑了起来：“那不是害怕你不理我了吗？”

“那会儿你要有现在这脸皮，估计就不会这样了，”付一杰往宿舍走，“你还有几天走？”

“咱宿舍我最后一个，”蒋松跟在他后边，“我明儿也不在宿舍待着了，看着刘大哥那样儿我倒胃口。”

“那你上哪儿住？”付一杰停下了。

“去店里跟人挤挤，去朋友家也行，”蒋松看了他一眼，“上哪儿还待不了这几天啊，你别操心我了，赶紧拿你东西去。”

两个人进宿舍的时候，发现刘伟正趴在桌上写着什么，听到有人进来，他迅速直起身，把面前的一个本子合上了塞到了枕头下面。

付一杰没多看他，这人天天都得趴桌上写一通，看那个本子，估计是日记。

一个大男人每天写日记，付一杰有点儿不理解，有什么可写的，他小时候也写日记来着，但每天的内容无非是：今天哥哥买了一个冰激凌给我吃，真好吃；今天哥哥被丢丢舔了，吓得大叫一声；今天哥哥说梦话了；今天哥哥被妈妈赶出去给全楼邻居收垃圾了……

反正都是哥哥，写着也没劲。

看到付一杰把行李都拿出来了，刘伟在旁边问了一句：“你不是后天的票吗？”

“嗯，我哥来接我了，明天开车回去，”付一杰拎行李的时候，一小包牛肉干掉了出来，他拿起来拆开了，倒了点在蒋松手上，又往刘伟眼前递了递，“来点儿？”

“不要，”刘伟走开了，“我对这种幼稚的东西没兴趣。”

“你怎么这么不长记性呢？”蒋松靠在床上看着付一杰，“喂狗还能摇摇尾巴呢。”

付一杰笑笑没说话，把剩下的牛肉干都倒进了自己嘴里，塞了一嘴，嚼着很过瘾。

“你的票退了？”刘伟又问了一句。

“没时间退。”付一杰本来不想再回答，但刘伟说完了就一直盯着他，他只得说了一句。

刘伟冷笑了一声：“真是有钱人啊，有这钱不如资助一下贫困儿童。”

“贫困儿童都让你资助了，轮不上我这种人啊，”付一杰说，拿了个包走出了宿舍，“蒋松帮我拿拿那个。”

“来了，”蒋松跳下床，拿了他另一个包也出了宿舍，一出门就乐了，“你下学期快资助一下贫困儿童，把汇款单贴墙上展示一下。”

“不跟他计较了，今儿我心情挺好的。”付一杰笑笑。

“看出来了，”蒋松也笑笑，“特别的好。”

付一杰看了蒋松一眼。

“看我干吗，我还头一回见你这样，平时看你都特冷静的样子，”蒋松啧了一声，“一见你哥乐得跟二傻子似的，那通喊，十年没见也就那样了。”

付一杰呛了一下，停下脚步咳了老半天。

蒋松也停下来，伸手在他背上拍着：“没事儿吧你。”

“没事儿。”付一杰深吸了一口气。

蒋松帮他把行李拎到了学校门口，转身准备往回走的时候，犹豫一下：“一杰。”

“嗯？”付一杰看了看他。

“你是不是……”蒋松的话说了一半又突然收住了，“没什么，你赶紧去旅店吧。”

“我是不是什么？”付一杰盯着蒋松的脸，从刚才他心里就不太踏实，现在看着蒋松，总觉得对方眼神里有点儿什么。

“你是不是拿不动？”蒋松笑着说。

“你真没劲，”付一杰拎起两个包，“你这样的来俩没问题。”

“快走，到家了把你家里的手机号给我，过年我给你打电话。”蒋松拍拍他的肩，转身往学校里走了。

付一杰拿着行李回到旅店的时候，付坤正躺在床上看电视。

付一杰把包扔到桌上，看了看付坤，看不出个所以然来，只好说了一句：“我不洗澡了，回家再洗。”

“嗯。”付坤应了一声，指了指桌上的一个纸袋，“鸡翅，我刚出去买的，你吃吧。”

“哦。”付一杰拿起纸袋，闻到了烤鸡翅的香味，顿时觉得肚子饿了，低头几口啃掉了一个鸡翅，“你吃了吗？”

“不敢吃了，看你这架势，这几个不够塞牙缝的，”付坤笑笑，“是不是今天吃饭有蒋松在，你没好意思放开了塞啊？”

“晚饭我吃饱了的，”付一杰又拿出个鸡翅放在嘴里咬着，“蒋松也挺能吃的，我在他跟前儿不用装，我俩出去吃饭都跟关了几年刚放出来的一样。”

“吃完了赶紧睡吧，”付坤看了看时间，“明天早点起来，晚上到家能赶上吃晚饭，妈准备好几天了。”

“嗯。”付一杰点点头，几个鸡翅他没两分钟就啃完了，去洗了脸躺到了床上。

付坤关了电视，屋里暗了下去，只有地灯发出很小的一团淡黄色的光芒。

付一杰躺在床上，完全没有睡意，旅店的枕套很硬，搓着也没意思，他又不好意思这会儿爬起来去包里拿那条裤子，付坤的态度他看不出来，也不可能挤到付坤身边去搓。

翻来覆去半天，他轻轻叹了口气。

付坤那边没什么动静，不过应该也没睡着。

8

“哥。”付一杰咬牙，鼓起勇气叫了付坤一声。

付坤过了一会儿才应了：“嗯？”

“你有秘密吗？”付一杰问。

“有吧。”付坤笑着说，声音很低。

“我也有秘密，”付一杰抓着床单，说出这句话的时候，感觉自己掌心里渗出了汗水，“很……大的秘密。”

“是吗？”付坤的声音听起来很平静，没有好奇，也没有别的情绪。

“我有时候，特别想……”付一杰的手有点抖，他不得不松开床单，把手放到枕头下压着，“特别想说出来，说出来就好像一下轻松了。”

付坤沉默了，付一杰也没有说话，静静躺在床上，听着黑暗中付坤那边的动静。过了很长时间，他才听到付坤翻了个身。

“一杰啊，哥不知道你这个秘密究竟是什么，”付坤似乎是闷在被子里说话，声音低沉而模糊，“但有些秘密，只能憋着。”

付一杰听清了付坤这句话，他猛地团起了身体，付坤的话像一记重拳，砸在他心窝上，心里抽着的疼让他全身发凉。

憋着，有些秘密只能憋着。

他突然觉得付坤有些陌生，让他无法适应。

在这之前，他如果有什么事不愿意告诉付坤，付坤都会着急，会想方设法知道他心里在想什么，而现在……

付坤不想知道他的秘密。

付坤是……知道了吧……

付一杰的手指紧紧捏在一起，用了多大的劲他不知道，只知道每个关节都被捏得像是要断了一样地疼。

付坤就躺在距离他不到两米的地方，他睁开眼睛就能看到，跨一步就能摸到，他能听到付坤翻身，能听到付坤的每一次呼吸。

但现在他感觉有种无形的束缚，厚重而结实，就那么牢牢地压在他四周，他不能动，不能呼吸，无法思考，整个人像是被什么东西拖着，一点点地被拖得越来越远。

一整夜，付一杰都没有睡，就那么团着趴在枕头上。

付坤似乎也没睡，付一杰听到他几次起床进了浴室，还能听到按响打火机的声音，付坤从浴室出来的时候，他能闻到淡淡的烟味。

他从来没见过付坤抽烟，也从来没有在付坤身上闻到过烟味。

付坤是什么时候开始抽烟的？

天蒙蒙亮的时候，付坤第四次从浴室出来，依旧带着淡淡的烟味。

“哥，”付一杰动了动，“你抽烟了？”

“嗯，”付坤过去打开了浴室的排气扇，关上了浴室的门，“呛啊？”

“不是，没呛，”付一杰很艰难地说，“我以为你不会抽烟。”

“是不会。”付坤笑笑，走到窗边把窗帘挑开一条缝往外看了看，“差不多该起了。”

“能不抽了吗？抽烟对身体不好。”付一杰慢慢坐起来，对着墙。

“不抽了。”付坤从枕边拿过烟盒捏成一团扔进了垃圾桶里，走到付一杰床边，伸手在他脑袋上抓了抓，“我去买早点，想吃什么？”

“我没胃口。”付一杰闭上眼睛，付坤的这个动作还是像从前一样随意而温柔，他突然想要抓着付坤的手，害怕付坤的手拿开了之后再也不会碰他。

“那我看着买了。”付坤笑笑，穿了外套走出了房间。

这大概是付一杰从小到大吃过最没味儿的一顿早餐了，他甚至在吃完之后都不记得刚吃的是什么，也不知道有没有吃饱，总之付坤给他买了多少他就吃了多少，没剩下。

“走。”付坤拎起他的包往外走。

付一杰穿上外套，拿了另一个包跟在他身后往外走，觉得自己步子有点飘：“哥你能开车吗？”

“嗯？”付坤回头看了他一眼，“能开啊，怎么了？”

“你昨天晚上起来那么多次，没睡好吧。”付一杰皱着眉。

“我熬夜习惯了的，这阵事儿多，我都习惯睡不踏实了，”付坤笑笑，“没事儿，我一会开慢点。”

付一杰坐在副驾驶座上，觉得全身都不舒服，他基本没失眠过，猛地这样一整夜没睡好，感觉很难受，晕，还想吐，不知道是因为没睡还是早餐吃太多了撑的。

“安全带。”付坤把行李放好之后上了车。

“哦。”付一杰懒懒地拉过安全带扣好了。

“你……”付坤转头看了他一眼，又很快地打开车门跳了下去。

付一杰正想问怎么了，付坤绕到了他这边拉开了车门，伸手往他脑门上摸了摸：“天啊！”

“怎么了？”

“你发烧了，”付坤摸了摸自己脑门，皱着眉，“难受吗？”

“不会吧，”付一杰愣了，“我怎么会发烧？”

“谁知道你，比你上回装发烧还烫手，”付坤有点儿着急，摸摸他的脸，“你们这附近医院在哪你知道吗？”

“我不去医院。”付一杰抓着付坤的胳膊，他突然很舍不得付坤这种着急的样子，这才是付坤，是他从小缠着的那个人，他有任何一点事都会着急上火的那个人。

“你不去医院，烧死你就舒服了，现在脸都烧黑了知道吗？”付坤瞪着他。

付一杰没忍住，突然乐了，摸了摸自己脸：“不会吧。”

“以前多白啊，现在黑了。”付坤也笑了。

“那是军训晒的，一直没缓过来呢，”付一杰抓着付坤的胳膊不撒手，笑了一会突然又觉得心里堵得慌，他拧着眉，“我想回家，不去医院行吗？我要回家，咱回家吧。”

付一杰怎么说也不肯去医院，付坤只得把副驾的椅子放倒，让他躺着，又拿了两件外套把付一杰严严实实地包起来，再把车里暖气的温度调高了一些，路过个药店的时候又下车进去买了点药。

付一杰很少生病，感冒都少，身体好得不得了，这一直是老妈最得意的事，说是虽然二宝贝儿小时候在福利院吃过苦，但咱后天养得好，身体素质这叫一个牛，扔冷库里冻半天也不带打喷嚏的……

付坤在高速收费站等着通过的时候，又伸手把付一杰身上的衣服拉了拉，现在他心里乱得很，心疼，担心，也怕回去没法跟老妈交代，自己大老远跑过来接付一杰，结果接回去一个发着烧的付一杰，估计得让老妈活炖了。

付一杰为什么会突然发烧，付坤觉得自己知道原因，付一杰不会因为吹吹冷风，少穿两件衣服就感冒发烧。

昨天睡觉的时候还好好的，早上起来就烧了，估计是昨天半夜就烧上了。付坤突然有点儿后悔自己半夜起来好几趟都没过去看看付一杰的情况。

他轻轻叹了口气。

"我没事儿。"付一杰偏着头靠在座椅上，大概是听到了他叹气，睁开眼说了一句。

"你睡会儿吧，"付坤开着车上了高速，"我慢慢开，你要不舒服告诉我。"

"嗯。"付一杰应了一声，闭上了眼睛。

开了没半小时，付坤手机响了一声，有短信进来。

"是妈吗？"付一杰小声问。

"大概是，手机在我兜里，"付坤盯着路，他昨天没睡好，虽然自己感觉没什么问题，但车上有付一杰，他还是开得很小心，"你拿出来看看，告诉她我们上高速了。"

付一杰伸手到他兜里摸出手机，金属壳子摸起来很舒服，温度似乎从指尖上一点点透进他身体里，却让他觉得无端端地一阵难受。

短信是老妈发来的，问他们出发了没有，说是买了好多菜，跟老爸用小拖车拖回家的。

付一杰笑了笑，回复老妈已经上高速了。

这条短信回完之后，他顺手按了一下退出，回到了手机的短信收件箱里。紧挨着老妈这条短信的下面，连续好几条短信的发件人都是个陌生的名字——林元元。

付一杰拿着手机犹豫了一会儿，按下了"确定"。

——那你什么时候回来啊，累死了。

付一杰咬咬嘴唇，又翻了下一条。

——上次你说好看的那条裙子我买了，不过腰太瘦了穿着真难受，怎么办啊？

——今天做鸡蛋灌饼太成功了，明天给你带一个！

付一杰顿时觉得心里有种说不上来的堵，他把手机扔到后座上，一脚蹬在了前面的小抽斗上："停车！"

"怎么了？"付坤赶紧看了看后视镜，把车慢慢靠到路边，停在了紧急停车带上。

付一杰没说话，打开车门跳下车，抱着路边的护栏开始吐，胸口发闷的感觉让他吐都吐得不痛快。

"啊——"他吼了一声，对着护栏狠狠踢了一脚。

付坤拿着瓶水，递到他手边："水凉，别喝，车上有热水。"

付一杰拧开瓶盖，漱了漱口，跟赌气似的把一瓶水全灌进了肚子里，再把瓶子扔到地上用力一脚踩扁了。

"让你别喝！"付坤皱了皱眉。

"我就喝了怎么了？"付一杰看着他。

"你发烧呢。"

"我乐意。"

付坤咬了咬牙，盯了他一眼："你抽什么风？"

"你管不着。"付一杰顶了一句。

"得，我不管。"付坤觉得有点儿莫名其妙，火也开始往上蹿，他转身往车旁边走，"上车。"

付一杰没多说别的，跟着往车那边走。

付坤走了两步又停下了，回头看了看他，绕到了车后门，从后座上把自己的手机拿出来了，按了几下看了几眼："你就为这个吧？"

"什么？"付一杰一脸平静地问。

"林元元是我雇来卖货的小姑娘。"付坤在手机上又按了几下，然后把手机往付一杰那边扔过去，"看完删了吧。"

付一杰本来不想再看付坤的手机，但付坤这么一扔，他只能伸手接了。

屏幕上显示的是发件箱，林元元最新的那条短信付坤没有回复，后面两条回了。

——不知道。

——不用。

付一杰顿时觉得自己发烧不光是把脸烧黑了，大概是把脑子也烧糊涂了。他看着付坤这两条回复，头都不好意思抬起来了，脸上烫得慌，丢人哪！

“就一个职高刚毕业的小孩儿，”付坤说，“干活勤快，嘴也甜，我就留下了，别瞎想了。”

“不是你想多了吗？”付一杰闷头走过去拉开车门上了车，把外套胡乱往身上一盖，闭着眼睛不再说话。

“行，我想多了。”付坤也上了车，一边系安全带一边说，“我现在忙得要死，没工夫想什么小姑娘的事，没时间，也……没心情。”

“哦。”付一杰闭着眼，还沉浸在一片丢人现眼的感觉中不能自拔。

一路上付一杰都没怎么吃东西，这回是真的吃不下了，就抱着付坤的保温杯一直喝热水，路过休息站就下去上个厕所，再接上一杯热水。

付坤本来就吃得不多，他这一发烧，付坤基本上一路也没吃，水都没怎么喝。

车开进市里的时候，付一杰坐了起来，把车座调好，外套都收拾好塞回了包里，还对着遮阳板后面的镜子抓了抓头发。

付坤伸手摸摸他脑门儿，没有早上那么烫了，但烧还是没全退：“难受吗？”

“已经好了，”付一杰搓搓脸，对着镜子笑了笑，“好像脸也不黑了？”

“有黑眼圈儿，”付坤看看他，“一看就挺憔悴的，老妈肯定要喊了。”

“要回家的前一天晚上怎么睡得着啊，有黑眼圈儿很正常。”付一杰瞪大眼睛看着镜子。

付坤握着方向盘的手紧了紧，付一杰在努力地调整状态，这样子让他觉得很心疼，想说点什么，但最后还是没开口。

今天回来车开得慢，到家的时候天都擦黑了，付一杰刚从车上下来，还没把包从后座拿出来，就听见上面传来了老妈的尖叫。

“一杰！二宝贝儿——”老妈的尖叫声很亮，带着喜悦。

“妈——”付一杰来不及抬头，先赶紧也喊了一声，再抬头冲七楼阳台拼命挥手。

老妈的身影很模糊，看不清，但从老妈双手挥动的样子他能想象出她的表情，温暖的感觉立刻涌了上来，一直涌到眼角。

他按了按眼睛，包也顾不上拿了，直接冲进了楼道里，往楼上跑。

付坤拎着包进门的时候，老妈正捧着付一杰的脸念叨着“想死妈妈啦”，一看到付坤进门，她就喊了起来：“你弟怎么发烧了？！”

“哎，”付一杰搂住老妈，“不说好了不找我哥麻烦的吗？”

“忘了。”老妈拍拍他的手，“好吧，不找你哥麻烦，不是买药了吗，一会儿记得吃，妈去把菜摆上。”

“我来摆吧。”老爸笑着端着盘子从厨房里走出来。

“对了，我带了点儿东西回来。”付一杰从付坤手里接过装着礼物的大包，放到沙发上打开了，“不过都是瞎买的，我让蒋松陪我一块儿买的，我俩都不太会挑……”

“哎——”老妈凑过去看着包，“你就给我们带块儿石头回来，妈也高兴，这么多东西花不少钱吧！”

“也没多少，都是……我哥的钱。”付一杰有点儿不好意思。

“给你了就是你的。”付坤笑笑，拎着付一杰的行李进了屋。

放下包之后，他靠着沙袋长长舒出一口气，看了看屋里的东西。付一杰去上大学以后，屋里付一杰的东西基本没有移动过，都放在原来的位置上，甚至是他走的前一天晚上看到一半的书，也还是打开着放在桌上。

每次付坤回到屋里都会觉得付一杰还在家里，这种错觉有时候会让他挺郁闷，几次想要把付一杰的东西收拾一下，但最后又都没有动手。

第三章
·
同类

1

“哥，”付一杰推开门走了进来，手里拿着个长条的小盒子，走到他身边，“这个是送你的。”

“你到底买了多少东西啊？”付坤笑了，接过盒子看了看，这种盒子他经常能见到，大通里卖小首饰的都用这种盒子装项链手链什么的。

“这个不是买的，是我……”付一杰突然有点儿不好意思地低下头，揉了揉鼻子，“我做的，有点儿难看。”

“做的？是什么？”付坤打开了盒子，看到里面的手链的时候他愣住了。

这是条用线编出来的手链，上中学的时候很流行。用一绺绺的线，来回打结，一个一个结，两种颜色的线，正着打结是底色，反过来打结是另一种颜色，可以用反结拼出一个个字母来。

这是个技术活，手巧的姑娘能编出很漂亮的花纹和字母，手笨的编出来边缘和字母都会是歪的。

按平均水平来说，付一杰的这条手镯编得不怎么样，绝对在平均线以下，不太平整，颜色也很简单，深蓝色的底，白色的字，字母也不复杂，是付坤和付一杰名字的拼音，中间用个圆圈隔开。

付坤盯着手链，好半天说不出话来。

虽然工艺不怎么样，但就这些跟芝麻差不多大小的结，付坤不知道付一杰是怎么耐着性子一个一个打出来的。

“这个你编了多久？”付坤捏着手链，很用力。

“也没多久，就是每天熄灯以后趴床上编一会儿，”付一杰摸了摸手链，“半个月吧，中间编错了，又一个一个用圆规针拆了重新打的，是不是有点儿难看啊？”

“不难看，我喜欢深蓝色，”付坤把手链在自己手上比了比，“帮我系上吧。”

付一杰拿过手链往付坤手腕上系，他没有告诉付坤中间那个圆圈，一开始是个心型，编好之后他又觉得太女性，怕付坤不肯戴，而且那个心他编得有点歪，像个桃子，才又拆开重新编成了圆圈。

“其实……”付一杰低着头把手链系了个死扣，“我还给你买了个剃须刀，这东西不太像礼物吧。”

付坤没有说话，他看到付一杰捏着那个死扣的手指在微微颤抖。

“哥，”付一杰用手指勾着手链轻轻拉了拉，手垂了下去，显得有些无力，“从小你和爸妈就特别惯着我，所以……我大概……挺不懂事儿的，就是……我太……”

付一杰说得很困难，垂在身侧的手紧紧握成了拳，像是在下决心：“我的意思是，有些事我是太……”

付坤还是没有说话，付一杰现在这样的状态他看在眼里，就像是有人用小刀在他心里一点点地剐着，不深不浅，每一刀都正好割在他最不能忍受的位置。

“我会憋着的，”付一杰抬起头，看着他的眼睛，“我会憋着的，虽然我不知道行不行，但我尽量……尽量。”

付一杰说完这句话，转身走到榻榻米边上，慢慢地跪了下去，手撑着榻榻米，低着头，说：“对不起。”

付坤靠在桌子旁边，付一杰的话撕开了他一直努力维持着的镇定和平静。

有些事，他不愿意挑明了说，他不傻，但有些东西不是一句话扔出来就能去面对的，一旦揭掉了最后一层掩饰，就有可能变得一塌糊涂，到时再怎么去挽回？

但现在，他弟弟，从小到大当宝一样宠着、惯着、心疼着，生怕他有一点点不开心和不顺心的弟弟，就在他面前，压抑着心里的痛苦，对他说对不起。

他无法形容现在自己心里的感受，双重的煎熬，被四面围堵着无路可退，这种滋味让他几乎无法呼吸。

他看着付一杰的背影，慢慢走过去，在付一杰身后弯下腰，在付一杰的肩上捏了捏。

“一杰，”他叫了付一杰一声，“吃饭了。”

“嗯。”付一杰转过身，坐在榻榻米上愣着，在车上抓整齐的头发也乱了。

付坤伸手理了理他的头发，付一杰突然一把抓住了他的手，声音很低地叫了一声：“哥。”

这一声哥，让付坤顿时想起了付一杰刚来家里时的样子，可怜巴巴怯生生的那一声“哥哥”。

“对不起，”付坤跪了下去，一把搂住了付一杰的脑袋，手指在他头发里轻轻抓着，“对不起，对不起，对不起……”

一连串的对不起说到最后，付坤的眼泪不受控制地涌了出来。

“对不起，对不起，一杰，对不起，”他紧紧搂着付一杰，“对不起……”

温热的眼泪滴在付一杰脖子上的时候，他愣住了。

付坤的对不起，他并不能准确地理解，似乎什么意义也没有，又似乎充满了各种无可言说的内容，但眼泪真实得让他心惊。

付坤哭了，他哥哥哭了。

从小到大从来没有掉过眼泪的哥哥，那个大大咧咧，似乎永远不会为任何事情心烦的哥哥哭了。

这一瞬间付一杰竟然有些不知所措，脑子里一片混乱。

“哥你别吓我，”付一杰回过神来之后抱住了付坤，在对方背上用力地搓着，他哭的时候付坤经常这样安慰他，每次都能让他觉得安心踏实，“都是我的错，是我的错……”

付坤没说话，在他脑袋上狠狠抓了一把，扯得他头发根隐隐生疼。

“吃饭了！”老妈在客厅里喊，“你俩干吗呢，要聊天吃完了聊！好大一锅酱肘子哟——”

付坤猛地松开了付一杰，站了起来，扯了张纸巾在脸上擦了擦，声音带着鼻音：“吃饭去。”

没等付一杰站起来，付坤已经拉开卧室门走了出去。

“哎坤子，”老妈有些惊讶地看着他，“你这是……哭了啊？”

“嗯，”付坤进了浴室，“哭了。”

“怎么了啊这是？”老妈很担心地转头看着刚从屋里走出来的付一杰，“你把你哥揍哭了？”

“我……”付一杰不知道该怎么说。

“他敢，”付坤在浴室一边洗脸一边说，“借他八十六个胆儿让他揍我，你看他敢不敢。”

付一杰笑了笑，在桌子旁边他的老位子上坐下：“不敢。”

“你哥为什么哭啊？”老妈有些担心地挨着付一杰坐下，小声说，“小时候被狗追着咬都没哭过，就还是小毛毛的时候饿了会哭，会说话以后我还没见你哥哭过呢，今儿开眼了。”

“你别瞎打听了，”老爸拿了三个杯子在自己面前一字排开，往里倒酒，“你儿子还不能哭一回了啊。”

“哎哟头回见嘛，我看着新鲜，问问也不行啊？”老妈有些不服气地说，但也没继续问。

“太久没见一截儿了，”付坤从浴室里出来，洗了脸，看上去已经恢复了平时的样子，“我妈偷着都哭秃顶了，我凑个热闹呗。”

“讨厌！”老妈甩了他一巴掌，一扭脸看到老爸面前三个倒满了酒的杯子，“付建国同志，你干吗啊？还一杯谁的啊？”

“我小儿子的，”老爸笑眯眯地把酒杯推到付坤和付一杰面前，“让他陪他老子喝一杯。”

老妈跑进厨房拿了个杯子放在老爸面前：“那他老娘也要半杯。”

这顿饭吃得很让人踏实，付一杰开始大啃酱肘子的时候，老妈摸了摸他的脑门儿，发现已经退烧了。

付一杰很久没吃老妈做的菜，一大盆肘子他吃了一半，老爸给他倒的一杯酒也都让他喝光了。

老爸要再给他倒的时候，付坤拿走了他的杯子：“老付同志，您这是兴奋大发了吧，还让他喝？”

“我没事儿，”付一杰头有点儿晕，但跟上回在学校喝酒的时候感觉完全不同，这种晕让他觉得很舒服，他将胳膊搭在付坤肩上，挥了挥筷子，“今儿我要陪爸喝透了！”

付坤乐了：“都这德行了还叫嚣呢。”

“真的！”付一杰抓过酒瓶给自己又倒了一杯，“在家喝不一样，特别顺气儿。”

付坤没再拦着，一家人有好几个月没这么边吃边聊了，老爸这阵连酒都没怎么喝过。

吃完饭付一杰和老爸都喝高了，老爸泡了壶茶躺在摇椅上慢慢喝着，付一杰趴在沙发上给老妈唱歌。

唱的全是英文歌，付一杰听的歌全是英文的，付坤反正一句也听不明白，老妈也喝得不少，一直在笑，估计没在听，光看付一杰就够她乐好几天了。

全家还保持着正常状态的大概只有付坤了，他把桌子收拾了，洗完碗回到客厅，摇了摇老妈的肩：“老宝贝儿，我建议你让你家二宝贝儿去睡觉。”

“啊，是，我听他唱得都不在调儿上了，”老妈在付一杰的屁股上拍了一下，“儿子，睡觉去。”

“我还没唱完呢！”付一杰撑着胳膊坐了起来，跪坐在沙发上，刚跪好就晃了一下，直接往地上栽了下去。

付坤赶紧过去用身体挡了一下，拽着付一杰的胳膊把他拖了起来：“回屋给我唱吧。”

“好！”付一杰靠着他，“你听得懂吗？”

“听得懂。”

付坤把付一杰拖进屋里，扔在了榻榻米上：“想吐提前说，我好弄你去厕所。”

“嗯。”付一杰摆了个“大”字，脸冲下趴着。

“睡吧。”付坤打开柜子门，打算拿衣服去洗个澡。

付一杰突然翻了个身：“我要洗澡。”

“洗个屁，明天起来再洗吧。”付坤看了他一眼。

“不舒服，我去洗澡，”付一杰晃着又想爬起来，“坐一天车呢，还让你捂出一身汗。”

“你站得住吗？”付坤拿着衣服有些无奈。

“你扶我。”付一杰晃了一下，倒回了枕头上。

付一杰喝得有点儿高，躺在榻榻米上翻来覆去地折腾，一直说要洗澡。

付坤挺无奈，将手伸过去往他后背衣服里摸了摸。付一杰立马缩成一团，笑得停不下来。

“当心岔气儿了啊。”付坤叹了口气，付一杰背上都是细细的汗，这小子爱干净，这一身汗要想让他睡觉的确是难，“要不你忍忍，你刚退烧。”

“我要洗澡。”付一杰抱着被子还在笑。

“哎。”付坤站起来出了卧室。

老爸、老妈都回屋了，在屋里小声说着话。

付坤进了浴室，把水温调高，把白天开着通风的窗户关严，又回了屋。

付一杰在榻榻米上又换了姿势，跪着趴在枕头上，撅个屁股小声唱着歌，听到他进来，又说了一次：“洗澡。”

“洗！”付坤对着他的屁股踹了一脚，“起来吧，去洗。”

“嗯。”付一杰慢慢站了起来，晃着在墙上靠了靠，然后走过去打开了自己的行李，抽出了条内裤拿在手里甩着。

“走吧，去洗。”付坤推着他往浴室走。

还没到浴室，付一杰就开始脱衣服，进浴室的时候只剩了条内裤。

付坤看着他撑墙站稳了，拧开热水开关，用热水给他冲着，又转身出去把他扔了一路的衣服裤子捡起来扔进了洗衣机里。

付一杰回头看了一眼，付坤走回浴室的时候他转回头继续低头冲水，顺手把内裤也脱了扔在地上。

付坤过去把他内裤捡起来，结果溅了一身水："随便冲冲得了……"

话还没说完，付一杰已经关了开关，拿起浴液瓶子往自己身上按了几下。

"你喝高了怎么这么烦人？"付坤把他内裤扔进洗衣机，把自己的上衣脱了，回到浴室，"你别乱动了，我来，一会再摔了。"

付一杰一边笑，一边胡乱抹着。

"行了，冲水吧。"付坤拉开付一杰的手，拧开了热水开关。

拧得有点儿猛，水一下喷出来，喷了付坤一脸一身。

"先冲背！"付坤拽着付一杰的胳膊狠狠一转，把付一杰一掌拍在了墙上。

"啊。"付一杰的脸被他拍得往墙上撞了一下，小声叫了一声。

"磕着了？"付坤扳着他的脸看了看。

"没。"

"那……就好，"付坤扯过毛巾，在付一杰背上乱七八糟地搓了几下，然后把毛巾塞到付一杰手里，"自己再搓搓。"

"太粗暴了，"付一杰脸蹭着墙，口齿不清地说，"跟你小时候喂我吃奶粉一个德行。"

"奶粉干吃多美味。"付坤笑笑。

付一杰冲完擦干换上衣服后似乎清醒了不少，回卧室的时候没让付坤扶着，还算步子稳当地走回去，趴在榻榻米上很舒服地抱着被子不动了。

"盖好。"付坤伸脚勾着被子，往付一杰身上拉了拉。

付一杰反手抓着被角扯了两下，盖了个大概，又不动了。

付坤今天洗澡的时间比平时长，付一杰没去猜测付坤为什么在浴室里待这么久，他静静地抱着被子趴在榻榻米上。

他没有睡意。

酒劲儿也没有他想象中的持久。

付坤给他涂沐浴液的时候他差不多就已经清醒了，其实一个晚上他虽然头重脚轻走不稳站不住的，但心里还是挺明白，应该是没喝到一塌糊涂的境界。

本来应该欣喜若狂的事，现在却让他除了郁闷，再也没有别的情绪。

付坤的事，付坤自己肯定清楚，他的回应就是他的态度。

付一杰翻了个身，听见付坤出了浴室，往卧室这边走了过来。

付一杰迅速闭上眼睛，把呼吸放缓。

付坤进了屋，走到榻榻米旁边站了一小会儿，弯腰把付一杰他踢乱的被子拉好。付一杰感觉到他拿走了枕头，然后走出了卧室。

听到付坤关门的声音之后，付一杰重新睁开眼睛，盯着天花板。

一直以来，他始终陷在自己的感情里，压抑着这些秘密让他很累。他没有经验，他不知道该怎么控制自己的感情。束缚着他的东西很多，一天比一天更强烈的感情疯狂地横冲直撞着，但始终找不到出口。

在付坤几乎是完全直白的态度之下，这些冲撞和挣扎只让付一杰感觉到越来越强烈的窒息。

他有过不顾一切的想法，他对付坤说对不起，是的对不起，自己有过豁出去的念头，但是……

哪怕是他已经能体会到付坤的挣扎，又怎么样？

付坤的那些对不起，反复的对不起和他的泪水就是回答。

对不起。

对不起。

2

第二天醒来的时候，枕头边扔着的小闹钟显示已经是中午十一点，付一杰觉得脑袋有点儿发胀，但没有太难受。

付坤的枕头已经放了回来，付一杰轻轻拍了拍枕头，坐了起来。

客厅里有拖椅子的声音，估计是老妈。付一杰起身穿上衣服走了出去，看到老妈正在摆桌椅。

“起来了？头痛吗？难受吗？”老妈看到他走出来，马上过来摸了摸他的脸。

“没，好着呢，不难受了。”付一杰懒洋洋地活动了一下有些发闷的身体，抱了抱老妈，“我爸上班去了？”

“嗯，今天上午班，下午能回来吃饭。”老妈笑着拍拍他，“不过中午就咱俩吃饭，你哥去大通了……对了，他让你起来了给他打电话呢。”

“哦。”付一杰马上转身走到了电话机旁边，听老妈说付坤不在家的时候，他心里有一阵说不上来的失望，但听到最后一句的时候，他心里又立马顺畅了不少，“我现在打电话给他。”

电话只响了两声，付坤就接了。

“哥，”听到付坤熟悉的那声“喂”的时候，付一杰倒在了旁边的沙发上，窝成一团，抱着电话，“我起来了。”

“有没有头疼？”付坤问，身边大概是有人在挑衣服，有不少说话的声音。

“没，就有点儿胀，不过不难受，”付一杰看了看时间，“你吃了没？妈做饭了，我……我给你送过去？”

他说出这句话的时候很小心，也准备好了付坤拒绝他，但付坤想也没想就回答了：“行啊，别带太多，吃不完。”

“吃不完我吃。”付一杰笑了，心情一下明亮起来，本来有些发沉的脑袋也顿时清爽了。

付坤本来今天不想到大通来，但早上让程青青帮带的货到了，林元元连着好几个电话打过来问他怎么弄，他只好跑过来了。把货都整理好了，他坐在椅子上发愣。

他新兑过来的摊位就在他原来的摊位斜对面，离得不太远，能看到林元元在那边忙着招呼看衣服的人。

这阵子他没怎么休息好，现在坐在这儿就觉得累，昨儿晚上他也就睡了个大概，客厅里的挂钟每一小时都会“咔”的一声响，他几次都想起来把电池给拆了。

昨天发生的事很多，付坤觉得一直以来他刻意不去想不去留意的事一下全爆发了，他就像个不断被充着气的球，被扎穿了之后一下软成了片儿。

累死了，他低头看着自己的鞋。

有人走到他摊位前停下了，他连抬起头的心情都没有，就只是把视线从自己鞋上移到了那人鞋上。

鞋是双跑鞋，一眼就能看出不超过五十块，款式也很普通，付坤自己是从来不买这样的鞋的，不好配裤子，怎么穿都不好看。

“你坐着都能睡着啊？”那人说了一句。

付坤愣了愣，抬起头，看到了拎着保温饭盒的付一杰。

“我说，”付坤忍不住指着他的鞋，“这鞋你自己买的啊？”

“嗯，买来打球的，”付一杰没料到他第一句话会是这个，于是低头看了看自己的鞋，“就我们学校门口夜市上买的，三十块……”

“难看死了，我好歹也帮你配了这么多年衣服，你一点儿都没学着吗？”付坤接过他手上的饭盒，“再说三十块的鞋能穿吗？你也不怕打球打一半儿，鞋底儿飞出去来个三分。”

“挺舒服的啊，”付一杰蹦了两下，“我就想省点儿钱。”

“别瞎省，怎么跟老爸、老妈一个想法啊，我这儿卖命挣钱就是给你们用的，”付坤打开饭盒，“都省个没完我还挣个屁。”

“妈说你攒钱要盘店呢，”付一杰拉过椅子坐在他旁边，“都花没了怎么盘？”

“你傻吗，不差你省这点儿的，你买一百双三十的鞋能省多少。”付坤扒拉着饭，“你一会儿别回家，等我下午早点儿走，给你买双鞋，还有你那个头发也找个店再修修，这么漂亮的脸……”

付坤说到一半停下了，过了一会儿才继续说完这句：“全让这破发型弄毁了。”

“哦。”付一杰拿过饭盒盖子，翻过来把不锈钢那面对着自己照了一下，他不太在意自己的形象，也没看出这发型有多难看。

“付哥，这是你弟弟吧？”一个女孩儿跑了过来，笑着问了一句。

“嗯，我弟弟，付一杰。”付坤冲那女孩儿抬了抬下巴，看了付一杰一眼，“林元元，我跟你说过请来帮忙的。”

付一杰冲林元元点了点头，没什么表情，他刚坐下的时候就看到这女孩子一直在斜对面的摊位上冲这边瞅。

一想到林元元给付坤发的那些短信，他就不太顺气儿。

“你哥说你在医科大上学啊，”林元元冲他竖了竖拇指，“真厉害。”

“瞎混呢。”付一杰笑笑。

“那也比我们这些……”

付坤打断了她的话，用筷子指了指对面：“来人了。”

“那我先过去了，”林元元似乎有点儿不愿意走开，看着付坤，“今天的菜真香啊，一会儿匀点儿给我呗，我刚没吃饱。”

付一杰看着林元元跑回那边摊位之后，扭头看着付坤：“你今天应该挺饿的吧？”

“是，”付坤低头扒拉着饭盒里的菜，“特别饿，这都不够吃的。”

等林元元再过来的时候，付坤已经把一盒饭菜全塞进肚子里了，直到下午四点多他带着付一杰去买鞋的时候，肚子还撑得难受。

买鞋买得付一杰很难受，不是因为好几大百的价格，而是因为到现在他都只能眼睁睁地看着付坤给他大把花钱。

坐在理发店的椅子上，看着靠在后面沙发上假寐着等他的付坤，付一杰狠狠地捏着自己的手指，下了决心。

“这里要短点儿吗？”理发师指着他前额头发问。

“不知道，”付一杰还在狠狠地下决心中，咬牙切齿地回答，“问后面那位。”

理发师被他这语气弄愣了，站着没敢动。

“问问我哥，”付一杰赶紧换了个表情，笑了笑，扭头冲付坤喊了一声，“付坤。”

“啊？”付坤睁开眼睛。

“要再短吗？”付一杰指了指自己脑门儿。

“不要，”付坤很肯定地说，“就这样，随便修修就行。”

虽然在付坤看来付一杰的脸怎么样都很好看，但他更喜欢看付一杰有点儿刘海的样子，很耐看。

付一杰理完发的时候已经六点多了，正往路边停着的车走时，付坤的手机响了。

他拿出手机看了看，屏幕上是一个陌生的本地号码，接起来刚“喂”了一声，那边一个女声就传了过来：“付小坤！”

“陈莉？”付坤愣了愣，“你回来了？”

“嗯！我请你吃饭，电话是不是打晚了啊？”陈莉在那边笑着说。

之前付坤跟苟盛打电话的时候，问过陈莉的情况，苟盛说他也联系不上陈莉，只知道她已经退学了，现在付坤突然接到她的电话挺意外的：“剩儿还说一直联系不上你呢。”

“见面细聊！有空吧？”陈莉的声音听起来很有活力，付坤都被她带得有点儿莫名其妙地开心。

“有……你等等。”付坤转脸看着付一杰。

“陈莉？”付一杰问。

“嗯，说请我吃饭，你一块儿去吗？”

付一杰想了想：“我不去了，我回家陪陪妈吧，刚回来。”

“那我送你回去。”

“别啊，”付一杰拿出手机看看时间，送完他回家再去吃饭太晚了，“我坐公交车回去就行。”

“打车。”

“行行行，打车。”

陈莉约了付坤在一家新开的回转寿司店，付坤到的时候，陈莉已经到了，站在门口冲他挥了挥手：“付老板！”

“你去非洲了吧！”付坤看到陈莉的时候愣了愣，差点儿没认出来，陈莉瘦了，也黑了不少，但更让付坤觉得有变化的是她整个人的气质，“还得是在闹饥荒的那片儿。”

“损不损啊你，”陈莉啧了一声，“见面没一句好话。”

“眼看你长着长着就跑题了我着急啊。”付坤乐了。

俩人进了店里，在桌边坐下了，付坤刚把外套脱了，陈莉突然盯着他左手腕笑着小声喊了一嗓子：“哟！”

付坤正想把手放到桌子下边儿的时候，陈莉已经伸手勾住了他手腕上的那条手链：“别躲，我看看这是我哪个情敌编的啊！”

付坤被她这“情敌”俩字说得不知道该怎么回答了，只好举着手让她把手链上的字看完了。

“付坤？付一杰？”陈莉松了手，看着他，“这是你做的还是你弟做的啊？”

“我弟。”付坤从转过自己面前的碟子里随便拿了一盘，都没看清是什么。

陈莉还是盯着他看，也顺手拿了一盘放在自己面前，过了一会才说：“我说付坤，你们兄弟俩感情也太好了点儿吧。”

陈莉的话听起来很随意，但还是让付坤突然有些不知道该怎么接茬，他低头随手拿起手边的一管调料往盘子里挤了一坨，拿了块寿司往上胡乱按了一下就塞进了嘴里。

他刚咬了一口，一阵清凉的风吹来，天灵盖差点儿被这阵清凉的狂风给掀没了。

“啊！”付坤趴到桌上，眼泪都出来了，鼻子里吸气都一阵阵透心凉，“是芥末啊……”

陈莉笑得不行，捂着嘴才没让自己刚放进嘴里的鱼片掉出来。

“报复吧你，也不提醒我一下。”付坤好半天才缓过劲儿来，他最受不了的就是芥末味，舔一下都够他痛哭流涕一阵的，这一大坨下去他差点儿真的哭出来。

“你色盲啊，这绿糊糊一团谁还能看成是番茄酱啊，”陈莉把水杯推他面前，“您这是严重走神儿了啊！”

“是吗？”付坤揉揉眼睛，“哎，快给我说说你这么长时间都干吗去了。”

“转移话题呢你……我啊，要这么说起来挺简单的，”陈莉笑了笑，“就退学了，去流浪了。”

付坤一边喝着水一边瞪着她：“一路要饭啊？”

“你这嘴！”陈莉踢了他一脚，但笑了一会儿之后她脸上的表情慢慢变得严肃了，“不过还真挺辛苦的，一开始都靠我奶奶偷偷给我汇钱呢。”

“你何苦呢？家里多担心。”付坤叹了口气。

“我就任性这一回吧，年轻不懂事儿嘛。”陈莉也叹气，“不过！我现在终于有点儿样子了，过不了多久我就会让他们为我骄傲的。”

“有点儿什么样子了？”付坤打量了她一下。

“我现在拍照片，给杂志写稿子，”陈莉塞了块寿司到嘴里，“已经开始有稿费了，离我想要的生活又近了一步。”

“你还真……”付坤看着她，陈莉还真是能豁得出去。

“稿费不多，我再加把劲，争取明年再上个台阶。”陈莉搓搓手，“我觉得你应该能理解，人就只有在做自己想做的事的时候才会全力以赴，不怕苦，不怕累，不怕吃沙子。”

“嗯。”付坤笑着点点头。

俩人边吃边聊，听着陈莉说着自己这段时间跑过的地方，有惊险，有刺激，看得出陈莉现在过得很开心。

他也一直想出去玩玩，想在老爸、老妈休息有时间之后能带着他们痛快旅游，也想……在假期的时候能带付一杰出去转转。

想到付一杰，他突然又有些发闷，陈莉说话他都没注意听。

“付坤，”陈莉突然捏着片鱼在他眼前晃了晃，“你有心事啊？”

鱼片儿上的芥末味儿很不客气地冲进了付坤鼻子里，他猛地回过神来往后躲了躲：“你有点儿姑娘样儿行吗？”

“嘁。”陈莉笑了笑，把鱼片放回盘子里，托着腮，冲他眨了几下眼睛，“付坤哥哥，你是不是有心事呀？”

"碳头，"付坤看着她笑了，"就你这样哪天能嫁出去了，我肯定给你包个大红包。"

陈莉笑了老半天，从包里拿出面镜子对着自己照了照："哎，真是黑了不少，大漠催人老啊。"

付坤笑了笑没说话，陈莉这种心大得跟球场似的姑娘都能看出自己有心事，他有点儿意外。就在陈莉问他的那一瞬间，他有种冲动，想要把自己的事全都说出来的冲动。

陈莉是个很熟的朋友，但又不是天天见面，他们的生活并没有交集，陈莉一直说，他们的交情算是"神交"，这样的关系对于他来说，很适合倾诉。

可哪怕就是这样，这些压得他不能多想也不敢多想的事，说出来需要的勇气不比想要去面对的少。

"付坤，"陈莉的手指在自己面前的空盘子沿上一圈圈转着，"我觉得吧，你属于那种基本上什么事儿都不过心的人，能让你犯愁的事挺少的，对不对？"

"嗯。"付坤应了一声。

"能让你聊天儿都走神的事……"陈莉想了想，"你要愿意说，我就听听，你说咱俩做情侣估计是没戏了，那就派个红颜知己的职称给我过过瘾呗。"

付坤靠在椅背上，盯着桌上的芥末看了很久："这事儿真没法说，我根本不知道该怎么说，而且这不是我一个人的事。"

是的，不能说，没法说。

这如果只是他自己的事，他可能不会想这么多，但还有付一杰，付一杰小心翼翼地压在心底连他都没有轻易说出来的秘密，他没办法对另一个人说出来。

总之这是压在付一杰身上很多年的秘密，是付一杰不会轻易示人的秘密，他不能说，这是对付一杰的保护，也是尊重。

"这样啊，"陈莉点了点头，"理解，那我说句废话吧，算是安慰你？"

"说。"付坤笑着看她。

"你说不是你一个人的事，那我就假设是俩人的事，俩人的事呢，一般来说就是感情了，"陈莉托着腮，"感情的事最烦人了，爱不得，不敢爱，无非就是这些乱七八糟的了，对吧？"

付坤没说话。

“我的那句废话就是，放得下呢，就放下，放不下呢，就挺着，挺不住就豁出去一把，总比郁闷死了强。”

“那要没办法豁出去呢？”付坤沉默了很久说了一句。

“那就维持现状吧，就跟我对你似的，”陈莉挥挥手，“时间长了就没感觉了。”

“啊？”付坤愣了愣。

“比如我现在对你，”陈莉拍拍他的肩，“就只剩了哥们儿情谊了，还是来回被你挤对的那种。”

俩人面对面地傻笑了好一会儿，付坤才长长地叹了一口气：“唉——”

“坤子，我说真的，哪天你要想找个人说说话，给我打电话。”陈莉很严肃地拍了拍胸口，“我会是个好听众，意见不敢给，但肯定能让你一口气儿吐舒服了。”

付坤很认真地看着她：“谢谢，好哥们儿。”

3

吃完饭付坤开着车把陈莉送了回去，往家开的时候，他一直在琢磨陈莉的话，似乎有道理，又似乎真的只是一句废话。

进家门之前，他吸了两口气，把自己心里乱七八糟的想法都压了下去之后才掏出钥匙开了门。

家里电视开着，老爸、老妈坐在沙发上下跳棋，他往卧室瞅了一眼，没看到付一杰，忍不住问了一句：“一截儿呢？”

“吃完饭说去书店转转，”老妈抬头看看钟，“这会儿该回来了，都关门了吧。”

“哦。”付坤在客厅站了一会儿，老爸、老妈继续下棋，也没理他，他只得转身进屋拿衣服去洗澡。

但进了屋之后他又是先拎过付一杰的行李箱，把付一杰带回来的衣服一件件拿出来挂进了衣柜里。付一杰的衣服基本上还是原来带去的那些，没买新的，每一件都是他挑的，现在想想，自己一直以来都很在意付一杰的形象。怎么打扮能让付一杰更帅气好看，他一直很在意。

"唉！"付坤一阵心烦，抱着付一杰的衣服扑进了柜子里不想动了。

不知道这么趴柜子里趴了多久，付坤听到卧室门响了一声，正想起来的时候，身后传来了付一杰的声音："你睡得越来越有创意了啊？"

"累了。"付坤赶紧站直了，把还抱着的付一杰的一件大衣团起来扔进了柜子里，拿了自己的换洗衣服扭头就要往外走。

付一杰一把拽住了他的胳膊，伸手从柜子里拿出了自己的那件大衣看了看才转过头："哥。"

"干吗？"付坤的心脏缩了一下。

"你说我干吗？"付一杰盯着他。

付坤咬咬嘴唇："这刚过一夜就什么都不记得了？"

"我什么都记着呢。"付一杰回答。

付坤的"不记得"和付一杰的"记着呢"，说的似乎不是一回事，付坤只得看了看他的手："那你干吗？"

"不干吗。"付一杰继续盯着他看了一会儿，松开了手，抖了抖大衣，"不是你跟我说这件衣服一定得挂着吗，要不会皱。"

"那我不是没睡明白吗，你自己挂一下呗。"付坤抓着自己的衣服快步走出了卧室，经过客厅的时候老妈吼了一声说老爸耍赖，把他吓得差点儿用脸推开的浴室门。

付坤洗完澡回到屋里的时候，付一杰正趴在桌上看书，相当专注，他这样子让付坤瞬间回到了一年前付一杰冲刺高考的那段时间里。

付坤脚步很轻地走到他身后，问了一句："看书呢？"

"嗯，"付一杰回过头笑笑，"今天出去买的。"

"什么……书？"付坤伸手想去拿一本过来看看，但手伸到一半又收回来了。

“炒股的，”付一杰随手抽出一本放在了他面前，“寒假我想琢磨琢磨，下学期试试。”

付坤愣了，这小子想炒股？

“本儿呢？”付坤问他。

“你给我的那张卡足够了，”付一杰咬着笔头，“我一开始最多就拿一万试着炒炒，就算赔也不心疼。”

“哟，买三十块钱鞋的人说赔一万不心疼，”付坤乐了，“今儿给你买双六百的鞋我看你都跟被拉了块儿肉似的。”

“这不一样，”付一杰皱了皱眉，“你是真不明白呢还是逗我呢？”

“我知道，”付坤笑了笑，躺到榻榻米上，“你炒吧，不要跟妈说，她肯定会担心，要用钱告诉我就行。”

“不用，”付一杰转回头继续看书，“你给我的那张卡，我毕业的时候双倍还你。”

付坤看了他后脑勺一眼：“行，我等着在家替你数钱呢。”

付一杰做事有股钻劲儿，跟付坤不同，付坤只对自己有兴趣的事会投入大量精力，付一杰似乎没有什么特别的爱好，也没见他对什么事特别有兴趣，对于他来说，只有决定做的或者不做的事。

一旦他决定做一件事，就会是全力以赴。

付坤每天从大通回来，都能看到付一杰趴在桌子前看书，屋里那台电脑也被他装上了各种软件，除去每天雷打不动要陪老妈聊会儿天，别的时间他都闷在屋里。

“你弟这阵折腾什么呢？”老妈拉着付坤打听。

“写论文呢，”付坤一脸深奥地看着老妈，“你别打扰他。”

“刚去了一学期就写论文？”老妈很迷惑。

“医科大不一样嘛，多严谨……”付坤抓抓头，“一截儿从小不就这样吗，就算不要求写，他自己要写，也没什么奇怪的。”

“那倒是，”老妈点点头，指指桌上的一个小罐子，“我给他弄了点儿汤，你拿给他喝。”

“哟，都学会煲瓦罐汤了，有我的吗？”付坤过去把小罐子打开闻了一下，还挺香，“上哪儿学的啊？”

“这是楼下鲁大姐家媳妇儿教我做的，她媳妇儿广东人，可会这些了。”老妈也凑过来闻了一下，“不过就这一罐，没你的，不好意思啊付老板，你不一直对食物没什么兴趣嘛。”

“肖主厨，你再这么区别对待，我可开除你了啊，”付坤拿起罐子喝了一小口，“到时请个厨子上家来做饭，你就只能负责吃，厨房里可就没你什么事儿了。”

“烦人，开个面包车老装有钱人，一看就是拉货的，”老妈拍了他一巴掌，“快别喝了，给你弟的。”

付坤捧着汤罐进了屋，看到付一杰坐在电脑前盯着屏幕，他过去把罐子放在付一杰手边，凑到屏幕前跟着看了几眼：“你去开户了？”

“嗯，”付一杰点点头，“就先看看是怎么回事，还没开始炒，怎么也得下学……好香！”

“肖大姐牌温馨瓦罐儿汤，就这一份，快尝尝。”付坤把盖子打开了。

“赏你一口，”付一杰拿起罐子递到他嘴边，“看肖大姐首次挑战炖汤水平如何。”

“我刚已经喝了一口帮你试过毒了，可以放心喝。”

付一杰喝了两口汤，靠在椅背上很舒服地眯着眼：“要说还是家里好。”

“学校食堂有汤吗？”付坤靠在桌子旁边看着他，嘴角忍不住勾出个笑容来，从小他就喜欢看着付一杰心满意足的样子。

“有啊，紫菜蛋花汤，胡辣汤，酸辣汤……”付一杰又拿起罐子喝了一口，“让妈去我们学校门口开个店专卖瓦罐汤吧，十五块钱一罐，我肯定天天买。”

“得了吧，这里面搁的料都不止十五块，你当街上卖的都有这么放料呢？”付坤啧了一声，“你跟老妈合伙做生意，最后就是‘吐血大甩卖，跳楼价一块钱一件儿，两块钱仨，最后一天最后一天给钱就卖，卖完回老家……'，人家喊着是广告，你俩喊着肯定是真的。”

付一杰捧着罐子笑得眼睛都没了，好一会儿才说了一句：“付坤，你就这种时候特别招人喜欢。”

这话说出来，别说付坤，付一杰自己都愣了。这话放半年前说都没什么，现在这么一说，怎么听都觉得不太合适。

付一杰喝了一口汤，盯着汤里的一颗小蘑菇不说话了。

“这话说得，”付坤笑笑，“我有不招人喜欢的时候吗？”

“没有。”付一杰回答。

付一杰放在桌上的手机突然开始振动的时候，他顿时松了口气，一把抓过手机，看到是蒋松的号码。

他下午和蒋松在Q上聊了一会儿，蒋松姑姑要用电脑，他就让了，这会儿估计是出门儿了。

“喂？”付一杰接了电话，看了付坤一眼，不知道为什么，他跟蒋松打电话，当着付坤的面老觉得有点儿心虚。

“在家呢？”蒋松问，那边听着挺吵，像是在街上。

“嗯，这会儿我一般都在家了，”付一杰又看了付坤一眼，“你在外边儿啊？”

“出来放松放松，我约了人，”蒋松笑笑，“唱歌。”

付一杰第三次往付坤那儿看的时候，付坤终于忍不住了，问了一句：“是谁啊？”

“蒋松。”

“需要我回避？”

“……嗯。”

“你跟蒋松打电话我得回避？”付坤觉得有些莫名其妙。

“那我去阳台吧。”付一杰站了起来。

“外边太冷了……行行行，”付坤按了按他肩膀，“我去跟老妈下跳棋，你打吧。”

付坤走出了卧室，付一杰松了口气，坐回了椅子上。

“一杰，”蒋松在那边笑着说，“你这不地道啊，让你哥听着就好像我给你打电话商量要干什么坏事儿。”

“要换别人我也不会这样，”付一杰趴到桌上，“总觉得咱俩说话当他面跟做贼似的。”

“你哥知道吗，你的事？”蒋松大概是找了个人少的地方，四周安静了不少。

付一杰犹豫了一下，很小声地说：“他知道。”

“知道你还做什么贼啊？”

“你不懂。”

“大概吧，我不懂。”蒋松笑笑，“最近怎么样啊？下午还想问你呢，我姑着急要跟我姐视频我都没来得及问就被赶下去了。”

“就那样呗，研究炒股呢。”付一杰翻了翻自己面前的书。

“就知道你做事靠谱，”蒋松啧了一声，“开始炒了我投资点儿，赔了当玩了，赚了算我占便宜。”

“嗯。”付一杰揉揉鼻子，“你是在等人吗？”

“等屁，人都齐了，在等我呢，”蒋松那边传来了打火机的声音，“我晾会儿再上去。”

“真作。”付一杰笑了。

“看对什么人吧，”蒋松抽了口烟，“有时候就算看对眼儿了，也得抻着点，钓过鱼没？大鱼上钩了还得遛遛呢，要不容易跑。”

“你看上谁了？”

“谁也没看上，我就打个比方。”蒋松叹了口气，“付一杰，你在这方面是不是太单纯了啊……”

“跟你比我是挺单纯的，你在我面前应该觉得自己是个流氓。”付一杰笑了，蒋松遛鱼的这句话突然让他有点儿感触。

“快情人节了，打算怎么过啊？”蒋松突然问。

“情人节？”付一杰愣了愣，在他的脑子里几乎没有情人节这个概念，他点开电脑的日历，发现今年过年晚，情人节跟春节挨得挺近的。

“嗯，跟人过吗？”

跟人过？跟谁过？付一杰看着日历，从小到大，除了福利院那几年，他每年的2月14日都跟付坤在一起，但从来没想过这一天的意义。

现在猛地觉得2月14日有了不同的意义之后，他却有些害怕这一天。

“蒋松，你说……”付一杰手指在自己下巴上轻轻捏着，“你说，如果你喜欢一个人但是不敢说，而你又觉得那个人对你应该也有差不多的想法……但是……”

“直接问呗。”蒋松打断他。

“你听我说，这不能问，就是……谁都不能说，不能提，如果是这样，怎么确定那个人有没有这个意思？”

“想方法逼那人说呗。”

“我不敢。”

“真麻烦，付一杰你平时脑子转挺快的啊，这事儿还用问我？”

“你不有经验吗，我只是个单纯的小朋友。”

蒋松乐了半天：“那你就情人节叫那人出去，如果肯去，就差不多是承认了，前提是那个人必须对那天是情人节这事不装傻，别你俩出去转了一通回来，他说一句‘啊，今儿是情人节啊’，那你就白忙活了。”

付一杰没出声，过了一会儿才说：“暗示估计不管用。”

“那你自己想想呗，我也不知道你俩具体情况，”蒋松笑笑，“我就给你个思路。”

“我要情人节跟别人出去呢？”

挂了蒋松的电话之后，付一杰靠在椅子上，脑袋向后仰着盯着天花板上的吊灯。

不知道吊灯什么时候换的，以前的灯是个很简单的小方灯，不知道付坤什么时候换成了一盏白色的圆球灯，看着时间长了老想上去咬一口。

情人节。

付一杰静下来想了想之后，对情人节跟别人出去的计划又开始有些犹豫。

他答应过付坤，憋着。

现在他自己的决定也依然是憋着，只是对于付坤的想法始终摸不透却让他总有些不甘心。

付坤究竟在想什么？

但……弄清了又能怎样？

付坤自己心里是怎么想的，付坤自己清楚，而无论他是怎么想的，他的态度都已经很明确，付一杰知道了也不会有任何改变。

就算有一天如愿以偿地把付坤逼得说出了自己想要的那个回答，又能怎么样？

付一杰突然觉得自己有点儿没劲。

付一杰站了起来，这些事无论怎么想，怎么琢磨，永远都没有答案，除了这样一步步维持着原状继续向前，他无力去改变什么。

何况付坤很明显在阻止他。

付一杰走出卧室的时候，付坤躺在沙发上看电视，老妈在打电话，估计电话那头是姥姥。今年他们过年要去姥姥家，姥姥提前一个月就开始准备了，买菜，收拾屋子，时不时打个电话来问问。

“不坐火车了，就那点儿路，坤子开车过去就行，正好还能拉点儿年货。”老妈说，“你也别老收拾了，也待不了两天，一杰要开学，大通那儿也不能关门太久……哎，现在不是有俩摊位嘛，请了个人也顾不过来啊，过年生意又特别忙。”

“你跟老太太说，让她过来给我看着，我一个月给她开两千块。”付坤躺在沙发上乐。

付一杰本来想进浴室，想了想又没去，坐到了沙发面前的地板上，靠着沙发。

付坤顺手在他脑袋上抓了两下，他迅速地闭上了眼睛，觉得自己就跟享受主人抚摸的小狗似的。

“你姥姥要跟你说话，”老妈把电话递给付坤，“估计又要问你的人生大事。”

付坤伸出去要拿电话的手马上缩了回去：“哎，我不接不接，我快让她问死了……”

付一杰低下头看着自己的手指。

“随便说两句得了。”老妈啧了一声。

“这是两句能打发的吗？”付坤无奈地接过电话，“姥姥，来啵儿一个……必须啵儿啊，谁让你这么漂亮。”

“过年啊，我请的人只休息两天，不过我差不多也得回来啊……姥姥啊你……”付坤估计是想转移话题，但没成功，不知道姥姥在那边说了什么，付坤抓抓头发，“唉……急什么呢，你大孙子都没着落呢你老操心我干吗？我没时……我得赚钱啊，要不哪个姑娘……哎知道知道……”

付坤好半天才把姥姥应付完了，挂了电话就拉长声音叹了口气：“姥姥这架势就好像我已经四十了一样，再不结婚就是老人了。”

“放屁，”老爸从卧室里走出来，“谁告诉你过了四十就是老人了，你当你爸是摆设……”

“付建国你闭嘴！”老妈喊了一声，“有你什么事儿啊！”

付一杰低着头没忍住笑出了声，付坤跟着也是一阵乐。

“没完是吧！当着你弟面儿呢，你俩怎么这么不要脸！”老妈过去往付坤肚子上拍了一巴掌。

“洗脸睡觉去，”付坤笑着往付一杰肩上拍了一下，“快别听了。”

付一杰进了浴室，关上门之后轻轻叹了口气。家里这样轻松温暖的感觉是他这辈子都不愿意失去的东西，付坤也一样吧。

如果真的让所有的事都无可挽回，付一杰真的不敢想象会是什么样的局面。无论付坤心里在想什么，谁都不敢轻易走到那一步吧。

付一杰脱掉衣服，打开了喷头，蹲在喷头下，看着从自己头发上连成线滴落的水珠发呆。

直到浴室门被人敲响了，他才猛地回过神来。

“你养蘑菇呢？”付坤的声音隔着门传了进来，“快点儿，我憋尿憋半天了。”

“我洗完了。”付一杰赶紧抓过毛巾胡乱擦了一下，穿上内裤就打开了门。

付坤蹦了进来：“蒸桑拿呢你，以后开着点儿窗，这蒸得人都看不见了……”

“嗯。”付一杰低头出了浴室。

进了卧室，往榻榻米上一扑，他长长地舒出一口气，闭上眼睛。

算了吧，付一杰，算了吧。

你怎么忍心付坤再因为你的事担心。

4

过年前付坤赶着又进了一批货，把货都弄妥之后，又提前给林元元封了个红包，小姑娘过年就在本地，所以除了三十儿和初一，她别的时间都能在大通待着。

去姥姥家过年跟搬家似的，姥姥说今年人齐，所以老妈和老爸买了一大堆年货，把付坤那辆长安之星塞得满满当当，甚至还有半只生猪和几个大羊腿。

“还好是辆面包车，”付一杰猫着腰在车里整理了半天才算是把东西都放稳了，“要是辆小车，后盖都关不上了。”

“美得你，还小车呢，当初不说买电三轮儿吗？那你们都得坐后斗里抱着这些东西，猪归你抱，羊腿爸扛着……”付坤一边检查车一边伸手在他鼻尖上蹭了一下，“出汗了。”

“嗯。”付一杰应了一声，低头把脸贴到了付坤的衣服上蹭了蹭。

“就蹭我身上了啊，”付坤笑笑，“我衣服今天头回穿呢。”

“就蹭。”付一杰闷着声音，伸手摸了摸付坤手腕上的那条手链。

“赶紧的，上楼叫爸妈下来，再不走，等人一多，光上高速就得俩小时。”

今年过年姥姥这边人果然很齐，把姥姥姥爷乐得不行，每天都是一大早就起来开始做饭，付一杰感觉一整天他俩都泡在了厨房里。

付一杰看着满屋子的人，想起了第一次跟着家里人去爷爷奶奶家过年的那次。

那时他还小，不少事都记不清了，就记得自己有些紧张地跟在付坤身后，付坤走到哪，他就跟到哪，付坤就像他的定心丸。

现在长大了，有些感觉却还是跟以前一样，虽然他不会再寸步不离地跟着付坤，但目光还是会不由自主地被付坤带着走。

在姥姥家的几天，他差不多都是这个状态，看着付坤跟几个姨啊舅舅聊天，看着他逗小外甥……

姥姥说付一杰还跟小时候一样话少，付一杰觉得自己不算话少的人，跟付坤一块能说一晚上不停的。

也许今年不一样，付一杰一直觉得心里发闷。

在姥姥家闹哄哄地过完年回到家，付坤开着一下变空了的车回到家，老爸、老妈还在收拾带回来的东西，他进了屋，往枕头上一趴，狠狠地扭了几下："唉，累死我了。"

"你明天去大通吗？"付一杰脱了外套，走到阳台往外看，窗外开始下雪了。

"嗯，去看看，这两天人该开始多了。"付坤翻了个身躺着，"你快开学了吧？"

"情人节过完就该走了。"付一杰不知道自己怎么会突然说出情人节这个词来。

"哟，快情人节了啊，"付坤似乎对这一天也没什么概念，"又该满街玫瑰巧克力了。"

付一杰笑了笑，没说话。

情人节那天到底该怎么处理，付一杰直到 13 号也没想出最后的结果来。

他想过就那么不声不响地让这一天过去，也想过一早起来就假装接了个电话出门，然后晚上再回来。

不过 14 号他一早醒过来的时候，付坤已经没在床上了。

付一杰抱着被子坐在榻榻米上愣了好半天，付坤去大通了，家里也没人，这个在他看来与众不同的日子，竟然就这么平淡地开始了。

“哎。”付一杰忍不住冲着墙自己一个人傻笑了好半天。

今天老妈没在家，跟几个老姐妹聚会，中午也没人做饭，付一杰在家看了一会儿书，自己一个人出了门。

他刚找了个小吃店坐下，付坤的电话就打过来了：“你吃饭了没？”

“没呢，正要吃。”付一杰看着桌上的菜单，琢磨着是吃个焖饭还是来碗面。

“吃完给我带一份吧，大通这边我总吃的那家店的老板居然还没回来！”付坤很郁闷，“林元元带了饭，但我不想吃她的……”

付一杰正想说“我吃完给你带过去”，一抬眼看到了从小吃店窗外走过的一个人，他愣了愣，一下站了起来。

“你吃的什……”付坤在那边问。

“要不你就跟林元元吃吧，我晚点给你电话。”付一杰很快地说了一句，从店里跑了出去。

刚看到的人没走远，就在正前方，付一杰追了上去，在背后有些不确定地叫了一声：“张青凯？”

那人停下脚步回过了头，看到付一杰时挺吃惊：“一杰？”

“真是你啊，”付一杰心里猛地有些激动，“我在店里看到你，还以为看错了。”

“你都……”张青凯上下打量了他一通，嘴角露出了笑容，“长这么高了。”

“你没太变。”付一杰也笑笑，算算有六七年没见到张青凯了，张青凯除了看上去成熟稳重了些，没有太大的变化。

“在等人过节吗？”张青凯问他。

“……没，”付一杰摇摇头，“就一个人转转，放假呢。”

“上大学了吧？考哪儿了？”

“医科大。”

“好学校啊。”张青凯脸上的表情突然有些落寞，过了一会儿才像是自言自语接着说了一句，“夏飞……以前也想考来着。”

这话让付一杰胸口狠狠地疼了一下，夏飞，这名字已经很多年没有人再提起，现在猛地听到，付一杰心里一直藏着的那些回忆全都翻了起来。

“你还好吗？”付一杰不知道该说什么。

“挺好的。”张青凯笑笑。

付一杰低头吸了口气，声音很低地问：“结婚了吗？”

“……没，”张青凯顿了顿，又轻轻叹了口气，“没有。”

付一杰莫名松了一口气。

“这么久没见，聊聊？”张青凯看了看四周，“你要没事儿的话，我请你吃个饭吧。”

“好。”付一杰点点头。

今天大通挺热闹，不少成双成对的，不少姑娘都一只手抱着玫瑰，一只手挎着男朋友，满脸幸福。

孙玮打了个电话过来，他正跟卢春雨逛街，说是一会儿转到大通来看看他，这个成心气他的计划被付坤强烈拒绝了，跟他约了后天吃饭，说好不带家属。

本来付坤对情人节没感觉，被孙玮这么一刺激，加上过年的时候姥姥一个劲说，他突然有点儿惆怅。

一惆怅，他就不愿意一个人待着，想让付一杰过来陪他坐会儿，结果人没说两句话就把电话给撂了。付一杰挂了电话之后，付坤拿着手机发了好一会儿愣，这小子居然拒绝给自己送饭？还让他跟林元元一块儿吃？

他抬头往林元元那边看了一眼，小姑娘正捧着饭盒站在摊位前，看到他往那边看，马上问了一句：“我给你扒拉一半儿吧？”

“不了，我出去吃，”付坤拿过自己的包，“顺便透透气儿。”

大通门外的街上其实有不少吃东西的地儿，付坤打算去街口的马兰拉面。

出门的时候付坤看到路边有人推了辆自行车，车架上放着个纸箱，他走过的时候，听到了哼哼唧唧的声音。他凑过去瞅了一眼，里边儿放着只小奶狗。

“要狗吗？”那人问。

“不要。”付坤赶紧摇摇头走开了，走了几步又回头看了看，这么冷的天，箱子里就垫了几张报纸，这要是丢丢，早就穿上小棉衣了。

一想到丢丢，付坤又有点儿伤感。

等到吃完马兰拉面回来，那人还在。

有一对小情侣在看狗，姑娘挺有兴趣的样子，那人把小狗拿出来，扔在雪地上，说“快跑两步”。

小狗声音很细地哼哼着，不肯迈步子，那人用脚尖在它屁股上顶了一下，小狗踉踉跄跄地往前走了两步。

“这么不爱动啊，是不是病狗？”那姑娘有些担心。

“放心，自己养的狗，保证没病。”那人赶紧又用脚尖对着小狗屁股推了一下，“跑跑！”

小狗被推倒在雪地上，不肯起来了，哼哼唧唧的声音变大了，带着哀鸣。

付坤本来已经走进了大通，听到这声音又停下了脚步。

他对狗没什么特别的喜欢，就连丢丢他也不敢伸手去摸，但这小狗的叫声怎么也无法忽略，他原地站了几秒钟，转身走了过去。

“多少钱？”付坤过去，弯腰把小狗从雪地里兜了起来。

“一百八，喜欢就拿走。”那人说。

“哎，我们先看中的。”那姑娘有些不满，伸手想从他手里把小狗拿过去。

付坤咬着牙把小狗塞进了自己外套里，又拿出钱包抽了两百块出来扔到了装狗的那个箱子里，扭头就走：“甭找了。”

小情侣在他身后叫了起来，付坤没回头，干脆跑进了大通。

上了楼他就赶紧把狗从衣服里掏了出来，这小东西在他衣服里拱得他全身鸡皮疙瘩都起来了，老担心它会隔着衣服咬自己一口。

回到摊位上，他拿了点破纸盒垫成一摞，把小狗放在了角落里，又拿自己杯子的盖子装了点热水放在小狗面前。

“哟，付哥，这哪来的狗啊？”林元元跟了过来。

“买的。”付坤看着埋头喝水的小狗，心里一阵犯愁，这狗是不是买得有点儿太冲动了？

“你喜欢狗啊？”林元元蹲在小狗面前看着。

“不喜欢，买给……我弟的。”付坤说，他知道付一杰心里还老想着丢丢，这回去姥姥家，他见了姥姥家那几只阿土喜欢得不行，每天都得去逗一会儿，逗着逗着就发呆。

“啊？”林元元笑了，开玩笑地说，“情人节给自己弟弟送只小狗啊？”

“你是不是挺闲啊？”付坤心里有点儿不舒服，“要不你这月工资匀一半儿给我得了。”

林元元吐了吐舌头，转身跑回了对面摊位上。

付坤叹了口气，刚坐到椅子上，她又拿着个小盒子跑回来了。

“你今天很活泼啊。”付坤无奈地说。

“送你的，”林元元把盒子放到他手上，转身又跑了，“情人节快乐！”

付坤看了看，是一小盒巧克力。

五点多的时候，付一杰给付坤打了个电话：“晚上咱俩在外面吃吧。”

“干吗？”付坤愣了愣。

“不干吗，吃不吃？”付一杰问。

“吃吃呗，你请客啊？”付坤笑了笑。

“嗯，我请，我现在过去大通。”付一杰挂掉电话，冲老妈喊了一声就跑出了门。

不需要装着跟别人去过情人节，不需要再用任何理由去逼付坤。

跟张青凯聊天的时候，付一杰能清楚地感觉到张青凯对夏飞的感情，那种已经刻在对方生命里的夏飞的印记。

那种狠狠的却再也没有回应的想念。

没有人再能体会他的想念，他也许永远只能沉默地守着自己的那段感情。

如果夏飞没有死，他们会怎么样？

谁也不知道，也许最后张青凯也只是在一边看着他，有些事也许永远也迈不过去，不过，至少还能看到这个人……

付坤就在他面前，在他身边，他难过的时候付坤会难过，他开心的时候付坤会一起笑，这就够了。

他俩之间，也许眼前这样的状态就已经是最好的局面。

快到大通的时候，付一杰又给付坤打了个电话："你出来，早点收了吧。"

"嗯，已经在门口蹲着了。"付坤笑着说。

离着大通还有老远，付一杰就看到了站在路边的付坤，他一路跑着冲到了付坤的身边，喊了一声："哥！"

"这么高兴，捡钱了？快拿着，"付坤一看到他，马上从外套里掏出一团毛茸茸的东西塞到他手里，"送你的，情人节快乐。"

付坤的话说得很快，但"情人节快乐"几个字他听得很清楚，心里猛地一阵暖，也不知道是刚跑这一段还是别的原因，就觉得身上呼地一下像是被暖暖的火苗裹住了。

不过看清手里的东西时，他顾不上感动了，瞪圆了眼睛："狗？"

"嗯，中午买的，"付坤把外套拉链拉好，吸吸鼻子，"一时冲动，我看到它就想起你小时候抱着丢丢哭的样子……立马心软了……"

"……谢谢。"付一杰不知道该说什么了。

"走吧，"付坤轻轻用肩撞了他一下，"你不是请我吃饭吗？"

"咱去吃涮羊肉吧？"

"行，"付坤点点头，想了想又问了一句，"你中午干吗呢？"

"没干什么。"付一杰低头摸了摸小狗的脑袋。

"那你那么着急挂我电话？"

"有事。"

"有事？"付坤看了他一眼，"跟人吃饭吗？"

"跟谁啊？"付一杰也看着他。

"随便，不管你。"付坤有些不自在地笑了笑。

付一杰把小狗放到衣服里搂着：“真没跟人吃饭。”

付坤缩缩脖子，把手揣到兜里，喊了一声：“走，今儿晚上咱俩喝点儿。”

在付坤眼里，付一杰一直只是个小孩儿，直到他知道了付一杰的“秘密”，才猛地感觉到这个弟弟已经长大了。

有些他从来不会担心，也不会多想的事，在已经长大的付一杰的身上，以他没有感觉到的状态静静地发生着。

这是他第一次带着付一杰去喝酒，像他和孙玮还有别的朋友那样，找个干净的店，吃着涮羊肉，聊天，喝酒。

坐在桌前，拿着瓶子往付一杰杯子里倒酒的时候，付坤看了一眼坐在他对面的付一杰，付一杰刚问服务员要了个小纸盒，正低头把狗放进盒子里，下面还垫着他的围巾。

付一杰在做这些事的时候，付坤突然又觉得这还是当年那个抱着丢丢坐在地上哭得一脸眼泪的小朋友。

付坤给自己的杯子也倒上酒。

付一杰就这么突然长大了？什么时候长大的？

自己是真的不知道，还是根本不愿意去想？

5

“我过几天就回学校了，”付一杰把盒子放到旁边的椅子上，摸了摸小狗的脑袋，“又不能带去宿舍，放家里谁来伺候啊？”

“我来，”付坤拿起杯子，“妈也会伺候的，她喜欢狗。”

付一杰笑了笑，也拿起杯子，跟他轻轻碰了一下：“这是咱俩第一次这么喝酒吧？”

“嗯，你喝慢点儿，”付坤喝了一口酒，“我怕你吐我一身。”

“太小看我了。”付一杰也喝了一口，说实话他不觉得喝酒有什么美妙的，但如果跟付坤喝，他喝多少都愿意。

“不是小看你，是你就那点儿料，我太清楚，”付坤笑了起来，“不过你喝多了就唱歌还行，你要跟孙玮似的一喝多了就抱着我腿哭着喊三大爷，我肯定不带你出来喝。”

“那多好。”付一杰夹了一筷子羊肉放到锅里涮着。

“好屁，他叫我成，”付坤没动筷子，他对吃的一直没有付一杰那么猴急，“我要应一声说‘好侄儿’，他立马瞪眼睛翻脸。”

付一杰笑着把涮好的羊肉放到付坤碗里，付坤愣了愣，乐了：“哎哟，出来吃饭待遇都不一样了，有人居然能忍着不吃先给我啊？”

“这话说得，”付一杰又夹了一筷子慢慢涮，“我是觉得这段时间你又瘦了。”

“那不可能，我一直没下过一百三十斤，”付坤很肯定地说，“每个月我都称一次。”

“哦，”付一杰笑笑，“每月都称重啊，那身高呢？”

付坤正夹肉的筷子停下了，斜眼儿瞅着他：“付一截儿同学，你什么意思？”

“没什么意思，”付一杰把肉塞到嘴里，含混不清地说，“我就问问身高有没有一块儿量量。”

“现在比你哥高了就开始挤对人了是吧？”付坤喝了口酒，他偶尔也量量身高，但自从到了一米八之后就没怎么动，他有一次使劲抻了抻脖子，抻了个一米八一，还差点儿把脖子给扭了。

“没，哪敢，这事儿上让你挤对了那么多年都有阴影了，”付一杰很专心地低头塞肉，“哟，你脚够不着车蹬吧？哟，你够不着抽屉吧？哟，你看不见吧哥抱你看呗……”

付坤端着杯子乐得不行，酒都差点洒了：“小玩意儿记这些记这么清楚呢。”

“记性太好没辙。”付一杰拿了杯子往付坤杯子上磕了一下，喝了一口酒，酒顺着嗓子眼儿一路往下，全身都暖开了。

“现在多高啊，量了没？”

“一米八五，你大概是没机会反超了，我还发育着呢。”

“啊……”付坤笑着夹了片牛肉涮着，没再说话，看着像是走神了。

付一杰也没出声，付坤那片牛肉都打卷儿了他才伸筷子过去敲了一下锅沿：“熬牛肉酱呢你。”

他比付坤高了，这事儿本来一提起，俩人都会觉得开心，现在却有几分说不上来的感觉，说多了又得扯到那句本来是玩笑，俩人却一直都当成承诺来对待的话。

“哪天你比我高了我就答应你一件事儿，什么都行。”

付一杰经常会想起这句话，以前没觉得有什么事需要付坤去实现，从小付坤就顺着他，他想要的，他想做的，付坤全都会满足他。

而现在，当他再想要的东西、想做的事情付坤没法再给的时候，这个看起来可以任性地使用一次的承诺，他却不敢轻易用了。

他不知道将来他和付坤之间会出现什么样的状况，也不知道更坏更需要拯救和挽回的事会出现在哪一天，这就像七色花的最后一片花瓣，他小心地守着，等着真正需要用的那天，也希望这一天永远都不要有。

吃完饭的时候，他俩把一瓶白酒喝光了，付一杰眼前有点儿花，不过没有太大影响，他只喝了一杯，剩下的全是付坤喝的。

他偷偷瞄了付坤一眼，付坤拿了他的钱包结账，再抱着小狗走出饭店，行动自如，思维清晰，看上去耳聪目明、相当矍铄……付坤有时候出门吃饭，回来的时候带着一身酒味儿，一闻就知道没少喝，但就这样，他有时候兴致来了还能画画，头发线条都不带抖的。

付一杰挤着付坤顺着马路往前走，心想：付坤喝多少才会醉？喝醉了什么样？

“你车呢？”付一杰从付坤手里把小狗拿过来抱着。

付坤看了他一眼：“在大通停车场呢，你喝失忆了？”

“啊，”付一杰莫名其妙地傻笑了一阵，“走回去挺好的。”

“你要是唱歌，小点儿声，我怕吓着过路的。”付坤看了看四周，平时这个点街上人很少，大冷天儿没几个人愿意在外边待着，但今天是情人节，人还挺多，顶着北风拿着花和礼物什么的，路过影城的时候，里面人都挤满了。

“我一会儿再唱，”付一杰笑笑，迎面走过来几个人，他没再靠着付坤走，等周围没什么人了，他才又挤到了付坤身边，“走前面那条小街吧，人少。”

“嗯。”付坤搂了搂他的肩，付一杰走路还算稳，但付坤还是老觉得他脚底下有点儿飘。

走到小街路口的时候，旁边突然蹦出来几个小孩儿，都七八岁的样子，手里全捧着玫瑰花。

付坤一看这架势，愣了愣，想绕过小孩儿的时候，一个小姑娘挡住了他俩，仰着头冲付一杰说：“叔叔买朵花吧。”

付一杰抱着狗也愣了愣：“我买给谁啊？”

“买给……”小姑娘大概挡住他俩去路的时候都没看清人，现在一看他旁边也是个男的，顿时也一块愣了，但她还是用手指了指付坤，“买给他呗。”

“为什么啊？”付一杰看了看付坤，笑了起来，“他像我女朋友吗？”

“买一朵呗，也不贵，就当是你俩的友谊之花，”小姑娘嘴皮子挺利索，“反正情人节嘛，好歹也送朵花出去呗。”

付一杰笑得连狗都差点儿抱不住了，一个劲儿拍付坤的肩：“听见没？”

“小丫头，”付坤也乐了，“你怎么不让我买了送他啊？”

小姑娘撇撇嘴：“你一看就没喝多啊，他喝多了呗。”

付一杰一边笑着一边拿出了钱包，犹豫了一下又扭头看着付坤：“我买了啊？”

“买呗。”付坤把小狗拿过来，想了想又塞到了自己衣服里。

付一杰从小姑娘那儿抽了一支玫瑰，正要给钱，旁边几个小孩儿也都围了上来，付一杰让他们围着一通喊“叔叔再买一朵吧，买我一朵吧”喊得他头有点儿晕，于是从一人手上拿了一朵。

等小孩儿都散了以后，他数了数手上的花，一共九朵。

“情人节快乐。”他把花递给付坤，说了一句。

“谢谢。”付坤接过花笑了笑。

俩人拐进了小街，付一杰看起来心情不错，低着头开始唱歌。

付坤听不懂他唱的是什么，但付一杰唱歌还不错，就这么听着他小声哼哼也挺好听。

唱了一段之后，付一杰停下了，突然一仰头，吼了一声：“沧海一声笑——”

付坤让他这一嗓子吓了一跳，付一杰这句还吼的是句粤语，听着还挺标准，没等他琢磨明白这怎么突然换频道了，付一杰拍了拍他的屁股：“快接。”

“……滔滔两岸潮。”付坤都不知道自己为什么会这么听话，喝了酒果然都有点儿神经。

“浮沉随浪只记今朝……苍天笑，纷纷世上潮……谁负谁胜出天知晓……”付一杰继续唱，声儿不小。

付坤老想伸手捂着他嘴，这小街两边儿都是居民楼，一会让付一杰吼烦了没准儿谁家开窗泼他俩一身水。

唱了几句，付一杰停下了，付坤赶紧盯着他，生怕他一转频道再来首更爆发的。

“雪。”付一杰指了指前面的路边，声音突然低了下去。

“嗯，下几天雪了嘛。”付坤看了看前面，路边有一个小雪堆，在月光下反着光，看上去挺漂亮。

“我去趴一趴，”付一杰往前走，“好久没扑雪堆了。”

付坤没拦着他，付一杰喜欢趴雪堆，小时候院儿里只要有人扫了雪，每个雪堆付一杰都会扑一下，挨个扑。

这个雪堆已经被盖上一层新的雪，看上去干净蓬松，付坤要不是抱着狗，也想过去趴一趴了。

“我要飞得更高——”付一杰吼了一声，往前冲了两步，一个鱼跃往雪堆上扑了过去。

付坤正在感叹这小子虽然喝得有点儿神经，但这个扑出去的姿势还是很漂亮的时候，突然发现付一杰落到雪堆上之后就没了动静。

“一截儿？”付坤看着大字摆开趴在雪堆上一动不动的付一杰，赶紧跑过去。

付坤刚跑到付一杰身边，付一杰很慢地把身体团了起来，很低地叫了一声："啊……"

付坤看到付一杰翻过身之后露出的雪堆，他看到了红砖。

这是个被一层雪盖上了的红砖堆！

"啊！"付坤顿时急了，扑上去搂着付一杰的肩，"磕哪儿了？"

"狗……被压死了吧……"付一杰皱着眉，拉开自己的外套往里瞅。

"狗在我这儿呢，"付坤指了指自己外套，小狗正在里边折腾得他一阵阵起鸡皮疙瘩，"你磕没磕着？"

"我的……"付一杰弓起身体，声音很小地说，"呃……"

付坤一听，没忍住喊了一声："磕那儿了？"

付一杰咬着牙一把抓住他衣领："用不用我给你个喇叭再喊两声啊？"

"哎，"付坤放低声音，手举着不知道该怎么办，"疼吗？磕到什么位置了啊？"

"付坤你……"付一杰捂着自己裤裆半天才又说了一句，"不知道。"

付坤压着脱口而出的那句"让哥看看"，拉了拉付一杰的胳膊："能动吗？严重吗？"

"一会儿……就好。"付一杰眉头拧到了一块儿。

其实肚子也疼，肋条也疼，付一杰心里是说不出来的憋气，这雪堆下边居然是砖！他用脑门儿在付坤肩上蹭了蹭："哥。"

"嗯？"付坤应了一声，抓了抓他的头发。

"给揉揉。"付一杰说。

"什么？"付坤愣了。

付一杰满脑子嗡嗡响着："揉揉。"

"我揉你大爷啊！"付坤压着声音骂了一句。

"揉揉看磕没磕坏呗。"付一杰乐了，说完就开始笑，笑得停不下来。

付坤没出声，盯着他的脸。

付一杰喝了酒不怎么脸红，反而有点儿发白，月光下看着更是白，这会儿笑了这一大通，脸上才有了点儿红晕。

“眼泪都笑出来了啊，”付坤轻声说，伸手在他眼角轻轻擦了一下，“你这狂笑神经忒细了。”

付一杰又冲着他手指头一通傻笑，最后好不容易才停下了，长长地舒了一口气：“不疼了。”

“那起来吧？”付坤直起身拽着他胳膊。

“嗯。”付一杰慢慢站了起来。

俩人还没站稳呢，一束手电光照了过来，正打在付一杰脸上。

“干吗的？大半夜的在这儿搞什么？”一个大妈的声音传了过来，透着一股子浩然正气。

付一杰抬手挡了一下眼睛：“分赃呢。”

大妈一听，一点儿没犹豫地拿起挂在胸口的哨子就吹了起来。

“坏了！”付坤吓了一跳，拉了付一杰拔腿就跑，一边跑还得一边一只手兜着怀里的狗，另一只手还抓着那九朵玫瑰花，感觉特别狼狈。

大妈能把他俩撵成这样也一定倍儿有成就感。

俩人狂奔着一路跑出了小街才停了下来，付一杰靠着棵树，喘倒是没怎么喘，就是晕得厉害：“怎么这年头了，还有大妈治安小分队啊……”

“今儿过瘾了，”付坤笑着也靠在了树上，“打个车回吧。”

“嗯，”付一杰伸手到他外套里把狗拎了出来，“给起个名儿吧。”

“哎！上车！”付坤招手拦了辆出租车，回头无奈地看着付一杰，“男狗女狗啊？”

付一杰一边走，一边把狗翻过来看了看肚皮：“男的，跟丢丢一样。”

“叫团子吧，”付坤看了一眼小狗，“反正看着就一团。”

“付团子，”付一杰捏了捏小狗的耳朵，“付团子你就委屈一下吧，我哥就这水平了，以前他给自己画的小人儿起名儿，管人家叫霹雳棍儿，团子得算是他最高水准了……”

俩人带着付团子回到家的时候，老妈一眼就看到了付一杰手上毛茸茸的小白团子，惊讶地跑过来抱过狗：“怎么回事儿？又捡的？”

“我哥买的，”付一杰换鞋，“还给起好名字了，叫团子。”

“团子？”老妈啧了一声，“真难听，也就你哥起得出口，还不如叫坨子呢。”

付坤乐了：“坨子？”

“起名儿这种技能大概是遗传的，”付一杰叹了口气，“还是团子吧。”

“哟，还有玫瑰花啊。”老妈看到了付坤手里抓着的花。

“嗯，”付坤看了看付一杰，付一杰很轻地摇了摇头，付坤把花递给了老妈，“送你的。”

老爸把以前丢丢用的窝拿了出来，放在走廊里以前丢丢睡的位置，又给团子弄了点吃的。团子大概有三个多月了，老爸盛了一小碗肉粥给它，没几分钟它就舔光了。

“明天带着去戳两针。”付坤看着吃完粥就满地乱转的团子，发现它还是挺活泼的，今天买的时候大概是太冷了又害怕，所以在雪地上不肯迈步子，“这狗以后没丢丢个儿大吧，还用天天带着跑步吗？”

“每天总得带出去转几圈啊，”老妈很喜欢团子，一直用拖鞋逗它，“你负责早上那趟，我跟你爸负责晚上。”

“行。”付坤看了看付一杰，付一杰的脸色还是有些发白，看着倒是很漂亮，“你赶紧洗了睡觉。”

付一杰去洗澡了，脱下来的衣服扔了卧室里一地都是，付坤一件件收拾着。拿起他的外套的时候，手机从兜里滑了出来，付坤捡起来放到桌上。

付坤手刚拿开，手机叫了一声，有短信进来。

付坤扫了一眼，屏幕上只显示了发件人是蒋松。

他拿起手机，看着蒋松的名字，付一杰跟蒋松打电话需要他回避的事，他虽然没多问，但心里多少有点儿梗着。

现在看到蒋松的短信，他突然有点儿按捺不住地想要看看。

他拿着手机，手指在手机上轻轻敲着，敲了老半天，手指都有点儿酸了，他一咬牙按了确定。

短信内容只有很简单的几个字。

——情人节快乐。

6

付一杰洗完澡回到卧室的时候，付坤还拿着他的手机，看着那条让自己浑身不舒服的短信。

偷看弟弟手机这事儿，他本来想解释说“你手机掉出来了，我捡的时候不小心按到了”之类的，但看到付一杰进来之后，他却懒得多解释了。

“刚你有条短信，”付坤把手机递给付一杰，“我看了。”

“哦，谁？”付一杰接过手机看了一眼，“蒋松啊。”

“你俩……”付坤打开柜门拿衣服，站在柜门后面问了一句，“寒假没见个面？”

“他没在这边儿啊，”付一杰把手机放回桌上，把身上的睡衣都扒了，穿个裤衩钻进了被子里，“这边大概也就还有点儿亲戚，不过他家都不回了……”

付坤愣了愣，竖着耳朵等着的时候，付一杰却不说话了，他关上柜门：“为什么不回家了？”

“啊？”付一杰含糊地应了一声，翻了个身把脸埋在被子里没了下文。

付坤站在屋里愣了好一会儿，虽然对蒋松的印象也就停留在小学时期一见了他就躲的小男孩儿阶段，但付一杰这反应却老让他觉得有什么地方不对劲。

“他为什么不回家了？”付坤在付一杰屁股上踩了一下，又问了一句。

“哎，”付一杰伸手把他的脚拍开，“你先洗澡吧，一屋子酒味儿。”

“那是你身上的。”付坤扯着自己身上的衣服闻了一下，无奈地走了出去。

付坤洗完澡回到屋里的时候，付一杰没在被窝里了，正站在穿衣镜前抬着腿对着镜子瞅。这动作让付坤顿时有点儿发蒙：“干吗呢？”

“感觉大腿根儿有点疼，”付一杰看了他一眼，“怎么好像青了一块儿？”

“刚才磕青了？”付坤赶紧跑到镜子前弯下腰，鼻子都快顶到镜子上了，

“怎么这么严重？”

“大腿根儿！您是分不清哪儿是大腿吗？”付一杰捏指了指大腿根儿的位置，“是这儿！”

“擦点儿油吧。”付坤迅速直起身，窜出了屋子，在客厅的小药箱里一通翻。

付一杰重新钻回了被子里，他洗完澡之后还是挺晕的，也困，这酒后劲儿有点大，没等付坤进来，他就闭上了眼睛。

付坤拿着个瓶子进来的时候，付一杰似乎已经睡着了。

“一截儿？”付坤爬到榻榻米上，“睡着了？擦点药吧？”

付一杰翻了个身平躺着，动作挺大地掀开了被子，差点一拳抡到付坤脸上。

没等付坤说话，他又迷迷瞪瞪地说了一句：“你擦吧。”

“我……”付坤有点儿无语，付一杰说完这句话就没了动静，拧着眉又睡过去了。

付坤往自己手上倒了点油，胡乱抹在了付一杰的腿上，把药瓶子的瓶盖拧好扔到了一边，关掉灯也钻进了被子。

“你晚上别乱翻抢被子啊。”他小声说，把被子往俩人身上盖好了。

付一杰哼哼一声，也不知道在说什么，接着又往他这边翻了个身挤到了他身上，腿抬起来往他肚子上一搁。他把付一杰的腿往下推了推。

付一杰身上热乎乎的，从小就这样，跟个暖炉似的，所以一直以来冬天付坤都愿意跟他挤一个被窝。

早上醒过来的时候，大概是因为喝了酒睡得沉，付坤发现他俩的姿势都没变过，付一杰还是搂着他，他动了动胳膊，被这么搂了一个晚上，他身上都是麻的了。

“啊……”付坤拉开了付一杰跟八爪鱼一样扒在他身上的胳膊腿，“瘫痪了……”

付一杰扭了两下，睁开了眼睛，打了个呵欠，又闭上了眼睛。

付坤拿过枕边的小闹钟看了一眼，六点半，本来可以再睡一会儿，他想闭眼继续睡的时候又想起来今天开始要带付小团子去遛早了，于是伸了个懒腰坐了起来。

付一杰伸手过来抓住了他的手："不用。"

"什么？"

"没打针不要带出去，"付一杰侧身弓起背，"会生病的……"

"哦。"付坤坐直了身体。

回笼觉是没法睡了，付坤觉得自己跟喝了一瓶风油精似的无比清醒，他小心地拎起付一杰的胳膊，蹭出了被窝，又把被子给付一杰盖好，套上衣服出了卧室。

团子大概是全家最早起来的，在狗窝外边儿拉了一泡尿和一小坨屎，把窝里垫着的几条厚毛巾都扯了出来，拽了一客厅。

"你倒是真不见外。"付坤叹了口气，拿了拖把把地上的屎尿收拾了，再把毛巾都塞回狗窝里。

付坤收拾完团子的残局，正趴洗脸池上刷牙的时候，老妈举着个花瓶走了过来，推开他灌了半瓶水，拿过昨天晚上那几朵玫瑰放了进去。

"坤子，"老妈一边给花摆造型，一边用胳膊碰了碰他，"这花是你还是你弟打算送人的啊？没送出去所以给我了？"

付坤呛了一口水，咽了半口橙子味儿的牙膏沫下去："就是买给你的。"

"我才不信，"老妈啧了一声，"你俩十几年连朵纸花都没给我送过……"

"纸花那是送给烈士的。"付坤说。

"你烦不烦！"老妈往他背上甩了一巴掌，想想也趴到了水池边上，"是你弟吧？我觉得呢，你要给姑娘送花，应该不会送不出去。"

"我弟也不会送不出去，"付坤捧着水把脸埋进去，过了一会儿又抬起脸，"学习好，长得好，身材好，能文能武……"

"但他没经验不是吗？你弟从小都没跟姑娘来往过，女同学都没见他提过，就高中那会好像有个小姑娘？没两天就谈没了……这回该不是连送都没敢去送吧，直接买了拿回家了？"老妈猜测着，"哎哟，真是个小可怜儿。"

"你别操心了，他自己的事自己有谱，从小比我稳当，这话不是你说的吗？”付坤抓过毛巾擦了擦脸，“他愿意怎么样就怎么样吧。”

老妈啧了一声，白了他一眼，捧着花瓶去客厅了：“我才不管，养儿子不就这样吗？随便长长就觉得自己是个男人了。”

付坤没说话，抓着毛巾对着镜子里的自己盯了一会儿。

付坤觉得自己话是说得挺好的，付一杰愿意怎么样就怎么样吧，不过老妈能不能做到他不知道，反正自己能不能做到他是一点儿底都没有。

蒋松一条挺正常的短信都能让他梗了一夜都没消化掉呢。

吃早饭的时候付一杰坐在桌子边上拿着手机低头按着，不知道是在给谁发短信，要搁以前，付坤肯定会凑过去看看，但今天只是坐在付一杰身边埋头吃东西。

“给谁发短信呢？”老妈没有付坤这么多想法，边吃边问了一句。

“蒋松，”付一杰把手机扔到沙发上，“他回学校了，问我什么时候回呢。”

“他这么积极啊，”老妈看了看日历，“这才刚过完年呢，不在家多待几天？”

“嗯，不知道他。”付一杰拿过个包子，开始埋头吃。

吃完早点，老爸、老妈出门上班，付一杰收拾了碗筷在厨房里洗。

付坤盘腿坐在客厅沙发上看着付小团子咬着他的拖鞋从客厅这头甩到客厅那头，全程撅着屁股竖着尾巴一路咆哮，精力十足。

在付一杰从厨房出来之前，付坤对自己进行了检讨，他觉得自己似乎太过小心翼翼。有些事，他不敢碰、不敢问、不敢多想，如果过了，他和付一杰之间至少有种联系是牢不可破的。

兄弟。

他们是无话不说的兄弟。

有些东西是兄弟之间不需要顾忌的。

比如，蒋松的事。

付坤承认自己在这一点上有点幼稚，承认就是因为之前付一杰背着他的那个电话和蒋松那条让人不舒服的短信。

他承认他这几分钟的检讨的出发点就是因为这些。起因有点儿幼稚，但目的还是很冠冕堂皇的。

所以付一杰从厨房出来的时候，他问了一句："一截儿，蒋松……是不是跟他家里关系不好？"

付一杰正准备坐到他身边，听了这句话，顿了顿，然后才躺倒在沙发上，把脚塞到他身后："我也不太清楚，他没怎么提过，我就知道他现在不住家里，住他姑家呢。"

"那天你俩偷偷摸摸地打电话，是有什么事吗？"付坤拿着遥控器对着电视一下下按着，大清早的全是老头儿老太太节目，转了一圈也没找着可看的内容。

"没什么事。"付一杰把脚丫子搁到了他肩上。

"没什么事你……"付坤转过脸，鼻尖直接蹭到了付一杰脚上，"拿下去！"

"有味儿吗？"付一杰晃了晃脚。

"你酒还没醒吧？"付坤对着付一杰的脚说。

"不服吗？"付一杰又晃晃脚。

付坤一把抓住了付一杰的脚踝，往他脚底挠了一下："你可是你自找的！"

"啊——"付一杰吼了一声，开始狂笑。

"爽吗？"付坤抓着他的脚不放，又挠了几下，"付一截儿，我告诉你，身上有破绽的话就老实点儿！"

"我……错了……"付一杰一边狂笑不止，一边拼命扭着缩腿，"哥我错……了……"

"说！"付坤把他的腿按在沙发上。

"说什么？"付一杰笑得气儿都快喘不上来了，一个劲扭。

"说你跟蒋松是不是背地里有什么事瞒着我。"付坤又在他肚子上戳了一下。

"啊！别挠了！我说！"付一杰笑着大声喊。

付坤停了手，但没松开按着付一杰的手："说吧。"

"哎……"付一杰又笑了一会儿才停了下来喘了半天，气儿慢慢喘匀了之后，他脸上的笑容也消失了，“蒋松大概是跟家里闹翻了。”

“嗯？”付坤看着他。

“他……”付一杰吸了一口气，看着付坤，轻声说了一句，“他是。”

付坤心里猛地紧了一下：“是什么？”

“跟我一样。”付一杰平静地注视着他。

付坤按在付一杰腿上的手抖了一下，慢慢松开了。

蒋松？

蒋松？

“我跟他也没什么事瞒着你，”付一杰坐起来整了整衣服，靠在沙发上，“只是觉得当着你的面儿跟他聊天有点儿别扭，没别的原因。”

“他告诉你的？”付坤捏了捏自己的手指。

“嗯，”付一杰笑笑，“他好像不是太在意这个，没有刻意瞒着，他初中的时候告诉家里的，然后就……搬出来了。”

付坤感觉自己思维有点儿暂停。

蒋松也是？

怎么就这么寸？

怎么就这么多？

付坤低下头在自己脸上揉了揉，这到底是怎么了？

“一截儿，”付坤站起来去给自己倒了杯水，一口气都灌了下去，然后才转过头看了看付一杰，“你跟蒋松……没什么吧？”

付一杰笑了笑：“说了没什么，就是同学。”

“你……”付坤感觉越说越艰难了，只得又倒了杯水，灌了两口就觉得想吐，他咬了咬嘴唇，“你别跟他太……太近了。”

“为什么？”付一杰问得很干脆，“蒋松人挺好的。”

“我没说他不好，”付坤捏着杯子，很用力，指节都有点儿发白了，“我意思是,我怕你……我的意思是……你看,他那么早就知道了,也不太在意……”

付一杰沉默了一会儿坐了起来，往屋里走过去：“你不用担心，我心里有数。”

“你有什么数？”付坤过去一把拽住了他的胳膊，把他拉到了自己眼前，“你有什么数？付一杰我跟你说，你离那些人远点儿！”

付一杰踉跄了一下站稳了，皱着眉：“为什么？”

“什么为什么？你非得跟那些人混在一起吗？”

“我没想跟谁混在一起！”付一杰甩开了他的手，语气有些激动，“可我真要想跟他们混在一起也没什么大不了的！因为他们是同类！”

付坤瞪着他没有说话。

“他们是我的同类！”付一杰迎着他的目光，“从我知道我跟别人不一样的那天开始，我就这么憋着，一直憋着！我也害怕别人的眼光，我也害怕被人指指点点！我觉得我没有夏飞的坦然,我也没有蒋松那样的勇气,所以我不说！我不敢说！”

“一截儿……”

“我跟你说了，因为你是我哥，我信任你，依赖你，也……”付一杰狠狠地咬了咬嘴唇，“但我还是得憋着，我答应了你憋着，我就一定会憋着！我也想有人能听我说，我也想知道跟我一样的人他们是怎么过的！有没有像我一样这么难受，有没有像我一样这么辛苦！”

付坤张了张嘴想说点什么，但被付一杰打断了：“我知道我有时候没准儿昏了头会憋不住，但只要你愿意，一巴掌就能让我醒过来！”

付一杰几乎是喊着说完了这一大通话，转身进了卧室，关上了门。

付坤站在客厅里，对着电视屏幕发愣，团子过来围着他转了几圈，又在他脚指头上啃了两口他都没有感觉。

一直站到腿都有点发酸了，他才慢慢转过身，推开卧室门走了进去。

付一杰坐在桌子前，电脑开着，显示着一堆红红绿绿的线条，付一杰正专心地盯着显示器看着。

“一截儿，今天是我的错，我就想问问蒋松怎么回事儿，不知道怎么就扯到这些上来了，”付坤走到他身后，扳着椅子把他转了过来面对着自己，“我不知道该说什么，但是……”

付一杰看着他没说话。

付坤双手紧紧抓着椅子扶手："但是我想让你知道，我这么紧张不是因为别的，我没有别的意思……我想让你知道……我也会害怕。"

付一杰轻轻地晃了一下。

"小时候放学忘了接你，找不到你的时候我就很害怕，你生病的时候我也会害怕，你赌气说不让我管你的时候我会害怕，"付坤轻轻拨了拨他前额上的头发，声音有些哑，"我害怕你受伤害，也许你觉得我小看你了，但我就是这样，这是习惯，不是那么容易控制的。"

付一杰垂下眼睛："哥，对不起，我刚太激动了。"

"你是什么样的人，我都不在意，但我就是害怕你受伤，你再说你有数也没用，"付坤声音很轻，说得很费劲，"我没说蒋松不好，也没说那些人不好，我只是怕你一下面对这些会……就像一个人一直待在黑屋子里，突然见到太阳的时候，会什么也看不见的。"

"别说了，"付一杰站了起来搂住了付坤，"我知道了，别说了。"

7

付坤被孙玮拉着，连着好几天出去喝酒，喝得他看到孙玮就想躲。

这小子去了南方之后喝酒比以前强点儿了，但喝高了还差不多以前那德行，以前抱腿，现在改搂腰，搂着他腰连哭带喊："坤子，哥不容易啊！不容易啊！"

"是不容易，"付坤跟打架似的拽开他锁在自己腰上的胳膊，"就你一喝酒就写小说这架势，你客户能跟你把事儿谈下来真不容易。"

"你这人！"孙玮抓着他裤腰不撒手，"我也就跟你能喝成这样，跟客户我不敢，喝完酒还得打牌，我跟你说，跟那帮人打牌太费脑子了……不能老赢，也不能总输……"

付坤拽不开他的胳膊，只能一只手扯着自己裤子，一只手拿过茶壶给孙玮倒了杯茶递给他："孙总，来，干了。"

“干！”孙玮总算松开了他，接过茶杯一仰脖子把茶都喝了，冲地上呸了一声，“破酒。”

付坤趁这会儿站起来拿手机给卢春雨拨了个电话：“春雨，你男人我是送回他家还是送你那儿？”

“送我这儿吧，”卢春雨啧了一声，“又喝多了吧，送回他家不得烦死他妈，孙潇又得跟他吵。”

付坤把孙玮送回家的时候，卢春雨泡了一壶黑乎乎的茶，说是解酒的，还给付坤倒了一杯。

“我不喝，”付坤觉得这色儿的东西喝完了他走不到楼下就会吐血身亡，“给孙玮喝吧，我没事儿。”

“你这酒量天生的吧，孙玮都练了这么多年了，还是一喝就疯，”卢春雨一脸心疼地把孙玮拖到沙发上躺下了，“你说你怎么就从来没醉过呢？”

“我不敢醉啊，”付坤笑了，“我喝醉了的话，家里可没个美女伺候我。”

“这好说，”卢春雨一边给孙玮擦脸一边说，“我们旅行社美女可多了，要不哪天我们聚会的时候你一块儿来玩玩，看看有没有你能看上的？”

“算了吧，我哪有时间，”付坤一听这话赶紧摆摆手，“我……”

“付坤！”一直闭着眼的孙玮突然睁开了眼睛，指着他，“你怎么在我媳妇儿家！”

“嘿，”付坤乐了，打开门就往外走，“我是来提醒你这么好的媳妇儿得多疼着点儿。行了我走了，要不他一会该拿扫帚撵我了。”

“谢谢啊坤子，路上注意安全。”

坐在回家的出租车上，付坤拿出手机看了看时间，快一点了，他给付一杰发了条短信：睡了没？

付一杰的短信很快回了过来，等你呢，你不回了？

付坤：马上到家了。

把手机放回兜里，付坤靠在车座上看着前面的路，自己好像还真没喝醉过，也没体会过喝醉了以后被人伺候着是什么感觉。

不过自己要真喝成孙玮那样了，还真不知道谁会像卢春雨那样照顾自己，老妈肯定捏着鼻子说：“哎哟，这谁呀？不认识，快扔厕所里去冲冲水。”老爸估计就扔一句：“男人嘛，总得喝多个一两次……”

付一杰呢？

付坤想了半天，也想不出来付一杰会是什么样的反应，这小子不是个情绪外露的人，很多事没人能预先猜测出他的反应来。

付坤回到家上楼的时候，走最后两层时把楼梯跺得很响，他知道付一杰听到他脚步声会出来给他开门。

没等上到七楼，他听到了一串很轻的脚步声，接着就在楼梯拐角看到了付一杰。

“不用跺，我在阳台上待着呢，看见你了。”付一杰笑了笑。

“大冷天儿的跑阳台上干吗？”付坤放轻了脚步，“你别临回学校了再感冒一次。”

“你说马上回了啊，我就过去看看你还能不能走了，要走不了我就下去把你背上来，”付一杰说，“结果一看你健步如飞的，又没机会了。”

“那下回给你个机会，你还没背过我呢。”付坤拍拍他的肩，蹦着上了七楼。

以前拍付一杰的肩感觉很顺手，再小点儿的时候摸摸脑袋也挺轻松，现在拍两下肩感觉跟要抬手爬梯子似的了。

老妈每天看一次日历，很郁闷地计算着付一杰还能在家待几天，付坤虽然没跟着一块儿数，但还是觉得付一杰回学校的日子一转眼就到了。

这回付一杰自己去买的票，老妈说大巴不安全，他就买了火车票。

其实他很想让付坤再开车送他去学校，但开一天车实在太累，付坤每次开车前都会泡一杯浓茶，经过休息站停了车都得抽十分钟眯一会儿，他没舍得开口。

“有事儿给我打电话，”付坤送他到了车站，一路都没说话，他要上车了，付坤才交代了几句，“别想着什么事儿都自己处理，该告诉我的就说，知道吗？”

“知道了。”付一杰笑笑。

“这个拿着吧，”付坤递给他一张小卡片，“当书签用得了。”

付一杰接过卡片低头看了一眼就乐了，卡片上画着个只穿着内裤的小人儿正低头扯着自己的裤衩：“你这人怎么这样。”

“提醒你少喝酒，下回扑雪堆的时候看清了，”付坤在他背上拍了一下，“上车吧，到了给家里电话。”

“嗯，要带付小团子出去跑步，它那么小，不会咬你的。”

“……知道。”

付一杰是最晚一个回校的，拖着行李走到宿舍楼外边的时候，正好碰到蒋松从楼里晃出来。

“哎，回来怎么不告诉我一声，我好去接你啊，我闲得都准备去数蚂蚁了。”蒋松跑过来从他手上接了个箱子。

“从学校出去一趟跟逃难一样，算了吧。”付一杰笑笑，看了看一楼他们宿舍窗户，窗台上不知道谁放了盆小小的肉乎乎的绿色植物，“挺有情调啊，谁的花？”

“伍平山拿来的，挺漂亮，天儿一冷叶尖儿就变成红色的了，”蒋松在他前面走进了楼道。

宿舍里的人都在，全窝在床上聊天，看到付一杰进来，都从床上下来了，嚷嚷着要吃的。

付一杰带了俩箱子，一箱是衣服，另一箱全是吃的，他打开来把东西都放到了桌上：“自己拿吧。”

“哎，牛肉干儿！”许豪拿过一包拆了，“就爱吃这个。”

“你身上的肉都在呐喊。”伍平山笑了起来。

“都呐喊着——再吃一口吧，吃完这口再分别！”

“豪哥一个年过完又长秤了吧？”付一杰爬到上铺收拾自己的床。

“不知道，没敢称，我怕把秤踩碎了。”许豪笑着说。

伍平山也去桌子旁边找吃的，抬头看到刘伟，于是指了指桌上：“刘伟来吃点儿吧。”

“不了，垃圾食品少吃点儿好。”刘伟推了推眼镜。

“这些不算垃圾食品吧，”许豪边吃边说，“而且你从小到大就一口垃圾食品没吃过吗？什么薯片儿、炸……”

“没吃过。”刘伟打断了他的话。

“真的啊？”付一杰从上铺跳了下来，上上下下打量了一下刘伟，“那看来垃圾食品还真该多吃点儿。”

刘伟盯着付一杰没出声，估计是没听明白。

蒋松靠在伍平山床边笑了，过了一会儿才问了一句：“一杰，上学期考试的分儿你查了没？”

“没呢。”付一杰回答。

“我替你查了，”蒋松看了一眼刘伟，“牛啊。”

“有什么牛不牛的，”刘伟站起来拿了本书往宿舍外面走，“也就是个高中难度。”

“是吗？那你肯定比付一杰分儿高，他那个吃垃圾食品长大的脑子，对不对？”蒋松说。

刘伟没答话，甩上门走了。

“蒋松，你是不是查刘伟分了？”许豪躺在床上问。

“没查，谁有工夫查他的分儿，”蒋松伸了个懒腰，“你就看他那样儿就知道没付一杰考得好。”

“唉——”许豪拉长声音叹了口气，“真佩服付一杰啊，我能不挂科就满足了，这人一旦从高考状态里解脱出来，再想绷上就没那么容易了。”

“跟长肉一个道理。”付一杰把衣服一件件塞进柜子里。

“付一杰你有时候真能戳人要害，”许豪按着肚子笑了，“快再来戳我一下，让我下决心减肥。”

付一杰回头看了他一眼：“太厚了，戳不着啊。”

“你行！”许豪冲他竖了竖大拇指。

“还有没有？”伍平山很有兴趣地问。

“不用了，够了，”许豪从床上跳下来，“我去厕所舒畅一下。”

“把衣服脱了吧。”付一杰关好柜门。

“干吗？”

“本来就……再穿着衣服，完事儿了够不着怎么办。”

伍平山愣了愣，看着许豪笑了起来，许豪过去勒着付一杰的脖子：“付一杰同学你没完了是吧！”

付一杰笑着捏了捏许豪胳膊上的肉：“豪哥我错了。”

宿舍里虽然有个不怎么让人舒服的刘伟，但别的人都还不错，付一杰觉得前一段时间有些郁闷的心情一下好了不少。

这学期的课跟上学期没有太大区别，多了几个实验课，大家最感兴趣的大概就是解剖实验了。不过一节课下来，女生都没几个去吃饭的了。

付一杰还成，现在他们的解剖课不用动手，看着就行，他觉得还可以忍受，而且到饭点儿他就饿了，特别想吃炒饼。

“你还吃得下？”蒋松一脸嫌弃地看着他。

“不吃饿啊，”付一杰低头吃着炒饼，“你别老想着就行，要不以后的实验课你怎么上啊。”

“啊？”

“以后口腔解剖的时候你不得饿死啊，”付一杰看了他一眼，“快吃吧，吃完陪我去问问宿舍装网线的事。”

“嗯，”蒋松扒拉了两口炒饼，“咱们口腔解剖没那么恐怖吧？”

“还成吧，我听大二的人说是俩人一组半个头。”付一杰说。

“哎！”蒋松喊了一声，扔了筷子站了起来，“不吃了。”

付一杰笑了起来：“你自己要问的。”

宿舍楼下已经挂上了电信的箱子，不过楼里拉网线的宿舍不多，付一杰问了问价格，还算能承受，蒋松跟他一块摊了钱，宿舍里有电脑的就他俩。

付一杰本来不打算让蒋松出钱，反正蒋松不上课的时候都打工，还经常出去玩，在宿舍待着上网的时间真不算多，但蒋松的意思还是要出钱。

付一杰不在意地挥挥手：“咱俩一块儿用不就行了？跟我还算这么清？”

“话不是这么说的，我要没出钱，就蹭你的，那到时伍平山也蹭一蹭，许豪也蹭一蹭，刘大哥没准儿也要蹭蹭……”

付一杰想了想还是笑着说：“嗨，反正装都装了，宿舍里谁要用谁用呗。”

“是，都一个宿舍的，关系也挺好，人也不用多长时间，可这不是一天两天啊，攒一块儿就难受了，到时你怎么弄啊？”蒋松把钱塞给他，“拿着吧，你就是被你哥惯大的，什么都不懂。”

付一杰笑笑没出声，他的确是没想这么多。

网线弄好之后，连上电脑第一件事，付一杰就是上了QQ给老妈的那个“花仙子露露”的号留了个言。再给付坤发了条短信，告诉他网线装好了。

付坤很快地回过来：晚上视频玩。

付一杰笑了笑，回学校也没多长时间，算算也就一个多月，他看到付坤说视频的时候，一直被他刻意回避着的想念还是全都冒了头。

晚上吃了饭他就回了宿舍，上了网开着QQ，一边看今天的盘一边等着付坤上线。

许豪凑过来看了看，没两分钟就走开了：“这东西看多了头晕得很。”

“付一杰，你开始炒股了？”刘伟趴在桌上往他那个神秘小本儿上写着，抬头问了一句。

“嗯，试试。”付一杰看着屏幕应了一声。

“当心别赔了，不过新手都这样，你赔了也正常，赔多了就……”刘伟边写边说。

“豪哥！”付一杰没理刘伟，叫了许豪一声。

“到！”许豪在厕所里喊。

“来个口彩。”付一杰说。

“发！”许豪提着裤子出来了，把拉链一拉，露出了红色的内裤，“红红火火，大发特发。”

“谢谢。”付一杰笑笑。

伍平山拿着饭盒回了宿舍，进门就问：“唉，你们知道二年级的那个陆语萌吗？”

“陆语萌？”付一杰愣了愣，脑子里完全没印象，他到现在了连自己班上的女生都认不全。

“知道啊，挺漂亮的，”许豪一听这名字就来劲了，“笑起来特别甜，不说她是咱系主任的闺女吗？”

“这个不清楚，”伍平山放下饭盒，“我就知道这学期开始她差不多天天都能收到同一个人的匿名情书，一天一封。”

“哪个哥们儿这么有情调？”许豪瞪大了眼睛，“那陆语萌什么态度？女生碰上这种事都特好奇吧？”

“也不见得，今儿听说都发火了，说碰上变态了……”伍平山笑笑。

“也是，陆语萌追求者太多，这事大概也就剩下添堵的功能了。”许豪啧啧地点点头。

“屄人用屄招，”蒋松换衣服准备去打工，“还指着欲擒故纵呢，可惜没了解清楚陆语萌吃不吃这套。”

付一杰没说话，把笔记本电脑放到旁边，下了床想去喝水，匿名情书都匿得让人姑娘骂变态了，这文笔得次得多天怒人怨啊。

下床的时候他没站稳，撞到了旁边不知道什么时候蹲在对面下铺的刘伟。

刘伟正蹲在那儿收拾他的鞋，被撞了一下之后回过头瞪了付一杰一眼。

“不好意思。”付一杰说了一句，拿了杯子倒水。

刘伟一共四双鞋，一双皮鞋基本没穿过，两双球鞋轮着穿，但从来没洗过，都变成灰色了，还有一双拖鞋。付一杰实在不明白，就这四双鞋，他每天都蹲那儿整理个什么劲儿。

不过今天刘伟被撞了一下居然没有发表任何意见，挺让付一杰意外的。

“一杰，你借我用下 CD 机行吗？”许豪手上拿了张碟走到付一杰身边问。

“嗯，”付一杰看了一眼他手上的碟，爬到上铺把自己的 CD 机拿了下来，

“张国荣啊？”

“我挺喜欢听他歌的，今天借了张碟想听听。”许豪笑笑。

“有什么好听的，”刘伟整理完鞋，坐到了床上，拿着本书翻开了，“这人脑子有病。”

付一杰拿着CD机的手轻轻颤了一下，正在换鞋的蒋松也停下了动作，转头往刘伟那边看了一眼。

“这话就不对了，我们就听听歌，唱得挺好听的啊，听歌就行了……”许豪拿过付一杰手上的CD机回到自己床边准备听。

“就是有病。”刘伟皱着眉说。

“滚蛋。”蒋松突然说了一句。

屋里几个人都愣了，刘伟也抬起头有些吃惊地看着他。

蒋松一直没事就会呛刘伟几句，但从来没有这么直白地骂过人。

“你怎么骂人？”刘伟提高了声音，“我说他有病，关你什么事！”

“我也有病，”蒋松走到他床边看着他，“你有种再骂一句试试！”

“蒋松，”许豪赶紧蹦过去拉了拉他，“这是干吗呢？咱不赌这个气，算了。”

“算个屁的了，”蒋松还是盯着刘伟，“我没赌气，我就是有病！刘大哥这话我就不爱听，我看他敢不敢当我面儿再说一次。”

刘伟捧着书半张着嘴跟蒋松对视了半天，总算是回过神来了，站起来把书往桌上一扔：“我看你就像！付一杰也是！”

这话一说出来，蒋松立马冲过去就抬起了腿，“你还有完没完了！说我就算了，你扯付一杰是什么意思？”

“蒋松！”付一杰伸手一把拽住了蒋松，很快地用膝盖往蒋松腿上顶了一下，把他抬起来的腿压了回去。

“怎么，你还想动手啊！”刘伟看起来挺激动，“这两人都有病，咱宿舍里的人都要小心了，跟这样的人住在一个屋里！”

付一杰拽着蒋松的胳膊打开门把他推了出去，边说：“别看他了，看一眼能吐三年。”

蒋松被付一杰拽出了宿舍，一直拽着他到了楼后的小路旁边才撒了手。

“唉，”蒋松揉了揉自己的胳膊，“你什么时候这么大劲儿了？”

“就你这样的我一只手都不费劲，”付一杰看了看四周，“你干吗呢？你还想揍他啊？”

“揍他算轻的，平时就觉得他嘴欠，没想到能欠到这个层次！”蒋松狠狠地骂了一句，从兜里摸了烟出来点上了，“你拦着我干吗？这种人就得抽得他再不敢放一个屁。”

“不管他有没有理，你要真动了手把这事闹大了，你都落不着好。”付一杰看着他，“真要收拾他，不在乎这一会儿。”

蒋松叼着烟皱了皱眉：“我怕他出去乱放屁，莫名其妙还扯到你身上。”

8

蒋松说自己有病的事，宿舍里别的人都没当回事，就刘伟一连好几天看到蒋松和付一杰都阴着个脸，跟他俩欠了他一百万似的。

蒋松没多理他，每天照样跟以前一样，该上课上课，该打工打工，偶尔还是会跟朋友出去吃饭喝酒。

付一杰也没多说什么，还是埋头看书，在上课泡图书馆和去大二蹭课之外，还多了一件事，就是看盘。

以前伍平山和许豪有时候还会主动跟刘伟说说话，现在也不说了，刘伟在宿舍里变成了空气，除非他主动开口，要不就没人理他。

“谁知道他还会说出什么让人别扭的话来，”许豪吃饭的时候挺不爽地说，“我是被他冲得实在受不了了，你说都是埋头读书的人，他跟付一杰性格怎么差那么多？”

“大概跟成长环境有关系吧，”伍平山小声说，“之前那个新闻里不是说有个男生……”

“快别说了！”蒋松啧了一声，“当心刘伟晚上把咱都剁了。”

“他剁我可能要费点劲儿，”许豪捏捏自己肚子上的肉，“得好几刀。”

付一杰笑了起来，也捏了捏他的肉：“这也算防护服了吧。”

“一杰，你不是不知道哪个是陆语萌吗？”蒋松突然说，冲付一杰身后抬了抬下巴，“那个就是，穿蓝色裙子的。”

付一杰回过头，看到身后刚走进食堂的几个女生。穿蓝裙子的那个个子很高挑，挺漂亮，属于长得挺张扬的那种，放人堆里一眼就能看着，这样的女生，付一杰都快两学期了才把人和名字对上号，他都觉得自己真够牛的了。

陆语萌往这边扫了一眼，跟付一杰的目光对上了，她没有回避，挑着眉冲付一杰笑了笑，付一杰愣了愣，也冲她笑了笑，转回了头。

他一回头，就看到了刚在对面桌坐下的刘伟，心里一阵不舒服。这人自打上回在宿舍吵了几句以后就不跟他们一桌吃饭了，每天自己坐在另一桌吃，但是又不离远点儿，就隔一两张桌子，时不时就能瞅见。

看一眼吐三年呢。

付一杰低下头扒拉着菜，没再往刘伟那边看。

刘伟在宿舍不太说话之后，付一杰觉得安静了不少，他准备六月考四级，每天除了计划内的那些事，又开始埋头看四级的资料。

“你说你当初考个硕本连读多好，”蒋松躺在床上抱着笔记本电脑跟人聊天，“你这天生就是读书的料。”

“七年太长了。”付一杰盯着书。

蒋松看了他一眼，估计是没太明白他这句话的意思，不过也没再问。

下午没课，宿舍的人都猫着没出去，付一杰正对着四级资料奋战的时候手机响了，他拿起来看了一眼，愣了愣：“老张？”

老张是他们的辅导员，一个研究生毕业没多久的大龄女青年，性格挺开朗，大家都管她叫老张，但付一杰跟她接触不多，不知道她找自己干什么。

老张也没说什么事，只让付一杰去她办公室。

“老张找你？”蒋松也觉得挺奇怪。

“嗯，我去看看，不知道什么事。”付一杰穿上外套。

“肯定是好事，”许豪耳朵里塞着耳机，声音挺大，“没准儿是要让你下学期进学生会……”

付一杰过去扯掉他一个耳塞：“做梦呢你。”

走出宿舍关门的时候，付一杰看到一直坐在窗边写东西的刘伟抬头看了他一眼。

老张在办公室门外站着，看到付一杰跑过来，招了招手：“走走。”

付一杰跟在她旁边走出了办公楼，一直走到学校操场上了，老张才开口说：“今天找你出来也没什么，就是有些事想跟你了解一下。”

“什么事？”付一杰问。

“我这有封信，系里转给我的，我不能给你看，但可以把内容转述给你，我也想求证一下，”老张拍拍自己大衣兜，“内容挺敏感的，是你比较私人的问题。”

老张说的时候很平静，眼睛一直盯着操场上正在跑步的人，但这话在付一杰心里却像是掀起了一阵台风。

他压着心里的翻腾，把脸上本来也同样平静的表情换成了诧异：“我没听懂。”

“说你和蒋松……你俩的关系……本来这是个人私事，我的态度很明确，我认为系里也不应该干涉，”老张转过身跟他面对面地站着，“但信上说，你和……蒋松同学，不太注意影响……”

“我和蒋松？”付一杰简直不知道该说什么了。

傻子都能知道，写信的人是刘伟。

刘伟为什么会用这么低劣明显的手段，付一杰能猜出来，刘伟不在乎当事人能不能猜到是他干的，就算猜到是他，也没有他写信的证据，他只是想让系里知道这件事。

付一杰一直只觉得刘伟这人嘴欠，性格有缺陷，没想到他会这么狠。

“因为说是影响到他人了，如果是这样，我就得了解一下情况，也因为信里主要提到的是你，所以我就先找你聊聊了，”老张拍拍他的肩，“你不要有压力，只是我们两人之间的谈话而已。”

“了解什么？了解我是不是？有没有跟蒋松怎么样？影没影响别人？”付一杰皱着眉，脑子里飞速地转动着。

这件事不能承认。

这不是有没有勇气能不能正视自己的问题，这是……被人算计了给自己留出后路。

付一杰突然很庆幸老张是先找的他而不是蒋松，要不以蒋松的性格，估计会把他推开，所有事都往自己身上一揽就完事儿了。

“姐，”付一杰吸了一口气，调整好自己的语气，“我不知道写信的人是怎么想的，误会还是造谣，我不确定，但我和蒋松，都不是。”

“啊……”老张应了一声，似乎是松了口气。

“之前宿舍里因为听张国荣的歌，有人起过争执，这里可能有误会，你可以再找宿舍的同学了解一下具体情况，”付一杰咬咬嘴唇，“另外，既然有人这么负责地写了这样的信，我也说说我的想法。”

“嗯，你说。”老张点点头。

“至于证据，如果因为这样一封空口胡说的信就来找我谈话，让我很不舒服，我跟蒋松小学的时候就认识，我跟他关系好没什么奇怪，如果这样就可以说我们……”付一杰顿了顿，“那么我请求追查写信造谣中伤的人，要不我改天也写封信给校办，说咱们系陆主任作风有问题好了。”

老张愣了愣笑了起来：“好了，我会再了解一下情况的，我也觉得这信本身不太可信，只是提到了影响同学，我才会找你谈谈的，我也希望你能明白我的态度。”

“我明白。”付一杰点点头。

“你先回宿舍吧，”老张拍拍他胳膊，“别影响心情啊。”

“不会。”付一杰笑笑，转身走了。

付一杰回到宿舍时，只说老张找他随便聊聊，老张经常找人谈心倒是大家都知道。

别的他没有多说，大家也没谁追着问，只有刘伟一直看他，脸上有些说不清是期待还是紧张的神情。

付一杰一直没再说这件事，直到晚上吃完饭，他才在蒋松出了宿舍去打工的时候，给蒋松发了条短信：后山等我。

过了快半小时，付一杰才拿了本书走出了宿舍。

蒋松在后山小路旁边缩着，看到他立马蹦着过来踢了他一脚："你是睡了一觉才出来的吗？我都快坐化了。"

付一杰笑笑，把今天老张找他去聊的事说了出来。

蒋松吃惊地愣了半天才压着声音骂了一句："刘伟这是要干吗？这是想造谣把谁给开除吗？"

"他想干什么不用管，"付一杰拉了拉蒋松的衣领，把他拽到自己面前，"我就跟你说，老张如果找你问，你说自己不是。"

"凭什么？我怕他吗！"蒋松拧着眉，"毁人前途这种事他都干得出来！"

"这事不能说，你要说是了，这事儿就没完了，你听我的行吗？"付一杰松开手，"无论老张会不会去查是谁造谣，我们必须要让这事就是造谣，哪怕他只造了一半的谣，这种时候也不能承认，他必须坐实了造谣的事实。"

蒋松没说话，过了一会儿才说了一句："付一杰，平时真没觉得你这么多心眼儿。"

"别惹我我就什么心眼儿都没有，"付一杰转身往教室走，"我去上自习，你记着老张问你的时候冷静点儿。"

"知道了，我不是我不是我不是我不是，"蒋松跟在他身后小声说，"今儿我看到陆语萌还动心了呢，这行了吧。"

付一杰乐了："你这人真没治了。"

付一杰拿着书走到教室外面时，突然觉得没什么心情，于是又转身慢慢溜达到操场边的看台上坐下了。

从听到老张说信的内容开始一直到刚才，他一直都是紧绷着的状态。

现在坐了一会儿，他才慢慢放松下来，开始觉得有些后怕，也觉得很累。

他不得不紧张地面对很多事。

为什么？

为什么他会有这样一条会随时被人抓住的尾巴？为什么会有这样一处软肋？为什么会有那么一个害怕别人眼光的弱点？

哪怕刘伟并没有证据，只是猜测，可仅仅是这种带着厌恶的猜测，也同样让他觉得痛苦和疲惫。

他跟老张说出那些话的时候，是什么样的心情，他没办法再去回想，他镇定中带着再自然不过的愤怒，告诉老张：我不是，有人造谣。

他不得不把自己埋起来，用谎言和表演来掩饰自己，镇定自若地再次否定了自己。

为什么？

手机响了，付一杰拿出来，看到了付坤的名字。

“哥。”他接了电话。

“没在宿舍吗？”付坤的声音传了过来，“我刚上 QQ 找你呢，你没在线。”

“我上自习，”付一杰闭上眼睛，付坤的声音让他感觉到暖意，只有听到付坤声音的时候他才能一点点松弛下来，“你到家啦？”

“嗯，你没事儿吧？我怎么听你说话这么没精神呢？”付坤问。

“没事儿，”付一杰站了起来，顺着跑道慢慢走，“大概是有点儿累了，我六月不是要考四级嘛，也没多久了，复习挺紧的。”

付坤在那边沉默了一小会儿，开口轻声说：“一截儿，你应该不是因为一个四级复习就会累的人啊，你要有什么事儿就跟哥说，你不是答应过我吗，有什么事儿不自己扛着。”

付一杰笑了笑没说话，大大咧咧的付坤总在关键时刻特别敏感。

“也没什么，就是……”付一杰犹豫了一下，“就有人说我不正常……”

“什么！”付坤小声喊了起来，“谁？”

“听我说啊，”付一杰赶紧一连串地说，“他猜的，就我以前跟你提过的那人，你说送个萝卜给他的那人，他那人不一直怎么说话让人烦他就怎么说嘛……”

“他没事儿说这个干吗？他活腻味了吧？”付坤压着声音。

付一杰把事情大致说了一下，突然觉得心里一下踏实了：“这事没根没据的，说了也不会对我有什么影响，就是有点儿郁闷。”

“我下个月去看看你吧，”付坤突然说，“下个月我进夏装，进完货我休息两天，过去看看你？”

“我挺好的，真的，你不用担心，你要老这样，我以后哪敢跟你说什么啊，”付一杰蹲在跑道边上，一想到付坤开一天车过来待一夜又开一天车回去就挺心疼的，“大老远地跑一趟，下个月过完我都该放暑假回家了。”

“真不用我过去？”付坤问。

“不用。”付一杰咬咬嘴唇。

付坤沉默了一会儿：“哎！你赶紧念完了毕业吧，隔这么老远有点儿什么事我就能着个急，什么也干不了。”

“你还想干吗啊，”付一杰笑了起来，“过来揍他吗？”

“揍他个屁，我直接过去找个老乡领俩孩子上你们学校抱着他的腿叫老公！”付坤捏着嗓子憋着声音，“老公，你想上大学也不能扔下我们娘仨啊……”

“吓死我了，”付一杰乐得不行，之前烦闷的心情淡了不少，“这能有人信吗？”

“我管有没有人信呢，反正闹完了他就火了，谁知道是真的是假的，”付坤啧了一声，“再把小传单一撒，现代陈世美丧天良泯人伦，始乱终弃抛妻弃子枉为人。”

“付坤，”付一杰笑着揉了揉自己的脸，“你挺有文采的啊。”

付坤连着啧了好几声：“这话说得，你现在也就比你哥多念了一年书，学着点儿！要不要我再给你来两句？”

“不用了不用了，”付一杰笑着说，心里顿时又是一阵强烈的想念，“哥。”

“嗯？”

“我真想你。”付一杰轻声说。

付坤那边突然没了声音。

正当他想直接挂掉电话的时候，付坤笑了笑：“挺住！”

“啊？”付一杰愣了愣。

“挺到放假啊，你现在就快不行了，到暑假还不得嗝儿屁了啊。”付坤叹了口气，“那天你给妈打电话说想她了，她跟我这儿美了一天，明天我可算能扬眉吐气了，我弟也想我了……不过就爸惨点儿，要不你过几天也想想他呗。”

“好说。”付一杰笑了，站起来活动了一下腿。

付坤轻轻松松就这么化解了他的尴尬，也把话这么不露痕迹地转了过来，谁说付坤傻呢？

付一杰回到宿舍的时候，宿舍里只有刘伟一个人，他推门进去的时候，刘伟正蹲在床前整理鞋子，门打开的时候，他猛地跳了起来，就跟蹲野外拉屎被人看见了似的。

这动静把付一杰都吓了一跳：“你埋地雷呢？”

刘伟没说话，躺到了床上。付一杰也没再理他，宿舍里只有他和刘伟俩人这种感觉很别扭，他直接洗漱完了爬上了床，抱着笔记本电脑打算看看盘。

他把笔记本电脑放在床上，今天宿舍里有人，他就没把笔记本电脑锁柜子里，但开机的时候他摸着感觉有细微的温度。

有人动过他的笔记本电脑。

付一杰用余光扫了扫刘伟，刘伟躺在床上，举着本书在看。

笔记本电脑里他没存什么东西，就有些整理出来的听课笔记，几个炒股的软件和一个 QQ。

付一杰看了看，软件什么的一切正常，似乎没什么变化，他又随手点开了 C 盘，看了几眼之后发现了不对。

硬盘里的隐藏文件全都显示出来了，付一杰没有把什么东西隐藏过，他根本不会在电脑里留下任何需要隐藏的内容，但他电脑设置一直是不显示隐藏文件。

有人把隐藏文件显示了。

付一杰狠狠地捏了捏手指。

有时候要等个合适的机会真的需要耐心，付一杰用了差不多半个月的时间，才终于等到了。

中午吃完饭，刘伟去图书馆查资料，宿舍几个人打算一块儿去网吧玩玩。

几个人的机子没挨在一块儿，蒋松跟许豪伍平山要玩CS，付一杰说不会，开了网页胡乱转着。半小时之后，他悄悄地起身离开了网吧，几个人玩得正投入，没人注意到他。

付一杰回了宿舍，宿舍里没人，他走到刘伟的床前，蹲了下去，往床下看了看。

床底下除了那四双鞋，只有两个盆儿，没看到别的东西。

付一杰皱皱眉，没有谁会每天把自己四双鞋来回拿出来看看又放回去，他犹豫了一下，手往床板下摸了过去。

床板不平，一块高一块低的，他的手指一路摸过两块床板，碰到了一个东西。

他迅速跪在地上，够着头往里看了看，一个牛皮纸的大信封用同色的胶带粘在了床板下，如果不是这样跪着，根本不会有人看到这个一眼就能看出放了东西的信封。

付一杰伸手从信封开口摸进去，抽出了一个小本子。

是刘伟的日记本。

195

第四章 · 勇气

1

付一杰没有马上看刘伟的日记，他把日记本和自己的书本夹在一起，放进了一个袋子里，拎到自习教室占了个座，然后跑着回了网吧。

蒋松他们几个还在网吧里酣战，付一杰前后不到半小时的消失没有被任何人发现，他加入战局玩了两把，把蒋松害死两回，然后几个一块儿出了网吧去找东西吃。

“付一杰请客，”蒋松将胳膊搭到付一杰肩上，“你说你这么好用的脑子，一玩游戏怎么就跟脑浆子被烤干了一样呢？”

“那你放暑假了找我哥玩去，”付一杰笑笑，“他脑子就为玩游戏长的。”

“不敢，”蒋松啧了一声，付坤小学的时候玩游戏就已经让三小那一片的游戏厅老板闻风丧胆了，“你哥现在还有空玩吗，他脑子现在应该是为赚钱长的了吧？”

“晚上回家会玩，要不就画画……”付一杰低下头看着脚下的柏油路，付坤趴桌上咬着笔画画的样子在他眼前掠过，他笑了笑。

“怎么一提你哥你就这样。”蒋松突然在他耳边很小声地说了一句。

“哪样？”付一杰吓了一跳，但语气还是很平静。

“要不就特兴奋，要不就特恍惚，”蒋松笑了笑，搭在他肩上的胳膊拿开了，往前一指，“火锅吧！”

付一杰摸了摸自己的脸，心想：是吗？

吃完火锅，四个人回宿舍，一进宿舍就愣住了。

刘伟站在宿舍正中，脸上的表情有些扭曲，地上散落着不少书和本子，几张床铺都被翻乱了，许豪的柜子没锁，也已经被拉开了，里面翻得一团糟。

“这是怎么了！”许豪喊了一声，“进贼了？”

刘伟抬起头，目光有些散乱地瞪着他们几个人：“不知道，我有东西不见了。”

“找着没？”蒋松过去拎起自己的被子抖了抖，被子估计之前被扔到过地上，上面有一大块灰印子，他拍拍被子，“在我们的床上找到了吗？”

“丢什么了？”伍平山问刘伟，这一屋子被翻得乱七八糟的，他忍不住皱了皱眉，“这是贼翻的还是你找东西弄的啊？”

“付一杰，”刘伟突然看着正踩着梯子检查自己上铺的付一杰，“是不是你干的？”

“我干什么了？”付一杰回过头，莫名其妙地问。

“你下来！”刘伟突然冲过去，抓着付一杰的衣服就往下扯。

这动作把几个人都吓了一跳，蒋松跳起来过去推他一把：“你把话说清楚，想动手一会儿我陪你！”

许豪从背后勒着刘伟的胳膊把他扯开了：“你丢什么了？你说清楚了啊，我们四个一下午都泡一块儿呢！”

“不可能！”刘伟眼睛瞪得很大，全是血丝，拳头捏得很紧，死死盯着付一杰，“我中午去吃饭的时候还在的，从图书馆回来就没了！有人拿了！就是付一杰！你这个小偷……”

刘伟的话没有喊完，付一杰过去抬手一个耳光抽在了他脸上，他踉跄着还没反应过来，已经双脚离地被付一杰揪着衣领按在了墙上。

屋里的人全都静了下来，刘伟的脸憋得通红，嘴唇哆嗦，想要狠狠地扳开付一杰的手腕。

“你说话注意点儿，”付一杰声音不高，但一字一句说得清楚冷静，“你要是觉得我有什么地方做得不对就说，这样莫名其妙地骂，只会让人觉得你智商撒手人寰了，泼妇还知道找个重点呢。”

“把你们的柜子打开！”刘伟挣扎着吼了一声，“我要看你们的柜子！”

“凭什么？”付一杰盯着他看了一会儿，突然松开了手。刘伟跌跌撞撞了好几步，靠在了旁边的床架上。

付一杰走到柜子旁边，看到了柜门上有一个不知道被什么东西砸凹了的小坑，估计是刘伟干的。宿舍都是铁柜子，付一杰柜子上的锁又是付坤专门买来换过的，想弄开不容易，这个坑不知道是刘伟用什么东西砸的，看来他是急了。

刘伟扑过去，在柜门上狠狠拍了几下：“你打开！肯定是你拿了！要不就是蒋松！”

伍平山在旁边站着，有点看不过去了：“刘伟，你到底丢了什么？”

“我……”刘伟脸上的肌肉抽了几下，“我丢了很重要的东西……肯定是你们拿了！付一杰拿了！”

“你能不能说重点，问你丢了什么很重要的东西！是你的传家宝啊，还是你的护裆裤啊！”蒋松关上宿舍门，很不耐烦地说，“你说是谁拿了的证据呢？这是私人物品，不是你张嘴嗷嗷几声就得让你乱翻的！”

“就是很重要的东西，”刘伟的声音突然低了下去，“中午还在，我回来就没了，就没了……”

“我们几个吃完午饭就在一起，在网吧待了一下午，然后一块吃了饭回来的，你怀疑得太没根据了，”伍平山轻轻叹了口气，“这样不太好吧。”

刘伟没再说话，突然转身冲出了宿舍。

“他到底丢什么了？”许豪愣了半天才总算说出一句话来，“他跑出去不会是去自杀吧！”

“谁知道呢，神经了！他有什么东西可丢的，”蒋松弯腰把地上的书一本本捡起来码回桌上，“你也不用担心他去自杀，他没那个胆儿。”

付一杰没说话，一起收拾着满地的东西，再打开柜子往里看了看，伍平山也看到了他柜子上的砸痕，拍拍他的肩：“这人估计急出毛病了。”

“没事儿，”付一杰笑笑，锁好柜子，拿了本书往外走，“我去自习。”

付一杰一直觉得刘伟的日记本上会有些见不得人的东西，但应该没有什么太出格的内容，在他印象里刘伟就是个说话做事永远都跟别人错着一格的人，再加上嫉妒和变了味儿的自尊……

不过看到刘伟刚才的表现，日记本里的内容估计比他想象的更要丰富多彩一些。

在自习教室里坐下之后，付一杰拿出了那个本子，翻开开始看。

付一杰第一反应是刘伟的字写得还不错，比自己的强多了。

付一杰看了看第一页，第一页没什么内容，只写了个日期。

然后是第一篇日记，是刘伟到校第一天写的。一开始就说了说终于考上了理想的大学，心情不错，以后要出人头地什么的，还算正常，往下就有些让付一杰不舒服了。

刘伟对班上尤其是宿舍里的同学非常不满意，付一杰是个没有素质的人，明明看出了跟他一起来的是他爸，偏偏还要故意问一遍："这是你爸？"就是看不起他家里穷，他爸穿得寒酸，故意刺激他。

这段让付一杰很吃惊，他对刘伟他爸已经没有什么印象，只隐约记得他爸穿得很朴素，普通农民的样子，自己老爸、老妈也就是公交公司的普通员工，家里经济条件也很一般，也有过很困难的日子，付坤甚至选择了放弃大学，他怎么可能看不起穷人？

除了付一杰，刘伟对宿舍里谁也都没有好印象，字里行间都能看出他认为大家都看不起他，故意吃他吃不起的东西，买他买不了的东西……还有蒋松那个整天不回宿舍在外面瞎混的，一看就不是个好东西。

许豪就知道吃，这种人是不会有出息的，伍平山说话慢吞吞，智力肯定低下！

付一杰往后翻了翻，日记并不是每天都记，但每次写的内容都差不多，他周围都是垃圾，而且他是一个被垃圾们恶意排挤和伤害的人。

自从那天的"事件"之后，蒋松和付一杰就是他日记一提就会骂的人，付一杰长那个样子，一看就是不正常！蒋松成天在酒吧打工，肯定也是个混子！

他必须要全力以赴地学习，用成绩压倒这些在金钱上看不起他的垃圾。

但是……

有人坐到了付一杰没多远的地方，付一杰暂时合上了本子，拿了本系统解剖学的书慢慢看着。

付一杰似乎有些明白刘伟从一开始就看他不顺眼的原因，他没有非争第一不可的习惯，但他有学任何东西都认真下功夫的习惯，他的成绩一直不错。

他没想到他的成绩、他的笔记本、他请客吃饭的钱、付坤给他买的那些衣服，全都让刘伟不爽。

刘伟的日记付一杰没有看得太细，毕竟刘伟再讨厌，这些也是这个人的私事，付一杰看得并不坦然，而且这些内容他也没什么兴趣，刘伟心里对同学各种没根据的不满和抱怨并不是他需要的，这顶多就是个内心不太光明又想得太多的人而已。

付一杰甚至觉得这个人有些可怜，这样活着得多累啊，每天脑子里想的都这些阴暗潮湿长青苔的东西。

直到往后翻到这个学期的日期时，付一杰才在这些抱怨中看到了一个女生的名字。

陆语萌。

刘伟对陆语萌的印象很好，他寒假结束返校时，饭卡落在食堂桌上了，陆语萌追出来还给了他。

他认为陆语萌是他暗无天日、被压迫生活中的“一缕清新的春风”。

陆语萌这种性格开朗又很张扬的校花级别的女生会把饭卡送还给他，一定是对他有不一样的看法。

不过相比之下，对于陆语萌他爹，也就是他们系的陆主任，刘伟没有这么好的印象，莫名其妙地就把他归为了因为看不起他所以必将棒打鸳鸯的恶人行列里，还幻想出了在他学业有成出人头地之后陆主任必将求着他娶陆语萌的情节。

但相比这些，让付一杰吃惊而又一阵阵反胃的，是刘伟对想象出来的他和陆语萌的各种亲密描写。

付一杰胃里翻腾着，他慢慢合上了日记本。

之前对刘伟的那一点可怜顿时化为了胃酸，他拿起杯子灌了半杯水才缓过劲来。

自习结束之后，付一杰回到宿舍，还没见到刘伟的人影，他把日记本放到了自己枕边一摞书下面，洗漱完了就睡下了。

付一杰躺下之后都不愿意脸冲着那摞书，老觉得犯恶心。

刘伟回宿舍的时候，已经没有了之前的激动的情绪，有些发蔫，一言不发地在床边坐了很长时间，熄灯之后他一直翻来覆去，半夜了都还能听到他翻身的声音。

刘伟这个状态别说多久，一个月就能把他熬得够呛了。

第二天付一杰去超市买牙膏的时候坐了两站地的车，到建筑学院后面的一家复印店里把刘伟计划给陆语萌写匿名情书和每次写之前的构思，包括为了不让人认出来他都会用左手再抄一遍的那几页复印了下来，那些对陆主任的评价和让人作呕的描写，他复印在了另一张纸上。

他没有带日记本回去，都撕碎了扔进了路边的垃圾箱。

那两份复印件，付一杰一直放在随身带的书包最下面，他还不打算用。

他知道这些东西如果曝光，对于刘伟的打击会有多大，不把他逼急了他不会这么做。

对于他来说，刘伟自从丢了日记本之后愁云惨淡、忧心忡忡的样子差不多能让他慢慢欣赏一段时间，也能让宿舍消停一阵了。

内心的煎熬和不断警惕着日记内容会在什么时候、什么情况下突然爆出来的恐惧，是对刘伟最大的折磨。

差不多一个月的时间，刘伟都像丢了魂一样，每天晚上睡不着觉，看人的眼神都一直是回避躲闪着的，经常坐着发呆，谁动作大一点儿或者是弄出点声响来都能把他吓得从椅子上跳起来，在宿舍也不再说话，晚上也不再趴桌上嘶唰写了。

不过也不是不唰唰了，付一杰几次看到他上课的时候还是在唰唰的，陆语萌也依旧会定时收到匿名的情书，这些每次都被陆语萌撕碎了扔到垃圾桶里的信，内容越来越狂热，据说称呼已经从“陆语萌同学”变成了“我生命里唯一的阳光”，落款从“一个你不认识的人”变成了“一个永远默默注视着你的人”。

除了每天看着刘伟强压着心里的不安，偶尔能感受到刘伟带着怒火的目光之外，付一杰的生活节奏没有改变，刘伟的匿名信没有对他造成实质性的伤害，他暂时没有进一步的打算，再说时间上逼得太近，会太明显。

还有不到两个月的时间就是四级考试了，虽说考四级对付一杰来说没有压力，他还是全力投入了复习，他不是那种凑合过了就行的人，他会争取拿到自己能拿到的最高分。

“哎，最近刘伟是不是出什么事了啊？熬得人都有点儿脱形了，看着真吓人，”许豪趁着刘伟没在宿舍的时候问了一句，“跟骷髅绷了层皮似的。”

“那叫皮包骨头，不过我也觉得他现在都不乱说话了，”伍平山站在窗边，“也挺好，他原来那样真的很让人烦。”

“会不会跟上回他丢的东西有关系？”许豪想了想，“要真是让人偷了，我得谢谢那人，他最好就一直这样，省得我们每次聊不了两句就让他扫了兴。”

“他没像上回那样瞎往系里举报付一杰或者咱们宿舍的人偷他东西就不错了，”伍平山叹了口气，老张找宿舍的人了解过那天吵架的内容，他们都知道了有人往系里写了信的事，虽然因为信是打印的，没法确定是谁写的，但大家心里都很清楚，“要不我们真该申请要求他换宿舍了，305 有个人老不洗袜子都被换宿舍了，咱宿舍挨着个定时炸弹还过了一年。”

“咱宿舍人脾气都好，他要在别的宿舍早被揍了。”许豪啧啧了两声。

“我要揍来着，”蒋松趴在床上玩游戏，“不是让付一杰同学拦住了吗？”

“付一杰典型的品学兼优，当然会拦你，他那天会抽刘伟一巴掌我还挺吃惊呢，”伍平山笑了笑，“不过还真是解气，他不抽我也想抽了。”

付一杰笑了笑没说话，蒋松看了他一眼也没出声。

2

连着一个多月，刘伟都是那个状态，付一杰已经没兴趣再欣赏，宿舍里的人也差不多都忽略了他的存在。

天已经暖了，考完四级之后的暑假，是付一杰现在最大的期待。

蒋松拉着他说去市里逛逛买点衣服，他也想去转转看有什么能买给付坤的礼物，于是下午没再去图书馆待着，跟蒋松一块儿挤公交车进城。

“一会儿请你吃东西，想吃什么先想好。”蒋松和他挤到车尾找了个地方站下之后说了一句。

这话让付坤瞬间想起小学的时候，蒋松抱着书包站在教室门口说“付一杰，我请你吃东西”时的样子，忍不住乐了：“什么都吃吧，街这头吃到那头好了。”

“成。”蒋松笑了笑。

他们的目的地是百货大楼，先逛百货大楼，然后以百货大楼为圆心向四周扩散着逛，馋了就吃。

车刚进市区，离百货大楼还有好几站，付一杰的手机响了，他费了半天劲把手机掏出来，看到是许豪打来的。

“豪哥，要带东西？”付一杰接了起来。

“一杰你是不是跟蒋松一块儿呢？”许豪声音很大地喊着。

“是啊，你找他？”

“我找你们俩，快回宿舍，出了点麻烦事。”

宿舍进了贼，刘伟最先发现，他夹在书里的五百块钱没了，他在宿舍里一通嚷嚷，接着伍平山和许豪都发现自己放在宿舍的钱丢了，伍平山丢了二百块，饭卡也不见了，许豪是丢了四百多，加上买了还没来得及充值的一百块电话卡。

刘伟很激动，叫来了学校保卫科的人要求调查。

付一杰和蒋松赶回宿舍的时候，保卫科的人还在宿舍里站着，他俩刚一进门，刘伟就喊了起来：“快看看你们有没有丢钱和值钱的东西！”

“我没什么可偷的……”蒋松拉开自己的抽屉检查着。

付一杰看了刘伟一眼，刘伟已经一个月没有正常说过话了，这会儿突然这么热心友好地招呼他们检查自己的东西，让付一杰觉得很别扭。

他不清楚刘伟这是什么意思，但保卫科的人也在，他没多说什么，过去翻了翻自己床上和抽屉里的东西。

“哎，”蒋松突然很低地叫了一声，“我耳机呢？”

付一杰一愣：“耳机没了？”

“怎么？你也丢东西了吗！丢耳机了？还有什么丢了的再看看！”刘伟凑了过来，有些激动。

“怎么我丢东西了你很雀跃啊，跟我这儿找平衡呢？”蒋松很不客气地推开了他，跟保卫科的人说，“我耳机没了，别的东西好像没少。”

“一杰你呢？”许豪问了付一杰一句，全宿舍都丢了东西，加一块儿价值不低了。

付一杰仔细地检查了自己的抽屉和放在床上的包，发现自己的东西似乎什么也没少，也没有任何被动过的痕迹，他猛地明白了这是怎么回事。

“我什么也没丢。”付一杰从上铺跳了下来。

“就你没丢？”刘伟说，又加重语气重复了一遍，“我们四个都丢了钱，就你什么也没丢？”

“嗯，我什么也没丢，我的钱也没放在宿舍。”付一杰看了看保卫科的人。

刘伟很大声地冷笑了一声：“真是运气好啊。”

“你什么意思！”蒋松指着他。

“我能有什么意思，为什么就他一个人什么也没丢？”刘伟有些反常地激动，“我现在就怀疑是付一杰偷了宿舍人的钱！”

保卫科的人看了他一眼，又看了看门外聚集着的别的宿舍的人：“现在什么都没有弄清，不要乱说话。”

“我请求开柜子检查！”刘伟喊了一声，“大家的都打开检查！”

付一杰差点想要抬手给他鼓掌了，费了这么大的劲，就是为了名正言顺当着这么多人的面打开他的柜子！

先栽个赃，再检查一下付一杰的柜子，如果能在柜子里找到他的日记本，那就更美妙了，多么聪明。

保卫科的人想了想，跟屋里的人说："打开柜子看看吧，也当是检查一下还有没有丢别的东西。"

几个人都没说什么，过去把柜子打开了，付一杰也把自己的柜子打开了，转头看着刘伟。刘伟的目光死死地盯着付一杰的柜子，如果不是保卫科的人还在，估计他会直接扑过去。

付一杰慢慢地把自己柜子里的衣服一件一件拿出来扔在旁边蒋松的床上，门外有人说了一句："付一杰你衣服还真一水儿名牌啊。"

"老大，"许豪忍不住了，对保卫科的人说，"付一杰不可能拿我们的钱，我们宿舍就他最有钱。"

"平时银行卡里光零花钱就好几万，看得上我们这加起来千儿八百的钱？"蒋松冷笑了一声，"真逗。"

付一杰一直沉默着，门外有些低声的议论，他知道自己在别人眼里是什么样的，他让人看到的一切，都是他的保护层，也是他在这种时刻的武器，不会有人相信他偷宿舍同学的钱。

他现在想着的，是别的事。

他和刘伟的矛盾，虽然都源于刘伟的臆想，但这个人是他在清楚和面对了自己之后第一个让他感觉到了恶意的人。

那种强烈的厌恶和排斥。

刘伟想象着他是个怎么样的人，说他"不正常"，说他"小偷"，到现在一点点激化的矛盾，让他突然有些喘不上气来。

保卫科的人向每个人问了话，做了记录之后离开了。

宿舍里的气氛有些微妙，虽然大家都没再说什么，可每个人看刘伟的眼神都有些怀疑。

"就是他干的，"蒋松叼着烟站在走廊窗户边，"我就是没弄明白他为什么非要看你柜子，他为什么就认定是你拿了他什么重要的东西。"

"他还真是豁出去了。"付一杰看着窗外笑了笑。

三天之后，陆语萌带着几个女生冲进了自习室，把一封信拍在了刘伟面前。

刘伟有些错愕地抬起头，陆语萌扬手，一个响亮的耳光甩在了他脸上。

“变态！”陆语萌咬着牙，把信封里一张复印着东西的A4纸抽出来在他眼前晃了晃，“刘伟，你是我长这么大见过的最恶心最让人作呕的变态！”

她身边的几个女生也指着刘伟一通骂，教室里的人全都惊呆了。

纸上复印的是陆语萌那些匿名情书作者的日记。

日记里并没有情书作者的名字，但很巧地出现了作者同宿舍人的名字——伍平山成天对着棋盘打谱，装得自己多高雅似的……

陆语萌被烦不胜烦地骚扰了一个学期，她没有给刘伟留面子，这些作者的内心独白以及起草情书的过程中，时而慷慨激昂举头望明月，时而伤春悲秋低头思故乡的心路历程都被传了出来，顿时在学校里炸开了锅。

刘伟顿时成了全校的焦点，但还没等他从这突如其来的变故中回过神来，老张一个电话把他叫到了系办。

“你看看这个。”老张把一个信封放在了他面前。

刘伟抽出了信封里的纸，看到上面的内容时，他一下跌坐到了椅子上。

系里收到的那封信，内容并没有公开，但跟举报付一杰和蒋松那种有明显漏洞与不合理的那封信不同，这封信简单明了，除了这张A4纸上复印的内容，寄信的人没有留下一个字，但内容足够能锁定它的范围，进行了简单的笔迹对比之后，就能确定是刘伟。

而且刘伟并没有否认，在他看到信的内容之后，对着这张纸愣了好几分钟，最后轻轻说了一句：“没错，是我。”

系里对这件事的最后处理结果还没有出来，但刘伟在一夜之间已经红遍整个分校区，学校论坛上也有人在议论这件事。

刘伟不上课的时间全都坐在宿舍里发呆，宿舍里的人没有安慰他，每个人都被他在背后各种抱怨和鄙视过，就连脾气最好的伍平山，见到他都直接扭脸走开。

付一杰能感觉到刘伟的目光经常长时间地停留在自己身上，带着愤怒和仇恨，但他始终没有回应，他没有时间，快到期末考的时间了，又马上要考四级，他每天都把自己埋在书里，对于刘伟基本属于眼不见心不烦。

考完四级之后，付一杰给付坤发了条短信，说考完了感觉还不错。

付一杰没有直接回宿舍。刘伟这件事，学校的处理是让他休学一年，刘伟这几天就准备回家，对每一个人都没有好脸色，宿舍里的气压很低。

付一杰去学校门口转了两圈，塞了一堆吃的之后才捂着吃撑了的肚子回了宿舍。

付一杰一进宿舍刘伟就从床上站了起来，迎到了他面前："付一杰，我想和你谈谈。"

没等付一杰回答，旁边正拿了毛巾想去洗澡的许豪把毛巾往床架子上狠狠抽了一下，吼了一句："你还想干吗！有完没完了！"

"我跟他谈，又不跟你谈！"刘伟突然也吼了起来，指着许豪，"关你什么事！一身肥油！"

躺在床上打瞌睡的蒋松跳了起来，在许豪的毛巾抽到刘伟背上的时候冲过去对着刘伟的屁股踹了一脚："你还真当我们宿舍的人脾气好得没上限啊！"

"谈谈就谈谈，"付一杰看着被撞在门上靠着还是一脸愤怒的刘伟，"你要在哪儿谈？"

刘伟盯了他一眼，拉开门走了出去。

"一杰别去，"伍平山拉住了正要跟出去的付一杰，"还不知道他要干什么呢。"

"没事儿，"付一杰拍了拍他的肩，"我又不傻。"

刘伟在前面埋头走，一直走到了宿舍楼后面才停下了，回过头，向付一杰竖了竖拇指："付一杰，你够厉害。"

付一杰笑笑没说话，四周没有人，他不知道刘伟想干什么，但如果他在这里被激怒了揍刘伟一顿的话，楼上没准儿会有人看见。

所以他压着内心的烦躁，没有出声。

"我说你脑子有病你是不是特别生气？"刘伟突然笑了起来，"我就是讨厌你们，就是觉得你们都有毛病！”

付一杰双手插在裤兜里，继续看着刘伟。

“不管怎么样，我还可以重头来过，我是个正常人，”刘伟脸上的表情变得严肃，“但如果你是……”

“你不用老跟我比，我根本就没兴趣知道你什么样。”付一杰打断他的话。

刘伟还是把后面的话坚持着说了出来：“但如果你脑子不正常，你有钱也没用，拼命学也没用……”

“如果？那看来还是不确定我是不是啊，”付一杰抬手在自己下巴上轻轻敲了两下，“不过恭喜你，答对了。”

刘伟愣了愣，有些吃惊地抬头看着他。

他脸上还是带着笑，一字一句说：“我就是不正常，我从小就是。”

说完这句话，付一杰转身走了，没有再回头看刘伟的反应。

付一杰顺着路快步往前走着，带着几分冲动和不管不顾说出这句话的瞬间，他猛地有种松了口气的感觉。

这是他第一次这样清楚直白地说出这句话。

无论是对付坤还是对蒋松，他都从来没有这样表达过，这样没有掩饰，没有避闪，没有退缩。

他说出来了，面对一个敌视他，厌恶他的人。

在这一瞬间他突然体会到了蒋松那种永远无所谓的勇气究竟是怎样的。

这勇气不仅仅是勇气，还有反抗。

有不甘，有愤怒，有倔强，有各种各样的憋屈和不服。

他整个人都沉浸在想要奋力呐喊挣扎的冲动里。

付一杰跑到学校小卖部，买了瓶冰可乐，一口气灌了下去，冰凉的感觉顺着身体慢慢向全身渗透开来，尽管他心里依旧有些沉重的东西狠狠束缚着，但他还是感觉到了一丝轻松，努力想要放开自己的轻松。

他走出小卖部，掏出手机拨通了付坤的电话。

“喂？”付坤的声音混着嘈杂传了过来。

"哥，付坤。"

"嗯？"

"我不正常。"付一杰说。

付坤顿了顿："我知道。"

"你有什么想说的吗？"

"我……"付坤没明白他什么意思，"我需要说什么吗？"

"我不知道。"

付坤想了想："我没什么想说的，你是就是，不是就不是，对于我来说没有区别。"

付一杰笑了笑，轻松地往前跑了两步："你上次是不是说进完货要休息两天？"

"是啊，这阵子挺累的。"

"那你休息了没？"

"没啊，"付坤啧了一声，"我不就是想休息两天去看看你吗，结果你那么不领情，我还休个屁啊。"

"那你过来修修屁吧，"付一杰乐了，"你晚点儿过来，接我回家。"

"哟，这么给面子，"付坤喊了一声，"行，你什么时候考完试提前告诉我，我过去接你。"

刘伟跟付一杰"谈话"后没到一星期就收拾东西离开了学校，没有参加最后的考试。

他一走，宿舍里的人顿时都松了一口气。

"我觉得让他休学就对了，"伍平山捧着本棋谱，自打知道他摆摆棋子就被刘伟说成是装高雅之后他一直都没再看过棋谱，"他有心理问题，再这么下去要出大问题的，他应该去看病。"

"他才不会觉得自己哪里不对劲，"许豪啧了一声，"要不也不会最后变成这样了。"

"你俩快闭嘴，"蒋松往许豪屁股上蹬了一下，"好不容易他走了，你俩还在这分析，没怀念够啊，过一年他就又回来了，到时再去跟他说‘嗨好久不见’吧。”

付一杰躺在上铺听音乐，他的心情大概跟别人的都不一样吧，他不喜欢刘伟，但对于刘伟一次次的挑衅，他还是一直忍到了最后才爆发。

可是……从某种意义上来说，是刘伟逼着他往前迈出了一步，无论这一步是大是小，却是他一直没能迈出去的。

在又一次否定了自己之后，他被逼着重新认识了自己。

他闭上眼睛，轻轻叹了口气。

付坤是在他们考最后一科的时候到学校的，这回他没再制造惊喜，直接打了个电话过来：“我在你们学校门口，叫上你们宿舍的人一块儿，先去吃一顿，别叫那个萝卜通气儿的。”

“萝卜休学了，”付一杰笑笑，“已经回家了。”

“哟，是吗？”付坤愣了愣，一本正经地说，“那我叫的大妈和俩孩子怎么办啊，还在我车上呢。”

“付坤你这个王八蛋，”付一杰捏着嗓子，“把我们孤儿寡母的骗到这儿来想干什么！”

“嘿，”付坤乐了，“我还不是为了你吗？”

“薄情男花言巧语欲甩发妻，痴情女红颜一怒……”付一杰顿了顿，没想好后边该怎么说。

“不行了吧，”付坤嘿嘿一通乐，“知音看少了啊。”

付一杰和宿舍里的人一起出了校门，看到付坤的时候他差点又控制不住想要冲过去，考虑到别人的感受，他只能远远地就吼了一声：“付坤——”

付坤笑着冲他扬了扬手。

“快快……”付一杰催着，加快了脚步。

蒋松跟在他身后，很轻地说了一句：“又激动成这样。”

付一杰顿了顿，回过头看着他。

“走，”蒋松往他肩上拍了一巴掌，拔腿往前跑，“饿死了！”

付一杰可算逮着了个机会，赶紧也往付坤那边冲了过去，冲到付坤面前的时候付坤摆了个马步，付一杰冲过去对着他狠狠撞了一下。

“哥哥好。”蒋松还是很礼貌地跟付坤问好。

“……乖，”付坤看着蒋松，以前他看蒋松就是个跟付一杰一样的小屁孩儿，但自从付一杰告诉他蒋松的事，他一直对蒋松有种说不上来的感觉，“每次都这么严肃地叫我，听着跟叫叔叔好似的。”

“童年时期的记忆是很深刻的啊，哥哥。”蒋松笑着说。

“哥哥好。”许豪跟伍平山也跟着蒋松叫了一声。

“哎，好就好吧，吃饭去。”付坤伸手往付一杰肩上勾了一下，想把他搂过来，但很快又松了手，“怎么这么不顺手……”

“我来。”付一杰笑着伸胳膊搂住了他的肩，凑到他耳边小声说，“一米八七了。”

“放屁，半年长两厘米，当你们食堂老板是饲养员啊！”

“那你为什么不顺手了？”

“你哥缩水了呗。”

3

学校附近没有什么特别牛的馆子，都是经济小炒、实惠火锅之类的大众玩意儿，付坤转了半天，本来想请他们吃顿好的，现在没办法以质量取胜，只能以数量了。

找了个鱼头火锅店，点了一个加料火锅，又弄了一大堆菜，几个人撸撸袖子开始埋头大吃。吃了一通垫了个底儿之后，一伙人才开始慢慢边喝边聊。

因为刘伟是最近的最大亮点，话题不知不觉又转到了他身上。

刘伟后来的事付一杰一直没有跟付坤细说过，他怕付坤担心，只是说了个大概，听到许豪一脸通红地说起这些事的时候，付坤皱了皱眉，看了付一杰一眼。

他后悔没早点过来，之前付一杰被人这么背地里搞鬼，得承受着多少压力啊？

付一杰从小被宠着惯着，没怎么受过气，更没被人这么阴过，付坤看着付一杰嘴角始终挂着的笑容突然很心疼。

他在桌子下边轻轻拍了拍付一杰的腿，付一杰转过脸来小声说了一句：“真没事儿。”

吃完饭的时候，几个人都喝了不少，全都两眼发直脚底打滑了，蒋松酒量算可以的，站起来的时候也晃了好几下。

付一杰干脆挂在付坤身上不撒手，本来这么久没见到付坤他就挺想的，现在喝了点儿酒，就更是黏着不放了。

“你们这点儿出息，”付坤无奈地叹了口气，掏出钱包把账结了，拖着付一杰走出小饭店，看着旁边迷迷瞪瞪的几个人，“我送你们回去。”

“不用，”付一杰搂着他，下巴一直搁他肩膀上，抬手指了一圈，最后指了指蒋松，“他，一手一个就弄回去了。”

“他自己也差不多了。”付坤研究了一下蒋松的状态。

“回宿舍没问题，”蒋松笑了笑，很潇洒地左手许豪右手伍平山往自己身边一拽，三个人撞成一团，“我们回去了，哥哥你早点儿休息。”

付一杰的胳膊一直绕在付坤脖子上，付坤为了保持呼吸，不得不用手拽着他的胳膊，半拖着他往旅店走。

“一截儿，”付坤边走边说，“你想吐就撒手，千万别吐我脖子上。”

“吐你脸上。”付一杰一开口就傻乐。

付坤偏过头看了他一眼，这小子喝点儿酒就爱这么傻笑：“你试一个，信不信我直接就给你扔这儿醒酒。”

“不信，”付一杰继续傻乐，“你舍不得。”

付坤笑了笑：“这么了解我。”

付坤之前在旅店已经开好了一个标间，把付一杰连拖带拽地弄进房间扔到床上之后，他已经折腾出了一身的汗。

“你躺一会儿，我洗个澡，”付坤把趴着的付一杰翻了个个儿，“门我没关，你要难受就进去吐，听见没？”

“听见了。”付一杰闭着眼回答。

“你这酒量也太残次了，”付坤嘟囔着进了浴室，“二两唱歌三两睡觉……”

听到付坤的话，付一杰又闭着眼躺在床上傻笑了半天，过了好一会儿才止住了。他的确是酒量不行，现在闭着眼就感觉自己连人带床都一个劲儿在转着。

他就想不明白，付坤怎么就这么能喝呢？

“为什么呢……”付一杰含混不清地自言自语着，“酒圣啊……”

付坤在浴室里刚脱了衣服把脑袋冲湿了，付一杰突然就扶着门框晃了进来。“要吐啊？”付坤赶紧扭头问他。

“不吐，”付一杰一只手撑着墙，一只手拉着裤子拉链，“要嘘嘘。”

“……你嘘吧。”付坤转回头继续洗。

洗了半天也没听到嘘嘘声，他回过头，看到付一杰拧着眉还在拉链那儿来回扯，他叹了口气：“拉不开啊？”

“你给我买的伪劣裤子！”付一杰低着头小声喊着，“我还不敢用力！”

“用力呗，坏就坏了。”付坤笑笑，把水关掉了，省得溅到付一杰。

“我才不怕坏！我怕夹我！”付一杰啧了一声。

“嘿，”付坤没忍住乐了，把付一杰的手拽开，帮他把裤子拉链给拉开了，“尿吧。”

“飞流直下三千尺……”付一杰撑着墙开始尿，“哥你不用手扶着会尿鞋上吗？”

“我会尿你脸上！”付坤想发火都没脾气了。

付一杰尿完了之后一转身撞了过来，付坤被撞得后腰都顶在了喷头开关上：“干吗你？”

“洗手。”付一杰伸手到他身后拧了拧，水从喷头里喷了出来，洒得他一身一脸全是。

付坤后腰顶着开关，姿势很难受，但想推开付一杰手却没动，想说点什么也没开口。

水静静地喷了几分钟，付一杰突然像被吓着了一下猛地站直了，瞪眼儿看着他："怎么了？"

"啊？"付坤愣了，没明白他这是什么意思。

付一杰头发上还滴着水，遮掉半个眼睛，过了一会儿才迷迷瞪瞪地说了一句："我睡着了？"

没等付坤再说话，他转身晃着走出了浴室。

"脱掉湿衣服！"付坤在浴室里喊了一声，赶紧连冲带搓地胡乱地把澡洗完了。

回到房间的时候，他看到付一杰裹着一身湿衣服趴在床上已经睡着了，床单也湿了一大片。

"烦死了！"付坤过去在付一杰屁股上甩了一巴掌。付一杰一动不动地继续趴着，连哼哼都没哼哼一声。

付坤叹了口气，把他翻过来平躺着，再很费劲地把他身上湿了的衣服裤子都给换了下来。

干完这些，付坤一身汗都下来了，澡白洗了。

"一截儿，"他过去拍了拍付一杰的脸，"咱去那张床上睡好不好？这边都湿了……"

"嗯。"付一杰含混不清地应了一声。

付坤把他拽起来扔到了旁边的床上。

付一杰睁开眼睛说了一句："头晕。"

"睡。"付坤说。

付一杰闭上眼睛没几秒钟就拧着眉毛又睡着了，发出轻轻的鼾声。

付坤在床沿上坐着看了一会儿电视，转过头看着付一杰一脸坚强不屈好像立马就要英勇就义的表情，笑着伸手在他眉间按了按。

停留了一小会儿，付坤低头凑过去在他脑门儿上轻轻碰了碰。

无论是寒假还是暑假，付一杰都觉得太短，特别是经过了一学期好几个月的时间之后，寒假简直眨几下眼睛还没明白是怎么回事儿就过完了，长肉的时间都不够，现在暑假了，感觉也差不多。

也许是因为付坤每天都很忙，一整天都在大通待着，时不时还得去进个货。付一杰也跟着跑大通，除了每天看书、看盘、遛狗，别的时间都在大通。

林元元都感觉到了危机，说："一杰哥哥，你是不是打算让付哥把我辞了啊？"

付坤偶尔也会休息一天两天的，跟付一杰俩人出去玩玩，还回过小学总去的那条河边怀过旧。

"一直是小时候多好。"付坤躺在河边的土坡上枕着胳膊，眯着眼看着天空。

这条河一直没什么变化，桥重修过，河边还是土坡加大石头，付一杰一看就能想起汪志强和付坤大冬天儿地在河里打架的样子。

"不好。"付一杰笑笑。

"为什么不好？"付坤想想又说，"也是，那会儿你不长个儿。"

"现在是你不长了。"付一杰转过头看着付坤。

付坤浅浅的小麦色皮肤在阳光下闪着光芒。

"谁说的，"付坤龇牙咧嘴，"长得慢点儿而已，不过人都说老二一般都比老大个儿高。"

付一杰想说"那能一样？咱俩又不是一个妈生的"，但还是没说出来，他很多时候根本不会想这个问题。

他伸手在付坤下巴上捏了捏："小矮个儿。"

"哎，"付坤乐了，拍开他的手，"你现在可算是扬眉吐气了。"

"这算什么，"付一杰站起来捡了块石头往河里扔过去，打出一串水漂，"等我真扬眉起来的时候吓死你。"

"看你扬到哪儿了，我跟你说，一截儿，眉毛还是留脸上比较好看。"付坤笑着说。

"你等着吧。"付一杰扭头看了他一眼。

暑假快过完的时候，付坤挑了个周末，把大通的事都扔给了林元元，带着付一杰开车出了门。

“去哪儿？”付一杰问。

“新区。”付坤笑笑。

“去干吗？”付一杰愣了愣，新区是原来挨着市区的一个县，离市区很近，今年听说要撤了县并到市区，付一杰不知道付坤带他上那儿去干什么，开店的话，那边不见得有发展，起码得熬个三年五年的。

“去转转。”

新区通市区的路刚修好没多久，因为离市区近，所以也挺热闹，但整体还是能明显看出来跟市区有差距，楼都不高，不少小区看上去也很破旧，不过能看到不少正准备开工和已经开工了的工地。

付坤开着车把付一杰拉到一个还在打地基的工地旁边，然后下了车。

“咱开过来不堵车用了半小时，”付坤看了看时间，“你觉得怎么样，不算远吧？”

“嗯，”付一杰似乎明白了付坤的意思，心里有些吃惊，“这是个新楼盘吗？你要……买房？”

付坤嘿嘿笑了两声，点了点头：“我之前来过几次了，就这儿环境不错，后面是山，出来往北走二十分钟就到河边了。”

“这边房价要涨了吧？”付一杰往工地上看了看，“这得什么时候能盖好？你买房跟爸妈说了没？”

“问题真多，”付坤笑着从身后搂着他的肩，“新区这边现房半年到现在已经涨了好几百了，这块儿还没开始卖，大概明年年初，交房得再等了，青青姐有朋友认识这公司的人，能拿到合适的价……”

“多少钱啊？”付一杰知道付坤现在手头有点儿钱，但不确定有多少，买完房他还想盘店，都是大笔的钱。

“这片主打大房型，我看中一套一百五十平方米的跃层，”付坤手指在付一杰耳朵上捏了捏，“按揭买的话现在是几十万，等交房了可就不是这个价了。”

“你不是还要弄个店吗？还买房？”付一杰有些担心，“钱跳舞了吧？”

“还得过一阵儿，市区里那个休闲广场不是要扩建吗，到时我想在那边弄个店，青青的意思是我跟她一块儿买，不用很大，然后一起弄，钱跟她一块儿出的话，就好说了。”付坤笑笑，“你还操心我呢，你炒股怎么样？”

“让你看一眼我账户就能吓死你。”付一杰带着点儿小得意地说。

“哟，快吓死我，付二爷我要替你数钱。”

“乖乖等着。”

付一杰大二下学期的时候，付坤把新区的房子买了，据说过一年就能交房，付一杰看着付坤从QQ上发过来的照片，小区的一号楼盖了一半，二号楼刚打好地基，一楼还没见影儿，付坤买的是三号楼，还只是个坑。

这事一直到要交钱了，付坤才把老爸、老妈带过去看了看，说是惊喜，把老妈惊得两天都没缓过劲儿来，给付一杰打电话的时候一直喊："你俩小骗子！合伙瞒我们！你也早知道了吧！"

“那会儿还没定呢，”付一杰笑着说，“去看了不是挺好的吗？”

“看的是别的楼呢，又不是你哥买的那套！”老妈还是喊，听得出她声音里的开心。

“房型是一样的，我哥买的那套是顶楼，送个露台呢，你可以在露台上跟我爸喝茶了。”

“嘁，人家售楼的说了，这露台上会有个烟囱，就在中间，到时我跟你爸一个烟囱这边一个烟囱那边，说话还得够着脑袋，”老妈笑着说，“而且一到做饭的时间就冒烟！”

“烟道嘛，都有，不怕，”付一杰啧了一声，“咱给它堵上，反正咱家烟不从那儿走。”

“怎么跟你哥说的一样，”老妈笑得不行，“你哥说，做个塞子，从一楼一路往上挨家警告，老实点儿！要不老实就给你们把烟囱堵上！”

付坤每个月去看一次房，差不多是盯着三号楼一直从坑一层层往上最后封顶交房的，当然，烟囱他没做塞子去堵，弄了个管子再往楼顶接了一段。

一年后交房拿了钥匙，不少人开始装修，付坤没动，装修又得花不少钱，他还想装得尽量一步到位，怎么着也得十来万，反正现在家里人住旧房子也够，付一杰现在大三，还有两年毕业，付坤盘算着能在付一杰毕业前装修完就行了。

除去房款，他手头的钱不多了，几年攒下来的钱，就为了买套房子再弄个店面。

市里休闲广场扩建开始之前，他和程青青就每天为店面的事东奔西走，想抢先买到第一手的，就算买不到，也要争取弄个二手。

弄到店面之后，他就打算把大通的两个摊位都退掉了，大通是市里老牌的服装市场，但现在服装市场越来越多，大通的优势渐渐没了，客流量大不如前，加上大通一直走低端市场，现在也不太好赚。

付坤和程青青盘算着新店是想弄得精品一些，主要做女装。

他每天忙着跑来跑去，闲下来的时候脑子里也一直在转，画画是最能让他静心的事，但现在即使想画点什么，也拿起笔就想睡觉。

所以偶尔他觉得累的时候，就会抽本书架上的杂志来看。

他不买杂志，杂志都是陈莉给他寄来的，有她自己作品的那一期她都会给付坤寄过来，主要都是各种游记和照片，一开始都是国内的，最近开始有她去国外时写下的东西。

付坤通过这些杂志看着这个从高中时就想要吃沙子的嚣张姑娘大步走在她想要走的那条路上，有时候觉得挺感慨。

最近寄过来的那一期上，有陈莉拍的一张照片，她跟两个男人一块儿在海边小屋吃饭，这两个人是她在旅游路上认识的。

付坤正对着照片愣神，手机响了，他接起来，听到了孙玮的声音："坤子。"

"孙总晚上好。"付坤笑笑。

"在家呢？"孙玮问他。

付坤听他的声音挺低落的，愣了愣才问："孙总您听上去情绪不怎么太高涨啊？"

“废话，还能总涨着吗？”孙玮说。

“滚。”付坤乐了，“说吧，有什么心烦事了，哥给你开解开解。”

“其实要非说有什么事，还真没有，”孙玮叹了口气，“就觉得挺累的。”

“干什么不累呢，不累还能赚钱的活不是咱能碰上的，”付坤笑笑，“你现在都管好几个店了，知足吧。”

“看着风光，名片上都印着呢，这个经理那个主管的，其实自己也拿不到多少，也就够在这边买套房的。”孙玮啧了一声。

“看你怎么比了，你一直在这边厂里做的话，现在也就买个厕所还不是坐便，得是蹲便。”

“坤子你太损了，”孙玮笑了半天，笑完了又突然问了一句，“你现在还是一个人？”

“嗯。”付坤喝了口水，“怎么了，要给我介绍啊？”

“没介绍的，感觉你眼界儿太高，我这估计没你能看得上的姑娘，”孙玮叹了口气，“你这一个人不寂寞吗？”

付坤想了想，寂寞？

寂寞吗？

付一杰每次回学校的头一个月，他都会有点儿空落落的，做什么事都没心思，这是寂寞吗？

“你不寂寞就行，还操心我呢，”付坤换了个话题，“你什么时候把春雨接过去？”

一听这话，孙玮拖长声音叹了口气：“别提了。”

付坤知道孙玮为什么郁闷，卢春雨她妈是个特别难缠的人，卢春雨人漂亮，性格也挺好，追求者不少，她妈一直觉得她跟孙玮在一块儿亏了，她姑娘这条件，怎么也得嫁个千万级别的。

卢春雨对她妈的想法不以为然，孙玮的压力却着实不小，按她妈妈的态度，房子怎么不是别墅？车怎么也得价格在五十万往上吧？

“我是真怕我再赚不到钱，她妈就得把我俩给折腾散了，”孙玮声音很无奈，“上月她妈非拉着她去相亲，跟个什么搞房地产的公子哥……”

“春雨什么想法？”付坤觉得孙玮这几年也够拼的了，而且前途怎么说也算是一片光明。

“她现在是不把她妈的话放心里，跟她妈都吵好几回了，”孙玮又叹了口气，“时间长了也不好说，毕竟我不在她跟前儿呢。”

“要不说谈恋爱费劲呢，”付坤笑了笑，“你要是有什么要帮忙的就说。”

“有你这句话就行，不跟你说了，我晚上还有个牌局，没准儿能有机会赚点儿，挂了。”

4

放暑假前付一杰打了个电话回来，说是晚几天回家，在学校有点事儿。

老妈还挺郁闷的，说是提前买好的菜只能塞冰箱里搁着了。

“要不这几天让我吃吃呗。”付坤在厨房里给团子弄狗粮，这小玩意儿比丢丢挑嘴，狗粮不拌点儿肉汤坚决不吃，每天早上他都得先弄好了才能出门。

“你能吃多少，咱家就得有你弟在的时候才有战斗力，埋头就是一脸盆儿。”老妈站在冰箱前看着，“坤子，妈跟你说个事儿。”

“嗯，说。”付坤把拌好的狗粮倒进团子碗里，团子走过来先闻了闻，又舔了几下，这才开始低头吃。

“就你还记得公交公司以前财务的那个张姨吗？就你老管她叫婶儿她特生气的那个。”

“记得，”付坤抓抓头发，“她本来就长得像个婶儿啊……怎么了？”

老妈拉了拉他的胳膊：“她姑娘今年大学毕业了，我那天见着了，哎，真漂亮……”

“哦。”付坤愣了愣，转身出了厨房，跑进卧室里拿了自己的包就往门口冲，“我先走了，今儿事多。”

“付坤你怎么这么烦人！”老妈追过来一把抓住了他衣领后边儿，“别我一跟你说这个你就跑！”

“妈，我求你了，”付坤拽着自己领子，“您能不操心这个吗？我自己来行不行？”

“不行！你现在整天打交道的就大通那些卖衣服的小姑娘，一个两个都不靠谱，我又没让你怎么着，就见见人张姨家姑娘，你见一面能死啊还是能断条腿儿啊？”

“妈，我现在真不想折腾这些事，我每天不够忙的，哪有时间陪姑娘。”付坤拽着衣服把老妈往门口拖着走，“我跟你说，你看看孙玮，现在谈个恋爱愁得都快有皱纹了，你儿子这么帅，你舍得我长一脸褶子吗？你好歹等我忙完这段的，房子还没钱装修，那边铺面还没个信儿，我现在能睡着就不错了，快别让我折腾这些事了，成吗？”

“唉……”老妈松了手，“烦死我了。”

付坤出门儿就给付一杰打了个电话，那边付一杰还没起来，声音都迷糊着：“付坤啊？”

“你几号回啊？”付坤下楼上了车，一边问一边慢慢把车往外倒。

“不说下周吗，又问，”付一杰打了个呵欠，“想我了？”

“想你回来伺候你家狗祖宗了，”付坤笑笑，“你到底办什么事儿啊？你早点儿回来了，妈就不用老盯着我折腾了。”

“就是有点事儿……”付一杰话还没说完，付坤听到那边传来了蒋松的声音，“赶紧起来了，一会儿晚了。”

付坤顿时有点儿不舒服：“你这事儿是跟蒋松一块儿？”

“嗯，我先挂了。”付一杰应了一声，把电话给挂掉了。

付坤拿着手机愣了半天，把手机往副驾驶座上一扔，付一杰大学这几年有什么事儿都跟蒋松混一块，虽说也没什么，但付坤始终觉得别扭。

“你回家买不行吗？”蒋松跟付一杰一块儿坐在出租车上，“这运回去又得花一笔运费。”

“回家了再溜出去买这么大的东西动静太大，再说我哥生日马上就到了，现在不先弄好了，到时怕时间不够，我一回家基本都不出门儿了，”付一杰笑笑，“这边都弄好了直接拖回去，别的不用管了。”

“你哥会不会揍你？”蒋松看着车窗外面。

“不会吧，这都是我自己的钱，也没花多少，”付一杰靠在椅背上，摸了摸兜里的卡，感觉挺满足。这两年他用付坤给他的钱炒股赚了不少，今年两次大跌，不少人觉得是倒春寒，是抄底的大好时机，他却没再继续：“其实他喜欢哈雷，可我要真买辆哈雷回去，估计他真会揍我。”

“一杰，”蒋松偏过头看着他，嘴角带着一丝微笑，“我问你个问题成吗？”

出租车停了，付一杰把钱递给司机，又看了看蒋松，蒋松嘴角的笑容让他觉得有点儿意味深长：“问呗。”

直到出租车开走了，蒋松才把胳膊往他肩膀上一搭，小声说：“其实我早想问了，但这事儿感觉挺……所以你不说，我也就一直没问。”

“想问什么就问，”付一杰跟他一块慢慢往前走着，“你跟我还有什么不能问的啊。”

“那我问了啊，”蒋松清了清嗓子，笑着凑到他耳边，用几乎听不清的声音问了一句，“你是不是……对……那谁有什么想法？”

付一杰停下了，蒋松的话让他顿时有些发晕，全身也瞬间烧了起来，火势还挺猛，从脚底一直烧到了天灵盖，心脏像是化整为零，跑得全身哪哪都是，整个人都有些错乱。

蒋松问完这句之后，似乎也没打算等付一杰回答，双手往裤兜里一插，慢慢往前走了。

付一杰跟在他后边儿没出声，蒙劲儿过了好一会儿才慢慢退了下去。他和蒋松平时不太聊跟这些有关的事，他不爱说，蒋松不爱打听。这还是蒋松第一次这么直接地问他，而且问得这么……准确。

付一杰觉得按蒋松的性格，如果不是有个八九分把握，他也不会这么问。

快走到要去的那家店门口了，付一杰才说了一句：“你其实不需要我回答吧。”

“不需要你回答，我问个屁啊。”蒋松没回头，“这种事儿不能乱猜，得问，那不是随便一个什么人。”

付一杰有些勉强地笑了笑，没错，如果是随便一个什么人，蒋松也不会问，连蒋松这么无所谓的人，也觉得这样的事不能随便猜。

他吸了一口气，在蒋松要走进店里的时候，一把抓住了蒋松的胳膊，抓得很紧，就好像如果错过了这一次，他要想把压在心里的事说出来，机会和勇气都不会再有。

“没错，”付一杰说，声音有些哑，但很清楚，“就是那个人。”

蒋松回过头，揉了揉被他抓得生疼的胳膊，半天才说了一句：“付一杰你真够夸张的。”

付一杰不知道该怎么说，不过也没什么可说的。蒋松陪他去车站打听托运的事，一路没开口。

一直过了好几天，事儿都办完了，蒋松送付一杰去车站上车的时候，才又很小心地问：“那事……那个人知道吗？”

行李都已经放好了，付一杰和他一块儿站在月台上。听到这句话，付一杰轻轻叹了口气：“大概知道吧，你都看这么明白了，当事人能不知道吗？”

“没揍你？”蒋松拿了根烟出来叼着，靠在旁边的柱子上。

“没，”付一杰瞅了他一眼，“估计这辈子都不会揍我。”

蒋松咧嘴笑笑：“那是没逼到份儿上。”

“我也没打算逼。”付一杰皱皱眉，蒋松有时候说话特别直，一刀就能砍在人伤口上，“我说没说过你挺烦人的？”

“没说过，”蒋松笑了起来，伸手往付一杰屁股后边儿摸过去，“我踩你小尾巴了？疼吗？我给你揉揉。”

付一杰乐了：“敢碰我一下，我现在就揍你。你小尾巴那么多，我挨条踩。”

“这么狠，还不让人说实话了。”蒋松啧了一声，“我不看好你，趁早死心吧，这都好几年了吧，不难受吗？”

“习惯了，”付一杰眼睛盯着火车轮子，“不多想就没什么感觉。”

“没谁真能一直不多想，除非没想法了，”蒋松拍拍他的肩，“上车吧。”

付一杰没有通知付坤具体到家的时间，付坤下午在大通坐得昏昏欲睡、冲着对面摊位李姐一个劲儿点头的时候，手机响了。

“要我给你送晚饭过去吗？”付一杰的声音从电话里传出来，伴随着付小团子撒娇的时候发出的跟老鼠吱吱似的鸣叫。

付坤的瞌睡顿时全没了，神清气爽、耳聪目明地站了起来：“你都到家了？”

“嗯，刚到家，妈还没回来呢，就爸在家眼观鼻鼻观心……”付一杰似乎心情很不错。

“那还送什么饭啊，你回来第一天要没全家在一块儿吃顿饭，妈还不得念叨死。你在家待着，我现在回去。”付坤挂了电话，冲斜对面摊位叫了一声，“林元元同学！”

林元元跑了过来，他从钱包里抽了张一百递过去：“晚上吃点儿好吃的吧。”

“谢谢付哥，你回家是吧？”林元元接过钱笑了笑，每回付坤要提前走，把俩摊位都扔给她的时候，都会额外给她点儿零花钱。

“嗯，一会儿小成成要是上来了，你就把那天我列的进货单给他，让他拿给他妈过目。”付坤拿着包一溜烟地窜了出去。

回家路上付坤去了趟超市，买了一堆零食，每回付一杰一放假，家里就跟进了耗子似的，零食没两天就吃空了。

车开到楼下，付坤停了下来，瞪着平时自己停车的空地愣了半天。

小区里没划车位，反正车也不多，大家都随便停，时间长了，基本每辆车都有自己固定的位置，付坤的车一般就停楼边拐角的地方。

但今天那个地方被人占了，停了辆黑色的铃木太子，相当拉风，横着那么一放，把那块地儿全给占掉了。

付坤从小就喜欢摩托车，小时候对哈雷很着迷，床头还贴了不少海报，但哈雷太烧钱，相比之下经济实惠又挺能装酷的太子显得更接地气。

他把自己的长安之星挨着太子停下了，下车围着转了一圈，是辆GZ125HS，大通有人开了辆红的，怎么看后面那俩箱子都像是消防车，黑色就大气得多了。

“谁家的啊……”付坤嘟囔了一句，转身跑进了楼道，要不是着急上楼会见付一杰同学，他怎么也得围着车再转个三圈两圈的。

付坤甩着车钥匙一路小跑地上楼梯，心情挺愉悦，还吹了几声口哨。到六楼的时候，他刚从转角转过来，一个黑影猛地从旁边窜了出来，带着一阵风。

“啊！”付坤吓了一跳，差点儿一脚踩空了跪在楼梯上，“付一截儿你要死啊！”

“反应挺快啊！”付一杰拉了他一把，“这电光石火之间就知道是我了？”

付坤觉得自己没从人影而是从气息上判断出来这人是付一杰挺神奇的，但他的确是感觉到了付一杰身上那种熟悉的气息，让他突然就会觉得像是窝在阳光下的草堆上，整个人都松松软软的。

“我闻出来是你了，”付坤看了看他，每次付一杰回来，他都会感觉这小子又有了些变化，特别感慨，“你长胡子了啊……”

“多新鲜哪，我没胡子才奇怪好吗？”付一杰乐了，摸了摸自己的下巴上的胡楂，“这两天忘刮胡子了。”

“小时候让老爸胡子扎一下哭半小时……”付坤伸手捏了捏他下巴，转身往楼上走。

付一杰突然从身后搂住了他，下巴往他脖子上狠狠蹭了一下。

“哎！”付坤这回是真被吓着了，挣扎着用力往楼梯上跳，跟被蜜蜂蜇了似的连蹦带蹿，压着声音吼，“撒手，楼道里你干吗呢？”

“你别动！”付一杰在他耳边小声说，搂着他的胳膊没有松劲，“就拥抱你一下，又不是要扒了你！蹦得跟癫痫犯了似的干吗？”

“嗐……”付坤有些无奈地停止了挣扎，虽然他很清楚自己如果继续挣扎，付一杰肯定会松手。

付一杰搂着他靠了过来，下巴搁在他肩上，呼吸轻轻地扫到了他脖子上。

虽然他俩现在的姿势就跟“你不要走，我求求你不要走”和“放手，你这个不要脸的贱人”差不多，但这种感觉还是让付坤觉得很舒服，就像平时睡觉，付一杰会挨着他，把脸埋在他肩上一样。

付坤下意识地闭了闭眼。

“大通的通风系统该换换了吧。”付一杰在他耳边说。

“啊？”付坤闭着眼没反应过来。

“你身上一股大通味儿……”

付坤愣了愣，顿时有点儿想乐又想骂人，狠狠甩了一下手：“撒手！你这个贱人！”

付一杰也愣了一下，但很快又拉住了他：“你不要扔下我！”

付坤笑了半天，扭头看着他：“告诉我你这几天干什么了，我就饶你不死。”

“干了件特别愉快的事，”付一杰笑呵呵地推着他往楼上走，“过两天你就知道了。”

“过两天？”付坤往后靠着，让付一杰推着他，“过两天我生日，你是不是搞什么破坏了。”

“到时候你就知道了，乖。”

在家里，过生日是一件特别不被重视的事，无论是付坤还是付一杰，生日基本都不过，偶尔老妈会说一句生日快乐，别的时候都跟平常日子差不多，有时候想起来都已经过去好几天了。

付坤不知道付一杰给他安排了什么生日惊喜，他对付一杰脑子里送礼物的这条筋到底长没长全都不确定，比如付一杰送过老妈一口锅，送过老爸一个猴子头骨，那个猴头被老妈塞在柜子里，因为无论放哪儿都会吓着人。

“哥你来看。”付一杰站在阳台上冲他招招手，指了指楼下。

“那辆太子？停那儿好几天了，你回来那天我就看……”付坤过去往楼下看了看，猛地转过头盯着付一杰，“付一截儿！你别吓我！”

“吓你什么？”付一杰笑着靠在阳台栏杆上，从兜里拿出了车钥匙，勾在手指上放付坤眼前轻轻晃着，“你在你生日礼物旁边走来走去好几天了，应该没什么惊喜的感觉了吧？生日快乐。”

“付一杰！”付坤没法形容自己的心情，一把抓过车钥匙，转身就往外跑，“你要死了你！”

“快打死我！”付一杰跟在他身后喊。

“你等着！一会儿的！”付坤冲出了屋子，往楼下飞快地一路跳着下去。

在楼下绕着车来回转了能有十几圈，又打着火拧着油门听了半天响儿，付坤才终于从昏头昏脑中慢慢回过神来。

“什么时候买的？”他跨在车上看着付一杰。

“放假前，”付一杰拍拍后座两边的箱子，“蒋松一个朋友开摩托车行，就托他帮着买了。”

“多少钱？”

“一万。”

“神经病了吧？你花一万买辆摩托？一万能买辆二手面包车了！”付坤皱着眉。

“我要花一万再给你买辆二手面包车才是真神经了，”付一杰笑笑，“喜欢吗？”

“你哪儿来的钱？炒股赚的？就赚一万都买车了吧？”付坤低头踢了踢车前轮。

“卖车的人说这型号没大架，想要的话得自己装。”付一杰在车边蹲下。

“125的车要个屁的大架，千斤顶顶一下就行，”付坤调了调车的后视镜，“我问你是不是把炒股的钱都用了？”

“付坤，”付一杰皱了皱眉，“炒三年股就赚一万，你听着不逗吗？”

“那你赚了多少？”付坤来了兴趣，付一杰炒股他一直没过问，觉得就是小孩儿瞎玩，现在想想，觉得自己这个每天就埋头念书的弟弟居然能甩手就是一万有点儿不可思议。

“甭管了你，”付一杰站起来跨上了后座，“你买铺面差钱管我要，多了没有，但是我上学的时候你给了我多少，我翻一倍给你没问题……带我兜一圈儿呗。”

付坤很认真地看了付一杰一眼，这小子看来是挣了不少，这两年一不小心就出息了啊。

“你不用给我钱，你就把钱收拾好留着我帮你数就成。”付坤发动了车子，他知道付一杰炒股不仅仅是为了弄点儿钱显摆，也不仅仅是为了给他买铺面，“上哪儿兜？”

“四环，四环有一段儿不是新修的吗？人少。”付一杰贴在他身后，伸手搂住了他的腰。

“行。”付坤低头看了看付一杰搂在他腰上的胳膊，想想又说了一句，“我要不要上楼换套衣服？”

“为什么？”付一杰也看了看他。付坤今天没去大通，在家就穿了件背心加一条沙滩裤，付一杰挺喜欢看他这么穿，看上去懒洋洋的让人特别舒服，反正他穿什么付一杰都觉得好看。

“不搭啊，”付坤啧了一声，“怎么都得上楼换条皮裤再拴根儿大金链子，顺便把孙玮送我那把大砍拿着……”

“然后你开着车我护送你回五院，”付一杰靠在他背上乐，“跟医生说等你好点儿了我再接你出去玩。”

5

付坤最后也没上楼换衣服，穿着背心和沙滩裤把摩托车一路轰鸣着开出了小区。

“亲爱的弟弟你看，”付坤把车往四环开，上午这会儿路上人少，他把车开得挺快，“有没有一种我即将起飞，你跟我挥挥手说‘一路飞好’的感觉。”

付一杰看了看付坤的腿，顿时笑了。付坤的沙滩裤被风飞吹得鼓了起来，跟俩灯笼似的。

车开上四环之后，路上的人和车明显就少了，北四环刚修好没多久，基本没什么车，付坤吹了声口哨，拧了拧油门。

付一杰没再搂着他，松了胳膊，在后座上张开手臂闭上眼睛：“你好久没带我兜风了。”

“咱家也没摩托了，我开可爱的长安之星带你兜你又不干。”付坤笑笑，家里的摩托车退休之后，老妈要求老爸每天骑自行车算锻炼身体，他的确是很久没这么带付一杰开着兜了。

"感觉不一样，"付一杰吸了一口气，暖暖的风呼呼地往他鼻子里嘴里灌进去，"这样才叫兜'风'，必须有这种快吹成秃子的感觉才行。"

车开到了四环边一条岔路口，付坤把车拐了进去，开到头发现是一段还没修完的新路，前面是一片荒草，他把车停下了，腿撑着地看了看四周："这边真荒凉啊。"

"没开发呢，"付一杰说，干燥的空气里他能闻到付坤身上他最喜欢的那种混杂着香皂味儿的气息，"你不会现在看到荒地就琢磨买房吧？"

"不至于，没那么多钱，"付坤笑了，"那套房我现在就装了水电，别的都没弄，要不到时买店不够钱了，还得留点儿应急周转。"

"哥，"付一杰看了看他，手在他背上一下下点着，"那房子装好了你结婚用吗？"

付坤明显愣了一下，付一杰的指尖能感觉到他呼吸很微小的停顿。

"那房子是买给家里的，全家搬过去住，跟我结不结婚没关系，"付坤在他手背上捏了捏，"没事儿琢磨这个干吗？"

"没专门琢磨，就顺便琢磨了一下。"付一杰转开脸。

付坤没再说话，四周很静，只有被太阳晒热了的风时不时吹过，让人身上一阵阵地发热。

付一杰也没出声，在付坤背上一下下划着。

在付一杰把脑门儿顶在他后背上时，付坤偏了偏头："一截儿。"

"我说过，"付一杰没动，"如果我发昏了，你一个巴掌就能打醒我。"

付一杰的手在付坤后背上按了一下，劲儿不小，付坤被他按得往前倾了倾，一直紧紧捏着车把的手不得不松开往油箱上撑了一下才没让付一杰按得直接趴下去。

付一杰靠到了他身上。

"付一杰！"付坤回过头，抬手狠狠地拍在了喇叭按钮上。

喇叭顿时响了起来，在四下无人的荒地里显得很突兀，猛地有点儿震耳欲聋的意思。

付坤没有松手，按着不放，喇叭声拖长了在阳光和热风中回荡着。

无论之前有多少想法，也无论有多少欲言又止，现在都被这响亮而单调的声音打破了，静默的气氛瞬间被撕开一条口子。

付一杰静静地不再有任何动作。

付坤还按着喇叭没撒手，他觉得这声音很刺耳，让人烦躁不堪，却像是自我惩罚一样不想让它停止。

“付大圣，”付一杰在他身后轻轻叹了口气，闷着声音说，“收了神通吧。”

喇叭声消失了，很远的地方有车开过，车轮声让四周显得更加寂静。

“我背上出汗了吧？”付坤问。

“嗯。”付一杰笑了笑，“是，还好今天你没去大通，要不还不定什么味儿呢。”

付坤直起身整了整衣服：“早知道早上我先去趟大通了。”

“哥，”付一杰还靠在他背上，“对……”

“别说这个。”付坤很快地打断了他。

“为什么？”付一杰问。

“因为不需要，不存在对不对得起的问题，”付坤重新发动了车子，“还好平衡保持得好，要不肯定得倒。”

“四条腿撑着呢，怎么倒？”付一杰笑笑，心里有些怅然，但也有种说不上来的安心。

付坤轻轻拧了拧油门，掉转车头往四环主路上开过去。

“换别人你也会这样吗？”付一杰问。

付坤松了松油门，车速慢了下来，但又很快地提了上去，他的声音裹着风扫到付一杰脸上：“不会。”

付一杰心里一阵暖，闭上了眼睛，过了一会儿付坤又啧了一声说：“也不是……”

“啊？”

“算了，不说这个，”付坤有点儿郁闷，“咱上水库转转吧，就小时候老爸带咱去钓鱼那儿？”

“行。”付一杰仰起头闭着眼睛迎着太阳，眼前一片炫目的光芒闪烁着。

暑假过半的时候，蒋松突然跑了过来，给付一杰打电话的时候，他人已经在车站下了车。

付坤接到付一杰电话说不回家吃饭的时候还没觉得有什么，听说是蒋松过来了之后，他想了想：“我请你俩吃饭得了。”

“你请啊？”付一杰有些犹豫，蒋松在他旁边说了句什么，他应了一声，“要不就在家吃吧，蒋松想吃老妈做的酱牛肉。”

“那行吧，我一会早点儿回去。”付坤挂了电话之后坐着发了一会儿呆，大热天儿的吃哪门子酱牛肉！

回家的时候正赶上下班的点，路上有点儿堵，付坤进门的时候老爸、老妈都已经回来了，一推门就听到了一阵笑声。

老妈的声音从厨房里传出来：“蒋松刀工不错啊，是不是经常做饭？”

“还成，有时做做，要不一会儿做一个拿手菜你们尝尝。”蒋松声音带着笑。

“行啊，哎哟，儿子还真是别人家的好。”老妈挺开心地喊。

付坤把鞋踢到一边，换了拖鞋正要往客厅里走，付一杰从厨房里走了出来，嘴角还挑着笑容，看到他愣了愣：“你这么早……”

话还没说完，蒋松也跟了出来，手里拿着个碗，胳膊往付一杰肩上一搭：“盛碗热水过来。”

“我去吧。”付坤伸手接过蒋松手上的碗，转身走到饮水机前接热水。

蒋松看到他，立马站直了，跟以前一样很有礼貌地叫了一声：“哥哥好。”

“乖。”付坤突然有点儿没心情，应了一声端着碗进了厨房。

“今天这么早回啦？”老妈接过热水，“哎，你见过蒋松的吧？我就你弟小学的时候见过他几回，现在都长成大小伙子了……”

“难道还长成大姑娘吗？”付坤在洗手池边洗着手，“你家二少爷都长成‘这两天忘刮胡子了’的大男人了，别人的儿子当然也得长。”

老妈瞟了他一眼："我这就是个形容，你跟我较什么劲啊，烦不烦！"

"我想吃鱼。"付坤看了一眼案板上的一堆肉。

"明天吧，今儿蒋松说想吃牛肉，我就都弄的牛肉。"老妈挥挥手。

付坤拉开冰箱："这不是有鱼吗？"

"做了吃不完，就五个人，这一大堆肉了，"老妈放下刀过来把冰箱门关上了，"你今天是不是在大通跟谁吵架了气儿不顺啊？"

"没，"付坤赶紧转身往客厅走，"就牛肉吧。"

这顿饭吃得挺欢声笑语的，蒋松和老爸、老妈能说到一块儿去，这小子连菜市场里鸽子肉现在多少钱一斤都知道，跟老爸也能聊得一套一套，老爸开了一辈子公交车，一听人跟他说公交车，他就来劲。

这大概是付坤话最少的一顿饭了，听着蒋松和付一杰边乐边给老爸、老妈说学校里的事的时候，他突然发现，这几年付一杰跟蒋松待一块儿的时间比他要多得多。

他莫名其妙地就觉得他跟付一杰之间那种从小到大形影不离、分分秒秒在一起的感觉已经淡了很多，付一杰现在回学校也不再像以前那么舍不得了……

吃完饭付坤把碗筷都收拾进厨房准备洗，付一杰跟了进来，站在他旁边。

"出去吧，把人蒋松一个人扔那儿多不好。"付坤拧开水龙头冲着碗，"你今儿没喝多吧，要唱一首吗？"

"没怎么喝，光说话了，"付一杰笑了，靠着墙，"我帮你洗吧。"

"我洗，你出去再聊会儿吧，我还不知道你跟别人也能这么多话呢，"付坤埋头洗碗，"别跟我这碍手碍脚的。"

"我就跟蒋松话多点儿，"付一杰抓抓头，转身走了出去，又扭头说，"不过还是跟你聊天儿最舒服，一夜不睡都不困。"

付坤笑笑，没理他。

是吗？他俩已经很久没有一整夜不睡觉光聊天了。

有些事在他俩之间悄无声息地改变着，因为那层谁也不敢轻易去触摸的东西，他们似乎都心照不宣地往后缩着。

蒋松说要走的时候，老妈拦住了，说住酒店不如住家里舒服。

“真不用麻烦，”蒋松很犹豫地说，瞟了一眼在沙发上半躺着看电视的付坤，“我住酒店就行……”

“住家里吧，方便，”老爸看了看钟，“这个时间去找酒店太晚了，在这儿洗洗睡了就行。”

“我……”蒋松还想推辞。

“别啰唆了，”付坤开口，“你跟一杰睡屋里，我睡沙发就行。”

蒋松洗了个澡进了卧室，付一杰已经在榻榻米上躺着了，他关上门小声问：“你哥平时睡哪边？”

“这边儿，”付一杰拍了拍自己右手边靠外的位置，“怎么了？”

“那你睡他那边，我睡你这边，”蒋松爬上榻榻米，把付一杰往外推，“我不敢睡他那边。”

付一杰挪到外面，笑了半天：“你至于吗？”

“非常至于，”蒋松躺下，舒了一口气，“你哥不喜欢我。”

“不可能。”付一杰继续乐，“他那性格对谁都挺好的，你怕他是小时候的阴影吧，但是小时候他也没不喜欢你啊。”

“你是喝多了没感觉呢还是本来就少根筋啊？”蒋松翻了个身冲着墙，“你不像是这么迟钝的人啊。”

付一杰又笑了一会儿才慢慢停下了，沉默了好一阵才说了一句：“我知道你意思。”

蒋松啧了一声：“那你还装傻，跟我装傻有什么意思。”

“不装傻又能怎么样啊？”付一杰笑着往蒋松屁股上踢了一脚，“他什么态度对我来说都一样，对他自己来说也没区别。”

“唉，”蒋松叹了口气，“我就是挺意外的。”

付一杰没出声，闭着眼睛把脸埋进付坤的枕头里，狠狠吸了一口气。

“换个人吧。”蒋松说。

“换谁？”付一杰闷在枕头里问，“你啊？”

“你要真想换我也不是不可以，”蒋松翻了个身对着他侧躺着，笑着说，“我至少不会让你有这么大的心理负担。”

付一杰从枕头里露出一只眼睛看着他。

“一杰，”蒋松又翻过身继续冲着墙，“你太单纯，太干净的人我不愿意碰。”

“这话说得，”付一杰不屑地笑了笑，“跟失足妇女似的，你还有这么矫情的时候呢。”

“不是那个意思，失足妇女哪有我这情操，我是说心里，”蒋松背手冲他竖了竖中指，“你要是听明白了别装傻。”

“那你就打算这么一直瞎混下去吗？”付一杰当然能听懂蒋松的意思。

“不知道，这事哪有准儿，所以有时候我挺羡慕你的，”蒋松反手往他胸口上拍了拍，“不管有多累，至少这儿不是空的，结局哪怕就在那儿放着，但只要不去想，眼前就会有很长的路能走。”

“又矫情上了。”付一杰笑笑，按着自己胸口，心想大概是吧。

“我也就喝点儿酒跟你矫情一把，咱骨子里就是个文艺青年，没辙，你忍着吧。”

两个人都没再说话，付一杰闭着眼睛轻轻搓着枕巾，没多久就睡着了。

半夜里客厅传来了“咚”的一声响，付一杰睡得不踏实，这声音不大，但还是把他弄醒了，接着就听到付坤很小声地说了一句：“嗐。”

付一杰轻手轻脚地爬起来，开门走进了客厅，看到付坤正坐在沙发面前的地上揉着胳膊肘。

“摔了？”付一杰走过去蹲到他身边。

“翻个身就下来了，”付坤龇牙咧嘴，“吓我一跳，我做梦准备跳崖呢，正觉得太高了要不还是下次再跳吧，一个人过来推了我一把……”

付一杰靠在沙发上压着声音笑了老半天，付坤伸手往他后脑勺上拍了一下：“笑屁，赶紧去睡，大半夜的发酒疯呢？”

“晚安。”付一杰很快地踮着脚一溜小跑回了卧室。

付坤觉得自从付一杰上大学，自己的生活就被切成了四片儿，暑假寒假各一片儿，还有两片儿是等寒暑假的过渡阶段。

几年下来，这种四片儿的生活他也过得挺习惯了，付一杰大四下学期准备开始实习，也开始疯狂地考证。

付坤觉得这小子在学习上的劲头真是自己没法比的，自己大概只在赚钱的事儿上才会这么拼。

他跟程青青终于抢到了商业广场新区的一个铺面，铺面很小，就十平方米，就这都是费了不少劲才弄到的，熟人，但也已经是二手，先交了订金，全部余款两个月之内付清就算齐活了。

他把大通的两个摊位都转了出去，转让费可以再周转一段时间。

不用再每天去大通蹲着的这段时间里，他都跟程青青一块儿泡在各种服装市场里，商量着铺面该怎么装修，来回讨论以后的经营方向和定位。

付一杰差不多隔两三天会给他打个电话，问问他这边的进展。

“你还操这么多闲心呢，”付坤每回接电话听到付一杰一本正经问他店面的事都想笑，“实习累吗？每天对着那么多嘴，早上刷牙的时候会不会有阴影……”

“你哪那么多废话，”付一杰笑了，“我放假回家的时候给你看看牙吧。”

“别！你听，”付坤对着话筒“咔咔”把牙一通磕，“听听这响儿，多么清脆健康，你回来帮爸看看牙吧，他说他牙有一颗松了说要等着你给他看看。”

“让他上医院看啊，等我回去牙都掉了吧。”付一杰有点儿无奈，自打他上大学，老爸、老妈就一直这样，老妈还说牙要疼了酸了都攒着等付一杰毕业了给看。

“我明天陪他去医院，放心吧。”付坤笑着说，又磕了几下自己的牙，“你好好实习就行，我这边事儿很顺，下月把钱交了就装修，然后等着新区开业就行了，就是还没想到店名。”

“那得好好想想，你别再弄个团子那样的名字了。”

“让青青去想吧，那天她说要不叫沉鱼，我说叫松鼠鱼更好，她跟我急了，”付坤嘿嘿乐了半天，“后来又说改成蛾眉……”

“不如少林呢。”付一杰说。

“你怎么知道，我就是这么说的。”付坤又一通乐。

“你就这德行，我能不知道吗？”

付坤挂掉电话之后心情不错，今天程青青带小成成去逛书店，他打算一个人再去商业广场转转。

正要出门的时候手机响了，是孙玮。

孙玮有一段时间没给他打电话了，他这阵忙得也没顾得上跟孙玮联系。

“孙总，想起我来了？”付坤接了电话。

“坤子，你忙吗？”孙玮没跟他贫，声音听上去挺疲惫。

“今儿不忙，怎么了？”付坤听出他大概是有事，在沙发上坐下了。

“你现在手头有余钱吗？”孙玮问。

付坤愣了愣，之前他跟孙玮说过，有要用钱的地方跟他说，他知道孙玮为了钱的事被卢春雨她妈逼得焦头烂额，但孙玮从来没跟他开过口。

“要多少？”

“挺多的，我这儿联系上一批配件，挺急的，我要是能吃下来……”

“多少？”

“三十万，”孙玮说，又补了一句，“我这有下家，急着交易，下月底差不多就能还你了，我是实在凑不出，又不想眼看着机会跑了。”

“靠谱吗？”付坤问，三十万他拿得出来，但下月他要用，孙玮那边下月至少要还他二十万才行。

“两边我都认识，以前都是我们的客户。”

付坤想了想：“钱我有，要平时我也不催你，不过这阵子我也要用钱，你下个月得给我弄回一部分，要不我这儿周转不开了。”

“你放心，”孙玮长长舒了口气，“你真帮我大忙了，我是实在不知道上哪儿凑这个钱了，这单要能拿下，我能赚不少，亏不了你，我明天给你快递个借条过去。”

6

付坤把钱转给孙玮之后，收到了一个快递，是孙玮快递过来的借条，说好了还款时间是下月 25 号之前。

付坤看着孙玮跟狗啃了嚼不碎又吐出来似的字笑了笑，这借条他并不在意，跟孙玮认识了二十年，一块儿上学放学，一块儿逃学，一块儿打架，一块儿挨揍，孙玮为他扛了多少揍都记不清了，这么多年的交情，这钱他能借肯定会借。

而且他知道孙玮如果不是真没辙了，绝对不会跟他开口借钱。

他给孙玮发了条短信，告诉对方借条收到了。

孙玮过了大半天才给他回过来一条：坤子，你是真朋友，这辈子我都欠你的。

付坤对着短信乐了好一阵，这人出去混几年，混得越来越肉麻了。

手头还有点儿钱，程青青的意思是不用等到交完钱才装修，反正是熟人也不会变卦，就现在开始装修，手头的钱差不多能够了。

装修并不复杂，就是地面墙面和门脸儿，不过因为要考虑到“上档次”这个因素，付坤在店面的设计上下了很大工夫，一家家店去转悠，看别人是怎么弄的，回来再对着他们的店面琢磨。

最后把装修方案确定了，颜色怎么配，货架怎么摆，灯光怎么打，全都定好了，程青青熬了好几天总算把店名也熬了出来。

“就叫玛莎女装！玛莎！”程青青蹲在店里一堆水泥上挥了挥手，“等以后咱有了分店……”

“就叫拉蒂？”付坤冲她竖了竖拇指，“有远见！”

程青青叹了口气：“坤子，能饶了姐吗？”

付坤乐了，拍了拍墙：“就玛莎了，你要说它洋气吧，挺洋气的，你要说它接地气吧，也能接得上，玛丽她姐，就这么定了，玛莎。”

孙玮那边的钱，付坤没有催，也没多问，他跟孙玮的关系，问多了显得太不够意思。月初的时候孙玮给他打过来五万，又打了个电话给他：“坤子，这钱是……利息。”

“你有病吧，”付坤愣了愣，“咱俩之间借个钱用得着这玩意儿？你拿走多少到时还我多少就行。”

孙玮在那边沉默了很久，再开口的时候声音居然带着些鼻音：“坤子你真是……”

“孙总，你现在怎么变得这样，”付坤有点儿无奈，“要我给你擦擦眼泪吗？”

“我欠你的，付坤，我真欠你的……”孙玮颤着声音说，话没说完就把电话给挂了。

付坤看着手机发愣，啧了一声，这人是快被准丈母娘逼得上吊了吧……

不过一想到准丈母娘，付坤忍不住一阵烦躁，烦躁过后就是隐隐的不安。自打上回拒绝去见姑娘，老妈倒是不再提这些事了，但每次说起谁谁谁家的媳妇儿、谁谁谁家的女朋友，她还是会不自觉地流露出羡慕的表情。

付坤以前对女朋友的事儿不上心，现在是……不敢上心。

有些事就算不敢想，也想得差不多了，自己装傻也好，逃避也罢，心里总有那么一块儿不能碰，一碰了不是烦就是害怕。

得亏自己是个男的，要是个姑娘，这个年纪，不定得被催成什么样了。

装修公司的人打了个电话过来，让付坤过去看看地砖。付坤暂时把这些又扔到了一边，开着车去了店里。

现在他如果不是去建材市场挑材料就不开长安之星，都开付一杰给他买的那辆太子。

这车是付一杰用自己赚的钱给他买的第一件礼物，他一直很注意保养，车开着一直很舒服，除去有两次开半道突然下暴雨，他不得不把给小成成买的游泳镜戴上才开回了家之外，一切都称心如意。

当然，偶尔他按喇叭的时候还会想起那天在四环路荒地上的情形，按喇叭都按得挺没底气。

装修公司的进度挺快，半个多月基本就弄得差不多了，后面的事就是他跟程青青进货上货了。

孙玮上回哭着鼻子把电话撂了之后一直没联系他。付坤看了看时间，差不多该给那边把房款结了，他拿了电话拨了孙玮的号。

——对不起，您所拨打的号码是空号，请核对后再拨。

——Sorry，The number you dialed does not exist, please check it and dial later。

付坤愣了愣，把电话拿到眼前看了看，没错，显示的是孙玮的名字。

他想了想，又拨了一次，短暂地等待之后，听筒里传来的依然是机械的那句话，“您所拨打的号码是空号”。

空号？

孙玮换过几次号码，每次都第一时间给付坤发短信通知，而且一般都会两个号同时用一段时间才停掉。

付坤挂掉电话，站在店外面，看着商业广场步行街上来来往往的人群，心里开始有些不踏实。

站了几分钟，他拿起手机翻了翻电话本，拨了卢春雨的号码。卢春雨的号是通的，但一直响到最后自动挂断，也没有人接听。

付坤心里的不踏实慢慢扩散，他弯腰撑着膝盖盯着地面：“孙玮，你搞什么呢？”

尽管心里已经开始打鼓，但付坤不愿意往更坏的方面去想，他在店门口蹲着，愣了一会儿，又拨了一次孙玮的号码。

听到的仍然是让人心烦意乱的机械回答：您所拨打的号码是空号，您所拨打的号码是空号……是空号，是空号，空号！

孙玮出事了？付坤皱着眉，从自己包里掏出了名片夹，翻出了孙玮过年的时候给他的名片，上面有他们公司的座机。

“孙玮已经不在这儿干了！”那边听说是找孙玮，语气变得很不耐烦。

“什么？”付坤愣了，头皮一麻，手机差点没拿稳，“不在你们那儿干了？什么时候走的？为什么不干了？”

“挪用了客户的货款，就这补了半天还没全补上呢！要不是老板放他一马，他现在就得去坐牢！”那边说完就把电话给挂了。

付坤拿着手机半天都没动，很长时间他才想要站起来，刚动了一下，就觉得眼前一阵发黑，头晕得厉害，他赶紧用手撑了一下地，缓了缓才慢慢站直了身。

“坤子没事儿吧？”程青青刚到店里，问了一句，“头晕？”

“蹲时间太长了……”付坤笑笑，转过身往车边走，“我出去一趟，有点儿事。”

“嗯，对了，我跟那边约了下周交钱，差不多咱该去进货了，”程青青在他身后说，“具体时间你看哪天合适啊？”

“我晚上给你电话。”付坤说。

付坤去过无数次孙玮家，路跟回自己家一样熟，闭着眼都能知道哪儿有个坑，哪儿少块砖，每回去他都心情不错。

但今天这段路他却走得很吃力，一边想开快些，他着急想要知道孙玮到底出了什么事，那些钱孙玮到底拿去干什么了，一边又觉得车跑得太快，他害怕听到让他绝望的消息。

现在是中午下班时间，孙玮家楼道里时不时有人进去出来的，付坤把车停在楼下，坐在车上快二十分钟了也没动。

“付坤？”有人叫了他一声。

付坤抬起头，看到了从楼道里走出来的孙潇。

孙潇平时见了他都会有些不好意思地笑笑，今天却没笑，只是拧着眉走到了他身边，气色不太好。

“你是……”孙潇咬咬嘴唇，“是来找我哥吗？”

“不是，”付坤手指在油箱上轻轻敲了两下，看到孙潇的样子，他已经差不多明白了，心一点点地沉了下去，“他现在也不可能待在家里吧。”

孙潇低头沉默了一会儿，又猛地抬头看着他：“孙玮是不是骗你钱了？”

孙潇的这个“骗”字让付坤心里一紧，骗？

孙玮骗他钱了？

“我现在也联系不上他，不知道他在哪里，他手机号也换了，”孙潇眉头拧得很紧，“他从你那里拿了多少钱？多吗？”

付坤没有说话。

他被孙玮骗了？

这个认识了二十年的最好的朋友骗了他？

“付坤，你别着急，”孙潇眼眶有些发红，很着急地抓着车把，声音抖得厉害，“这事我爸妈还不知道，但是我保证，要是找不到他，我会把钱还你，你告诉我是多少，我可以想办法……”

“没，”付坤笑了笑，拍了拍孙潇的胳膊，“你别担心，我不是来要钱的。”

没等孙潇再开口，他发动了车子，掉转车头，回过头看着她：“如果能联系上你哥，告诉他，他要真有麻烦，只要跟我说实话，就算是一百万我也可以去帮他想办法，但他不能这么蒙我。”

付坤没有回家，开着车在街上漫无目的地兜着圈子，最后把车停在了河边。

他躺在河岸边的草地上，瞪着天上的太阳，天气已经开始转暖了，但有风吹过的时候，还是能感觉到寒意。

他脑子里并不乱，事情很简单，一点儿也不会乱。

不知道孙玮为什么挪用了货款，还不上就要坐牢，于是从他这里骗走了三十万，不，是二十五万，然后换掉了手机号消失了。

付坤现在只觉得脑子里一片空白，空得厉害，跟下雨时候的荷叶似的，无论多少雨点划过，都存不住一滴水。

他从高中起就拼命想赚钱，一开始是为了证明自己不去上大学的选择没有错，后来就是想要让老爸、老妈和付一杰过上舒服的日子。

他从千八百块的地摊开始，一点点地埋头拼着，从塑料布到钢丝床，从一个固定摊位到两个，一步一步，终于买了房也攒够了买店面的钱。

可就在他觉得一切开始按着他的计划展开，他就要再往前迈进一步的时候，却一下什么都没了。

他借给孙玮的钱，除开装修的费用，差不多是自己手头全部的钱。

孙玮这一消失，他甚至连流动资金都够呛了。

他觉得自己面前突然黑了下去。

不仅仅是因为可能开不成了的店，从头再来的困境，更是因为让他变成这样的人，是他最好的朋友，是他觉得相互能豁出全部的铁子。

手很凉，这种让人无法忍受的寒意一点点顺着胳膊向他全身爬行，他感觉透不过气来，心冷得发疼。

他想问问孙玮，为什么？

如果孙玮跟他说了实话，哪怕是店开不成了，他也会把钱拿给孙玮。

可是为什么？

为什么要用这种最不地道的方式！

付一杰和蒋松在一块儿实习，这阵他俩都在口腔内科跟着，具体的事儿说不上来都有什么，每天跟着带他们的医生旁边学习，打打杂，碰上来看牙哭得五姥姥不认识六姥姥的小孩儿，他们得帮着哄，时不时还会被突然提问。

付一杰还成，蒋松被骂了好几次。

“比上课累多了，”中午休息的时候蒋松一个劲儿地“啧啧啧”，“学校给那点儿补贴还不如我打工的钱多。”

“挺着呗，你不说刘医生挺帅的，你特乐意在边儿上看他吗？”付一杰笑着说。

“快别提这个了，再帅也扛不住他见我就骂，”蒋松摆摆手，想想又压着声音小声吼，“蒋松！你这专业知识修脚都不够！”

付一杰乐了半天，正想说话，手机响了，他看了一眼，是家那边的一个陌生手机号。

难道付坤换号码了？

他接了起来：“喂？”

“付一杰？”那边传过来一个女声。

付一杰马上听出来了是谁：“青青姐啊？你换号了？”

“哎是我，上月刚换的号，这个号便宜嘛，你现在是在上班吗？姐有点事儿想问问你，有空吗？”程青青的声音听起来有些着急。

“嗯，你问。”付一杰走到窗边站着。

“也没什么，”程青青犹豫了一下，“我就想问问，你知道你哥最近碰上什么事了吗？我觉得你们兄弟俩感情好，他有什么事应该会跟你说……”

“我哥怎么了？”付一杰一听立马就有点儿着急。

“啊，估计你也不清楚，那个，你别跟他说我问过你啊，这人也不知道怎么回事儿，”程青青叹了口气，“原来说好一块儿合伙的，他现在突然说不做了，非给我另外介绍了个人，那人倒也是很熟，也不是说不能跟他合伙，反正那人愿意只投钱抽成不参与经营。但这事儿我怎么想都觉得奇怪啊，这么多年你哥不就想开个做精品的店吗，现在什么都弄好了，他说不做了！”

付一杰的眉头拧了起来，马上意识到这没有别的原因，只有一个可能性，付坤的钱出问题了。

“他肯定不愿意我问你，要不你就侧面打听一下，现在还有余地，他要还能一块儿做，姐肯定还是跟他合伙，前期我俩辛苦了这么久呢……”

“姐我知道了。”付一杰又跟程青青问了问具体情况，挂掉了电话。

晚上回了宿舍，付一杰给付坤打了个电话，付坤没接。付一杰又往家里打，老爸接的，说付坤在睡觉。

“每天都在睡觉，我下班回来就看他在睡觉，”老爸挺心疼地说，“估计这段时间太累了，我帮你叫他起来？”

“不用了，我也没什么事，”付一杰咬咬下唇，“周末我休息，回家一趟看看你们。”

“那好啊，”老爸立马开心了，“等你妈回来我跟她说。”

“别买太多菜啊，我就待周末两天就得回来了。”付一杰笑笑。

付一杰平时坐大巴回家，上车就睡，一直睡到停车，这次回去却一直在车上瞪着眼，看着窗外发呆。

付坤肯定是遇上什么麻烦事了，否则按付坤的性格，知道他周末跑回家，肯定当天就会打电话过来问了，这回却到现在连短信都没有发过来。

到底怎么了？

付一杰直接从车站打了个车回家，这还是他这几年回家，头一次付坤没在车站外面等着的。

到家正好是吃饭的时间，付一杰一路跑着上了楼，打开门就闻到了一阵饭菜香。

老妈从厨房里探出头来：“哎哟，我家的医生回来了！”

“快让我看看牙。”付一杰笑着两下把鞋踢了，跑过去抱了抱老妈，又扭头往客厅里看了一眼，老爸还没回来，也没看到付坤，“我哥呢？”

“给你买零食去了，”老妈摸摸他的脸，“你哥这几天补觉呢，今天睡到刚刚才醒，赶紧就跑出去了。”

正说着话，门响了，付坤拎着一堆吃的进了门。

付一杰回过头，一眼就发现付坤瘦了，而且看上去相当疲惫。

“哥。”他叫了一声，过去搂住了付坤。

“今儿睡过头了，”付坤也搂着他拍拍他的背，又在他背上用力搓了两下，“打车回来的吗？”

“嗯，打车也不费事。”付一杰笑了笑，听出了付坤的声音有些沙哑。

吃饭的时候付坤看上去挺正常，就是脸色不太好，付一杰一边跟老爸、老妈聊着，一边偷偷观察付坤。

付坤还是像以往一样，连贫嘴都没变，但付一杰还是看出他偶尔有些走神，不说话的时候脸上的笑容会很快消失。

7

付一杰不想让老爸、老妈担心，没有马上把付坤拉到屋里去问，一直到全家聊天都聊累了，老爸、老妈也回屋睡觉了，他才跟在付坤身后进了卧室。

“洗洗睡吧，坐车累吧？”付坤拍拍他。

“哥，”付一杰站到他面前，“你是不是不舒服？脸色很差。”

“是吗？大概睡多了？这阵太忙了有点儿累。”付坤摸摸脸，转身想往镜子那边走。

付一杰一把拉住了他的胳膊：“是忙店里的事吗？”

“……啊？嗯。”付坤笑笑，转身又想走开。

“付坤，”付一杰又把他拽回自己面前，“我跟你睡一张床长大的，你累了是什么样我清楚。”

“我真挺累的，”付坤有些无奈，“事儿太多了。”

“哦。”付一杰松了手，坐到了旁边的椅子上。

付坤打开柜子拿了衣服准备去洗澡，走到门边正要开门出去的时候，付一杰在他身后问了一句：“店什么时候开业？明天带我去看看吧。”

“明天？”付坤顿了顿，开门的手在空中停住了，“就回来两天，在家待着吧，我也不去，在家陪你。”

“我想看看。”付一杰坐在椅子上盯着他的背影。

付坤没有说话，也没动。

“哥，”付一杰站了起来，“你跟我说过，有什么事儿都要跟你说，那你呢？”

“我没什么事儿。”付坤转过身靠着门，声音很低。

“你是觉得我还是小孩儿，没办法帮你扛事儿吗？”付一杰说。

“没那个意思，”付坤抬手捏了捏眉心，“就是店里碰上点儿小麻……”

“什么麻烦，资金问题吗？”付一杰紧紧地追了一句。

付坤看着他，沉默了。

“钱有缺口了？”付一杰走到他面前。

“嗯。”付坤应了一声。

“出了什么事？”付一杰环住他的肩，紧紧地搂着，在他肩上用力蹭了两下，“差多少？我能帮你凑点儿。”

付坤没有说话，孙玮消失已经快一星期了，他一直没有跟任何人提起过这件事。

他不愿意再去回忆这件事，也不知道该怎么对人说出这件事。

他更不愿意面对的，是说出来之后也许会面临的那些疑问：那不是你最好的朋友吗？他为什么会这样？你打算怎么办？

付坤有些疲惫地靠着门，付一杰暖暖的呼吸在他耳边包裹着，让他觉得温暖和踏实，却依然无法放松一直绷着的那根弦。

“告诉我是怎么回事，”付一杰轻声问，“哥，告诉我出什么事了，行吗？”

“……我先去洗个澡，”付坤轻轻在付一杰的脑门儿上弹了一下，笑了笑，“我两三天没洗澡了。”

付一杰没有再追问，只是松开他点了点头：“嗯。”

付坤去洗澡了，付一杰在门后站了一会儿，转身从自己扔在桌上的钱包里抽出了一张卡。

这张卡是他的小金库，里面是他之前两年炒股的钱，不多，但好歹也有十来万，是他打算明年毕业之后用的。

他不知道付坤的钱出了什么问题，也不知道缺口有多大，如果这些钱还不够……

付坤洗完澡回到屋里，付一杰还坐在榻榻米上琢磨着，看到他进来也没动。

“累吗？”付坤躺下，枕着胳膊看了他一眼。

“今天车上一路睡回来的，不累，”付一杰笑笑，尽管心里很急，他还是忍住了没继续之前的问题，付坤本来就已经很疲惫，他不想催得太紧，“就旁边的人老打呼噜，我看他睁着眼呢，居然也是睡着的……”

付坤乐了：“睁眼儿睡也是技能，我跟你说，就高中那会儿秋游去爬山，到山顶都累得不行，孙……”

付坤的话突然停下了，付一杰看了他一眼：“孙玮？”

“嗯，孙玮就睁眼儿睡的，”付坤脸上的笑容消失了，想再挤一个出来没成功，情绪似乎一下就落到了谷底，“还流口水呢。”

付一杰笑了笑，靠到付坤身边，伸手在他肩上胳膊上轻轻捏着。

付一杰从付坤的变化已经猜到了，钱的事跟孙玮有关。

但他猜不出发生了什么事，孙玮和付坤认识的时间比他跟付坤还长，在他的印象里，想不出有什么能让这俩人关系出现问题的。

他没多问，只是继续给付坤一下下捏着。

付坤闭着眼睛，状态比之前要放松了不少，付一杰都有点儿担心再捏一会儿他就该睡着了。

“孙玮问我借了三十万。”付坤突然开口说了一句。

付一杰正给他捏小腿，手微微停顿了一下。

三十万？

之前付坤告诉过他，店面在已经有了规模的商业广场算是挺便宜的，因为是熟人，算上转让费是七十多万，他和程青青一人出一半。

三十万差不多是付坤留出初期进货的资金之后全部的现金。

“他给我打了借条，说是这月月底还我，”付坤闭着眼，语速很慢，“月初他给我拿回五万来，说是利息。”

付一杰继续给付坤捏腿，后面的事他已经能猜到，剩下的钱孙玮没有还。

“我现在找不到他了，”付坤轻轻皱了皱眉，“他大概是挪了公司的钱还不上……”

付一杰没说话，他知道，对于付坤来说，真正的打击是孙玮的行为。

如果真想把钱要回来，也不是没有可能，孙玮没有预谋，没有计划，要躲也躲不到哪去，真要想找，一定能找到。

但这只是付一杰自己的想法，他知道付坤不可能这样做。

“这事儿放着吧，别想了，”付一杰咬咬嘴唇，伸手准备从枕头下面拿卡，

“我能给你补一部分……”

“不用。”付坤很干脆地说，声音很平静，却听得出没有商量的余地。

付一杰皱着眉，他差不多能猜到付坤的想法，知道付坤的答案一定是拒绝。

在付坤心里，一直想要给家里人最好的生活，这是他给自己定的目标，也是他肩上最自然不过的责任。

他不想给家里任何负担，从他决定放弃大学的时候开始，付一杰很清楚，现在要想让他用家里人的钱，特别是他一直大把花钱惯着宠着的弟弟的钱，不是那么容易的事。

“这店不是说一开起来就能赚钱的，周转也还得要钱，进货压货都是钱，”付坤终于睁开了眼睛，看着他，“算上你的也不够。”

“那就再借。”付一杰说。

“时间来不及，这样地段的店铺，你以为人家就这么等你凑钱吗？后边儿举着钱排队的人多了去了，是熟人才给你这点儿面子。”付坤笑了笑，“而且之前我的计划就是周转的资金得借一些，能借钱的就那么几个人，现在借了，以后怎么再借？事情不像你想的那么简单。”

付坤不紧不慢的平静分析让付一杰半天都没说出话来。

这一夜俩人都没怎么睡，断断续续地聊着。

付一杰不愿意就这么眼看着付坤放弃，不愿意眼看着对方这么多年的努力最后差这一步迈不过去。付坤没有直说不用他的钱，只是坚持给他解释。

两个人聊到天快亮的时候也没有聊出最后的结果来。

“睡一会儿吧，”付坤拍拍付一杰的胳膊，“你哥不会因为这个就趴下了，我从地摊熬到今天，不只是靠运气就能行的。”

“不管怎么说，”付一杰来回翻了几次身，“钱我先转给你……”

“一截儿，”付坤突然转过脸来看着他，“你毕业以后是不是不打算进医院？”

付一杰愣了愣，他没想到付坤会突然问他这个，但这的确是他的想法，只是从来没跟家里人说过，付坤这种大大咧咧的人怎么会发现？

“为什么这么问？”他抱着枕头挨到付坤身边。

付坤笑了笑："你这么有计划的人，不可能真的只是为了让我帮着数钱去赚钱，你炒股也不可能只是好玩，对吧？肯定得有个明确的目标。"

付一杰没说话。

"是想毕业了自己干？"付坤摸了摸他的鼻尖。

"不是。"付一杰回答，他突然明白了付坤为什么坚持不肯用他的钱。

"我跟你说，"付坤侧过身跟他面对面地躺着，"哥本来想着，你毕业的时候，钱肯定不够，我再给你投资点儿……当然不是白给，你每年得给我提成，少了不行，得让我数够一小时的。"

付一杰不说话，把半张脸埋在枕头里。

"但现在这情况，我明年大概帮不了你什么了，"付坤轻轻叹了口气，"你把钱用在我这儿，不如自己好好干，那样我更舒坦，懂了吗？"

"我没想自己干，我资质不够，得有五年工作经验，增加设备还得增加医生……"

"你都了解这么多了，肯定琢磨挺久了吧，会没想到对策吗？"付坤笑了笑，"睡吧，我困死了。"

"付坤。"

"睡。"

付一杰趴在枕头上，觉得自己身体里有股无名火，想爆发又找不到合适的理由，憋在肚子里从脑袋窜到脚上，又从脚底窜到胳膊上，烦躁得就想跳起来摔点儿东西大吼两声。

最后他只能握着拳头往榻榻米上狠狠砸两下。

身边的付坤没有反应，不知道是睡着了还是装不知道。

他又狠狠砸了一下。

付坤这种波澜不惊的平静让他恼火，一向脾气不怎么好的付坤现在却能这么忍着让他无法忍受，他希望付坤发火，骂人，不管什么样的理由，哪怕付坤跳起来揍他一顿都比现在这样好受得多。

付坤在旁边声音很低地叹了口气，往付一杰那边挨了挨，手放到了他背上。

付一杰没动，付坤的手在他背上轻轻摸了几下，就像小时候他不开心的时候那样，抓抓头发，摸摸背。

“睡吧。”付坤侧身过来拍了拍他。

这么多年来，每次睡觉都是他厚着脸皮往付坤身上黏，这是付坤第一次在睡觉的时候主动碰他，就这样一个简单的动作，让他心里那股无名火顿时开始消散。

大概也就睡了两个小时，付一杰觉得自己还没来得及睡着，就听到了楼下早锻炼的人说话的声音。

他趴着压得肋条有点儿酸疼，但付坤胳膊还搭在他身上，于是他只是偏过头，看了看还睡着的付坤。

付坤还没醒，呼吸很缓，眉头微微拧着。

“哥？”付一杰小声叫了他一声。

付坤轻轻动了一下，眼睛睁开了一条缝，翻了个身平躺着，迷迷糊糊地说了一句：“困。”

付一杰也跟着用胳膊撑起了身体，转头看了看付坤，付坤的胳膊搭在眼睛上，偏着头还在睡。

于是他又倒了回去，往付坤身上一靠。

“你又……”付坤拍了拍他，“长秤了吧？”

“没，还没到一百五呢，”付一杰很认真地回答，“怎么了？”

“你很重，”付坤在他腰上戳了一下，“下去。”

付一杰立刻捂着腰从付坤身上翻到了一边：“痒。”

“起来吧，”付坤打了个呵欠，坐起身，“本来想多睡一会儿的，现在瞌睡都没了。”

“爸说你天天都在睡，还没睡够啊？”付一杰滚到他身边。

“就是躺着，也没睡着，想事儿呢。”付坤在他屁股上拍了一下，没再说话，似乎有些走神。

这句话把付一杰拉回了现实里。

他沉默了很长时间，从枕头下面摸出了那张银行卡，狠狠地捏了两下，也坐了起来，把卡递到了付坤面前："哥，这事儿我要不知道就算了，我知道了，就不可能什么都不管。"

"你现在要管的就是你自己，好好实习，再弄点儿钱，"付坤按下他的手，站了起来，一边穿衣服一边说，"按你的计划走，你出息了，我就舒坦。"

付一杰头天晚上的那种憋屈劲儿又一下堵到了胸口，他跟着站了起来："你怎么就不明白我的意思呢？"

"我知道你想帮我，"付坤皱了皱眉，"我不是跟你解释了吗？现在的问题不是我拿了你的钱就能解决的！"

"你不试试怎么知道？你不去解决一下怎么知道解决不了？"付一杰踢了一下枕头，"我知道你心疼我，那我也心疼你你怎么就想不明白呢！

付坤正往身上套T恤，套一半举着手停下了动作，捂了一会儿又把T恤脱下来扔在了一边："没错！我就是心疼你，所以我希望你能按自己的计划走，我不愿意因为我的事影响到你！这事儿不是非得用……"

"付坤！"付一杰走到他面前，"你现在的理由不就是加上我的钱也不够吗！那行，我帮你借！"

"问谁借？"付坤眯了一下眼睛，盯着他。

付一杰没有说话，他从付坤的表情能看出来他猜到了。

"你现在情况跟我一样，借了一次，你还怎么借第二次？"付坤皱着眉，"我说了，你做好自己那份儿！咱俩别再在原地来回绕了！我不需要你……"

"不需要我为你做什么事，对吗？"付一杰打断他的话。

付坤没有出声。

"在你眼里，我到底是什么样的人？你弟弟？多大的弟弟？六岁？十岁？成年了没？"付一杰把银行卡扔到桌上，"为什么你就觉得我只能让你疼着惯着？为什么我想帮你一把就让你这么难受？你到底在介意什么？"

"你想说什么？"付坤也有点儿开始蹿火，没错，他就是像付一杰说的那样，他就觉得这个弟弟是自己从小疼着长大的，他不能接受弟弟要倒回来为他做出牺牲！

"我想说什么？"付一杰拍拍自己胸口，"我想说的多了去了！全在这儿堵着呢！堵好多年了！你敢听吗？”

付坤愣了愣，咬咬牙：“你别犯浑！”

“犯浑？我要犯浑，你早没渣了！”付一杰指着他，“我要舍得犯浑，我就不会这么多年憋得跟脑子有病似的了！这是什么滋味儿你知道吗？”

付坤向后退了一步，靠到了桌子上，付一杰这句话戳得他很疼。他按着桌沿，突然也有种想要爆发的冲动：“我知道！”

“知道，你当然知道！”付一杰逼到他面前，“你知道，你为什么还要这样？！”

“付一杰……”付坤觉得自己虽然很想爆发，却猛地不知道该怎么说了，那股找不到出口的力量疯狂地在他身体里撞击着，让他喘不上气来。

“付坤，从小到大，我就想为你做点什么。我想要保护你，我想让你觉得我能让你依靠，”付一杰的声音有些发抖，眉头紧紧拧着，“哪怕是一件小小的事都行。我想让你在难受的时候想到我……你能体会吗？这种感觉，不单单是想得到哥哥的认同，而是……”

“别说了，”付坤在他嘴上按了一下，“别说了。”

付一杰想要说什么，付坤很清楚，呼之欲出的那句话他清清楚楚。

这是他害怕听到却又隐隐期待着的东西，是让他能完全体会到付一杰痛苦的东西，是让他比付一杰更痛苦难熬的东西，是他觉得无论是谁都无法轻易去面对的东西。正因为这样，这还是他不得不用尽所有力量去控制两个人关系，压抑和煎熬着的东西。

“别说了，我都知道，我……”付坤想要控制住自己的手不要发抖，但做不到，他咬着嘴唇，付坤你要给谁发电报呢？

付一杰抓着付坤的手，用了很大的劲。付坤能感觉到他的手同样在颤抖，但他的声音坚定而清晰：“关于我的想法，付坤，你心里清清楚楚、明明白白，因为你也一样！”

这句话说出来的一瞬间，付坤整个身体猛地一僵，接着就像是突然被抽走了所有力量，身后的桌子都无法再支撑他。

这句话就像一把锋利的刀，付一杰用它一刀劈开了两个人这些年来小心翼翼一层层垒起来的所有保护层。

那些让人窒息的，那些让人如同被隔离在所有光线之外的保护层，被这一刀劈得全都碎成了渣，付坤甚至听到了那阵碎裂的声音。

那些让人顿时想要舒展开来，软软地趴下去，闭上眼好好休息的声音。

“没错，”付坤抬眼看着付一杰，“我也一样。”

8

付一杰定定地看着他，两人谁都没有再开口。

过了好一会儿，他才慢慢恢复了平静，一直到这时，他才感觉到自己身上不知道是因为紧张还是激动，已经全是汗水。

他转身从柜子里拿了衣服往卧室门口走：“我去……洗个澡。”

门打开的同时，付一杰整个人都定在了原地。

老妈一脸震惊地站在门口，手里拿着一双筷子，客厅的桌上摆着刚做好的早饭。

付一杰的心一下沉到了谷底，没等他开口，老妈已经扬手狠狠一巴掌抽在了他脸上：“浑蛋！”

老妈这一耳光打得很重，付一杰被甩得晃了一下才站稳。

耳朵里一片尖啸声，像坏掉了的收音机，脑子里也一片空白，根本没有思考的能力。

从小到大，老妈没有打过他，老妈一直说他比付坤稳，比付坤懂事听话，他要真犯了什么错，老妈顶多骂几句让他顶碗水站在墙边。

这是十几年来老妈第一次打他，这一巴掌把他直接扇下了悬崖，扇进了冰水里。

“妈……”付一杰吃力地叫了一声，那种从内心深处冒出头来的丝丝恐惧让他声音都有些沙哑。

妈妈，这个词叫出来的时候，他突然感觉失去了一直以来的那种坦然和舒心。

这是他十几年来刻在心里的词，这是他的妈妈，让他温暖安心的人，他却让这个人生气了，不，不仅仅生气这么简单……

在老妈扬手准备打第二下的时候，付坤从身后冲了出来，一把抓住了老妈的手："妈！"

"谁是你妈！"老妈喊了一声，抬脚狠狠地跺在了付坤脚上，"你给我滚开！"

"妈，妈！"付坤疼得差点儿喊出来，老妈穿的是前阵刚买的板儿拖，这一脚下去就像被人用锤子砸了一下，他忍着脚面上的疼痛搂着老妈不撒手，把她往客厅那边推，"你别生气，我给你解释……"

"解释什么！啊？解释什么！"老妈挣扎着，在付坤身上又踢又打。

付一杰往前迈了一步，想要说点什么，但猛地看到老妈眼里闪出的泪光时，他的心狠狠地抽了一下，想说的话全堵在了嗓子眼儿里，一阵撕裂般的疼痛袭来。

"怎么了这是？！"老爸从卧室跑了出来，他今天休息，一直在睡觉。

"老付——"老妈用力推开了付坤，扑进了老爸的怀里，哭出了声，"天哪！我该怎么办？"

"你先别哭，怎么了？"老爸抱着她，又看了一眼付坤和付一杰，把老妈拉进了卧室，关上了门。

客厅里一下空了，付坤站在屋子中间，隔着门能听到老妈的哭声和老爸低沉的声音。

他慢慢转过身看着付一杰，付一杰脸上被老妈扇出来的巴掌印清晰可见，还有些肿："一截儿……"

"你告诉妈，"付一杰像是突然回过神来，走到他面前，有些急切地说，"哥你告诉妈是我，你没有，你不是！她可能没听清，你告诉她是我，你快去跟妈说！都是我……"

付坤看着有些语无伦次的付一杰，皱了皱眉，他觉得这短短几分钟里发生的事就像是一场梦，迷茫、混乱、痛苦的一场梦。

他头晕得厉害，伸手想要摸摸付一杰脸的手却差点摸空。付一杰拉过他的手按在了自己脸上，但又迅速地松了手，往老爸、老妈卧室门那边看了一眼。

“哥，”付一杰慢慢蹲了下去，咬着嘴唇，手在头发上狠狠抓了几下，“我错了，我真的……错了，我没想弄成这样……我只是……我不想让家里知道，我只想告诉你……我……”

“我知道，”付坤轻声说，“我知道。”

卧室的门打开了，老爸走了出来，沉着脸看了看他俩，又看着付坤：“你进来。”

付一杰心里最后的一点侥幸被老爸的表情打碎了，不知道老妈听到了多少，但最后的话肯定是听见了。

“爸，”他猛地站了起来，拉住了正要往卧室走的付坤，“这事儿我来解释吧。”

老爸看了他一眼，转身回了卧室：“想死排队，一会儿就是你。”

“你等着。”付坤轻轻拍了拍他。

“告诉他们你不是，”付一杰抓着付坤的胳膊，声音压得很低，手抖得很厉害，“告诉他们你不是，只要爸妈没事……我什么都不要了，我什么都不要……我错了……”

付坤在他手上很用力地捏了捏，盯着他看了一眼，抽出胳膊走进了卧室。

卧室门关上的瞬间，付一杰的眼泪一下涌了出来，心里那种被人拧成一团的无法忍受的疼痛让他连站都站不住，不得不弯下腰撑着膝盖，最后跪下去伏在了地上。

你为什么不憋着？付一杰你为什么不憋着？为什么这么冲动？

你哥告诉你要憋着！你就应该憋着！死了也得憋着！

你明明知道后果！为什么还要说？为什么？！

为什么要让全家都因为你变成这样？

爸妈一定会寒心吧……

会后悔吧……

付一杰脑门顶着地板，胳膊紧紧搂着自己，却怎么都无法缓解身体里的阵阵绞痛，恐惧、担心、绝望，这些不断涌上来的痛苦感觉让他难以承受。

付坤进去之后，屋里一直很安静，低低的说话声分不清是谁的，也听不清在说些什么。

付一杰就那么一直伏在地板上，耳朵里还在嗡鸣，除了自己的心跳，所有的声音他听着都像捂在被子里，听不真切。

团子一直围着他哼哼唧唧地打转，最后趴在了他脸旁边。他的左脸火辣辣地痛，烧得他整个人就像是被扔到了火堆里，被燎得生疼。

这种没有希望的等待让人窒息。

付一杰感觉到自己的身体越来越轻，意识都快随着脑子里那些纷乱的杂音飘走的时候，卧室里传来了什么东西摔碎在地板上的声音，接着是沉重的一声闷响。

“付坤！”老妈的喊声同时响起。

付一杰顿时一阵紧张，直起身想往卧室跑，但身体有些麻木了，他踉跄了几步才扑到了门上。

“哥！”付一杰拧了拧门锁，发现门是锁着的，他拍了拍门，“妈！怎么了？妈！”

没有人来开门，付一杰依然只能模糊地听到老妈带着哭腔的声音，他又拧了几下门锁：“妈，我求你，你开门！妈，我错了！”

“付一杰你进来！”老妈在里面大喊。

付一杰咬牙，握着门锁狠狠一拧，门锁发出“咔”的一声脆响，被他拧断了。

付一杰推开门冲进了屋里，发现眼睛通红的老妈站在屋里，脸色苍白的付坤靠坐在地上，老爸扶着他，地上是碎成了片的花瓶。

“晕倒了。”老爸看了一眼付一杰。

付一杰的腿都有些发软，他冲到付坤身边，盯着付坤的脸：“怎么了？”

“没晕，”付坤皱皱眉，“没站稳。”

“先送你哥去医院看看，”老爸扶着付坤站起来，“别的事回来再说。”

“我真没事，就是没休息好……”

“让你去你就去！”老妈哭着吼了一声，“你还什么事儿都要逞英雄啊！”

“去医院。”付一杰拉过付坤的胳膊，弯腰把他背了起来就往外跑。

付坤坐在医院的椅子上输液，付一杰坐在他对面。

医生说付坤就是没休息好，有些焦虑，身体没有什么问题，休息两天就好。

付一杰给老爸发了条短信告诉他们付坤没事，老爸回了一个字：嗯。

付一杰盯着这个字发呆。

“过来。”付坤说了一句。

付一杰起身坐到了付坤身边，付坤拍了拍他的手：“你明天先回学校吧。”

“过几天吧，”付一杰抓住付坤的手，紧紧地握着，“现在这种情况，我怎么可能走。”

付坤轻轻叹了口气：“这事就算再过几天也解决不了，你待家里也没意义。不管怎么样，总得给爸妈留点时间缓缓。”

“你是不是……”付一杰偏过头看着他，“你都承认了？”

“嗯。”付坤应了一声。

付一杰僵了僵，握着付坤的手收紧了。

“有些事儿该认就得认，”付坤轻声说，“再说妈也听见了。”

“妈是……什么态度？”付一杰问得很艰难。

付坤没说话，过了一会儿才挤出个笑容。

从医院回到家的时候，已经过了午饭的点儿，家里一片安静，厨房里冷冷清清，老爸、老妈都坐在客厅的沙发上发呆，电视也没有开。

付一杰在走廊上换了鞋，却几乎没有勇气走进客厅，他没有办法面对老爸、老妈，他害怕看到这两个对他倾注了全部心血的人痛苦的眼神。

“我去买点吃的吧。”付一杰小心地说了一句。

“不用了，”老妈手撑着额角靠在沙发上，眼睛红肿得厉害，脸上也是一片灰暗，看上去精神很差，“吃不下。”

付坤走进客厅，坐在了椅子上。

付一杰站在原地没有动，家里现在这种压抑得让人绝望的气氛让他窒息，他不敢动，也不想动，就想这么站着，身体里的每一个细胞都失去了活力。

“你那个钱的事怎么解决？”老爸看着付坤，终于开口问了一句。

“我手头还有点钱，再找找看能不能先做点儿别的。”付坤捏了捏眉心，“你们别担心，这事儿我能处理。”

老爸没说什么，转头看向了付一杰：“一杰。”

付一杰还没有来得及开口应一声，老妈在一边突然捂着脸哭出了声，付一杰顿时像是被人用打夯机砸了一下，疼得五脏六腑都缩成了一团。

“妈，”他声音很低，鼻子一阵阵发酸，“对不起。”

老妈没有理他，只是哭，最后站起来跑回了屋里。

屋里传出来的痛苦的哭泣声让几个人都沉默了。

“这件事，”老爸站了起来，“我们没办法接受，无论从哪方面都没办法接受。”

付一杰回到学校的时候，跟医院请了两天假，待在宿舍里躺着一言不发。

直到他回来之前，他都没能跟老妈说上话。虽然他知道说什么都没有用，但还是想说。

妈，我错了。

妈，对不起。

妈，不要不理我……

可是他最终什么都没有说，家里像是被消了音的世界，所有人都沉默着，甚至他和付坤之间都没了话，感觉就像是他们相互看对方一眼，都是对父母的伤害。

蒋松把给他带回来的晚饭放到桌上，在下铺床沿上坐了一会儿之后，叼着根烟又出去了。

家里的事他告诉了蒋松，蒋松什么也没有说，没有多问，也没有安慰。

这样让付一杰觉得轻松，他现在最害怕、最不需要的就是安慰。安慰根本没有任何作用，这不是几句话就能解决的，只会让他心烦意乱。

他现在脑子里转着的只有担心，担心老爸、老妈，担心付坤，担心这个曾经带给他温暖和欢乐的家。

深深的负罪感让他几乎要崩溃。

手机在响，付一杰一把抓起手机，尽管他知道现在付坤晚上在家的时候给他打电话的可能性微乎其微，却还是有隐隐的期待。

不是付坤。

付一杰身体里因为期待而爆发出来的力量一下被抽空了，他有些无力地按了接听键："喂。"

"一杰。"吕衍秋的声音从听筒里传出来。

"嗯。"付一杰应了一声，看了看桌上放着的小台历。

"我明天来你那边谈事，晚上一起吃个饭？"吕衍秋说，"聊聊你的那个计划，有时间吗？"

付一杰犹豫了几秒钟："有时间。"

"那说定了，明天下午我到你们医院接你下班吧。"

"好的。"

"一杰，你是不是不舒服？"吕衍秋大概是听出了他声音里的疲惫。

"没，有点儿困。"

"……那你先休息吧，明天见。"

第二天付一杰请假的时间到了，他按时去了医院，但一直有点走神，被刘医生点名骂了好几次。

下午事少一些的时候，他去走廊上给付坤打了个电话，如果付坤在家，这个时间家里应该只有他一个人。

"一截儿？"付坤很快地接了电话。

听到付坤的声音的时候，付一杰顿时有种想流泪的冲动，尽管付坤沙哑的声音里满是疲惫，他还是感觉到一阵暖意。

“身体好点儿没？”付一杰按了按眼睛。

“没事儿了，本来也没什么。”付坤笑笑，“你在医院？”

“嗯，现在没什么事，”付一杰紧紧握着电话，“爸妈……还好吗？”

付坤沉默了一会儿才开口：“还是那样，不太好。”

付一杰靠到旁边的墙上，其实这句话他不用问也能知道答案，对于他们来说，现在这样的局面，是死局。

怎么办?

“一杰，”付坤声音很低，“有些事，就是这样的，也许一辈子都找不到真正的解决办法。”

“我知道，”付一杰闭上眼睛，他很清楚，这件事，无论怎么做，都是伤害，“我本来也没想要做什么，我这么多年想的只是让你知道而已，想要个……回应而已。”

付坤笑了笑：“满意吗，我的回应？”

“嗯，”付一杰也笑了笑，付坤的那句“我也一样”和说出这句话时的眼神，他一辈子都忘不掉，“像要飞起来一样开心。”

这种让他想要紧紧拥抱的幸福感只有短暂的一瞬间，他的笑容还挂在嘴角，心情却飞快地向下跌落：“你会收回吗？”

“不会，”付坤顿了顿，“无论之后你要面对什么，难受也好，无奈也好，都记着，放心里就行了。”

“好。”付一杰点点头，付坤的话他似乎有些没听懂，但他没有多问，现在任何一点变化都有可能让他珍惜的一切崩溃，他变得小心翼翼，不敢多说，多问，多想。

第五章

·

十年

1

吕衍秋在付一杰下班的时间准时打来了电话，付一杰换了衣服走出医院的时候，她的车已经停在医院门外。

“实习是不是很累？”吕衍秋开着车，转头看了看他，“你脸色很差。”

“比上课累。”付一杰笑笑。

吕衍秋跟他的联系不多，也就是过来这边办事的时候偶尔会约他出来聊聊，他现在的状态对于一个不常见面的人来，大概是太明显了。

吕衍秋要了个小包间，点完菜之后，付一杰给她倒了杯茶，她喝了一口，放下杯子：“咱就直接说说你的计划吧，吃完了你早点回去休息。”

“嗯。”付一杰给自己也倒了杯茶。

“你现在手头有多少钱？”

“十五万。”付一杰回答。

“不够。”吕衍秋拿着杯子一下下转着。

“不算设备就够。”

“设备呢？”吕衍秋笑了笑。

“你来出，三台就行，”付一杰看着她，“收益按比例分给你，具体的我们可以细谈。”

吕衍秋笑着点点头："好吧，那医生呢？"

"医生我能找到，学校师兄什么的，以后再增加设备需要主治医生我再联系。"付一杰说，这些都是他想了很久的事，每一个细节他都反复考虑过。

吕衍秋问的问题并不多，付一杰最初跟她提这件事的时候，她就很赞成，也一定会支持。

"房子的事我回去可以帮你先问问，别的事你要自己多跑跑，"吕衍秋拍拍手，"吃东西，边吃边聊。"

付一杰这几天都没有食欲，东西吃到嘴里都没什么味道。

快吃完的时候，他放下了筷子，有些犹豫地开口："我还有个事，你能不能帮我？"

"什么事？"吕衍秋也放下了筷子。

"我家那边的医院，你能帮我联系到口腔实习吗？"付一杰咬咬唇。

吕衍秋愣了愣："实习？你不是实习得好好的吗？"

"我想回家实习。"付一杰眼睛盯着筷子，这事他想了几天，他给家里带来了这样的混乱，老爸、老妈现在是那样的状态，他无论如何也不愿意离家那么远。

吕衍秋想了想："一杰，能跟我说说发生了什么事吗？"

付一杰看着她，没有说话。

这个女人，是他的生母，虽然他直到现在也没办法做到接纳这个曾经抛弃过他又回过头来希望得到他原谅的女人。

但现在，这个游离在他生活之外，也是他妈妈的人，却让他有了另外一种感受。

不是接受，不是亲近，更不是接受，只是一种莫名的信任。

可以说出秘密的那种信任。

吕衍秋低头沉默了很长时间，拿起杯子喝了口茶，抬头看着他："这是你的私事，我应该……不会干涉。"

付一杰笑了笑，吕衍秋会是这样的态度，他并不意外。

吕衍秋跟老妈不同，吕衍秋出过国，观念会更开放一些，而最本质的区别却是……

“你妈妈知道了？”吕衍秋问。

付一杰点点头。

“她应该不能接受吧，”吕衍秋叹了口气，“毕竟……我跟你的关系不一样。”

是的，关系不一样，肖淑琴是妈妈，他是肖淑琴的儿子，亲儿子，这就是最本质的区别。

因为他在老妈眼里，跟付坤是一样的地位，他是老妈的二宝贝儿。

“你现在有喜欢的人？”吕衍秋试着问了一句。

“嗯。”付一杰应了一声，握紧的手心里渗出了汗。

吕衍秋的手抖了一下，杯子里的茶晃了出来。

“我回宿舍了。”付一杰突然站了起来，他想给老妈打电话，他突然很想听到老妈的声音。

吕衍秋开车把他送回了宿舍，他一口气跑到了宿舍后面的山边才停了脚步，拿出手机拨了家里的电话。

接电话的是老爸，付一杰靠着一棵树，怕自己会支撑不住坐到地上。

“爸，是我。”他鼓起勇气开口。

“一杰啊。”老爸似乎有些意外，接着便是沉默。

“我没什么事，就是想打个电话。”付一杰觉得短短几天，老爸的声音听上去竟然有一丝苍老。

“嗯。”

付一杰不知道该说什么，他和老爸之间从来没有过这样无话可说的尴尬：“妈在吗？”

“她睡了。”

“哦，”付一杰弯下了腰，慢慢蹲在了树下，“那你也早点休息，我……挂了。”

付一杰在树下蹲了很久，这是他长这么大，第一次这么害怕和无助。

他想给付坤打电话，但拨号的瞬间又挂掉了，他害怕还没有睡觉的老爸听到付坤手机响会有想法。

付一杰回到宿舍的时候，只有蒋松坐在桌旁边玩电脑，他趴到蒋松床上：“我睡你这儿，你上去睡。”

“嗯。”蒋松看了他一眼。

付一杰在蒋松床上躺了一夜，整夜他都瞪着眼，快天亮的时候，他困得几乎要发疯，但无论如何都睡不着。

手机闹铃七点响起的时候，付一杰从床上弹了起来，趿着拖鞋走出了宿舍。

他在走廊上拨了付坤的号码。

听筒里很安静，他感觉等待格外漫长，忍不住往墙上踢了一脚。

电话里终于传来了拨号音，他一下挺直了背。

拨号音单调地重复着，一直到最后自动挂断，付坤都没有接电话。

付坤坐在医院门口的台阶上，嘴里叼着根烟，一直没点，他忘买打火机了，平时不抽烟的人买烟就容易忽略配套设备。

旁边一个大叔看了他老半天，递过来一个打火机：“小伙子，是不是没火啊？”

“谢谢。”付坤接过打火机把烟点着了。

抽了两口之后，他把烟拿下来踩灭了，再弹进了旁边的垃圾桶。

能不抽了吗？抽烟对身体不好。

这是付一杰很久之前对他说过的话，打那以后他就一直没再抽过烟。

握在手里的手机屏幕亮了，亮的时间不长，是短信。

手机他调成了静音，从早上到现在，屏幕每一次亮起他都知道，二十七个电话，五条短信。他没有勇气去看，他不知道该怎么跟付一杰说，他面对的压力，他的想法，他也许不得不做出的决定。

他第一次有了绝望的感觉。

“走吧。”老妈的声音在身后响起。

付坤跳了起来：“怎么样？”

“急性胃炎，”老妈皱着眉瞅了一眼老爸，“就喝酒喝的，平时吃饭也没规律，一点儿也不注意！”

付坤没出声，跟在老爸、老妈身后往停车场走。

老爸的胃一直有点小毛病，但平时没什么影响，所以一直不在意，这两天有点儿便血才被老妈拉来了医院检查。

老妈说的是喝酒，付坤觉得也许跟这几天老爸情绪不好也有关系，想到这些付坤就一阵内疚，老爸每天晚上半夜都会起来在屋里一圈圈来回地走，付坤在屋里能听到他时不时发出的叹息声。

回到家的时候，家里的电话铃在响，付坤下意识地把鞋一甩就往客厅里快步走过去，走了两步他才又猛地放慢了脚步。

“接电话去啊，”老妈在他身后说了一句，“愣什么神儿？”

付坤过去拿起了电话：“喂？”

“哥？”那边是付一杰都有些沙哑了的声音，“你去哪了？”

“陪爸妈出去了一趟。”付坤看了看老爸、老妈。

“你没拿手机吗？”付一杰听上去像是松了一口气，“我给你打了好多个电话，我还以为……”

付坤心里揪着疼了一下，没说出话来。

付一杰顿了顿，问：“爸妈在家了？”

“嗯，一块儿回来的。”付坤说。

“那……我先挂了吧，我还在上班。”

“挂吧。”付坤咬咬嘴唇。

付一杰挂掉电话之后，付坤又拿着听筒愣了一会儿才放好电话坐到了沙发上，就这么短短一两分钟里，他身上已经渗出了细细的汗水。

心疼，纠结，紧张……各种情绪在心里拧成一团。

他拿出手机看了看，全是付一杰的未接来电和短信，他打开了短信收件箱。

——哥，你没带手机吗？

——怎么不接电话？

——怎么了？你别吓我，是不是出什么事了？

——哥你接电话。

……

付坤的手指轻轻在屏幕上抚过，手又开始有些发抖，他心里瞬间有些动摇，但咬牙很快地把手机放回了兜里。

“你昨天说的那个事，”老爸在他旁边坐下了，拿了壶茶喝着，“跟你弟说了没？”

“没。”付坤嗓子有点发紧。

老爸没出声，过了一会儿又问：“这事儿靠谱吗？”

“我了解过了，现成的地方，基建都做好了，水电也都通，初期能省很大一笔开销，”付坤努力地不让自己的思绪胡乱地窜，“苟盛那边能联系到客户，就是比原来卖服装辛苦点儿，不过空气好。”

老爸没再说话，拿着茶壶走进了屋里。

老妈一直没有过问他的事，确切说，老妈这几天都没怎么说过话。

家里没有了老妈爱说爱笑的声音，顿时冷清了很多，付坤每次坐在客厅里都有一种很孤单的感觉。

老妈在厨房里给老爸做粥，他看着老妈的背影发呆。

平时这种时候，他一般会跟着在厨房里待着，老妈总说一个人在厨房里做饭很寂寞，有人在她旁边晃来晃去，哪怕什么忙都不帮，她也会觉得开心。

卧室里他新买的手机在响，响了很长时间才把他从思绪里拉回来，他进屋接了电话。

“坤子，我陈莉，”陈莉永远充满活力的声音传了过来，“明天可以过去交钱了，先租三年，你是再考虑一下还是……”

“交钱吧。”付坤说。

“那行，今天晚上一块吃个饭，我这两天忙完了又得走了，叫上宋大哥，你跟他聊聊，他这人挺好处的，这园子没跟你要价就租给你了，你有什么不明白就问他。”

“嗯，”付坤在椅子上坐下，轻轻舒出一口气，“谢谢。”

“别谢了，咱俩什么关系，”陈莉想想又说，“付坤，人有时候会觉得自己面前没路了……”

付坤闭上眼睛：“你写稿呢，走的人多了就有路了，你这算抄袭啊。”

“但只要你往前走，”陈莉没理他，自顾自地说，“你只要没停在原地，就一定会有改变。”

“改写励志了啊？”付坤笑着说，眼泪从眼角滑了出来，顺着脸慢慢往下爬。

陈莉笑笑：“无论是生活还是感情，都一样。”

“谢谢。”付坤拉过衣领擦掉了眼角的泪。

付坤拿着简单的行李离开家的时候，心里什么都没想，空的，特宽广，能塞进去几头狂奔撒欢的河马。

他把装着旧号码的手机关了机，本来该去销号，他舍不得。

付坤出门的时候老爸、老妈什么话都没说，没有问他要地址，也没问他要新号码。他也没有多说什么，这是他能做出的让父母安心的唯一选择。

他没有把这件事跟付一杰说，他没有勇气，一旦听到付一杰的声音，他的所有决心都会土崩瓦解。

开着车在路上的两个多小时里他一直把音乐开到最大，爆炸似的音乐声和着小破面包车在凹凸不平的路上颠出的哐哐当当，把他脑子里搅得乱七八糟，什么都没法去想了。

车停在苗圃门口的时候，付坤只觉得一阵阵发晕，他伸手拧了一下收音机的钮，车里的歌声顿时换了。

“Crying in the night（在夜晚哭泣），第一次哭个痛快，我要为死去的心say goodbye（说再见），Crying in the night（在夜晚哭泣），第一次哭个痛快，I don't wanna miss you anymore（我再也不愿想念你）……”

付坤迅速地关掉了收音机，眼泪在这一瞬间像决了堤一样涌了出来，他抬手在眼睛上胡乱揉了两下，却像是给眼睛里揉了坨芥末，泪水再也无法控制。

他趴到方向盘上，开始放肆地痛哭，他不爱哭，从小到大就没什么事能让他流泪，而现在他却哭得几乎用尽全力。

郊外很静，四周也没有人，他只能听到蝉鸣和自己的哭泣声。

心里的压抑和一直无法化解的痛苦，在这一刻全都跟着泪水，像是找到了出口，无所顾忌地奔涌而出。

这种歇斯底里的哭泣让他喘不上气来，在一片窒息中他按着喇叭，发出了一声压抑着的吼叫。

付一杰坐车回来的时候一路都在昏睡，半睡半醒的感觉很难受，却摆脱不了。他醒过来的时候脑子是一片混沌，睡过去的时候却又似乎在不停地思考。

这种煎熬让他在下车的时候腿都是发软的，从车上跳下来的时候差点跪在地上。

他背着包去车站厕所洗了洗脸，看着镜子里自己一脸的灰暗，想起了以前跟付坤去进货，一大早下了车也是在厕所里洗脸，那时的自己，虽然疲惫，镜子里的脸上却有掩饰不住的喜悦。

他拎着包走出车站，打了个车，说了家里的地址。

他告诉了老妈今天开始回来实习，老妈问了问这样实习学校认不认，别的没有再多说。

他回到家时，老爸、老妈还没有下班，厨房里有碗盛好的排骨汤，这是老妈的习惯，每次他回家，老妈都会准备点吃的，怕没到吃饭时间他会饿。

付一杰捧着碗把汤都灌进肚子里，又认真地把排骨也啃了，留了一小块骨头给团子啃着玩。

他把碗洗了放好之后，拉开了厨柜门，看着他在家时永远都会满满堆着零食的那一格发愣。

今天这一格是空的，很空，空到付一杰只觉得眼前一片黑暗。

没有零食。

也没有……付坤。

这是付坤消失的第七天。

2

付一杰在卧室里换了衣服之后，回到客厅，坐在了沙发上，抱着团子看电视。

他以前回家了喜欢窝在卧室里，吃着零食看看书，在榻榻米上滚一滚，但现在，他却害怕在那个房间里待着。

那里有太多付坤的痕迹：付坤的衣服，付坤的漫画书，付坤画满了各种画的本子……付坤的气息弥漫在卧室里的每一个角落。

无论往哪里看，无论目光怎么回避，依然是满眼满心。

老爸、老妈今天回来的时间差不多，进门前后脚，付一杰站在客厅里，不知道自己是应该过去像以往那样抱抱老妈，还是就站在这里。

团子从沙发上跳下来，一溜烟儿跑到了老妈脚下，围着老妈哼哼着蹭脑袋，老妈弯腰在团子脑袋上摸了几下："好了好了，乖啊，团子真乖。"

"妈。"付一杰走过去站在老妈身边。

"回来啦，累吗？"老妈把手里的包放在了桌上，"我给你留了碗排骨汤，喝了没？"

"喝了。"付一杰点点头，鼓起勇气，很小心地用胳膊圈着老妈的肩轻轻搂了一下。

老妈的身体有些僵，但还是伸手在他背上拍了拍："我去做饭，今天晚上吃辣子鸡。”

老妈进了厨房，付一杰站在厨房门口有些犹豫。

“那边实习不是挺好的吗，”老爸坐在沙发上问了一句，“怎么突然跑回来实习了？”

“离家近，我……”付一杰转过身，很小声地说，“我怕你们……我不放心。”

老爸叹了口气，眼睛看着电视：“我们也没什么事。”

“反正毕业了我也要回来的，”付一杰蹲下用手指逗着团子，“现在回来能多熟悉一下。”

“嗯。”老爸点点头，没再说别的。

付一杰几次想要开口问问付坤去哪里了，但最后还是选择了沉默。

他能明白付坤的想法，这也许是眼下最好的方式，用行动让父母放心，也给家里人留出了思考的空间。

只是……这种突然失去了重心的感觉，付一杰有些难以承受。

这不是一个寒假，也不是一个暑假。

也许一年，也许两年，也许更久。

对他来说，比一年两年更痛苦的是不知道还要多久。

而又要多久，他们一家人才能恢复到从前？

付坤的手机一直关机，无论付一杰在一天中的什么时候拨出这个刻在他心里的号码，永远都是机械地回复，无论他发出多少短信，全都像是消失在了黑暗里。

但他还是会每天给付坤打电话和发短信。

——我回来实习了。

——今天带团子去跑步的时候扭了一下脚，太久不运动了。

——你给我买的那件蓝色外套放哪了啊？

——我问蒋松了，忘了带回来，他给我寄过来。

——妈在炸鸡翅，很香，你吃饭了吗？

付坤蹲在苗圃门口的一块石头上，看着手里客户订货的单子，园子里请来帮忙的小胡喊了他一声：“坤子！”

“干吗？”付坤也喊。

“电话，”小胡拿着他的手机跑出来，“对了，刚陈胖子说拉货下午来不及，问咱能送过去吗？”

“昨天我就说了给他送，他不要，我下午给他送过去吧，”付坤啧了一声，接过电话，“喂，哪位？”

“小付啊，我许斌，我要的那批花你给我再加点美人蕉吧。”

“哪种？”

“我上回在你园子里看到的那种。”

“那个是大花，两块五。”付坤站起来跳下石头，慢慢走进了园子里。

“行，你看着给我加点儿吧。”

付坤打完电话，在园子里转了一圈，回到了屋里。

这个苗圃里就三间屋子，付坤住一间，肥料什么的堆一间，还一间空着，现在让小胡住着。

小胡没来之前，所有的事都是付坤自己做，伺候花草，联系客户，进货送货拉料，还得自己做饭。

每天闲着的时间很少，一开始钱紧张，客户也少，靠苟盛介绍过来的客户挺了几个月，现在慢慢开始有点起色。

这片的苗圃不多，酒店都上这儿来要绿植，再来点儿公司布展搞活动什么的，收入还算可以。

每天最难熬的时间是晚上，白天一天忙碌，他脑子里可以什么都不想，但天色暗下来之后，他的情绪也会随着夕阳一点点沉下去。

那些被他藏在心底的伤口会随着黑夜一点点浮上来，撕开，剥离，每一寸都是新鲜的疼痛。

旧手机一直放在他枕边，每天他都会把充电器插上给手机充充电，每个月都会去给卡里存点钱，但已经很久没开过机了。

他不敢。

上一次打开手机时，他几乎崩溃，整整两天都躺在床上没有动过。

那一条条的短信和未接来电提示一瞬间把他辛苦重建起来的保护层全部击碎，每一个字每一个标点，都像是扎进他指尖的竹签，死不了，却会让每次呼吸都带着钻心的疼。

他不敢再开机。

他害怕看到那些短信。

他害怕看到付一杰掩藏在平淡话语之下的那些思念。

他害怕看到自己这么久都没能让自己的思念淡下去哪怕一寸。

而更让他害怕的，是他会害怕有一天再开机时，手机里是一片寂静。

晚上睡不着的时候，他会出去。

付一杰送他的那辆太子，他开了过来，睡不着的时候他会开着车顺着苗圃门外的小路出去，顺着公路漫无目的地开。

无所谓方向，无所谓目的地。

耳边的风会让他心里的灼疼得到短暂的缓解。

公路上没有灯，车灯划破夜雾照亮前方，但这光没办法照得更远，除了眼前单调的路面，前方依然是漆黑一片。

“你好久没带我兜风了。”付一杰在他耳边说。

付坤的手抖了一下，前方的路面突然变得倾斜，回过神来的时候身体和车都已经失去了平衡。

他松了油门，几秒钟之后，右边身体感觉到了强烈的撞击，震得他一阵恍惚。

付坤清醒过来的时候看到了满天的星光，月亮在很远的山顶上悬着。

右腿和右胳膊很疼，他动了动，能动，应该没摔到骨头。

他在地上躺了一会儿才慢慢坐了起来，对面有车开过来，车灯照到了他脸上，司机放慢了车速，按了一声喇叭。

“没事儿。”付坤冲车灯的方向挥了挥手。

那辆车开走了之后，付坤站了起来，活动了一下胳膊腿，借着太子车灯的亮光看了看，裤子破了，腿上有几条大概是被石头割出来的口子，血流得挺豪迈。

胳膊上是擦伤，大概也挺深的，看上去有点儿像刷了还没干的红漆。

车挺沉，付坤使了半天劲才把车从地上扶了起来，车没坏，车灯碎了一个，后视镜也断了。

付坤跨到车上，坐着愣了很久，最后向前慢慢趴到车上，抱着油箱闭上了眼睛，油箱上能摸到粗糙的擦痕，一道道的。

一截儿，你告诉我，我该怎么办？

付一杰猛地坐了起来，心跳很快，气也有些喘不过来。

已经很长时间了，他睡觉都不踏实，每周都有几天靠吃安眠药才能入睡，睡着了就是各种各样的梦。

梦里全是付坤。

今天却有些不同，这个梦让他心慌意乱，坐在榻榻米上好半天都缓不过劲来。

他往身边空着的地方摸了一把，把额头顶在膝盖上，闭上眼睛。

付坤，你还好吗？

半夜惊醒之后，要想再入睡，对于现在的付一杰来说，不太可能。

他的心跳慢慢平复之后，是一望无际的清醒。

坐了很长时间，他站起来，坐到了屋里的椅子上，在黑暗中轻轻转了几圈。

屋里有两张椅子，付一杰坐的这张是付坤的，付坤对这些东西的要求很高，坐着画画的时候，椅子必须完全符合他要求的高度和角度。

付一杰靠着椅背，手放在扶手上，指尖一下下轻轻敲着。

这个姿势，是付坤的。

每次付坤画到一半休息的时候，都会这么靠着。

椅子没有温度，付一杰却有种掌心会传来温暖的错觉。

付一杰的眼窝很涩，鼻子也有点酸，但没有泪水。

自从付坤消失以后，付一杰没再哭过，一次也没有。

像他这样能对哭泣收放自如的人居然哭不出来了，这真是件神奇的事。

他觉得自己整个人的状态都有些麻木，无法形容的闷，挣扎，怎样努力都没有办法排解。

黑暗中亮着的小闹钟显示现在是半夜三点十四分。

付一杰起来拉开柜子门，拿了件付坤的旧T恤出来套在了自己身上。

这件T恤是付坤最喜欢的，已经穿得很旧了，但一直没有扔。

付坤就是这样，喜欢的衣服盯着穿，旧了也留着，不喜欢的衣服一次都不会穿，所以老妈从来不给付坤买衣服，免得浪费。

这件T恤穿在身上很舒服，付一杰趴回枕头上。

天亮的时候付一杰也没能重新入睡，他听到老妈起来做早饭的声音，也跟着起床了。

今天他休息，跟吕衔秋约好了去看看她帮着联系到的房子，尽管他心里还是堵得难受，但这些事都必须按部就班地去做。

老妈在厨房里忙着，付一杰站在门口站了一会儿，她回过头："今天不是休息吗？"

"不睡了，一会儿出去看看房子，合适就得赶紧拿下，"付一杰走进厨房，"要不慢了就没了。"

"忙得过来吗？实习还有半年，这边又开始弄……"老妈给他倒了碗豆浆放在了桌上。

实习还有半年，付一杰下意识地回头看了看走廊上挂着的日历，快过年了。

付坤过年会回家吗？

"妈。"付一杰跟在老妈身后。

“嗯？”老妈看了他一眼。

在话脱口而出的一瞬间，付一杰失去了勇气，他低头往浴室走：“我想吃包子。”

“蒸上了，今天就是吃包子。”老妈说。

“哦。”付一杰关上浴室门，拧开洗手池上的冷水开关，把脑袋埋进冰冷的水里，深深地吸了一口气。

付一杰打车到了吕衍秋说的地点时，吕衍秋的车已经停在门外了。

“一二楼都是，”吕衍秋没跟他多说别的，带着他进了门，“原来是个DIY面包店，楼下卖东西楼上做面包，面积和格局都合适。”

“嗯。”付一杰点点头，往四处看着。

“租金降不了太多，拐了几个弯，是我朋友的朋友的朋友……总之这个价我觉得也还行，就看你的意思了。”

“那就这个价。”付一杰没多说别的，吕衍秋有经验，她觉得行就应该差不多了。

“这些你先看看，都是申请要准备的材料和表格什么的，”吕衍秋拿出一个文件袋递给他，“有范本，你到时看着准备就行，具体情况我再找人帮你了解一下。”

“谢谢。”付一杰接过文件夹，吕衍秋在这件事上是全力以赴，他说这句“谢谢”是真心实意的。

“别说谢谢，这么一说我感觉你一下又远了，”吕衍秋笑笑，“最近瘦了不少，不管有什么事，身体还是要注意，人垮了就什么也做不了了。”

“嗯。”

中午家里没人，付一杰不想回家，一个人待着他会觉得孤单，他宁可坐在街边的长椅上吹冷风，看着来来往往的行人。

他不知道付坤去了哪里，有多远，要多久。

尽管觉得没希望，他偶尔还是会幻想着有一天他会在街上川流的人群里看到那个他熟悉的身影，哪怕只是一晃而过，他也满足了。

手机响了，他心里轻轻收了收。

每次手机响他都会这样，明明知道不可能，但那种怎么也压不下去的期待却每次都会扬起来。

每次都期待着，每次都失望。

“情况怎么样？”蒋松在那边问。

“什么情况？”付一杰看着从自己眼前一辆辆开过的车，看到面包车的时候心里都猛地一阵狂跳。

“废话，诊所啊。”蒋松啧了一声。

“房子敲定了，”付一杰笑笑，“那边你联系得怎么样？”

付一杰资质不够，得找到有五年经验的医生才能申请开业，蒋松这段时间一直在联系早几年毕业的学长。

“差不多，天天拉着郭宇喝酒呢，放心吧，我肯定帮你谈妥。”蒋松说，“哎，郭宇挺不错的。”

付一杰忍不住乐了：“你又换目标了？”

“扯淡，一直也没目标啊。”

“不是刘医生吗？”

“刘医生就是过过眼瘾，”蒋松嘿嘿笑了两声，“郭宇还单身呢，我看着非常怀疑。”

“那你快问问。”付一杰拉拉衣领。

“不敢，这人胆儿小，我怕万一不是，再把你的事给吓黄了，我这是为了你。”

“谢谢牺牲啊。”付一杰站了起来，风吹得他有点儿想咳嗽。

“一杰，”蒋松犹豫了一下，“我说句话，就是随便问问。”

“问。”

“你真不想找找付坤？就这么待着了？”

付一杰全身都绷了一下，一口冷风灌进了肺里，他对着地咳了半天，又喘了一会儿才说："找他干吗？我真的……已经没办法了。"

"明白了，好像也只能这样，"蒋松叹了口气，"那你等我过去安慰你吧。"

3

快过年之前很忙，公司和酒店的年前订单很多，最近又找关系接到了两个街道绿化的单子，付坤早上六点不到就得起来，跟小胡一块处理订单。

上回付坤摔的那一跤第二天把小胡吓得够呛，付坤一早起来用园子里的压力井打了水冲伤口的时候龇牙咧嘴的表情大概是有点儿狰狞，小胡抓着手机冲过来就喊"是不是碰上劫道的了"，还激动地要报警。

那伤付坤没上药，这儿除了感冒药是人吃的，别的药都是花草用的。

好在天凉了伤不容易感染，不过好得挺慢，付坤每天早上起床都觉得扯着疼，有些伤就是这样，看着没多大也不深，但要想好，你就得慢慢等着，就算结痂了，一不小心动作大点儿还是会揪着疼。

早上第一车货都装好了之后，小胡开着车去送货。

"该换个大点儿的车了，"小胡拍拍长安之星的车门，"这车再这么造几个月也差不多该退休了。"

"你这废话挖个坑都不够埋的，没钱，"付坤关上车门，"赶紧的。"

小胡跳上车，发动了又探出头来说："对了，上回你让我买的那个喷漆我买回来了，扔空花盆第一排那个绿盆儿里，忘跟你说了。"

"你还记得我姓什么吗？"付坤扭头往园子里那一堆空花盆走过去。

"付。"

"谢谢，赶紧滚蛋。"

付坤现在除了送货，一般不进市里，要什么东西都让小胡帮他带，这罐喷漆小胡过了俩月才算是帮他拿回来了。

上回车摔了之后他一直没再开，车身上被蹭得全是深深浅浅的划痕，他看着心疼，舍不得再开，想先把漆喷喷补好。

他又不好意思老催小胡，感觉每次催，似乎都不仅仅是因为摔伤了的车。

他从花盆里找到那罐喷漆，往墙上喷了几下试了试感觉，这才把车推出来，蹲在车边小心地给车上补漆。

漆能把划伤的颜色补上，但那些深深的划痕却没办法补平了。

喷好之后，付坤坐在车边的地上，漆干得挺快，不过他喷漆的技术有待提高，他摸了摸上面的道子，笑了笑。

付坤把车推回屋里放好，又拿出手机拨了老妈的电话。

今天是一号，他每个月的一号会给老妈打个电话，报个平安。

不过给老妈打电话的时候手机号他一直设置了隐藏，他不知道为什么，自己在害怕什么，或者是自以为是地要躲什么，也有可能只是为了表明态度。

“坤子？”电话通了，老妈的声音传了过来。

“嗯，妈，”付坤靠在窗边，“还没吃饭吧？”

“还没呢，你今天忙吗？”老妈的声音听上去还是老样子，不太有精神的样子。

“凑合，这段时间都挺忙的。”付坤努力让自己的语气听起来轻松一些。

“生意好吗？”老妈问。

“还不错，明年估计能再扩大点儿业务，要再请个人帮忙了。”付坤抠了抠墙皮，“家里还好吧？”

“挺好的。”

“嗯，”付坤咬咬嘴唇，“让老爸注意身体，少喝点儿酒。”

“他现在不敢喝。”老妈笑笑。

“你还头晕吗？”

“没晕了，挺好的，没事儿。”

“那就好。”付坤的手指在墙上狠狠戳了一下，不能问，不要问！

老妈沉默了一会儿问他：“过年回家吗？”

付坤把脑门顶到墙上，盯着自己的手指，过了很长时间才有些艰难地回答：“过年生意好，走不开，现在刚起步，我不想错过生意，还是在这儿盯着算了。”

老妈没说话，只是声音很低地叹了口气。

“明年做顺了，时间就多了，”付坤说，不知道这么说是在安慰老妈还是在安慰自己，“到时带你俩去旅游。”

“那好，”老妈笑了笑，“你爸老想去海边呢。”

“海边好说，一截儿的同学就……”付坤话说出来之后猛地停下了。

付一杰的同学就有家在海边的。

这个已经很长时间没有从自己嘴里说出来的名字，就这么一点儿没有预兆而又自然而然地滑了出来。

说出来的一瞬间，付坤心里狠狠抽了一下，顿时有些呼吸困难。

为什么？

为什么还是这样！

在付坤的概念里，已经过了很久，已经太久，他跟付一杰似乎已经一辈子都没有见面。

“我先挂了，有电话进来。”付坤咬牙说了一句，没等老妈说话，飞快地挂掉了电话，蹲到了地上。

年前接的单子量都挺大，付坤每天忙得一蹦三尺高，这跟以前做服装的时候那种忙碌不同，每天坐在大通里挺无聊，也犯困，挺熬人的，现在他就觉得弄花木特别费体力，自打开始弄苗圃之，他每天体力都有点儿不支。

这样忙碌的唯一好处就是他大部分时间里除了订单和那些花花草草，脑子里基本没什么别的内容。

快过年的时候，之前的几个订单的款都打到了他账上。

他算了算钱，打算转一部分回家里。

小胡开着车，他坐在副驾驶上闭着眼睛。

听说上回是开车摔成那样之后，小胡一直不放心付坤再开车，付坤也没跟他争。小胡这人脑子转得慢，不过心眼儿挺好，做事也认真。

车开了两个多小时，小胡转过头问了他一句：“是去建行吗？”

“嗯。”付坤应了一声，睁开眼睛。

车已经开进了市区，满大街的音乐和红色的各种装饰透着强烈的过年气氛。以前付一杰最烦这个时间上街，说是走哪儿都是那么两首歌，刘德华一个劲唱“恭喜发财恭喜你发财”，要不就是中国娃娃喊“祝大家新年恭喜恭喜发财”。

“什么叫祝大家新年恭喜发财？是我语文没学好还是我耳朵有毛病？每次听到这句我都听不下去了，满脑子都是这一句，老琢磨是不是有语病，年年都这样，我还老忍不住跟着哼哼。”

付坤想到付一杰郁闷的样子，突然乐了，冲着窗户外边儿傻笑了半天。这会儿正好堵车，外边儿挨着他们车的一个骑摩托车的人让他这通笑给弄愣了，莫名其妙地瞪了他半天。

“笑什么呢？”小胡也觉得莫名其妙地，问了一句。

“我弟有强迫症。”付坤乐得停不下来。

“你弟？”小胡愣了愣。

付坤从来没跟他提过家里人，父母，弟弟，全都没提过，小胡大概是有点儿反应不过来。

“嗯，我弟。”付坤拍他的肩，“快开，这种时候不能愣着，你得挤，你要不挤，咱俩晚上都还得在这儿待着。”

“谁说的，交警会来把我们拉去交警大队。”

付坤又是一通笑，笑得眼泪都出来了，他不知道今天自己这是怎么了，跟被点了笑穴似的。

银行里存钱汇款的人很多，柜员机前都排着长队。

付坤排了半天队才总算是轮上了，他从自己卡里给老妈转过去了五万。钱转过去之后，他坐在银行的椅子上给老妈打电话。

老妈的手机没人接听，他只得又给老爸手机拨了个电话，欠费停机。

“哎！”付坤有点儿无奈，老爸永远是不停机就想不起来交费，一年得停十二次机。

付坤看了看柜台上的电子钟，中午了，老妈应该在家，他按下了家里的号码。

他可以给老妈发短信，也可以过一会儿再打。但不知道为什么，他还是拨了家里的号码。

拨号音响起的时候他突然有些害怕。

他心跳有些不稳，每次呼吸呼气的时候都像是要把身体里的氧气都吐出去，吸气的时候却有些无力。

拨号音只响了三声，三声过后，付坤已经感觉到窒息。

他手在发抖，把电话从耳边拿到眼前，正要按下挂断的时候，电话显示已接通。

听筒里有声音，他听不清是什么，也听不出来是谁，手抖得很厉害。他把电话重新贴回耳边这个动作差不多用尽了全身的力量。

听到电话里的声音时，他猛地抬手按住了自己的眼睛。

"喂？"付一杰的声音听起来疑惑中透着焦急，"说话。"

付坤狠狠咬着嘴唇，眼泪从指缝中滑了出来。

"付坤？是你吗？"付一杰的声音开始颤抖，"我知道是你，你说话好吗？"

付坤没出声，眼泪顺着指尖滑下，流进了耳朵里，身边的一阵嘈杂顿时像是被隔在了很远的地方，只能听到付一杰焦急的声音。

"哥，我求你了，说话，家里没有人，"付一杰很急，声音有些哑，"我不会去找你，我只想听听你的声音，我求求你，你说话，应一声就行，我求你……"

付坤俯下身，胳膊肘撑着膝盖抱着头。

这久违了的熟悉的声音在短短几秒钟之内把他这么久以来的所有努力全部破坏殆尽。

这是付一杰，和他从小一起长大，他疼着护着的人，他……一直宠着爱着的人。

"付坤！"付一杰哑着嗓子吼了一声。

付坤按下了挂机键，抓着手机在银行大厅的椅子上抱着头，看上去就像是个年关到来还不上高利贷，即将被黑社会套上麻袋扔河里去的倒霉蛋。

电话里传来的忙音在付一杰耳边回荡了很久，他站在客厅里，抓着电话听筒愣着。

“哥？”尽管电话已经挂断了，他还是下意识地想在一声声的忙音中寻找付坤的声音，“你说话……”

没有回应。

付一杰慢慢蹲下，靠着沙发坐在地板上，手里紧紧抓着电话听筒不敢挂，就好像挂掉了，他就会失去付坤的最后一点音讯。

走廊里传来了声响，付一杰这才回过神来，发现团子不知道什么时候已经跑到走廊里去了。

他赶紧跳起来，把听筒挂了回去，光着脚在地板上差点摔了一跤。

“你妈还没回？”老爸拿着一兜面条走了进来。

“没呢。”付一杰跑过去接过面条，有些心虚地进了厨房，放好面条之后不敢出去，站了一会儿回过身的时候，却看到老爸还站在厨房门外，他顿时有点儿紧张，又转回身拿过锅，“我先煮饭吧，妈说这两天想吃米饭。”

“行。”老爸应了一声，往卧室走去，进屋的时候，付一杰听到了他长长的一声叹息。

从那天的电话一直到过完年，付坤都没再打过家里的座机，付一杰开始觉得那天接到的电话是个幻觉，或者真的只是一个打错了的电话，付坤从消失之后就再也没有出现过。

他知道每个月一号付坤都会给老妈打电话，简单地汇报，每次打完电话，老妈都会情绪低落好几天，他无数次鼓起勇气想问问老妈，又无数次地把这种念头给压下去。

无论付一杰怎么想念，怎么妄想，怎么挣扎，都像是坐在了渐渐开远的车上，付坤的一切都越来越淡，枕头上和衣服上那些付坤的气息也越来越难以捕捉。

这些都让付一杰心慌，他害怕，晚上越来越难以入睡，安眠药从一颗增加到两颗，天气转暖之后，他失眠的时候需要吃三颗才能合眼。

而更让他无法忍受的是，那些想念，那些随着付坤渐渐远去却越来越强烈的思念。

实习快要结束，付一杰开始准备论文，诊所的前期准备工作已经都做好，资料都批了，装修也都完毕了，吕衍秋也已经按他的想法把设备都调了过来。

付一杰全力投到这些事里，只有让自己脑子不停地转动，他才能获得片刻的安宁，才能从让人窒息的对付坤的想念里稍稍透一口气。

可是一旦停下来，哪怕只有十分钟，付坤的笑容就会从他眼前晃过，把他重新推入看不到边际的思念里。

“郭宇明天到，”蒋松坐在治疗台上，“我去接他，你上回是说护士下周开始过来？”

“嗯？”付一杰坐在椅子上，拿着一摞资料。

“护士，什么时候来上班？”蒋松重复了一次。

“下周一。”付一杰说。

“印的那些贴墙上的图呢？什么时候拿？”蒋松又问。

“嗯？”付一杰抬起头。

蒋松有点儿无奈地又重复了一次：“墙上贴的画什么时候拿回来？”

“明天我去拿。”

“付一杰，”蒋松从台子上跳下来，踢了踢他的椅子腿，“你这样不行，你这状态能干活？”

“这两天睡不好。”付一杰皱皱眉，起来拿杯子喝了两大口水。

“我先回去了，得把另一间屋子先收拾出来让郭宇住，”蒋松往诊所外面走，“你的安眠药该停了吧。”

“嗯。”付一杰咬咬嘴唇，是得停了，这么吃下去人都会变迟钝。

肖淑琴轻轻推开付一杰和付坤那间卧室的门，付一杰还没回来，付建国同志在厕所看报纸，她动作很轻，没发出任何声响。

付一杰放内衣的抽屉里有个瓶子，她伸手轻轻地摸了出来。

这是个安眠药瓶子，她把瓶子里的药片倒出来，放在桌上一粒粒数着，数完之后皱着眉把药片又装回瓶子里，小心地将瓶子放回了抽屉。

她转过身刚要往外走的时候，猛地看到付建国同志站在卧室门外，她吓得捂着胸口叫了一声："付建国你干吗呢！"

"你干吗呢？"付建国看着她，"快出来，一会儿一杰回来了看到该怎么想！"

"他加量了，"肖淑琴按着胸口跑出了卧室，眉头一直拧着，"现在每次肯定要吃两三颗，我都数着呢，这样下去怎么行！"

付建国重重地叹了口气，坐到了沙发上。

"我要不要跟他谈谈啊？"肖淑琴坐到沙发上，手紧紧捂着脸，有些忍不住眼泪，她想到两个儿子就会哭，最近滴眼药水都不管用了，"坤子一年没回家了，也不知道现在什么样……看到一杰每天魂不守舍的样子，我都不敢跟他说话，听见他说'妈妈对不起'我就想发疯……"

付建国搂过她，在她肩上轻轻拍着，没有说话。

"家里现在变成这样，连团子都不爱叫了，我每天都不想回家。"肖淑琴哭出了声，靠在他身上，肩膀抖得很厉害，"为什么会这样？为什么偏偏是我的儿子？"

付建国还是没说话，只是按了按自己的眼角。

墙上的挂钟响了一声，肖淑琴跳了起来往厨房跑："我去炒菜，我去炒菜。"

付一杰中午回家吃了个饭，回屋躺了一个小时。

肖淑琴一直站在卧室门外，她经常这样站在卧室门外，站不住了就蹲着，她也不知道自己为什么要这么做，听到付一杰起床了她就会跑回屋里。

她从自己屋门缝里往外看，付一杰一脸疲惫地从屋里出来，洗了脸换上衣服出门了，整个人都很消沉。

她坐回床上，愣了很长时间。

"我出去走走。"她站起来换上衣服，拿起小包。

“你不上班？”付建国愣了愣，他有轮休，肖淑琴是坐班。

“我跟郑姐说一声就行，下午不去了，我闷得慌，我要出去转转。”

“我陪你。”付建国从床上坐了起来，准备换衣服。

“不要你陪，”肖淑琴抱着包跑到走廊上换鞋，“我要一个人待着。”

肖淑琴不知道自己要去哪儿转转，她只是不想在家里待着，家里的每一个角落都是回忆，一家四口的欢乐回忆，压得她没有办法好好思考。

她站在小区外面的公交车站，随便上了一辆车，坐在靠窗的位置上看着窗外。车开到终点站，她起身下车，没有目的地又换了一辆。

随着公交车不断地到站，出发，她在起点和终点之间来回地坐着。

一个起点，终点；另一个起点，终点。

下午四点，她坐上了又一辆不知道开向哪里的车，在最后排的窗边靠着。每次停站都会有人上车，但是人很少，停了几站之后，还是有不少空着的座位。又有人上车，她抬头扫了一眼，目光从上车的人身上随意地掠过，再继续投向窗外。

但很快她又收回了目光，盯着一个正往车后面走过来的男人。已经十年没见过了，她还是一眼就认出了外貌没什么太大变化的张青凯。

张青凯没有看到她，确切说他没有看任何人，只是走到肖淑琴前面两排的位置上坐下了。

肖淑琴一直盯着他看，十年，让一个人变得成熟，内敛，但除了这些，她感觉更深的却是……消沉。

张青凯坐下之后就偏过头看着窗外出神，看上去整个人的状态都不太好，往下走的感觉。

这感觉肖淑琴很熟悉。

已经快一年了，付一杰一直是这样，越来越消沉，话越来越少，开始脸上还有强装出来的笑容，现在好像连装都装不出来了，每次看到他的眼神都是游离的，不知道在看哪里，在想什么。

她不知道张青凯这是要去哪，回家，还是去上班，她往车厢里的站名上看了看，看到终点站的时候她猛地愣住了，又掏出手机看了看日期。

十年了……

4

付一杰从诊所回到家的时候，老妈还没回来，只有老爸一个人，正在厨房里试图做饭。

“妈还没下班？”付一杰有些奇怪。

“嗯，她……大概是有事。”老爸拿着条鱼，“清蒸还是红烧？”

付一杰对老爸完全没有信心：“你会哪种就做哪种吧。”

“清蒸吧。”老爸点点头，“都不会，但这个不就是扔锅里蒸就行了吗？挺简单的。”

“要不……”付一杰想说“要不我来吧”，他起码还看过老妈做饭。

话还没说完，老爸的手机在客厅里响了起来，他放下鱼跑了出去。

“喂？喂？怎么了？你怎么了？”老爸接起电话，声音一下提高了，“你先别哭，你跟我说怎么了？出什么事了？你在哪儿？”

付一杰一听，赶紧也冲进了客厅：“是我妈？”

老爸点点头，又对着电话说：“你去那儿干吗……谁？张……”

老爸看了付一杰一眼，转身走进卧室，把门关上了。

付一杰站在客厅里愣着。

老妈的电话，老妈哭了？为什么？不是在上班吗？碰上什么事了要哭？

张？张什么？谁？

过了几分钟，老爸走了出来，付一杰扑过去抓过老爸手上的电话：“我妈怎么了？”

他把手机放到耳边：“妈？”

“挂了，你妈没事儿。”老爸拍拍他的肩，“刚下了车，马上到家了。”

“她怎么了？我妈哭了？为什么？”付一杰一连串地问，他最害怕就是看到老妈伤心，老妈的每一滴眼泪都像是砸在他心里的重锤，他咬咬牙，“是因为……我吗？”

“不全是，”老爸在他肩上捏了捏，“等她回来吧，别担心，你妈是个乐天派，不用担心的。”

付一杰一阵心悸，他已经扛不住再有什么事了，无论是老爸、老妈还是付坤，他的承受已经快到极限，现在随便什么一个小小的变故，就能把他击倒。

团子哼哼唧唧地从客厅沙发上跳了下去，一溜烟地跑进了走廊，对着房门一边摇尾巴一边叫着。

付一杰跟着跑过去，打开了房门，看到老妈正站在门外低头掏钥匙。

“妈，”付一杰看到了老妈通红的双眼，一下急了，“你怎么了？”

老妈低头没说话，半天才突然把手里的包往地上一扔，扑到付一杰身上搂住了他的腰，带着哭腔喊了一声：“儿子啊……”

付一杰被撞得退了一步才站稳了，老妈喊完这声之后就说不出话了，哭得像个小姑娘，完全不像平时那样默默压抑着，而是整个人都爆发了似的哭得天昏地暗。

“妈！”付一杰紧紧搂着老妈，他能感觉到老妈哭得全身都在发抖，心疼得不行，搂着老妈在她背上用力搓着，“妈，你怎么了，你别吓我，妈……”

老爸走了过来，拉了拉老妈的胳膊：“回屋跟我好好说说。”

老妈转身扑到老爸身上，被老爸拖进了卧室，老爸回过头看了看付一杰：“你等一下，我跟你妈一会儿有事跟你说。”

“嗯。”付一杰胸口的衣服都已经被老妈的泪水浸透了，他有些茫然地点了点头，心里有隐隐的不安。

老爸、老妈进了屋很长时间都没出来，付一杰到厨房把那条鱼给处理了，学着老妈的样子切了点儿葱姜蒜什么的，拿个盘子把鱼一块装好，放进了锅里，又对着一堆瓶子看了半天，挑了瓶生抽往鱼身上倒了点儿。

鱼蒸上了以后他站在厨房里发呆，有些害怕，家里已经很长时间没有任何波澜，平静得像是个深潭，他不知道是不是自己已经习惯了这样压抑着感情的生活，现在老妈突然这样爆发，让他很不踏实。

锅里开始冒出蒸汽的时候，老爸、老妈卧室的门打开了，老爸眼圈也有点儿发红，拿着茶壶喝了两口，在沙发上坐了一会儿，才往厨房这边叫了一声：“一杰啊。”

“嗯。”付一杰走出厨房，站在了老爸面前。

老妈也抹着眼睛从屋里出来了，坐在了桌子旁边：“放盐了吗？”

“啊？”付一杰没反应过来。

“你蒸鱼放盐了没啊？”老妈揪着袖子擦了擦眼泪，鼻音很重。

“没，我去放，”付一杰赶紧回头往厨房走，“我就放了生抽……”

“肯定很难吃，你别弄了，先蒸着吧，一会儿我调个味碟得了，”老妈叫住了他，“妈有话跟你说。”

付一杰回到老妈身边站着：“嗯，妈你说吧。”

老妈沉默地看着他，过了一会儿才轻轻说了一句：“我没有你哥的电话号码。”

付一杰身体晃了晃，他扶了一下桌子。

这是一年时间以来他第一次从老妈嘴里听到“你哥”这两个字，这么长的时间里，付坤就像是从家里消失了，除了每月一号的那个电话，他就像是个不存在的人。

每个人都小心翼翼，从不提及。

现在猛地听到老妈这句，付一杰几乎有些站不住。

“他给我打电话都不显示号码，”老妈拉过桌布一角来回揪着，“我去查过，查不到。”

“妈，我……”付一杰不知道老妈这话是什么意思，他咬着牙想说“我不需要我哥的电话”，但被老妈打断了。

“你别说话，听我说，”老妈继续揪着桌布，“我只知道他弄了个苗圃，做花木生意，但是……在哪里弄我也不知道，他没有说。”

“不过，”老妈狠狠地揪桌布，这桌布用了好几年了，因为花色是老妈很喜欢的茉莉花，所以一直没换，桌布在老妈两手之间发出了“嘶啦”一声响，被撕出了一条口子，老妈吓了一跳，“哎哟，我的宝贝桌布！”

老爸伸手握住她的手捏了捏，看着付一杰：“市郊都是做花木的，付坤没有出城，上回给你妈汇钱的时候还是市区的柜员机，如果要找……总是能找到的。”

一直低着头的付一杰呆住了，猛地抬起头看着老爸：“爸，你什么意思？”

“我的意思就是……如果你等不及下个月一号他打电话回来的话，”老爸说得很艰难，最后一句话像是下了很大的决心，“你去找他吧。”

这句话说出来之后，老爸、老妈的身体同时向后靠在了椅背上。

付一杰愣在原地，没有动，也没说话，没有任何反应，只是定定地看着老爸。

“我今天出去转了转，”老妈抬手在额角一下下按着，“碰到张青凯了，在公交车上，那个车是去……墓园的。”

付一杰没有动。

“十年了，”老妈叹了口气，“那孩子还是那样，我觉得他也许永远都走不出来了。”

“妈……”付一杰终于发出了声音，他感觉自己整个人都像是被卷进了一阵狂风当中，这力量拉着他疯狂地旋转着，眩晕，迷茫，难以置信……嗓子眼儿有什么东西堵着，他说不出来更多的话，甚至开始有些站立不稳。

“我突然很害怕……我不想……”老妈闭上眼睛，“你们是我这辈子最在乎的人，我害怕这一辈子就这样了，我的儿子就这样……你去找付坤吧，我们不会拦着了。”

付一杰的嘴唇动了动，却没有说出话来。

他的膝盖慢慢向下沉，最后缓缓跪在了老妈面前，已经很久没有流过的泪一下全都涌了出来，滚烫。

对不起，妈妈。

对不起，爸爸。

谢谢。

付一杰不知道自己在老爸、老妈面前跪了多长时间，他有些恍惚。

恍惚间，他似乎看到老爸起身想要拉他起来，但被老妈拦住了，老妈摸了摸他的头：“让他跪一会儿吧。”

是的，让我跪一会儿吧。

付一杰这一跪，跪得心甘情愿，跪得感慨万千。

他不能想象爸妈在商量这件事的时候是什么样的心情。这一年来，付一杰过得浑浑噩噩心不在焉，但他们的一举一动却都在他心里刻着。

去找付坤吧。

这个决定并不是那么轻易说出来的一句话，这是老爸、老妈经历了跟他同样漫长的痛苦和挣扎，最后做出的决定。

因为爱。

付一杰觉得这一瞬间，自己身上一直背着的沉重的壳被掀掉了，身体因为突如其来的轻松和依然纠缠着他的内疚变得有些不能适应。

他有些支撑不住地晃了晃，但心里还是有种说不出来的踏实。

付一杰脑门儿“咚”的一声磕在老妈脚边的地板上时，老妈一下蹦了起来：“磕头就不用了……”

接着她又尖叫了起来：“儿子！你怎么了？”

付一杰睡了两夜一天，如果不是因为空空如也的胃实在熬不下去了，他不知道还能睡多久。

他有些头重脚轻地爬起来走进了客厅里，老妈正拿了个尺子给团子量腰围，大概是要做衣服。看到他出来，老妈扔了尺子跑过来摸了摸他的脸：“可算睡回点儿人样了。”

“妈，”付一杰抱着老妈，“我睡了多久？”

“还成，前天晚上睡的，今天早上醒了，”老妈拍拍他的胳膊，“蒋松来过，他说打你电话没人接，就上家来了，然后留了一百块钱跟我赌你明天才能醒。”

“我一会儿打个电话给他，他肯定要骂我了，这阵儿刚开业，都挺忙的。”付一杰松开老妈，跑进了浴室去洗漱，“我一会儿过去一趟。”

洗脸的时候付一杰听到老妈在给老爸打电话：“醒啦，都能跑了，好久没跑了……”

付一杰赶到诊所的时候，一个妈妈带着个哭声惊了半条街的小男孩儿正在拔牙，郭宇手里的钳子离他脸还有三尺远，他就哭得跟郭宇已经不小心夹他鼻子上了一样撕心裂肺，护士怎么逗都没办法转移他的注意力。

要放在平时，这哭声能让付一杰烦得受不了，但今天他听着这声音却老想笑。

“老板，你可算现身了，老天没给你配个出场音乐真对不住你，”蒋松一看到他就把他拉出了诊所站在街边，“你没事儿吧？”

“没事儿，”付一杰笑笑，“我一会儿有事，今天你俩还是辛苦一下。”

“干吗去？”蒋松盯着他的脸，“你又会笑了真奇怪。”

“去找付坤。”付一杰说出这句话的时候，心里猛地一阵激动。

这激动来得有点儿晚，就好像是刚回过神来，却激动得很厉害。

他可以去找付坤了！

一年了！他已经一年没有见过付坤，没有听过对方的声音。

这一年他只靠着回忆和思念，还有那些几乎已经无迹可寻的付坤的气息撑着。

今天！现在！

他可以去找付坤了，光明正大地，如释重负地去找付坤了！

“什么？”蒋松眯了一下眼睛，有些吃惊，但很快反应过来了，“你妈同意了？不拦着了？”

“嗯。”付一杰用力点点头，转身准备拦车。

“他在哪儿？”蒋松拉住他。

“……不知道，市郊的某个苗圃，挨个找吧。”付一杰咬咬嘴唇。

蒋松啧了一声：“今天能找到吗？”

“今天必须找到。”

“加油。”蒋松冲他笑了笑。

要想找到付坤的确不容易，市郊大大小小的苗圃不知道有多少，城南和西边都比较集中，别的地方也有，但都是零星分布。

按付坤的习惯，应该会挑个集中的地方，他以前就说过，做什么都要成行成市才好做，不要怕被抢生意，客人都懒，谁都想在一个地方有更多的选择。

那他肯定就会在南边和西边，而且那天付坤给老妈转账的银行，在进市区的主路上，只有从南边和西边进市区才是顺路的。

付一杰跟司机说了去城西。

城西的苗圃相对来说比城南的少一些，但付一杰下车看的时候，还是有点发蒙，好几条黄土路，每条都向前延伸着，看不到头，两边都是苗圃，一片绿色。

他重新坐回车上，跟司机说了加钱，让司机拉着他顺着路一家家打听。

司机对于他要这么去找一个没有联系电话也不知道具体位置的人的理解很大众化："这人欠了你不少钱吧？"

"嗯。"付一杰心不在焉地点了点头，盯着路边的苗圃大门。

看见每个苗圃付一杰都会下车，问问老板姓什么，知道不知道附近有个姓付的。

打听了快三个小时，几条土路都走到了头，付一杰的鞋上沾满了土，但一无所获，老板都不姓付，也不认识姓付的。

这边没找到人，付一杰并没有失望，反倒是开始按捺不住的兴奋和期待，付坤肯定在城南。

司机很带劲地拉着他又往城南奔，一路开得飞快，还给他出主意："我跟你说，找到人什么都不要说，过去先揍一顿，打老实了再要钱，别让他觉得你好欺负。"

"好。"付一杰笑了笑。

找到付坤，自己会是什么反应？狂喜？冲过去哭？大喊大叫？手舞足蹈？唱歌？

付坤又会是什么样？

会笑吗？会喊吗？会扑过来吗？

付一杰轻轻捏了捏自己的手指，莫名其妙地开始紧张。

城南的苗圃比城西的整齐，面积也都大一些，苗圃和苗圃之间有时候会隔着农民的果园或者是引过来的渠和小溪，环境很不错。

付一杰没有心情欣赏，催着司机还是按之前的方法一条条顺着路打听。

在不断地上车、下车、问人中，付一杰身上的衣服都被汗浸透了，手心里也因为紧张而全是汗水。

车停在了第三条路中间的一个苗圃前，大门外面有块大石头，一个穿着破汗衫的年轻人正蹲在石头上吃饭。

付一杰这时才注意到已经快两点了，肚子跟着飘过来的菜香开始吟诵饥饿史诗。

“有事？”吃饭的人已经停了筷子，看着从出租车旁边走过来的付一杰。

“想打听个人，”付一杰走到这人身边，“您知道这附近有姓付的老板吗？”

“付？付坤啊？”这人把碗放在了石头上，问了一句。

“是！付坤！”付一杰的心一阵狂跳，控制不住的他声音有些发抖，“你知道？”

那人往身后指了指：“我们老板啊。”

“付坤！”付一杰压抑不住自己的兴奋，冲园子里边喊边冲过去，“付坤！”

“哎哎哎，他没在，”那人跟了过来，上上下下打量着他，“你找他有事？要花？”

“我是他弟弟，”付一杰冲他伸出手，虽然付坤没在，但付一杰的情绪却依然是冲到了顶峰，“我叫付一杰。”

“啊……你就是他弟弟啊，我姓胡，叫我小胡就行。”小胡愣了愣，也伸出了手，跟他握了握，“他去钓鱼了，就在后面河边，我帮你叫他回来吧。”

小胡一边说，一边拿出手机准备拨号。

“不不，不用，”付一杰摇了摇手，让他在这里等着付坤回来他受不了，“远吗？我过去。”

“不远，就顺着那条岔路走到头就能看到河了，再往上游走一段就能看到个小破水潭，就那儿。”小胡用手指在地上给他大致画了一下。

付一杰把车钱给司机结了之后，扭头就往岔路上跑了过去。

小路是条旧的机耕路，不怎么平，也很窄，但付一杰还是一路跑得几乎像是要起飞，被阳光烤热的风在他耳边掠过，带着呼呼的声音。

他已经很久没这么跑了，自从付坤离开家，他的早锻炼就取消了，带团子出去也只是慢慢地走。

他已经很久没有这么全身舒畅充满希望地奔跑过。

现在他跑得飞快，脚踩在土路，身后扬起一阵尘土。

要飞起来了！

河水很清，不过挺浅的，能看到水下的石头和水草。

四周很安静，只有蝉鸣和流水的声音。

付一杰在河滩上顺着河往上游跑了没多久，远远就看到了小胡说的那个水潭，也看到了一个背身蹲着的人影，有人蹲在水潭边一棵大树的树荫下。

是付坤！

5

付一杰猛地停下了步子，慢慢地走着，每一步都走得很认真。

前面是他日思夜想了一年的人。

这人就在离他不到一百米的地方。

他安静地蹲着，整个人都像是融入了身边的风景里。

付一杰走得很轻，他有种错觉，这是个梦，他在梦里轻轻地向付坤靠近，任何声响和动静都会让这个梦突然醒过来。

付坤的确是在钓鱼，手里的钓竿和身边放着的小桶已经能看得很清楚。

那种久违了的气息开始在付一杰身边环绕，属于付坤的，特别的气息。

哪怕现在离付坤还有几十米的距离，付一杰却还是从记忆深处重新找到了它们。

付一杰走到距离付坤只有十几步的地方停下了，付坤瘦了，也黑了不少。

但仍旧是付一杰熟悉的那个付坤，在这种乡下地方一个人钓鱼还会穿着合身的休闲裤和白色衬衣的付坤。

付一杰不由自主地勾起了嘴角，笑容在脸上慢慢舒展开来。

“付坤。”付一杰轻轻叫了一声，这一声坦然而放松的“付坤”，他憋了一年，叫出口的瞬间，阳光都似乎变得更明媚柔和，蝉鸣和流水声也从他耳边消失了。

整个世界都从他身边淡去，只剩下了眼前的付坤。

付坤身体轻轻晃了一下，没有回头，还是那么蹲着。

“哥。”付一杰又轻轻叫了一声，慢慢向他走过去。

付坤在短暂停顿之后猛地回过了头，脸上是难以置信的表情，看清了身后的人之后，手里的钓竿一下滑进了水里。

“付坤！”付一杰控制着自己的情绪，声音有些发颤。

“一截儿？”付坤声音同样颤抖着。

“付坤！”付一杰吼了一声，像是要发泄，“付坤！”

“你……”付坤似乎还没有从震惊中回过神来，愣了半天才猛地站了起来。

接着付坤就一脚踩在了旁边的石头上，没等付一杰反应过来，他已经脚下一滑，仰面朝天摔进了水潭里。

“哥！”付一杰被大片的水花和水声吓了一跳，顾不上别的，冲过去就跟着跳进了水里。

水潭的水不算太深，付一杰不会游泳，但扑腾了两下就踩到了水底的石头站了起来，水到胸口。

付坤也从水里站了起来，跟他面对面地愣着，半天才说了一句：“你怎么找到这儿来的？”

这面对面传来的熟悉的声音，让付一杰眼睛一阵发酸，他猛地扑过去搂住了付坤，狠狠地收紧胳膊，把脸埋在付坤的肩上用力地蹭着。

“我从早上就开始找你了，”付一杰轻声说着，像是怕付坤会突然消失不见了，搂着付坤不敢松手，“我先去的城西那边，问了好久……”

“那边都是树多，这边才是盆栽和花，”付坤觉得很晕，回答得都有些迷糊，“从早上到现在？”

“嗯。”付一杰点点头。

付坤没办法从震惊中缓过来，付一杰真真切切地贴在他身上，真真切切地搂着他，真真切切的声音从他耳边传来。

他能摸到，能听到，能感觉到。

是付一杰，真的是付一杰。

付坤不知道发生了什么事，也不知道付一杰是怎么找到他又是怎么知道他在这里的，他只知道现在付一杰就在他眼前。

已经很长时间只会出现在他梦里，出现在回忆里的，让他每次想起都会一阵难耐地想念着的付一杰，就在他眼前。

付坤闭上了眼睛。

爬回岸上之后，他俩把衣服裤子都脱了，穿着内裤坐在河滩上晒太阳。

直到这时，付坤才总算是从一片混乱当中慢慢回过神来，他拧着眉：“你怎么跑这儿来了？”

“妈叫我来的。”付一杰闭着眼睛。

“什么？”付坤愣了。

“妈叫我来找你的，”付一杰咬咬唇，“她说不拦着了。”

付坤张了张嘴，没说出话来。

过了好一会儿他才猛地跳了起来，跑到树下拿过了自己的手机，拨了老妈的号码。

“坤子？”老妈的声音传过来。

付坤听到老妈的声音时，才确定了付一杰没有骗他，付一杰说的是真的，老妈松口了。

老妈的声音带着他已经很久都没感受到了的放松，这是以前他每次打电话给老妈时都能听到的语调，轻松而温暖。

已经一年了，这样的老妈只存在于他的回忆里，这一年里他每一个电话，听到的都是老妈故作平静，小心翼翼，连最普通的问候都能听得出掩饰不住的忧伤。

“妈。”付坤叫了一声，却猛地说不出别的话来了。

“你弟找到你了？”老妈问。

“嗯，中午的时候来的，”付坤看了看坐在河滩上看着水发呆的付一杰，“他说……”

“坤子，”老妈打断他，“咱们不说别的了，我跟你爸也商量了很久，这不是我们一时冲动的决定，一方面是看你俩遭罪，另一方面……就算不同意又能怎么样……”

“妈……”付坤闭上眼靠着树，怎么也说不出话。

“我就想你俩能好好的，都是我的宝贝儿子，能开开心心地待着就好，只要是好就行，”老妈笑了笑，“就这么着吧。”

付坤狠狠地咬着嘴唇，一句谢谢无论如何都卡在嗓子眼儿里出不来，谢谢？一句谢谢在老爸、老妈的决定面前简直轻得像根绒毛，一句谢谢又怎么能抵得过父母这样的退让和包容？

可是除了谢谢，他又还能说什么？

“不用谢，”老妈像是猜透了他的心思，“你弟已经给我磕过头了，磕个头睡两天，跟猪似的，够啦。”

挂了老妈电话之后，付坤站在原地很久，今天的阳光似乎格外耀眼，河滩上的石头都被晒得像是发着光。

他慢慢走到付一杰身后，蹲下搂住了对方的肩。

付一杰在他背上捏了捏。

“一截儿，”付坤笑笑，“饿吗？”

“饿，”付一杰点头，“你吃饭了没？”

“没呢，想钓鱼吃的，现在竿都不知道哪儿去了。”付坤往水面上瞅了瞅，他那两百多块的竿子已经没了踪影。

“这么清的河能有鱼吗，水草都没有，鱼在这儿早饿屁了。”付一杰啧了一声。

“谁说没东西吃的，”付坤乐了，揉揉他头发，“我跟你说，这条河的上游是小溪，从山上一路下来的，这旁边村子的人都爱把牛赶到溪边吃草，牛屎就拉水……”

“付坤！”付一杰回手一巴掌甩在付坤腿上，“你够了啊！”

今天太阳特别好，俩人铺在河边的衣服裤子没多久就都晒干了，就是鞋还有点儿湿。

俩人把衣服穿好，套上半湿的鞋，付坤拎着小桶，带着付一杰往回走。

让付坤郁闷的是他的衬衣有点儿惨，扣子刚刚掉了几颗在河里只能敞着，风一吹过来，他立马觉得自己化身成为干完农活回家的老乡，耳边回响起了悠扬的歌声：走在乡间的小路上，暮归的老牛是我同伴……

“去吃农家乐吧，就在山上小溪……”付坤低头拉了拉衬衣。

“凉拌牛屎吗？”付一杰跟在他后边儿说。

“还有泉水牛屎和干锅牛……”付坤说了一半就说不下去了，他胃口没付一杰那么好，付一杰是只要有吃的，你在边儿上说什么都不受影响，他不行，“嗐，没胃口了。”

“自找的。”付一杰在身后一通乐。

回到苗圃的时候，小胡正在把一批花装车。

“我正要给你打电话呢，”小胡看到付坤就喊上了，“我一会儿去送货。”

“我去送，你待着吧，下午老张送小蒲葵的苗过来，你接一下，”付坤拍拍车头，“吃饭了没？跟我们上山吃点儿？”

小胡摇摇头：“刚吃完，你们快去吃吧，我先弄着。”

付坤转头看着付一杰：“吃完饭下午跟我去送货？”

“好。”付一杰点点头。

“钓着鱼了吗？”小胡看了看付坤手里的桶，“你的鱼竿呢？”

“钓了条四斤多的！”付坤一脸严肃地说，“结果没留神让它把竿儿扯水里去了……”

“啊！那小破河里还有四斤的鱼啊？”小胡很吃惊，想了想又笑了，“逗谁呢，你钓了快一年了，掉水里三回，最大的鱼还不够半个巴掌大呢，都算一块儿也不够一锅的，今天又掉水里了吧，连竿子都找不回来了？”

看到小胡的目光扫过来，付坤赶紧拉了拉自己的衬衣，跑进园子里翻了件T恤换上了，出来一把搂住付一杰的肩：“走，上山吃饭去。”

“真讲究，吃个农家乐还要换衣服。”小胡继续装车。

“你都跳三回河了？”付一杰跟着他顺着小路往山上走，“我说刚你跳下去怎么那么熟练呢。”

“胡扯！”付坤啧了一声，又叹了口气，“我跟你说，那河边的石头，一下雨就滑，我一看有鱼上钩了，我就想，我得钓上来啊，得摆个马步好使劲儿啊，没摆完呢，就下去了。”

付一杰乐了半天，说：“你以前也不是这么笨的啊，打架的时候桩子不挺稳吗？”

付坤跟着他嘿嘿乐了一会儿，没说话。

付一杰笑着笑着就没了声音，付坤用手指在他脸上弹了弹：“怎么不笑了？多难得啊，这辈子就捞着这么一次嘲笑你伟岸哥哥的机会。”

“是心不在焉吧？”付一杰看着付坤消瘦的脸，心里猛地有点发紧，付坤这一年是怎么过的？

付坤笑了笑：“大概吧，有时候会走神。”

山上有个原始状态的农家乐，原来是片果园，后来就在果园里辟出一块来建了几座凉亭，又弄了几个四面漏风的小木屋，算是包厢，摆上桌子，可以边吃边看风景，主营泉水鸡和泉水鱼。

付坤要了个包厢，点了一锅鸡和一锅鱼，感觉这些还不够付一杰吃的，又要了一份炸年糕和几个炒菜。

“这个时候还有年糕？”付一杰有点好奇。

“一年四季都有，不过不如奶奶家过年拿来的年糕好，”付坤拉了张椅子坐下，“好久没吃奶奶做的年糕了。”

“今年的是小姑做的，也挺好吃。”付一杰说。

说完这句话，两个人都突然沉默了。

过了很长时间，付一杰才趴到桌上，轻轻说了一句：“我这一年想你快想疯了，我每天都觉得明天我就要疯了，明天我就要死了……”

“傻，”付坤笑了笑，伸手在他脸上捏了捏，“这不还好好的吗？不过瘦了，妈看你这样肯定心疼坏了。”

“也没瘦多少，其实我一直还是挺能吃的，就是东西吃嘴里没味儿，以前吃东西都是享受，”付一杰咬着付坤的手指，含混不清地说，“现在吃没吃饱都没感觉，就一直吃一直吃。”

“今天呢？”付坤问他。

“肯定特享受。”付一杰笑笑。

今天不是周末，来吃农家乐的人少，算上他俩，一共就三桌，菜很快就上来了，连锅带盘子的摆了一大桌。

付坤本来想要酒，但吃完饭还要开车去送货，于是要了壶茶。

上菜的服务员出去之后，付一杰拿过杯子倒了两杯茶，拿起来看着付坤，说：“哥。”

“嗯？”付坤拿起茶杯跟他碰了一下。

“这辈子我就跟你在一块儿，再也不分开了，”付一杰轻声说，“这话我想说很多年了，一直没机会。”

有暖风从窗户吹进来，付坤觉得自己身上的毛孔都惬意地舒展开来：“我也一样。”

付坤盯着杯子里的茶沉默了一会儿，抬眼看过去的时候迎上了付一杰专注的目光。

付坤一仰脖子，把杯子里的茶全灌进了嘴里。

“哥！”付一杰一看，有点儿着急，伸手想拿杯子。

刚抬起手，付坤就已经蹦了起来，扭头一口茶全喷在了身后的地上：“烫死爷爷了！”

付坤没吃多少，他已经很久没看着付一杰吃饭了，他喜欢看付一杰吃东西的样子。每次看到付一杰低头认真吃饭，付坤都会想起他第一次到家来的时候，吃饺子吃得鼻尖上全是小汗珠的样子。

到现在都是这样，付坤伸手在他鼻尖上摸了摸。

“付坤。”付一杰放下筷子叫了他一声。

付坤看着他，每回付一杰不叫他哥叫付坤的时候，都得是有事。他也放下筷子：“做甚。”

“过来，”付一杰往椅背上一靠，拍了拍腿，“坐这儿来。”

付坤呛了一下：“你有病。”

“有神经病，吃舒服了就犯病，”付一杰冲他乐了乐，继续拍腿，“别废话，配合点儿！”

付坤没吃几口就已经饱了，今天付一杰突然出现，还给他带来了老妈的消息，食欲早已经退到了最末位。

付一杰还好，他已经缓冲了几天，胃口也很好，桌上的剩下的菜他基本全包圆儿了，最后还把鱼汤喝了溜缝儿。

付坤忍不住伸手摸了摸付一杰的肚子，以前他就摸过，付一杰太能吃，但吃完了他摸肚子的时候，也没觉得肚子有多圆，不知道那么多东西都吃哪儿去了。

“撑了。”付一杰很舒坦地向后靠着仰着头。

吃完饭付坤带着付一杰去送货，是一个什么公司的大型会议，要了不少绿植布置会场。

小胡已经把花都装好了，付一杰上车的时候吓了一跳，车后几排的座都拆了，用木板搭了两层架子，码得满满当当全是花，车座上还有不少黄泥印子，空调也已经没法启动了。

“就一年没见，你把这车都折腾成这样了？”付一杰拍了拍车座。

“没办法，车小就这样，”付坤发动了车子，“有时候货多我就得跑几趟，要得急的就租车，明年周转得过来了就买辆小货车。”

付一杰看着他没说话，一年时间，付坤瘦了黑了，但骨子里那种能吃苦的劲头还在，说出这些的时候轻描淡写。

“你的事儿怎么样？”付坤把车开上大路之后问了一句。

“开业一阵了，还可以，”付一杰偏着头一直盯着付坤看，“蒋松也过来给我帮忙了。”

“吕衍秋是不是拿设备入股了？”付坤伸手在他脸上捏了一下。

“嗯，”付一杰笑了笑，“没她帮忙没这么快开业。”

“我前几天牙老有点儿发酸，不知道是过敏了还是蛀牙了，付大夫你有没有时间帮我看看？”

“现在还酸吗？”

“现在？”付坤说，“现在不酸。”

“那是想我想的，”付一杰很肯定地回答，表情还特骄傲，“不用看，你多看看我就行了……”

“开窗。”付坤打断他。

“干吗？”付一杰愣了愣，这条路灰大，他一直关着窗。

“你脸太大，车里搁不下，开窗匀点儿出去。”付坤斜了他一眼。

付一杰乐了，笑了半天：“你这人怎么这样。”

跟着付坤送了一趟货，付一杰身上的衣服都被汗浸透了。

顶着大太阳在没遮没挡的空地上卸货，又把花摆好，忙了一个多小时，俩人才回到了车上。

付一杰跑着去买了两瓶水，付坤接过去直接灌了一整瓶，然后捏捏空瓶子：“爽。”

“每次送货都这样吗？”付一杰也仰着头一气儿灌了大半瓶，身上的汗一下出得更猛了，跟刚从河里出来似的。

“也不是，有些会有专人负责，把货卸了就行不用帮着摆，”付坤靠在驾驶座上，拿着张破纸扇着，“其实今天可以不帮着摆，咱不是为了服务好点儿，以后能有个回头客嘛。”

“嗯，”付一杰拿过付坤手里的报纸，“哗哗”给他扇着，“现在回园子吗？”

“不了，一会儿去趟市场吧，买点儿菜，”付坤看了他一眼，“早点儿回家，晚上吃顿大餐。”

“回家”这两个字说出来的时候，付坤有种久违了的轻松感。

老妈肯定已经买了菜，但付坤和付一杰还是跑了一趟市场，买了一大堆菜。鸡鸭鱼肉一样不少，往车上拎了两趟，卖菜的人都以为他俩是食堂采购的。

“冰箱该塞不下了，”付一杰看着车里的一大堆袋子，“会坏吧？”

“有你呢，”付坤跳上车，“要不一会再买个冰柜搬回去？”

“神经了你，”付一杰笑了，“我放开了吃，这些够我吃三天。”

“那应该坏不了，”付坤把车开了出去，“再去趟超市。”

“干吗？”

“给你买点儿零食。”

付一杰听了这话，眼眶顿时一热，他赶紧偏过头看着窗外，用力瞪大眼睛。

6

两个人提着一堆袋子往楼上走的时候，一开始是跑着往上，然后就慢了下来，到五楼的时候，付坤停在了楼道里。

付一杰也跟着停了下来，他知道付坤是为什么，他没说话，低头整理手上的袋子，有一袋豆腐一路上来掉地上三回，他打开看了看，已经摔成豆腐脑了。

“做麻婆豆腐得了。”付坤看了一眼。

楼上传来了团子的叫声，虽然听得出是隔着门叫的，但声音还是很响亮，还带着团子大声叫时特有的咕噜声。

付坤心情有些说不上来的紧张，不过听到团子叫声的时候还是没忍住勾起了嘴角，老妈一直说团子那个咕噜声特别像骂脏话……

想到老爸、老妈，付坤猛地加快了速度，带着紧张忐忑和想念冲上了七楼。

付坤手上东西拿得有点多，钥匙半天都没掏出来，付一杰看得着急，正想掏自己钥匙的时候，门打开了。

“太久不回家，钥匙都找不着了？”老妈从门后探出头来，团子像个毛线团一样滚了出来，围着付坤一边叫，一边拼命扭着屁股摇尾巴。

付坤看着老妈，团子咬着他裤腿拽他都没感觉到害怕，瞪着老妈看了能有十来秒，才轻轻叫了一声：“妈。”

“逃荒呢？”老妈啧了一声，看着他俩手上的东西，“你爸刚也买了一堆回来，我还不知道怎么处理呢，这儿又一堆。”

“明天我陪你去楼下摆摊吧。”老爸从厨房里走了出来。

“爸。”付坤进了门，呼吸到家里空气中那种特有的气味时，他感觉一直以来都悬在空中没着没落的心一下踏实了。

“瘦了啊，”老爸拍了拍他的肩，又用力抓了一把，“也黑了，吃苦了啊。”

“没，这是天儿太热。”付坤笑笑，拿着东西进了厨房。

付一杰也跟了进来，把手上的袋子放到了案板上。

“我怎么有点儿紧张？”付坤小声说，“怎么办？”

“不知道，”付一杰深吸了一口气，咬咬嘴唇，“我比你还紧张，我刚换鞋的时候差点儿摔一跤。”

看不出老爸、老妈有没有跟他们一样紧张，付坤只看到了他们眼底里的笑意。这就是父母啊，无论怎么样，只要看到孩子开心，就能笑得发自内心。

“你妈说想上你那个园子玩玩，当郊游了。”老爸一边泡茶一边说。

“去旁边农家乐住两天还行，我那儿就一个破园子，全是花啊草的种着，落脚的地儿都没有，”付坤坐到老妈身边，“你要去视察的话，得带着驱蚊水，这天蚊子都壮得跟苍蝇似的。”

“咬你吗？”老妈问。

“咬啊，”付坤摸了摸自己的腿，“看看这一片姹紫嫣红的。”

“这么臭还咬啊？”老妈凑到他旁边闻了闻。

“哎！”付坤跳了起来，乐了半天，“今儿送货出一身汗，你闻闻一截儿，比我好不到哪儿去。”

“你俩赶紧洗澡，我做饭。”老妈捏着鼻子跑进厨房，把付一杰撵了出去。

老妈折腾出一大桌菜，全是付坤和付一杰爱吃的，她特别有成就感地站在桌子旁边拍了拍手：“付建国同志，你说，你是不是特别有福？”

“是。”付一杰趴桌上把每个菜都闻了一遍，拿了个鸡腿出来啃。

今天的菜特别香，这么久以来，不知道是不是他鼻子已经失去嗅觉直到今天才突然好了，总之这菜香一下让他回到了一年前的生活里。

“是，”老爸很严肃地点了点头，去酒柜里拿了瓶酒出来，“喝点儿吧？”

“你还喝酒？”付坤光着膀子拿着条毛巾一边擦头发一边说，“不说了不让喝酒了吗？别又急性胃炎了。”

“一年都没怎么喝，来点儿，”老爸坐下把酒开了，“我跟我俩儿子都多久没一块儿喝酒了。”

这顿饭吃了快三个小时，破了他家有吃饭史以来吃饭时间的纪录。

老爸平时话不多，但今天特别能说，说两句就拿着杯子就往付坤和付一杰的杯子上磕一下，磕完了继续说。

付一杰跟老爸喝酒的时候心眼儿特别实，老爸往他杯子上磕一下，他拿起来就是一口。

“你差不多得了，”付坤看了看他的杯子，“别一会儿又吐又唱的。”

“一杰这酒量真是练也练不出来，没救了。”老妈托着下巴，她吃得不多，今天一直这么托着下巴看着她俩儿子，眼神里透着复杂的情绪，但付坤看得出她眼里的笑意。

“那一杰少喝点儿，”老爸指了指付坤，“你来。”

“你也一样，”付坤笑着拿起杯子跟他碰了碰，“就这杯了，今天你也喝不少。”

“看看，”老爸乐了，拍拍老妈的肩，“酒圣不让我喝了。”

老妈斜了他一眼："酒圣他妈也让你别喝了。"

"行，就这杯了，"老爸把杯子往付坤杯子上用力一碰，杯子发出清脆的一声"叮"，他一仰头把杯子里剩下的酒都喝了，放下杯子的时候，眼睛有点儿发红，看着付坤和付一杰，"不管怎么样，儿子，好好的！你们好好的，我们就什么都不想了，只要你们好。"

付一杰没说话，也一仰头把杯子里的酒都喝了，酒慢慢顺着嗓子眼儿往下滑，带着微微的灼热，最后一滴酒都进了嘴里之后，他还是仰着头，像定格了一样。

"爸，我们知道，知道。"付坤握着杯子，一向不太善于表达的老爸要不是喝了酒，铁定说不出来这样的话，虽然有点儿颠三倒四，却还是让他眼眶一热。

"喝啊你！"老爸指着他。

付坤笑了笑，把杯子里的酒一口气都喝了。

"哎哟好感人，"老妈啧了好几声，站了起来，"弄得跟要上战场一样，其实就是找个借口喝呗，付坤收拾！"

"没问题。"付坤也站了起来，开始收拾桌子上的碗碟。

老爸坐到了旁边的沙发上，拿起了小茶壶喝着茶。

付一杰还定格在椅子上，老妈看了他一眼，有点儿担心地小声说："你弟是不是扭着脖子了？"

"付医生，"付坤凑过去，看到了付一杰眼里的泪光，"去洗洗睡吧。"

"嗯。"付一杰没动，一颗泪珠从眼角滑了出来，他很快地用手擦了一下，"付老板帮个忙。"

"怎么？"付坤问。

"扶一下我的头……"付一杰皱着眉，"好像真扭了。"

"哎，您真牛！"付坤伸手托着付一杰的后脑勺，慢慢把他脑袋给扶正了，"能立得住吗？我撒手了？"

"烦死了，"老妈斜了付坤一眼，"是扭了又不是断了！"

付一杰摸着脖子活动了一下，眼前有点儿发花，估计是最后那半杯酒喝猛了："没事儿了，大概是喝多了。"

“不是大概，是肯定，您就没有不多的时候，赶紧洗洗睡觉得了。”付坤叹了口气。

付一杰去洗漱，付坤在客厅里陪老爸、老妈说话，老妈时不时伸手在他脸上捏一把：“你在园子里怎么吃饭？”

“用碗盛了拿筷子塞嘴里吃，”付坤搂着她的肩，“跟我在家里吃的时候一样。”

“你这人怎么这么讨厌？”老妈推了他一把，又啧了两声，“估计经常塞鼻子里，要不怎么瘦这么多。”

“大河向东流啊！天上的星星参北斗啊！”浴室里突然传出了付一杰半吼着的歌声。

老爸拿着茶壶的手抖了一下，茶洒到裤子上，赶紧站起来一个劲儿地抖。

“哎哟亲娘！”老妈也吓了一大跳，手在胸口拍着，“付半杯抽风了！”

付坤乐得不行，起来到浴室门口拍了拍门：“你没事儿吧？”

“没事儿，”付一杰在洗脸，水哗哗地冲着，“喝了咱的酒！上下通气不咳嗽！喝了咱的酒！见了皇帝不磕头！”

付一杰回了屋之后，在屋里又乱七八糟地唱了一堆英文歌，大概是闷在枕头上唱的，声音还算不太吓人。

付坤跟老爸、老妈聊到快十二点才洗了脸进屋睡觉。

付坤打开卧室的灯，发现付一杰趴在枕头上，抱着他的枕头似乎已经睡着了。他过去抽了抽枕头，没抽动，付一杰抱得特别紧，还用半个身体压着。

“一截儿，撒手。”付坤小声说，在他屁股上拍了一下。

付一杰迷迷瞪瞪地睁开了眼睛，看到他的时候似乎愣了一下，接着眼睛一下瞪圆了：“哥？”

“啊，怎么了？”付坤脱了上衣准备躺下。

“你回……”付一杰猛地坐了起来，发了半天呆才闭着眼轻声说，“我睡迷糊了，我以为你还没回来呢……做梦呢……”

“回了回了，不是你去把我找回来的吗？”付坤拍了拍他，“睡吧，我就在这儿呢，跑不掉。”

“晚安，哥。”

“晚安。”

付坤没喝醉，只是他挺长时间没这么喝过了，有点儿晕，闭上眼睛觉得自己正躺在船上。

心里很踏实，什么都没想，平时他躺在苗圃的小木床上，脑子里乱七八糟地琢磨，但想了些什么，又全都不知道。

现在听着付一杰在他耳边平缓的呼吸，他整个人都放松了。

这是他很久都没有感受过了的，安宁踏实的睡眠。

早上付坤是被老妈的拍门声惊醒的，睁开眼的时候，付一杰已经穿好衣服过去把门打开了：“妈。”

“吃早饭，”老妈心满意足地叉着腰站在门外，“真开心，我又能拍门叫我儿子起床了。”

“啊——”付坤抓过付一杰的枕头捂在脸上，拉长声音，“我好久没睡这么踏实了，你过一小时再来拍门行吗？”

“不行，”老妈笑着转身进了厨房，“你俩今天不干活啊？”

“我一会儿去诊所，”付一杰趿着拖鞋走到客厅，倒了杯水灌了下去，“哥去看看吗？”

“看你给人拔牙吗？”付坤趴在榻榻米上懒洋洋地问。

付一杰进了屋，看着付坤没说话，付坤扭头睁开眼睛瞅了瞅他：“关门，我换衣服。”

付一杰关上了门。

付坤打开柜子找衣服，对着一堆衣服来回琢磨。

琢磨了能有五分钟，他才拿了件衬衣出来穿上了，又一条条裤子地检阅了一遍，拿了条黑色的套上。

“你现在爱穿衬衣了？”付一杰靠着墙抱着胳膊看他，付坤穿什么都很有范儿，哪怕就是普通的白衬衣和黑裤子。

“嗯，入乡随俗。”付坤低头系皮带，“苗圃那儿老乡都穿白衬衣，穿成灰色儿了就换，客户看我不穿白衬衣都觉得我不靠谱……。”

“说得跟真的一样。”付一杰笑着开门出去了，跑进厨房帮老妈把早点都拿到了客厅里。

付一杰带着团子去楼下转了两圈，回到家的时候老妈老爸都出门去上班了，付坤把碗筷都收拾好了：“付大夫，带我去你们诊所转转。”

“成。”付一杰乐呵呵地站在走廊应了一声。

付坤换鞋的时候很感慨，这两天就跟做梦一样，不，这一年都跟做梦一样。

他突然似乎失去了一切，家，父母，付一杰……而现在，这一切又真真切切回到了他生活里。

每次想起来，他都先是一阵紧张，接着就是狠狠地松一口气，人都轻得像是可以飘起来。

付坤开着一发动就铃儿响叮当的长安之星到了诊所，把车停好之后，看了看诊所的门脸，心里又是一阵感慨。

去年跟付一杰说起这个诊所的时候，还是个没影儿的事，现在看到装修得特别像那么回事的诊所，付坤突然很内疚，在付一杰最辛苦的时候自己居然没在他身边，没能给他任何帮助……

“想什么呢？”付一杰站在他旁边问了一句。

“挺辛苦的吧，”付坤收回思绪，“一个人跑这些事。”

“不辛苦，真的，吕衍秋和蒋松都帮着我弄呢，”付一杰捏捏他的肩膀，把他往诊所里推，“挺顺利的。”

听到蒋松的名字，付坤又锉了锉牙，在付一杰最辛苦的时候居然是这小子陪着，他怎么想都不爽，进门看到蒋松的时候都忘了该笑一笑。

“哥哥好！”蒋松正坐在椅子上看书，抬眼看到是付坤的时候跟被蜇了一下似的蹦了起来。

“弹跳不错。”付坤笑了笑，蒋松穿着白大褂看着还挺正经。

“哥你来视察呢？”蒋松给他倒了杯水递过来。

“我来看牙。”付坤坐下，打量着诊所里的设备，尽管老觉得不真实，但这还真就是个很正规的牙科诊所。

“郭宇呢？”付一杰去二楼换了衣服下来，问了一句。

付坤看了一眼已经换上白大褂的付一杰，在心里吹了声口哨，付一杰的气质很衬这身衣服，看上去相当靠谱。

“去吕姨那儿看材料了，下午过来。”蒋松坐回桌子边继续看书，在学校的时候他都没现在刻苦。

“哥，”付一杰拍了拍治疗台，“坐这儿。”

“干吗，”付坤愣了愣突然紧张了，“我坐这儿就挺好。”

“给你看牙，”付一杰拿了把钳子，看着他笑了笑，“过来坐这儿。”

“等等，”付坤坐在椅子上不肯动，“我牙没毛病。”

“你不说牙老酸吗？”

“不酸了，现在不酸了。”付坤赶紧说。他从小就怕看牙医，拔牙对他来说就跟上刑差不多，每回他进医院牙科都得默默地把自己想象成面对拔牙酷刑宁死不屈的人儿。

付一杰没说话，盯着他。

付坤跟他对盯了一会儿，没扛过他，再加上旁边还有个蒋松，他只得站了起来，坐到了治疗台上。

“靠着，放松，”付一杰按了按他的肩，“我就有点儿担心你是牙本质过敏。”

付坤靠到椅背上，付一杰后边儿说什么他没听清，他就听清了“放松”俩字儿。

“张嘴。”付一杰碰了碰他的嘴唇。

付坤张了嘴，付一杰拿过一根探针，正要往付坤嘴里伸的时候，付坤又闭上了嘴。

“嗯？”付一杰看着他。

“这钩子是干吗的？”付坤皱着眉，这东西看着就不是什么好玩意儿，看一眼都起鸡皮疙瘩。

“就碰碰你的牙，不钩你舌头，放心吧。”付一杰有点儿无奈。

付坤再次张了嘴，一脸不踏实。

付一杰把探针伸进他嘴里，轻轻在他说发酸的那几颗牙上敲了敲。

“啊。”付坤眉毛拧了拧。

付一杰又很细心地检查了一下：“过敏，不严重，你换换牙膏吧，把你那个橘子味儿童牙膏换个脱敏的先试试。”

“……成。”付坤看着探针从他嘴里拿出去之后松了口气。

“智齿拔掉吧，把好牙都磨坏了，”付一杰放下探针之后说了一句，“我再看看……”

“什么？”付坤一下坐直了。

付一杰把他按回椅子上：“你四颗智齿呢，早晚把你好牙都给磨坏。”

“不，”付坤捂着嘴，“你是不是想拿我练手呢？你去拔蒋松的。”

蒋松叹了口气：“没机会了，我上月智齿发炎，让伟大的郭大夫帮我敲掉了，统共就一颗，没多的匀给一杰了。”

“我智齿没发过炎，好着呢。”付坤挣扎着椅子上跳了下来。

“嗯，你最好别发炎，让我逮着就跑不掉了。”付一杰说完自己就上一边儿乐去了。

付坤正想追过去踹一脚的时候，手机响了一声，有短信进来。

他掏出手机看了一眼，愣住了。

是银行的短信，提示他的银行卡上有三万块到账。

7

“怎么了？谁的短信？”付一杰放好东西，转头看到付坤正盯着手机发愣，凑过去看了一眼，“银行短信？”

“嗯，有人打款，”付坤咬咬嘴唇，他不记得这几天有哪个单子要结账的，他从号码本里找出小胡的电话打了过去，“小胡啊，你记不记得这两天谁家要结账的……三万……嗯，行吧。”

“飞来横财？”付一杰看看他。

“不知道是谁……”付坤也看着付一杰。

付一杰拿过手机看了看：“孙玮？”

付坤没说话，小胡也确定了这几天没有没结的款的时候，他第一个反应就是孙玮。

这孙子消失了一年多了，一直没有任何消息，也没跟家里人联系过。

那笔钱，付坤已经不去想，尽管孙玮在他事业最关键的时候让他狠狠地栽了个跟斗，但十几年的哥们儿情谊，让他已经不打算再去纠结这件事，大不了重头来过。

但现在这三万块，把他本来已经平静的心情又打乱了。

付坤一边觉得这应该是孙玮，希望这是孙玮，不为他还钱，只想他能出现，一边又害怕如果这不是孙玮……

“去银行打个明细单子查查汇款账号，”付一杰拍了拍他，“我陪你去。”

“不，”付坤按住了付一杰正准备脱白大褂的手，“我自己去，刚过来的时候我看到有个建行。”

“你自己行吗？”付一杰有点不放心，孙玮的事当初给付坤多大的打击他还清楚地记得。

“你看看我，”付坤指指自己的脸，“看。”

“看什么？挺好看的。”付一杰很认真地看了看他。

“哎！”一直坐在一边看书的蒋松喊了一声，把书扔到桌上，“付一杰你哥快三十的人了，你眼看都要奔三了，你要不要背着他去啊……”

付坤乐了，冲蒋松竖了竖拇指：“这话说得不错。”

“那你自己去，一会中午一块儿吃饭吧，”付一杰看了蒋松一眼，“吃烤鸭吧，松哥发工资了。”

“你好意思吗？”蒋松啧了一声，“这月工资给我打的八折。”

“你请不请？”付一杰也啧了一声。

“请，不就一顿烤鸭吗，二折也请得起，”蒋松打了个响指，冲付坤笑笑，“哥你快去快回。”

付坤坐在建行的椅子上，手里拿着手机，翻来倒去在手上转着玩。

在明细里看到孙玮账号最后六位的时候，他一下就确认了，孙玮用的还是以前的卡，就是当初他给孙玮汇款的那张卡，因为后六位数念起来很有节奏感，付坤印象相当深刻。

是孙玮。

这王八蛋是打算开始一点点还钱了吗？

付坤按出了孙潇的号码，他自打上回去孙玮家碰上了孙潇之后就一直没再联系，换了号码也没说，他犹豫了一会儿，拨了孙潇的号码。

“喂？”孙潇很快接了电话，声音还是跟以前差不多，挺温柔。

“孙潇？”付坤问了一声。

孙潇沉默了一会儿才开口：“付坤？”

“是。”

“你换号怎么也没说一声，我给你打电话一直打不通。”孙潇笑了笑。

“你给我打电话了？”付坤有些意外。

“嗯，去年打了的，那时我们单位年终发了奖金，我想着拿给你，好歹补上一点是一点，一直打不通你电话。”孙潇轻轻叹了口气。

“我不说了我没打算让你还吗……”付坤也叹了口气，孙潇从小就是个死心眼儿的小姑娘，“孙玮跟家里联系了没？”

“没，”孙潇语气里有些伤感，“过年也没回家，不知道现在到底怎么样了。”

“他给我汇了三万块，就刚才。”付坤说。

“什么？”孙潇声音一下提高了，“真的吗？”

“嗯，”付坤点了点头，“柜员机转账，他回来了，柜员机的地址是本市。”

孙潇没说话，过了一会儿，付坤听到了她很低的哭泣声，声音一点点变大，最后变成了号啕大哭。

付坤也没出声，等着孙潇哭得差不多了才说了一句：“他要是跟家里联系了，告诉他我在等着揍他，他要肯过来让我揍一顿，所有的事我都不会跟他再计较。”

“嗯。”孙潇带着哭腔应了一声。

付坤又跟她随便聊了几句，顺嘴问了问卢春雨，孙潇说卢春雨上月嫁人了，对方是市里一个连锁超市的少东家。

挂掉电话之后付坤盯着自己面前的大理石地板看了很久，直到付一杰的电话打过来了，他才站了起来。

回到诊所，付坤发现屋里多了个正在忙着收拾的小姑娘，她穿着淡粉色的护士服。

“我们每天都迟到的护士，”付一杰给他介绍，“李珍。”

“大哥好，”李珍跟付坤打了个招呼，有点不好意思，“不是每天，今天来晚了。”

付坤笑了笑：“名儿没起好啊，要不怎么也得是个厉害大夫。”

李珍愣愣，过了一会儿才笑了起来：“李时珍啊。”

“中午你盯一会儿吧，有事打电话，”蒋松换了衣服出来，“我们回来的时候给你带好吃的。”

“带瓶酸奶就行，我减肥。”

付坤开着车去接诊所另一个医生，等红灯的时候付一杰问了一句：“是孙玮吗？”

“是，不过我给孙潇打了个电话，他没跟家里联系，”付坤手指在方向盘上敲了敲，“随他吧，估计钱没还清之前他不会让人找到他。”

“找着就得抽死他。”付一杰咬了咬嘴唇，他对孙玮没有付坤那种感情，这事儿他一想起来就想打人。

“不提了，反正也不打算怎么着他，你们那个医生叫什么来着？”付坤转移了话题。

“郭宇，跟蒋松一块儿住着，技术比我俩强多了，现在都靠他。”付一杰扭头看了一眼坐在后边玩手机的蒋松。

蒋松也抬眼看了看他：“所以给我的工资打八折都补给郭宇了。”

“现在是特殊时期，万一周转不过来，你还得往外掏钱呢。”付一杰笑笑。

“我给你掏。”付坤说。

付一杰靠在椅背上看着付坤的侧脸：“你得替我数钱。”

接到郭宇之后，直到坐在饭店包厢里了，付坤才听到郭宇说了第一句话，付一杰问他要喝点儿什么，他看着手里的菜单说了一句：“不喝了吧，都不喝，你哥要开车，你俩下午要上班。”

蒋松趴到桌上：“其实我喝点儿没什么，付一杰是半杯倒，我又……”

郭宇看了他一眼，他冲服务员招招手：“大可乐。”

付一杰看着他乐了，蒋松拖长声音叹了口气：“哎——”

郭宇不爱说话，话少到一顿饭他说的话付坤都能数得出数来，蒋松和付一杰都不是话少的人，这仨一块儿待着，郭宇跟隐形了似的。

吃完饭，付坤把几个人送回了诊所，准备开车去苗圃，他上周接了个新通车的路绿化的活，这几天得准备着。

“你这师兄也太不爱说话了，有人来看病的时候他是不是得用意念跟人家交流呢？一运气，思维接通，哪颗牙疼啊？哦，智齿，那敲掉呗，你看蒋医生的牙就让我给敲了……”付坤上了车，趴在车窗上跟站在车边的付一杰说。

付一杰笑了半天：“他那人就那样，做事很认真，我下回也认真地把你的牙给敲了。”

“滚！”付坤往他脑门儿上弹了一下，发动了车子，“我走了，晚上可能要很晚回来，开车回家得俩小时了。”

“我等你。”付一杰拍了拍车门，退开了。

一家人的生活很快回到了以前的节奏，就像中间这一年没有存在过，老爸、老妈每天上班下班，付一杰上班下班，唯一有点儿改变的是付坤，他偶尔会住在苗圃，碰上大单有时候一星期两三天都回不了家。

其实有些事还在心里，比如对父母亏欠了的那种负罪感，父母最终的让步，是付坤和付一杰心里永远都感激也永远都会内疚的结。

只是这个结，未必一定要结开，就像老爸、老妈心里也许也会有那么一个永远也解不开的结，用他们对孩子的爱包裹着。

眼下这种平静而安心的生活，是一家人最珍惜的。

入秋了之后，付坤的生意淡了一些，得到年前才会再忙起来，他每天都回得挺早，他和付一杰屋里的小台历上这月 7 号被划画个圈。

老妈生日。

家里人都不怎么过生日，付一杰和付坤的生日几乎都没怎么过，老爸、老妈就更不用说了。

不过今年得过，老妈五十岁。

“订个大蛋糕，”付坤靠着沙袋盘算着，“写上老妈五十大寿……”

“你这是找抽呢，把她年龄写上去不算还大寿，”付一杰咬着笔窝在椅子里，“要写肖女士十五岁生日快乐。”

“肖妹妹，肖妹妹十五岁生日快乐，”付坤拍拍手，“就这么写。”

“嗯，饭店要提前订，上回我听爸说了一句，说咱小区后门那条街新开的那个饭店不错。”

“叫什么？我去看看。”

“回龙阁。”付一杰看着他说。

“回龙阁？”付坤捏着下巴想了半天，“我怎么听着这么耳熟呢？”

付一杰没说话，咬着笔开始乐，乐了好一会儿都停不下来。

“我去给你拿药，又犯病了。”付坤转身就往外走。

“旱天雷。”付一杰在他身后说。

“嗯？”

“水中音。”

付坤回过头盯着他：“闭嘴。”

“回龙嗝，”付一杰坚持说完了，又是一通乐，“哥，这是不是你开的三屁连锁啊……”

“我说付一杰，你能不恶心人吗？”付坤有点儿无奈也跟着乐了半天，最后摆摆手，“你记性真不错，不过这家不行，这家严重影响我胃口。”

最后饭店定的是家老字号涮羊肉，老妈爱吃涮羊肉。

老妈对自己的生日没有概念，老爸似乎也记不明白，付坤说出去吃一顿的时候，他俩都没反对，很痛快地就上了付坤的“铃儿响叮当”，一路颠着就去了。

“你这破车不是说要换吗？”老妈打量着车里惨不忍睹的座椅，“我都担心开一半它轮子要飞出去了。”

付坤乐了：“年前买，买辆皮卡。”

“皮卡几个座啊？我们不会是要蹲后斗里吧？”老妈扒着椅子背问。

“我给你们放两张沙发在斗里就行。”付坤说，一脸严肃。

“啊！真的啊？我才不在斗里，放张床我都不待那儿，风那么大！”老妈喊了起来，“虐待动……老人啊这是！”

“五个座呢，”老爸拍拍她的肩，“你儿子说话什么德行你不知道啊，还能上当。”

到了饭店，付坤报了名字，服务员领着他们往包厢走的时候，老妈才开始有点儿回过神来：“这是提前订了桌？”

“嗯，生意好，不提前订就吃不上。”付一杰说。

“你拎的这个是什么？”老妈往他身边凑了凑，想往他手上拿着的袋子里看。

“我们诊所的资料，放车上怕丢。”付一杰很快地把袋子换到了另一个手上。

“不对！”老妈扭过头，“付建国，老付同志，今天几号？”

“七……你生日啊？”老爸说出来之后顿时有些不好意思，上来搂了搂她，

“真是你生日，我都不记得了。”

“哎，你今年多大了我都不记得，”老妈捂着脸，“老菜帮子还要过生日，这真是太伤感了。”

付坤跟在最后，一边笑一边说：“老菜帮当年也是嫩白菜，现在也还能掐出水来呢，才五……”

话没说完，老妈已经用手指着他：“你说什么？”

“岁，五岁！”

进了包厢坐下了，老妈还一直在感叹，养俩儿子，养了快三十年，可算是赏了一回生日。

“妈，”付一杰挨着她，“你辛苦了，真的。”

老妈靠着付一杰：“不辛苦，你俩虽然挺烦人的吧，但养大了也不算难，就是你吃得多点儿。”

付一杰乐了半天。

付坤一边跟老爸研究要瓶什么酒，一边说了一句：“妈，虽然我俩这是第一次给你过生日，但我们心里一直想着你呢，绝对是第一位的，付建国同志都只能排第二，就像你也从来不给我俩过生日，但也还是最好的老妈……”

“烦死了！你最烦人！”老妈拍了一下桌子，“付坤你跟这儿等着噎我呢！一会儿回去你给我拎着付团子的屎在楼道站一小时！”

老妈心情非常好，加上是她喜欢的涮羊肉，吃得比平时多，快吃不下了的时候还拿着小勺吃了好几勺麻酱：“哎哟，他家的麻酱真好吃。”

付坤起来拉开包厢门，跟外面站着的服务员招了手。

过了一会儿，包厢里的灯突然灭掉了。

老妈正夹着一根蒿子秆，眼前一黑，她叫了一声：“哎哟，找不着嘴了！”

包厢门被打开了，几个服务员小姑娘推着个小车进来了，车上放着个点上了蜡烛的蛋糕，几个小姑娘唱着生日歌把蛋糕推到老妈身边，围着她唱完了，又一起喊：“肖美人儿生日快乐！”

这话是付坤特地要求的，不能叫阿姨，叫肖美人儿，叫错了不结账。

“妈，生日快乐。”付一杰搂着老妈亲了一口。

付坤也亲了她一下：“生日快乐老宝贝儿。”

老妈捂着脸半天都没说话，一直到老爸在她耳边说了句“老婆生日快乐”，她才放下手，眼里有泪光，特别深情地看着老爸：“付建国你个搭便车的。”

“搭就搭啊，生日快乐，”老爸也特别深情地看着她，握着她的手，“你怎么这么能煞风景啊……”

蛋糕上的“肖妹妹十五岁”让老妈很满意，让付一杰专门把那一块切下来吃了。

付一杰切蛋糕的时候付坤把他拎来的袋子拿过去，从里面拿出了个小包：“我跟一杰送你的，把你那个票员的包换换吧。”

老妈的包用了挺久了，连着两回上车以后被人戳胳膊说“大姐我买票”，让她郁闷了好一阵。

不过看到这个包的时候她又犹豫了：“这包贵吧？一摸就知道不便宜，你说我每天骑个自行车去上班，挂个这样的包，人会不会以为我捡来的啊？”

“不会，”老爸很肯定地回答，“明明是你儿子捡来的。”

“行吧，”老妈笑着把包挎到肩上，“那我就开用了！谁家十五岁的背这么成熟的包啊，好看吗？”

“好看。”付一杰点点头。

“谁挑的啊？”老妈搂着包来回看。

“我哥，”付一杰笑了，“挑这些肯定是我哥啊，我挑的他说像菜篮子。”

吃完饭付坤绕小道把车开回了家，他没敢喝酒，老妈一直说：“要不你跟你弟把车推回去得了。”

“我今年去学个本儿，以后你们仨喝了酒就我开车。”老妈抱着包跳下车。

“妈，”付一杰跟着下了车，“你们先上去吧，我……想跟我哥去个地方。”

“几点了这都，”老妈看了看表，“开车去吗？”

“打车去，”付一杰搂搂老妈，“用不了多久就回了。”

“嗯，去吧，”老妈摸摸他的脸，“平时你俩晚上都不出门，也怪闷的。”

老爸、老妈上楼之后，付坤才问了一句：“去哪儿？”

“我突然想……”付一杰低头皱了皱眉，“去看看夏飞。”

8

付一杰突然说想要去看看夏飞，付坤愣了愣，但并没有太吃惊。夏飞对于付一杰来说有比其他人更深的意义，夏飞走的那天，付一杰一头栽倒在地上的时候应该就能看出来，只是那时的他并不知道付一杰内心的秘密。

经历了这么多事，付一杰突然想去看看夏飞并不奇怪。

“开车去吧。”付坤拉开车门准备上车。

“打车，”付一杰按住了车门，“那边偏，又是夜车。”

“这个时间你打什么车人能拉你去墓园啊，回来的时候更没车了，那边公交车的末班到八点就没了，”付坤摸摸他的头，上了车，“我慢慢开。

付一杰站着没动，他其实可以换个时间去，比如明天，不一定非得大晚上的，但他心里那种强烈的感觉却按不下去。

夏飞不仅仅是邻居家温柔的哥哥，不仅仅是那个分享他小秘密的人，不仅仅是在很多时候会告诉他该怎么做的人，从他第一次认识夏飞到现在，已经十几年了，这十几年，他的迷茫、他的害怕恐惧、他的压抑、他的痛苦、他的爆发，每一次改变，都有夏飞的影子。

他看到的希望，感觉到的绝望，全都是夏飞给的。

现在，他终于得到了自己一直期待着的一切，一个温暖的家，一个温柔的人，他怎么也控制不住想要见见夏飞的冲动，哪怕只是……一块冰凉的墓碑。

“上车。”付坤伸手摸了摸他的鼻尖，“去那儿的路没什么车，我开慢点没事。”

付一杰犹豫了一下，上了车，坐在副驾系好了安全带，闭上了眼睛。

付坤发动车子，慢慢开到了街上，街灯的灯光地从付一杰脸上掠过，他轻轻说了一句：“我觉得，我真的……太幸福了。”

付坤笑了笑，没说话。

从家里去墓园不近，如果是公交车，得倒两趟车。

付坤的车开得比平时要慢不少，开出大街之后，付一杰睁开了眼睛，看着前面的路。

路上的人和车都渐渐变得越来越少，一个小时之后，路上就已经看不到人了。

四周非常静，只有车灯照亮前方的路，没有了居民楼里星星点点的灯光，路灯也没了，淡淡的月光都显出了几分寂寞。

付一杰手撑着额角，身边向后滑去的夜色让他有种说不上来的怅然。

十年了，夏飞就这样安静地待在这些寂寞的尽头。

车拐上一条小路，路斜斜向上，墓园建在山坡上，面前是一个不大的湖。

付一杰坐直了，看着前方，没多久，路到头了，墓园的大门出现在眼前，付坤离着还有二三十米就把车停下了。

墓园下午不到五点就关门了，要想进去得从旁边的一条小路绕，或者爬门。鉴于付一杰同学虽然没喝多，但毕竟只有半杯的量，现在去爬门有可能会被挂在门上，他俩决定从小路绕进去。

小路很窄，两边是以前农民自家的坟头，付坤把手机上的手电打开了，俩人沉默地顺着路快步走着。

十来分钟之后，他们绕进了墓园。

付一杰只在夏飞走的那年来过这里一次，不过夏飞在哪里，他记得很清楚，对着湖的那面坡上靠左边的角落里。

他从两排整齐的墓碑中间穿过，走到尽头。

两个人在尽头的那个墓碑前停下了。

墓碑上有一张小小的照片，上面有着熟悉的笑容。

爱子夏飞之墓。

付一杰在墓碑前弯下腰，慢慢蹲下了。

墓碑前的小平台上放着一束玫瑰，花开得很艳。

“张青凯今天来过吧。”付坤站在一边，这花很新鲜，还有些没打开的花苞。

“嗯，”付一杰摸了摸花瓣，发现花束下面还压着一个小小的信封，“他可能经常过来。”

付坤在墓碑前静静地站了一会儿，轻声说：“我去下面那儿等你。”

“好的。”付一杰点点头。

付坤抓抓他的头发，顺着旁边的台阶往下面走去，坐在了下面一层的一个石桌旁。

“小飞哥，”付一杰的手指摸了摸墓碑上的那个飞字，“好久不见啊，今天突然想过来，没给你买东西。”

“也没带钱，”他笑了笑，看着那束花，“张青凯还给你写信呢，你看了没啊？我还没给谁写过信呢，就小学的时候给冰心奶奶写过信，让付坤教我写，他就写了个‘冰心奶奶你好’就写不出了，还是你教我写的，记得吗？”

付一杰看着照片上夏飞的笑脸出神，他记忆里夏飞最后的样子苍白而消瘦，只有在看到张青凯的时候，拧着的眉才会舒展开来。

那种感觉，他现在能体会，只要付坤在，他就会踏实，会觉得特别舒服，夏飞也一样吧，尽管身体和心里都同样痛苦，但只要张青凯在……

“我有没有告诉过你，”付一杰的指尖在地面上轻轻划着，突然有些不好意思，就像很多年前，他跟夏飞说自己的那些小秘密时一样的感觉，“我的……小秘密。”

付坤坐在石桌旁边拿着手机玩游戏，手机他调了静音，能听到付一杰细碎的声音，说什么他听不清。

付一杰平时话不多，在熟悉的人面前他比较能说，今天是格外地话痨。

付坤轻轻叹了口气，就付一杰今天晚上这个絮絮叨叨的劲儿，不知道夏飞受不受得了。他笑笑，想起以前在夏飞家玩，张青凯唠唠叨叨地给夏飞说他们篮球赛的事儿，夏飞直接拿了卷胶带纸递给他，说：“坤子快去把那人嘴给我粘上。”

他往付一杰那边看了一眼，车上还真有卷胶带。

自己一个人笑了一会儿，付坤又没忍住叹了口气。

小飞哥，你还好吗？

挺幸福的吧。

付坤看着手机发愣，连付一杰什么时候走到身边的都不知道。

清冷的月光下，一只手突然在他脖子上轻轻摸了一下，付坤几乎没时间反应就已经被吓得跳了起来，往前窜了好几米还差点摔一跤，然后才吼了一声：“谁啊——”

“哎！”付一杰被他这反应也吓得差点儿让旁边的石凳绊倒，连忙说，“我！你弟！”

“啊，”付坤半天才缓过来，把手机从地上捡起来放进兜里，“你出点声儿行吗？再怎么说，这儿也是墓地啊。”

“叫你好几声了，”付一杰有点儿无奈，冲他张开手臂，“我还以为你睡着了呢，吓着了没？过来抱抱。”

“抱个屁。”付坤看了他一眼。

付一杰没动，就那么伸着胳膊，付坤在原地站了一会儿，最后还是走了过去。

付一杰紧紧抱住他，手在他背上拍着，又在他脑袋上扒拉了几下：“呼噜呼噜毛吓不着。”

“滚蛋！”付坤推开他，“聊好了没？走不走？”

“走，”付一杰笑着舒展了一下胳膊，“突然觉得很轻松。”

付坤走上台阶，在夏飞的墓碑上轻轻摸了一下，转身往来时候的路走过去。

两个人回到家的时候，已经一点多了，老爸、老妈已经睡下，老爸的呼噜从卧室里绕梁三日地传出来，还带着点儿哨音。

“这一听就是喝了酒的呼噜。”付一杰小声说，把跑到他脚边蹭来蹭去的团子抱起来揉了揉。

“我跟你说，就以前，我小学大概一年级还是二年级的时候，”付坤一边换鞋一边压着声音带着笑，“妈不知道从哪儿听说往打呼噜的人嘴里滴几滴水能止住，就在爸打呼噜的时候用勺弄了点儿水到他嘴里，结果倒多了，老爸一咳嗽喷了她一脸……”

付一杰笑了半天。

快过年的时候，付一杰的诊所已经开始有盈利，他和付坤商量了一下，打算年前把新房那边最后的装修收尾，买上家具和电器，今年过年可以在新家过。

“这些弄完的话，”付一杰按着计算器，“你的皮卡就没戏了吧？”

“没事儿，”付坤靠在椅子里，腿搭在桌上，拿着个本子低头画着，“现在做开了，顶多到明年夏天就能买了，正好旺季能用上。”

“这样吧，”付一杰想了想，“把你那个小破车顶给我，我给你出一半的钱。”

付坤笑了笑：“那车现在白送都没人要。”

“我要。”付一杰很简单地说，他其实想直接帮付坤把车买了，但以付坤的脾气，付坤估计不肯要。

“那……”付坤笑了笑，付一杰想什么，他很清楚，他估计了一下付一杰诊所的收入，“给你个机会。”

“怎么？”付一杰扭头看他。

“这么着吧，别出一半了，你直接给我买辆皮卡，不用太好的，能拉货能跑泥地的就行。”付坤把笔咬在嘴里，上下晃着。

“真的？你不玩不食嗟来之食那套了？”付一杰放下计算器，给他捏着小腿。

“嗯，”付坤继续低头在本子上画着，“我算了一下，你比我有钱，嗟就嗟吧，不食白不食。”

“付坤，你终于……”付一杰咬着嘴唇，“终于……”

"终于肯让你嘚瑟一回？好好珍惜这机会吧，付大夫，从小到大就等这一回呢吧。"付坤笑了笑。

付一杰没说话，一直瞅着付坤笑，手在计算器上无意识地按着。

付坤在画画，他特别愿意看付坤画画时的样子，眼皮垂着，整个人都很安静。付坤已经很久没画画了，本子和笔都是前几天才去重新买回来的。

老爸、老妈在客厅里看着电视聊天，时不时还要就剧情争几句，一般是老妈把声音一提高，老爸就没声儿了，过一会儿又继续循环。

这种感觉很棒，付一杰无比享受，每天在诊所累一天回来，最享受的就是晚上这段时间。

"在画什么？"他捏捏付坤的脚。

"你要看吗？"付坤说。

"看。"

付坤又在本子上勾了两下，把本子递到了他面前。

"哎，这么帅。"付一杰看了一眼忍不住笑了，付坤的画还是那么漂亮，简单流畅的线条让人看着特别舒服。

画上是付一杰。

他用手指在本子上弹了弹："衣服都不让穿。"

"我这是在怀念你的腹肌。"付坤冲他一乐。

"干吗怀念？现在也有啊，"付一杰站了起来，掀开上衣站到付坤边上，"你看，多美妙。"

"一、二、三……三对儿，"付坤手里的笔点在他肚子上，"三，三，三……"

付一杰乐了，抓过他的笔扔到了桌上："没有四了，最近都没时间锻炼。"

"所以怀念一下，"付坤笑了，"怀念你八块腹肌的时候，我好歹一直四块儿没变过呢。"

"是吗？我看看。"付一杰拉了拉他衣服。

付坤正想站起来的时候，卧室门被人拍了一巴掌，慢慢打开了。

"啊！"老妈站在门外看着他俩，"没关门啊，一掌就开了，我的神功已练成，再见。"

“掩着的，”付一杰有点儿不好意思地笑了笑，“我俩比腹肌呢。”

老妈愣了愣，啧了一声：“这有什么好比的，你俩谁都比不过你爸。”

“比什么？”老爸站了起来，拿着茶壶很威风地走了过来。

“腹肌！老付你快跟他俩比试一下，”老妈手往腰上一叉，“走着！”

老爸没说话，转身飞快地往回走。

“你跑什么，”老妈一把拽住他，“把您那一整块儿腹肌拿出来吓死他俩！”

付坤没忍住，靠在椅子上笑得不行：“吓死我了。”

“你就挤对我的时候特别来劲。”老爸摸了摸自己的肚子，看着老妈。

“这是给你当头一棒！当！”老妈白了他一眼，进了厨房准备弄夜宵，“锻炼！懂吗？！你没有四六八块，你好歹练一下把你这一块儿劈两半儿吧！年纪越大越不注意健康，再过两年，这肚子就可以挂腿上当球踢了……”

“给你当枕头。”老爸乐呵呵地跟进了厨房。

新房子赶在年前都装好了，付坤和付一杰忙活了两三天，把屋里的家具电器都置齐，又请了家政阿姨过来收拾干净了。

付一杰屋里屋外地转了一圈，又仔细检查了一下厨房，这里是老妈的地盘，所有的东西都必须顺着她的习惯，得就手。

“怎么样？”付坤跟进来看了看。

“不错，就是这抽油烟机可能太高级，老妈要适应。”付一杰拍拍油烟机的罩子。

“十五岁，适应起来很快的，”付坤拉拉他胳膊，“来看看阳台。”

付一杰跟着付坤跑到阳台，这套房子三个阳台，客厅里的最大，冲着远处的山，景色很好。

装修的时候工人一直提议做封闭式的阳台，付坤坚持不要，他喜欢视野开阔的感觉。正午的阳光很好，阳台有一半沐浴在阳光里，虽然风挺大，但阳光还是晒得人很惬意。

“早上我们可以顺着这条路跑步，一直跑到山边再折回来，”付坤指着小区后门外面的路，“空气肯定特别好。”

“嗯。”付一杰点点头。

“要是周末，可以叫上爸妈去爬山，山腰有眼泉……现在大概冻上了。”

“嗯。”

“不过想在这儿长住，估计要再过几年了，他俩退休了过来养老。”

“嗯。”

“现在就当度假别墅吧，多牛。”

“嗯。”

“你嗯个屁啊，想什么呢？”付坤看着付一杰。

“听你说呢，”付一杰笑着靠在阳台栏杆上，“就这么听你说话，特别舒服，就像小时候你晚上不睡觉老说废话一样。”

“是吗？慢慢听吧，我这人比较容易发出感慨。”付坤笑笑，站在阳光里伸了个懒腰，眯缝着眼睛看向太阳，“一截儿。”

“嗯？”

“有没有种特别满足的感觉？”

“有，”付一杰笑着答，“简直满足透了，希望一辈子都这样。”

“那当然得一辈子，”付坤侧过脸看着他，“老了咱俩就蹲这儿晒太阳，我帮你挠痒痒，你帮我捶背，怎么样？”

“好。”

番外一

·

郭师兄

蒋松坐在自己屋里看恐怖片儿，关于婴灵的。这片儿是付一杰拿给他的，说是好看，据说吓得付坤三天不敢一个人去厕所，看到小朋友就绕着走。

今天这套两居室的房子里只有蒋松一个人，郭宇去书店了，估计还得有一会儿才回来。他不在，蒋松连吃饭的心思都没有，觉得没劲，还不如吓吓自己了。

虽然他跟郭宇一块儿吃也没人说话，光能听见电视响，郭宇还总爱把电视调到儿童频道，听得蒋松脑浆都快糊了，但就那样也比一个人吃饭有意思，起码有个人能瞅瞅。

蒋松正走神儿的时候，音箱里冷不丁传来一个小孩儿卡碟了一样的笑声，他顿时鸡皮疙瘩都起来了，搓了搓胳膊。

他抬眼想看看剧情发展到哪一步了，刚往屏幕上看了一眼，还没瞅明白上面是什么，画面突然转换，一个小孩儿惨白的脸跳了出来，黑洞洞的眼眶渗着血，接着又是一阵冷笑。

随着音箱里突如其来爆发的诡异音乐，蒋松吓得“啊”地吼了一声，腿没忍住往前狠狠踹了一脚，想让自己离屏幕远一点儿。

他跟付一杰讨论过恐怖片气氛营造的问题，用突然响起的恐怖音乐来吓人被他俩一致认为是最低端的手段，但现在他却被这个最低端的手段吓得一声惨叫，蹬着桌子连人带椅子往后一翻，摔到了地上。

“哎！”蒋松挣扎了两下才把椅子踢开了。

音箱里开始传来那个没眼睛的小孩的哭声。

蒋松有点儿恼火，站起来想过去把片儿给掐了，刚迈了一步，眼睛余光扫到了自己房间的门。

他没锁门，是掩着的，但门不知道什么时候开了一条缝！

他立马感觉肠子都抽了一下，大冷天儿的窗户都关着，哪来的风？

他扭头想仔细看看的时候，一个毛茸茸的黑色脑袋从半尺宽的缝隙里探了进来。

“什么玩意儿！”蒋松吓得够呛，头发都快立起来了，壮胆似地大吼一声，“滚开！”

门一下打开了，郭宇一脸莫名其妙地站在门口：“你干吗呢？”

“郭宇？”蒋松愣了愣，再低头往地上的脑袋看过去，这才发现那是郭宇上星期新买的大毛熊拖鞋，熊脑袋跟个足球差不多大小地趴在脚上。

“我刚进门，”郭宇转身拎起放在客厅桌上的塑料袋进了厨房，“你吃饭了没啊？我煮面条，你吃吗？”

“吃，我一直饿着呢，”蒋松把放了一半的片儿关了，跟了过去，“多来点儿，我中午都没吃。”

郭宇把外套脱下来递给他：“炸酱面行吗？”

“太行了。”蒋松把衣服拿出去挂上了。做饭这种事，蒋松干得很好，但郭宇做的炸酱面特别香，就是耗时比较长，最简单的菜码他也得折腾一小时。

再回到厨房的时候，郭宇正在挽衬衣袖子，蒋松靠在门边看着，郭宇挽袖子的动作很认真，就好像这袖子挽得好不好直接会影响炸酱面的味道。

“你回来也不喊一声，给我吓得差点儿尿了。”蒋松随便找了个话题，他要不开口，郭宇能一直沉默到做完这顿面。

“以为你听见门响了呢。”郭宇拿了根黄瓜，洗好了放到案板上开始切。

“没听见，”蒋松笑了笑，“那片儿其实也没多吓人……”

郭宇看了他一眼，继续切黄瓜：“那要换个吓人的你该从窗户跳出去了。”

“我是让你吓的，”蒋松啧了一声，指着郭宇的鞋，“你说你没事儿买这么双鞋干吗啊，又不经脏，又不好洗，不能见水，还吓人。”

“暖和，”郭宇切好黄瓜又开始切胡萝卜丝，切了两刀停下了，“帮我把眼镜拿过来吧，切丝儿看不清楚……”

“好嘞。”蒋松跑进郭宇屋里，从他桌上拿了眼镜。郭宇平时不太戴眼镜，看书和给人弄牙的时候才戴。

蒋松觉得他戴眼镜不错，但不喜欢他戴上眼镜的感觉，这人一戴眼镜就显得更正经了，蒋松看着老觉得自己总欠着郭宇一篇论文。

郭宇在厨房里折腾了一小时零十二分钟，弄出了两碗炸酱面，跟蒋松俩一人一碗捧着坐在沙发上一边看电视一边吃。

这个点没有儿童节目可看了，郭宇调了个农业台，专心地一边吃面，一边看如何合理地提高猪的出栏率。

蒋松有点儿无语，郭宇这人他的确是有些摸不透，如果说一开始他只是对郭宇有那么一点儿好奇，这人一直没有女朋友，他只想研究一下，那现在随着研究一点点地深入，他依然是个谜，但蒋松开始有点儿想法了。

一直以来，蒋松对有些事都抱着就那么回事儿的想法，他不认真，也不期待谁会对他认真，大家都一样，合适了凑一块儿玩玩，没劲了就分开，这是他混了这么久第一次对一个人开始有了不是玩玩这么简单的念头。

上次对人认真是什么时候的事了，他不愿意回忆。

至于郭宇……他用余光扫了扫旁边的郭宇，这个喜欢看儿童节目，对着一群挤来挤去的猪还能津津有味认真吃面的男人，这人有什么吸引力呢?

不爱说话，一本正经，不戴眼镜是个严肃的大哥，戴上眼镜是个严肃的教授，除了炸酱面，所有的菜都做得像剩菜。

挺没劲的一个人，偏偏每次蒋松这么想的时候，郭宇又会突然弄点让人茫然的事儿，比如突然去买了双大毛拖鞋，还有一次把蒋松种在阳台上的绿萝都编成了麻花辫。上月郭宇又突发奇想，把浴室里的不锈钢挂钩都换成了塑料的卡通钩子，结果一晚上时间就掉了，浴室里所有的毛巾散落一地。

这些莫名其妙的，跟郭宇这人完全不搭边的事儿，每次都能让蒋松在平淡无奇的生活中重新获得乐趣。

要不说人就是贱呢，上赶着来的瞅都不带瞅一眼的，但是甭管有意无意，被吊着胃口了就全得认㞞。

“你一会儿看片儿吗？”蒋松吃完面捧着碗等郭宇，他俩一般分工是一个做另一个洗。

“什么片儿？”郭宇把空碗放到了他手里。

“就我刚看的那个，一杰推荐的，说是把他哥吓得上厕所都得组团去，BUFF（游戏用词）没加好坚决不打开马桶盖儿，”蒋松拿着碗往厨房走，问，“看吗？”

“你不敢一个人看？”郭宇问。

“嘿！”蒋松有点儿无奈，“你这人真逗，我非得是不敢看才叫你吗，我就问你要不要一块儿看。”

“嗯，看吧。”郭宇点了点头。

“等我洗完碗。”蒋松一听就来了干劲，开了水就俩碗洗得风生水起。

他以前偶尔也会跟郭宇一块看片儿，但一般都是喜剧，他嘎嘎一通乐，郭宇就嘿嘿笑两声，特节制。听着如此节制的笑声，蒋松会有一种自己是个傻子的错觉，所以就没怎么叫郭宇一块儿看了。

蒋松的屋子布置得很温馨，打折的时候拖回来的大沙发上堆满了靠垫，还弄了块假羊毛毯子铺在沙发前的地板上。

他把片子重新打开，点了暂停，再把屋里的灯关了，换成了沙发旁边的落地灯，暖黄色的灯光洒了一屋子，看上去温馨而暧昧。

郭宇换了套睡衣进了屋，进来就说了一句特煞风景的话：“山洞啊。”

这话让正在沙发上来回调整姿势让自己靠得更舒服些的蒋松相当郁闷：“这叫气氛。”

“看鬼片儿还要气氛啊？”郭宇坐到了沙发上，拿了垫子抱着。

“看养猪秘诀才不用气氛！”蒋松没好气儿地说，往他旁边挪了挪，挨着他靠在沙发上。

前面三分之一左右蒋松已经看过了，他有一眼没一眼地瞄着，注意力都在郭宇身上。

郭宇自打坐下往沙发扶手上一靠之后，就抱着垫子没动过，一脸严肃地看，眼镜片儿反着光看不到他的眼睛，也不知道他是害怕还是无所谓。

小孩儿脸突然出现在屏幕上的时候，蒋松尽管有心理准备，还是小声叫了一声："啊。"

郭宇没有任何反应，连动都没动一下，蒋松顿时对他佩服得五体投地，整了整靠垫："刚你回来的时候我就正看这儿呢，吓我一跳。"

郭宇没说话。

蒋松忍不住看了他一眼，这人是不是太淡定了啊？

"你胆儿挺大啊。"蒋松补充了一句。

郭宇依然没动静。

"郭宇？"蒋松感觉有点儿不对劲，凑过去盯着他的眼镜，"郭大夫你不是吓晕了吧？"

郭宇沉默着，脸上也没表情。

"郭师兄？"蒋松伸手拿掉了郭宇鼻梁上的眼镜，"你……"

郭宇闭着眼，一脸严肃地睡着了。

蒋松拿着眼镜半天都不知道该怎么办了，这也太牛了吧，看个鬼片儿都能睡得着？

"郭宇？"蒋松又叫了他一声，小声说，"着火了，救命啊。"

郭宇没动，呼吸还挺平缓，感觉睡得很踏实。

"打劫了，你屋里那些书都被劫了，"蒋松又小声说，"救命啊……"

郭宇的睫毛颤了两下，又恢复了平静，音箱里传出的惨叫和吓人的音乐都没能让他有更大的动静。

蒋松啧了一声，抬手在郭宇面前晃了几下，然后慢慢靠过去，手心都能感觉到郭宇的呼吸了，他清了清嗓子："郭宇，你要被劫色了。"

手悬在离郭宇的脸两寸的地方等了一下，蒋松确定这人是一时半会儿醒不过来了，于是手落了下去，在郭宇脸上拍了一下。

郭宇的眼睛突然睁开了，看着蒋松的手："发功中？"

“哎哟！”蒋松吓了一跳，飞快地收回了手，“你是醒着的啊？”

“让你戳醒的，”郭宇撑着沙发挪了挪，从半躺着调整成为半靠着，“你干吗呢？”

“想给你检查一下牙齿。”蒋松拿过旁边的垫子抱着，并没有太多不好意思。

“哦，”郭宇张开嘴，用指尖在自己牙上叩了叩，“这是新技术？”

蒋松看了他一眼，这人脑回路跟别人不一样，他听不出这话是真是假。

“你什么时候醒的？”他问了一句。

“不清楚，你是不是跟我说话了？”郭宇还在叩牙，边叩边问。

“说了，我喊救命啊！着火了！你书都烧没了！打劫了！脱衣服要流氓啦！”蒋松盯着他。

“啊……”郭宇愣了愣笑了起来，从蒋松手里拿过自己的眼镜戴上了，“我听到了，以为做梦呢，你真幼稚。”

“师兄，”蒋松特别诚恳地说，“我知道你一直没交过女朋友的原因了，你没女朋友一点儿也不奇怪，你要有了才见鬼。”

“别这么说，”郭宇笑着说，“你不也没交过吗？”

“我没女朋友是有很正当的理由的，”蒋松站起来倒了两杯酸奶，他没跟郭宇说过自己的事儿，他不敢，郭宇这人挺正经，没准儿观念也不怎么更新换代，再加上脑子结构跟别人不一样，他没办法预测郭宇的反应，不敢随便说出来，“非常正当。”

蒋松把一杯酸奶递给郭宇，坐在了他旁边。

“正当理由？”郭宇喝了一口酸奶，皱着眉想了老半天，突然恍然大悟似的啊了一声，看着蒋松好一会儿都没再说话。

蒋松没理他，喝着酸奶盯着屏幕，这么会儿工夫，这片儿都不知道演哪儿去了，一帮人抱头痛哭，鬼片儿气氛已经荡然无存，一派家庭伦理剧的架势。

“唉。”郭宇叹了口气，边喝酸奶边看屏幕，也不再说话。

但过了一会儿，蒋松又老觉得郭宇那声叹息里充满了同情，他想想觉得不太合理，于是扭头看了看郭宇：“你叹什么气？”

“能治的吧？你好歹也是学医的。”郭宇说。

“治？”蒋松愣了愣，脑子里立马浮现出各种厌恶疗法、电击疗法，鸡皮疙瘩掉了一沙发，“你知道我说什么吗？你就让我治啊！”

“你不是……”郭宇看了他一眼，说得有点儿艰难，“你是不是……不行？”

“什么？”蒋松声音都变调了，“我哪儿不行啊？”

“算了。大概是我误会了。”郭宇赶紧摆摆手，盯着屏幕不出声了。

“你大爷，”蒋松想想就乐了，“你真能想，你看我这样儿像是不行的吗？”

“那没准儿，这个看是看不出来的。”郭宇回到了严肃的状态。

“你什么意思，”蒋松啧了一声，“你要不要试试？”

郭宇推了推眼镜，笑了：“不用了。”

郭宇的反应让蒋松心里动了动，他似乎对这句话并没有什么反感。

蒋松试着问了一句：“那你是为什么？没女朋友是因为……不行吗？”

郭宇笑了起，又摘下了眼镜，扯了睡衣一角慢慢擦着：“我发现你这人真是什么都好意思说。”

“这不是你开的头吗？”蒋松说。

“我没不行。”

“你怎么知道你行？你不是没女朋友吗？”蒋松眯了一下眼睛，“上哪儿知道自己不是不行的？”

郭宇有点儿无奈地看了他一眼：“你……”

“我什么？我要不要试试？”蒋松接得很快，“行啊我试试。”

“蒋松，你今天……”郭宇咬咬嘴唇，“你今天有点儿怪。”

“是吗？大概是让你吓的，”蒋松笑了笑，喝了口酸奶，“怎么怪了？”

“说不上来，”郭宇喝光了杯子里的酸奶，戴好眼镜站了起来，“不过我大概……可能……知道你是为什么了。”

“嗯？”蒋松心里跳了跳，猛地有点儿心虚。

“晚安，”郭宇穿上大毛拖鞋慢吞吞地往门口走，“早点儿睡吧。”

“郭宇你什么意思？”蒋松蹦了起来，郭宇这话他品不出具体味儿来，但又觉得这不是郭宇平时的风格。

“没什么。”郭宇打开门出去了，回身把门拉过去。

“你把话说完，当心我揍你。”蒋松过去一把抓住了郭宇扶在门框上的手。

他还想往前冲一下的时候，郭宇推住了他的肩：“晚安。”

蒋松盯着郭宇的眼睛看了看，看不出什么所以然来，但绝对跟平时不同。

郭宇把门关上，回了自己屋。听到他关门的声音之后，蒋松倒在了沙发上。

蒋松有点儿烦躁，郭宇到底什么意思？！

郭宇这是明白了，还是屁也没明白，就装模作样呢？

想了半天，蒋松站了起来，穿过客厅走到郭宇房间门口敲了敲门：“郭宇，你出来，我有个特正经的课题要跟你探讨一下。”

番外二

·

想你的张青凯

立秋有大半个月了，但到今天才感觉到了秋意，张青凯叼着烟站在窗前。

下雨了。

他推开窗户，向外喷了一口烟，白色的烟雾在细细的雨滴中慢慢消散，没留下一点痕迹。

秋雨一下，天就凉了。

张青凯闭上眼睛，深深吸了一口气，凉意一点点渗到身体里。

“你有没有发现，春雨和秋雨是不一样的，”夏飞站在雨里，仰着脸迎着雨滴，“春雨是暖的，秋雨是冷的。”

“都挺冷的。”张青凯缩着脖子。

夏飞不是个多愁善感的人，有时候却会突然变得很敏感。

对于下雨，他尤其敏感。

秋雨很寂寞，他经常这么说，雨点打在旧的青瓦顶上时发出清脆而细碎的声音，夏飞会说：“听，像在哭，一直哭到心里去啦。”

这么矫情而忧郁的话，张青凯听着却并不觉得别扭，因为这是夏飞说的，夏飞永远都在笑，一点也不忧郁，说出这样的话时，他也还是在笑。

然后他会捂着胸口皱着眉说：“我的心在哭泣，快去给我买点吃的让它笑。”

张青凯靠在窗边，嘴角勾出一个笑，拿过桌上的烟缸，把烟掐灭了。桌上放着一张照片，照片保存得很好，上面是穿着校服的夏飞和张青凯。

张青凯趴到桌上，手指在夏飞的笑脸轻轻摸了一下。

那是初中，校服很傻，蓝色运动服。那时他还没有夏飞高。

他和夏飞的照片不少，春游秋游，都会拍照片，家里给他买的第一个相机，是135的海鸥，他拿到的第一件事，就是跑去找夏飞，拍掉了一卷底片。

但他最喜欢的还是这张。

因为那时他们还什么都不懂，没有忧郁，没有压抑，没有对未来不敢触及的害怕，笑容简单纯粹。

对着照片出神的时候，手机响了，响了几声张青凯才有些懒散地接了电话。电话是店里员工打来的，简单地汇报了一下店里的情况就挂了。

张青凯开了个书吧，生意不好不坏。

这是夏飞的梦想，开一个书店，每天也不用管卖掉多少，有书看就可以了。

张青凯看着桌上的照片。

你会来看书吗？书吧外面有个小回廊，下午的时候可以晒到太阳，如果你来了，会在那里坐着吧？

雨一直下着，到下午才慢慢停了。

张青凯到楼下小吃店买了份饺子吃了，然后走出了小区。

地上湿漉漉的，落叶都被打湿了趴在地上，像一朵朵金色的小花，布满了整条路。

小区后门是条小街，两边都是花店，张青凯每次都从这边出来，拐进第四家小花店。

“张先生来啦，”店里一个小姑娘见到他笑着打了个招呼，“等一下，我给你拿花，已经包好了。”

“嗯。”张青凯点点头，在门口站着，看着街上来来往往的行人。

夏飞喜欢坐在窗边安静地看人，邻居，路人，能看上一整天。

“你有没有想过别人的生活？那些人，我们看到的人，路过的人，他们的生活是什么样的？”夏飞曾经很认真地对他说，“我们每天都会看到好多人，但从没想过他们是什么样的人，过着什么样的生活，有没有人和我们一样？就像别人也不知道我们是怎么活着一样……”

张青凯以前只觉得夏飞爱瞎想，闷在家里看书看多了就会这样，但现在他却常常忍不住会和夏飞有一样的想法。

走过来走过去的那些行人，他们在想什么，他们在做什么，他们是开心，是悲伤，是期待，还是看不到未来……

就像也没有人会知道，站在路边花店门前，每天捧着一束玫瑰的自己，究竟是怎么样的心情。

“张先生，你的花，”小姑娘把玫瑰递给他，笑着说，“祝你们幸福。”

“谢谢。”张青凯接过花，离开花店。

在这个花店买花已经五年，从他搬到这里的时候开始。

十一朵玫瑰，他只要在市里，每天都会买上一束，有时候是早上，有时候是中午，有时候是黄昏，十四年了，或早或晚，一直没有变过。

祝你们幸福。

小姑娘没有问过他每天买花是为什么，只是每次把花递给他的时候，都会认真地说出这句话。

祝你们幸福。

张青凯就是因为她这句话，一直在这里买花。

祝你们幸福。

不管原因是什么，他想听到有人这样对他说，希望有人会祝福他们。

祝你们幸福。

是啊，祝我们幸福。

墓园平时很静，特别是在下过雨的秋天，某个没有阳光的下午。

看门的大爷跟张青凯很熟，他在这里守了七八年，差不多每天都能看到这个眉宇间有些寂寞的男人，手里拿着一束玫瑰。

他去看过那个墓碑，照片上那个人，笑容定格在十多年前的夏天。

职业原因让他从来不会去探究那些到这里来的人，无论这里面有多少秘密，能像这个男人这样风雨无阻这么多年，都不容易。

“来了。”大爷坐在门卫室里面，冲张青凯点点头打了个招呼。

“嗯。”张青凯笑着也点点头。

“一会儿出来的时候上我这儿喝口茶吧，”大爷指了指炉子上烧着的水壶，“我弄了点好茶。”

“好的。”

墓园里很静，张青凯顺着小路向前走，只能听到自己的脚步声。

他放轻呼吸，有时候他心里会有种无法压抑的期待，期待着在自己孤单的脚步声响起时，能有另一个人的脚步声跟随着他。

夏飞走路很懒散，脚步声里会带着拖着鞋跟的声音，他的鞋最先磨坏的都是鞋跟。

但从来也没有听到过，哪怕是放轻了呼吸，张青凯也再没听到过夏飞的脚步声，那种懒洋洋的从他心里迈过的步子，再也不会出现。

夏飞墓碑前已经被收拾干净了，张青凯走过去，把玫瑰放到小平台上。

“感觉到了没？”他蹲下，坐在了还带着水的地面上，擦了擦碑上的照片，“下雨了，今年第一场秋雨，天凉了。”

“我今天又听了听雨声，”张青凯慢慢整理着包在玫瑰花外面的透明塑料纸，“不像哭。”

沉默了一会儿他又笑了笑：“有时候听着像，今天不像，大概今天我想你想得不算太厉害，想得厉害的时候我听到喷头的水声都像哭。”

张青凯闭上眼睛，想象着夏飞坐在自己面前，或者身边，或者身后，尽管感觉不到一丝温度，他还是执着地闭着眼睛。

“知道吗？我这段时间都没梦到过你，”他轻声说，“不知道是太忙了还是累，睡着了就直接到天亮了，也许梦到了也不记得了。”

梦里的夏飞，永远都是最后那个夏天的样子，坐在床上靠着墙，很悠闲地晃动着腿。

“张青凯，给我说个笑话。”夏飞眯着眼睛看他。

“……我想想，”张青凯很认真地想了半天，“我们厂里俩傻瓜，去年跑去看樱花，进了樱花园，对着门口的树一通拍照，一边拍还一边说樱花真漂亮，果然漂亮啊……”

夏飞笑着喝了一口水。

“拍了好一会儿，有个笨蛋看到树上戳了个小牌子，就过去特激动地大声念了一遍，”张青凯的手在空中一挥，“西府海棠！”

夏飞拿着杯子乐了，笑了好一阵儿才停下：“我要去估计也不认识，我没看过。”

“等你好点儿，我陪你去，咱不看樱花，专看西府海棠。”张青凯拍拍他的腿。

“好。”夏飞笑着点点头。

张青凯睁开眼睛，一阵秋风卷过，他感觉有些发冷。

“我们最后也没一块儿去看西府海棠啊，”他笑笑，手指从夏飞的笑容上划过，“我一直也没敢去樱花园，总怕没带着你去，你会生气。”

“张青凯你快跪下给我磕仨响头，要咚咚咚带响儿的，我心疼了就饶你不死。”

每次夏飞不高兴的时候都会这么说。

“你说，我要现在给你磕仨响头，你会出来饶我不死吗？”张青凯揪下一片玫瑰花瓣，捏在手里。

“飞啊，”他看着花瓣，“你知道吗，我不怕想你，多想都没关系，想得一整夜睡不着也没事儿，我就怕……怕自己有一天会不想你了。”

时间一天天滑过去，从心里，从身边，从一个个春夏秋冬里，从每一次想念里，从每一个睡不着的夜里。

让人心悸。

“有时候会有人劝我，都这么多年了。我妈上个月给我打了个电话，”张青凯轻声说，“说你也该放下了吧。”

他叹了口气：“我不知道为什么要放下，放下和放不下有什么区别？其实相比起来，我害怕‘放下’，真的，你一定懂的，如果换成是你，你也一样不会放下的，对吗？”

放下，放不下。

这个问题张青凯想过很多次，他答应过夏飞，这辈子都不会忘了对方，但更让他放不下，也不愿意放下的，是他对这份感情的依赖。

想念已经是一种习惯，是他生活的一部分。

如果失去了这种痛彻心扉的想念，自己也许会变成一个空壳。

“他们都不会明白，”他看着夏飞的笑容，“对于我来说，有一个能想一辈子的人，是件多幸福的事，每天，每分每秒，想起你是让我觉得我还活着的证据……”

放下，是为什么，放不下，又会怎样？

对于张青凯来说，这两者区别不大。

“昨天给你的信看了没？”张青凯把手里一直捏着的花瓣放在碑前，“我跟你说，我特想写诗，但除了床前明月光，愣是多一句也写不出来……”

说完他自己嘿嘿乐了半天：“哎，真的，你去我书店看看，还有不少诗集呢，不过我记得你不爱看，是不是还说过酸来着？你说我要酸你一把，你会骂我吗？”

“你来过书店吗？其实离这儿也不远。”张青凯动了动，换了个姿势，裤子让雨水浸湿了一大片，“一会儿看门大爷别以为我尿了……就书店外面那个小回廊，我费了老大的劲儿设计的，画设计图的时候总担心你不满意，弄好了你也不说说行不行，不过感觉还成，我下午有时候在那儿晒太阳，打个盹儿挺舒服的。”

“明天拍张照片给你看看吧，”他想了想，“让人拍一张我晒太阳的照片让你看看，你要喜欢，就过来陪我待会儿，行吗？”

张青凯不知道夏飞会不会回应他，早几年他强烈地想要感受夏飞的存在，比任何人都希望那些灵魂的传说是真的。

现在张青凯已经不太这么想了，夏飞走了，没了，再也回不来了，他跟这个世界的联系只有这块碑，跟自己的联系只有那些回忆和依旧在心里汹涌着的感情。

别的，没有了，都没有了。

张青凯知道不可能再看到站在自己面前笑的夏飞，不可能再碰到夏飞消瘦的肩，不可能再听到他说“张青凯你快来伺候我一下”。

但没关系，已经不需要这些了，张青凯低下头，看着地上小摊的积水，他已经不会再去无望地强求这些永远都不会实现的想象。

“张青凯我跟你说，矫情特别不合适你的造型，知道吗？”夏飞站在窗边说，用手指架了个框，从那边看着他，“你这种糙得跟水泥地一样的男人，一矫情起来，杀伤力太强，我鸡皮疙瘩都变成鸡蛋疙瘩了，掉地上都哐哐响，你快听。”

张青凯冲地面笑了起来，笑了很长时间。

“我又矫情了，不过也不经常这样，偶尔一次。”他看着碑上的照片，笑着说，“我平时挺正常的，真的。”

张青凯换了个姿势，背靠着碑，头向后枕着，没再说话，四周一片寂静。他安静地坐着，就像以前无数次跟夏飞一起坐着那样，不说话，不需要说话，就已经是一种享受。

湖对面的坡上飘起了蓝色的烟，大概是有人在烧纸，张青凯盯着那一阵阵在秋风里飘散的烟出神。

夏飞被送到这里的那天，他悄悄地跟来了，远远地看着。

那是他这辈子永远不能忘掉的场面，他最在乎的人，就那样睡在了这里，永远不会再醒过来，变成了刻在他心里的一道疤，永远也好不了的疤。

停了没多久的秋雨又开始下，淅淅沥沥的，冰冷的雨滴落在张青凯的手上和脸上，他轻轻叹了口气。

“我回去了，去门口大爷那里喝点茶，明天再来看你。”张青凯站了起来，手指在照片上摸了摸，又弯腰把花放正了，慢慢顺着路走了。

347

番外三·钱！

付坤早上是被电话吵醒的，之前连着大半个月都挺忙，他一直住在苗圃，好不容易这两天清闲点儿，回家睡了一晚，还指望能睡到下午才睁眼，结果刚过八点，电话就响了。

“哎……”他搂着被子捂着脑袋一直滚到墙边，又从墙边滚回来，拿起了手机，“谁……啊……”

“小付，我老李啊，”那边一个老头儿的声音传过来，“我还要一批海桐球，什么价？”

“三十，”付坤慢吞吞地坐了起来，“你厂里用吗？”

“嗯，你是不是得叫人过来看看？我不知道要多少合适。”

付坤看了看日历：“行，我叫小胡下午过去算算。”

给小胡打了个电话，安排了下午的事之后，付坤也睡不着了，缓慢地晃进了客厅里。

客厅里没人，老爸、老妈和付一杰都上班去了，只有团子一个人趴在客厅的小地毯上咬自己的毛。

“快别咬了，屁股上都没毛了，”付坤啧了一声，“这么丑，难怪上回那小母狗看不上你……”

团子鼻子冲着地喷了喷气，一扬头向他跑了过来。没等付坤退开，它站起来一把抱住了付坤的小腿。

“你干吗？打架啊！”付坤顿时觉得腿一阵发麻，都不敢把腿抽出来，怕惹毛了团子给他一口。

团子没理他，抱着他的腿开始使劲，屁股一下下地往他拖鞋上顶，一副特认真、心无旁骛的样子。

“唉——”付坤很无奈地喊了一声，拖着团子往浴室走，团子抱着他的腿边蹦边顶，直到进了浴室才最终抱不住撒了爪子，扭着屁股心满意足地走开了。

今天没什么事，付坤洗漱完了吃完早点就坐屋里闲着了，本来想去付一杰的诊所转转，但这阵子诊所慢慢做开了，生意不错，几张治疗椅每天都是满的，他过去了也没什么意思。

付坤正琢磨着要不要再回床上睡个觉，手机里进来一条短信。

他拿起来瞅了一眼，是银行短信，两万转账汇款。

付坤咬了咬嘴唇，不用多想，他知道这是孙玮给他转账。

从第一笔转账开始，到现在是一年半时间里的第三次了，三万、一万、两万，一共六万。

“孙玮，”付坤盯着手机，“你小子到底在哪儿？”

他跟孙潇联系过几次，孙潇没有她哥的消息，但她生日的时候，孙玮给她转过五千。

孙潇一直在想办法打听孙玮，她年底要结婚，希望能让孙玮知道，回来参加她的婚礼，但一直也没什么结果，找不到人。

“傻。”付坤靠在沙发上小声骂了一句。

快中午的时候，付一杰打了个电话回来，那边伴随着一个姑娘的尖叫声：“我不洗了不洗了不洗了……”

“吃饭了没？”付一杰问他。

“你们那儿干吗呢？”付坤听那姑娘的声音，感觉特别惨烈。

“洗牙，”付一杰回答，“吃饭了没啊？”

“洗牙喊得跟要拉出去斩了一样？至于吗？”付坤没洗过牙，他想象不出来是个什么感觉。

“受不了那个酸劲儿呗，”付一杰大概是上了二楼，那姑娘的尖叫声小了不少，“你吃……”

“有多酸？跟吃了酸橘子一样吗？”

付一杰啧了一声：“你过来试试吧。”

“还没吃呢，怎么，你要安排我用膳？”付坤立马回答。

付一杰没理他，继续说：“超声波洁牙，就是振动，像你这种牙会过敏的，弄的时候就会又酸又……”

“咱去吃烤肉吧。”

“你过来吧，开车去。”付一杰笑了笑，挂掉了电话。

付坤对吃的没什么追求，不过付一杰一向看到美食就迈不动步子，刚从饭店出来，看到什么想吃的，立马能再过去吃一顿。以前他不挣钱，有吃的就行，现在人诊所收入不错，于是开始关注各种新开的特色馆子，逮着机会就吃。

这家韩国烤肉是新开的，据说是市里最正宗的，服务员一水儿穿着灯罩裙子的姑娘，刚开第二天，付一杰就知道了，一直琢磨趁着大酬宾打折去吃一顿。

“不叫上郭宇和蒋松？”付坤的车停在路边，付一杰跳上车就催着他快开，怕被罚款。

“蒋大爷今儿休息，就郭宇一个人了，他再走开了谁接客，”付一杰笑笑，“一会儿给他和李珍带一份得了。”

“……哦。”付坤开着车拐上了一条小街，这条路不好走，两边都是摆摊儿的，但没有红绿灯，也近得多。

“再给蒋松也带一份吧，晚上可以吃。”付一杰想了想。

“凉了不好吃吧。”

“没事儿，他算半拉厨子，这个难不倒他，郭宇估计凑合也能弄出来。”

“郭宇……”付坤犹豫了一下，“蒋松跟他还那样儿呢？”

“嗯，还那样儿，半死不活的。”付一杰回答，想想又乐了一会儿。

“蒋松这回是碰上克星了。”付坤放慢了车速，按了一下喇叭，前头一个在马路中间散步的大妈回过头瞪了他一眼，很不情愿地让到了一边。

“郭宇要真是，那这人不是缺心眼儿，就是高手。”付一杰看着窗外笑了笑。

“折腾吧，我现在看着谁折腾都觉得特别平衡，哪能就咱俩折腾，所有人都得给我折腾够了。”付坤龇牙咧嘴。

车快开到小街一半位置的时候，一直看着窗外的付一杰突然一下坐直了，接着一巴掌拍在了车窗上，吼了一声：“哥！”

“怎么了！”付坤吓了一跳，踩了一脚刹车。

“那人是不是孙玮！”付一杰指着窗外喊，又拍了拍车门，“开门让我下车！”

付坤一听孙玮俩字儿，赶紧顺着他手指的方向看过去，顿时愣住了。

是孙玮！

就算两年多没见了，付坤还是很轻易就认出了这个跟他从小到大一块儿混了二十来年的人。

孙玮穿着件挺旧的T恤，手里拎着两个大塑料兜，不知道是什么，身边还有个也拎着大兜的姑娘，俩人正顺着人行道上往前走。

“走！”付坤顾不上别的，只把车往路边稍微靠了靠就停下了，路边都是市场里移出来的水果和菜摊儿，他们只能下车。

车一停，付一杰就跳了下去准备追。

付坤也跟着跳下了车，想要拔腿也追过去，后面跟着的一辆小卡车不乐意了，狠狠地按了几下喇叭，付坤咬咬牙，只得开了车门，正要上车把车挪挪地方的时候，那边的孙玮大概是听到了喇叭声，扭头随意地往这边扫了一眼。

这一眼正好和付坤对上了。

付坤还没琢磨出该摆个什么样的表情以配合自己现在准备捉拿他的心情呢，就发现孙玮转头跟身边的姑娘说了一句什么，转过了身。

这是要跑！

“孙玮！”付坤运了个大气吼了一声。

已经跨过了一个菜摊子艰难前进着的付一杰一听他这声吼，知道悄悄围捕已经失败，于是跳过了第二个菜摊往人行道上冲过去。

孙玮把手里的两个大兜往地上一扔，转身撒丫子就跑。

付一杰盯着他就追，孙玮从小跑步就不行，好几回他跟付坤打架逃跑被人逮着了一顿揍都是因为他跑得慢，付一杰知道自己就算是穿着皮鞋也最多三十秒就能把这小子给逮住。

付坤跳上车发动了顺着路往前开，在车上一个劲儿喊："抓住他！"

付一杰没几步就冲到了孙玮扔在地上的俩兜子跟前，但在他打算跳过去继续追的时候，意外发生了。

跟孙玮一块儿的姑娘没有跑，还站在原地，在付一杰经过的时候，她突然冲过来一把搂住了付一杰的腰，大喊了一声："大哥！"

"啊！"付一杰被这个变故惊得差点儿摔了一跤，等回过神来的时候，又觉得腰上身上一阵发麻。

他的痒痒肉被这一搂全发作了。

"大哥！你要干吗？！"姑娘搂着他不撒手。

"我什么都不干，"付一杰想拉开她的胳膊，但她死死勒着不放，付一杰的脸都绿了，"你要干吗？"

"大哥，大哥，"姑娘勒着他一连串地叫，"有话好好说。"

"妹妹！"付一杰抓着她的手，姑娘劲儿很大，他又不敢用力，旁边不少人都已经看过来了，"你有话好好说，撒手。"

"不行，我现在不能撒手，过一会儿我就撒！"姑娘很坚定地回答，"三分钟，就三分钟！大哥你坚持一下！"

"什么？"付一杰声音都快跑偏了。

这个意外让付坤哭笑不得，付一杰这刚出马就"阵亡"了，他只能继续开着车往前，但在这种路上，车的速度跟不上孙玮那种像是被黑社会端着枪追杀一样的逃命速度。

没等他开到路口，孙玮已经一溜烟地拐弯跑得没影儿了。

在路口愣了一会儿，他把车停在了一个空着的车位上，下了车，往回跑，那边还有个被困在陷阱里的付一杰需要他解救。

付坤跑回来的时候，姑娘已经撒了手，正头也不抬地蹲在地上整理几个大兜。

“跑了？”付一杰看到他的时候问了一句，手捂着腰。

“嗯，”付坤应了一声，看着当他俩不存在的姑娘，有点儿无奈，“哎，你成功了，鼓个掌呗。”

姑娘低着头拍了几下巴掌，抓着几个塑料兜站了起来，兜看上去挺沉的，她拎得有些吃力，于是又弯腰放回了地上，抬手理了理自己有点儿乱了的头发。

“美女，”付坤看着她，这姑娘长得不算漂亮，但秀气白净，就是表情看着挺犟，“我是孙玮的朋友，哥们儿。”

“知道，”姑娘看了他一眼，笑了笑，“付大哥好。”

付坤愣了，看了一眼付一杰，付一杰也是一脸迷茫，他又看着这姑娘：“你知道我？”

“嗯，”姑娘点点头，“知道，孙玮欠你钱了，还没还清，不过他现在做生意了，赚得比以前多多了，很快就能还清。”

付坤有点儿不知道该说什么了，半天才憋出一句：“你叫什么？你是孙玮的……”

“我叫王蕊，”她搓搓手，脸有些红，“是孙玮的女朋友。”

“啊。”付坤再次愣了，孙玮的新女朋友？挺彪悍啊……

“王蕊，我们要找孙玮，找他很久了，”付一杰看了一眼付坤，“不是为钱的事，就是找到他就行。”

“我没法帮你们，”王蕊皱着眉，“他……他说没脸见付大哥。”

“我真不用他还钱，我也不会跟他计较，他不用这么躲着我，”付坤皱了皱眉，“再怎么说二十多年的交情，他这算什么事儿？”

“我真的……你们别逼我，我不会带你们去找他的，真的，你们有什么话我转告他，保证，”王蕊也皱着眉，“但是……”

“他现在在做什么？”付一杰弯腰拉开地上的塑料兜看了看，里面是肉和一些西蓝花，“烤串？”

“嗯。”王蕊很快地把兜系好了。

“你怎么回去？拎不了吧，我们帮你拿回去？”付坤试着问了一句。

“不用，你们走吧，我自己能弄回去，你们要不走，就陪我在这儿站到明天好了。”王蕊咬咬嘴唇。

付坤盯着她看了半天，最后叹了一口气，在口袋里掏了一会儿，摸出张废收据，又从付一杰口袋里抽出笔，一边写一边说：“那你帮我带话给他，钱我不要了，他要还当我是朋友，给我打电话，还有，孙潇年底要结婚，他这个当哥的不能这么一直躲着。”

“嗯，我告诉他。”王蕊用力点点头。

“这是我电话，以前的号码换了。”付坤把写着自己号码的收据递给她。

王蕊接过去，很仔细地放进了自己腰上系着的小包里。

付坤和付一杰对着王蕊又愣了一会儿，王蕊很坚定地低头看着地上的几袋子肉和菜，一动不动。

“走吧，”付一杰拍了拍付坤的肩，“她睡着了。”

付坤笑了笑，转过身，想想又回过头：“孙玮人好，你……”

“我知道，”王蕊抬起头冲他笑笑，“知道。”

“走了。”付坤扭头往路口走了。

俩人上车了之后还在车上发了一会儿呆，付坤看到王蕊还站在原地，只得发动了车子，他俩要不走，那姑娘估计真能就在那儿不挪窝了。

“哥，你说他能给你打电话吗？”付一杰沉默了一会儿问。

“我看悬，他就是个㞞蛋！”付坤狠狠骂了一句，两年多没看见孙玮，冷不丁见着了，他心里挺激动，结果还没怎么着呢，人又跑了，他现在心里特别不痛快，“没事儿，他不打就不打，反正孙潇结婚我得去，他挺在意他妹的，不可能不回家。”

“逮着了先揍一顿。”付一杰锉锉牙。

“我看行，”付坤也锉了锉牙，“这孙子！”

中午付坤特别恶狠狠地吃了顿肉，一直吃得顶到嗓子眼儿了，才总算是痛快了。

付一杰坐在他对面喝着茶："今天吃得能赶上我了。"

"我觉得下午我得闹肚子，"付坤揉了揉肚子，"我现在一弯腰就觉得顶得慌。"

把付一杰扔回诊所，回到家他就觉得困得厉害，吃太饱了就这样，他洗了把脸，扑到榻榻米上没翻两下就睡着了。

梦里他又一次在街上碰到了孙玮，跟付一杰一块儿扯着张渔网把这小子给兜住了吊在树上，付一杰建议生堆火吃烤肉，于是俩人分头去找柴。

找柴，找柴……

接下去的梦，就是在不断地找柴，没完没了，付坤在梦里都着急了，再不回去把孙玮给烤了，就该挂成腊肉了！

"哥，哥，付坤，"付一杰在很远的地方叫他，"你看看。"

看什么？找着柴了？

"没找着，找着钱了。"付一杰的声音近了一些。

付坤有些失望，用钱来烤肉吗？

"钱有屁用……"

说出这句话的时候，付坤听到了自己含混不清的声音，接着就反应过来，这已经不是在做梦了。

"有用啊，数着玩啊。"付一杰的声音也一下变得清晰起来。

付坤睁开了眼睛，没看到付一杰在哪儿，就看到了一个黑乎乎的东西在自己眼前放着。

"什么玩意儿？"付坤嘟囔了一声，伸手推了推，发现是个硬皮的小箱子。

"起来。"付一杰的脸出现在了他上方，把他拽了起来。

付坤坐起来之后，总算清醒了，看清了付一杰放在他面前的是个黑色的小皮箱，他愣了愣，扑过去抱住箱子："付二爷，你这是要交易？我货还没拿来呢。"

付一杰顿了顿才反应过来，乐了："没事儿，付老板讲信用，可以先点点钱。"

付坤啧了一声，打开了皮箱，往里看了一眼又"啪"的一声把箱子合上了：

“天啊！”

“怎么了？”付一杰笑着看他。

“钱！”

“是钱啊，不是让你先点点吗？”

“你有病啊！”付坤看了他一眼，低头又把箱子打开了，里面的确是一箱钱，全是百元大钞，他学着电视里的样子伸手捏着钱翻了翻，没绷住，乐了，“付一截儿你什么意思？下面是白纸啊！”

“不垫纸凑不够一箱啊，”付一杰也笑了起来，半天才说，“这还是提前预约了拿出来的，我试了一下，放不满，裁纸裁了一个多小时。”

“你缺心眼儿吧，这是干吗？”付坤拿了一叠钱出来，在手上轻轻拍着。

“让你数，”付一杰躺到枕头上，“我不是说过吗，赚了钱，你帮我数，现在数吧。”

付坤看着他没说话，轻声问：“你现在是不是特得意，特有成就感？”

“是，”付一杰笑着点了点头，“快数。”

“成！这就数。”付坤笑着把箱子里的钱都倒了出来，本来成捆的钱都被付一杰拆开了，他一张张点着，“一、二、三、四……”

— 全文完 —

张青凯的信

亲爱的夏飞

你好。

这么写是不是有点傻，太正经了。

今天去了趟超市，国庆节打折，跟不要钱一样，挤的全是人，我洗衣粉用完了，要不我才懒得这个时间去挤。

不过有个打折的小花瓶挺漂亮的，没忍住就买了。买回来也不知道干嘛用，买了些西宋马蹄莲放进去了，还挺好看的。

下回买个给你吧，你就不用拿啤酒瓶插花了。

对了，昨天从你那儿回来以后去称了体重，胖了两斤，大概是贴秋膘贴的，我老炖猪蹄儿吃，可能是吃太多了。

所以我又开始打篮球了，书店旁边那个面包店的老板爱打篮球，约了几次，我跟着去打了几次，感觉还行，就是好久没打了体力有点儿跟不上，得恢复一段时间。

今年过年我还是出去旅行，你有没有什么想去的地方，我查查旅游攻略，有合适冬天的咱俩就一块儿去吧。

还有个事昨天忘了告诉你，我出门的时候在车轮子上捡到一只猫，很小的，太丑了，真的很丑，不过我还是捡回来了，是不是很有爱心，哈哈。

这猫我打算拿去宠物医院让人看看，然后拿去书店养着，下回你来的时候就能看到了，是只狸花猫。

狸花是我猜的，反正不是黄的也不是黑的，也不是三花，毛乱七八糟的，我就猜是狸花的了，这个名字就叫丑丑吧。

丑丑好像在客厅里拉屎了，我闻到味儿了，今天没有什么事，就写到这里吧。

想你的张青凯

图书在版编目（CIP）数据

答案 . 2 / 巫哲著 . -- 南京：江苏凤凰文艺出版社，
2020.11
ISBN 978-7-5594-4868-2

Ⅰ . ①答… Ⅱ . ①巫… Ⅲ . ①长篇小说 – 中国 – 当代
Ⅳ . ① I247.5

中国版本图书馆 CIP 数据核字 (2020) 第 080135 号

答案 . 2

巫哲 著

责任编辑	丁小卉
特约编辑	菜菜菜
装帧设计	46设计 QQ:1067244694
责任印制	刘　巍
出版发行	江苏凤凰文艺出版社
	南京市中央路 165 号，邮编：210009
网　　址	http://www.jswenyi.com
印　　刷	长沙鸿发印务实业有限公司
开　　本	710 毫米 ×1000 毫米 1/16
印　　张	23
字　　数	317 千字
版　　次	2020 年 11 月第 1 版
印　　次	2020 年 11 月第 1 次印刷
书　　号	ISBN 978-7-5594-4868-2
定　　价	54.80 元